Die Sterne erwachen

Ein Apokalyptischer LitRPG-Roman

Buch 7 der System-Apokalypse

Von

Tao Wong

Copyright

Die Sterne erwachen

Übersetzung: Frank Dietz

Lektorat: Michelle Brändle

Ein Buch von Starlit Publishing

Veröffentlicht durch Starlit Publishing

PO Box 30035

High Park PO

Toronto, ON

M6P 3K0

Kanada

www.starlitpublishing.com

E-Book ISBN: 9781778550065

Taschenbuch ISBN: 9781778550058

Gebundene Ausgabe ISBN: 9781778550072

Inhalt

Bücher im System-Apokalypse-Universum

Haupthandlung

Das Leben im Norden

Erlöser der Toten

Der Preis des Überlebens

Städte in Ketten

Die brennende Küste

Die befreite Welt

Die Sterne erwachen

Stern der Rebellen

Die entzweiten Sterne

Der zersplitterte Rat

Die verbotene Zone

Das System-Finale

System-Apokalypse – Gnadenlos

Eine Faust voller Credits

System-Apokalypse: Australien

Das System am Ende der Welt

Flat Out

Bloody Oath

Anthologien und Kurzgeschichten

The System Apocalypse Short Story Anthology Volume 1

Valentines in an Apocalypse

A New Script

Daily Jobs, Coffee and an Awfully Big Adventure

Questing for Titles

Adventures in Clothing

Blue Screens of Death

My Grandmother's Tea Club

A Game of Koopash (Newsletter-exklusiv)

Lana's story (Newsletter-exklusiv)

Schulden und Tänze (Newsletter-exklusiv)

Comic-Serie

Die System-Apokalypse

Was bisher geschah

Als das System auf der Erde erschien, brachte es Monster, Außerirdische und leuchtende Nachrichtenfelder – all das änderte die Realität der Menschen. Menschen besaßen nun Klassen, in denen sie aufsteigen mussten und Skills mit realitätsverändernden Kräften. Aber sie mussten ums Überleben kämpfen, als aufgrund des plötzlichen Manastroms moderne elektronische Geräte versagten. Innerhalb eines Jahres starben über neunzig Prozent der Menschheit, und die Überlebenden mussten ihr Leben völlig anpassen.

John Lee ist ein derartiger Überlebender, der tief im Yukon begann und nach Süden reiste, um Menschen dabei zu helfen, sich von ihren galaktischen Herrschern zu befreien. Er besitzt Siedlungen in British Columbia und kämpft zusammen mit dem Rest der US-Streitkräfte an der Westküste darum, dass die kanadische Prärie und die US-Pazifikküste wieder von Menschen beherrscht werden. Nachdem die Erethra-Ehrengarde und der Erethra-Champion ihn dazu zwangen, seine Meisterklassen-Quest zu erfüllen, kehrte John von dem Planeten in der Verbotenen Zone mit neuen Kräften auf eine veränderte Erde zurück.

In Zusammenarbeit mit seinen Freunden, von denen sich viele in den vier Jahren seines Exils verändert und ihr eigenes Leben gelebt hatten, half John der Erde, eine planetare Regierung zu etablieren. John und seine Freunde mussten sowohl gegen die Movana als auch gegen die Faust kämpfen, wurden aber letztlich von anderen Menschen verraten. Trotz dieses Verrats gelang es der Erde, die erste auf einer Dungeonwelt basierte planetare Regierung einzurichten. Jetzt reist John mit der Botschafterin der Erde nach Irvina und will eine Antwort auf die Frage, was das System wirklich ist. Und welchen Platz ein früherer Computerprogrammierer und jetziger Krieger darin finden könnte, wenn überhaupt einen.

Kapitel 1

Es ist ein seltsames Erlebnis, auf dem Beobachtungsdeck die Sterne vorbeisausen zu sehen. Im Hyperraum sind sie keine einzelnen Lichtpunkte mehr, sondern Streifen, die erscheinen und verschwinden, während sie im Nu unvorstellbare Entfernungen zurücklegen. Die Reise nach Prax hat vor einer Woche begonnen, aber ich bin von der Aussicht immer noch fasziniert. Es erinnert mich immer wieder daran, wie klein ich im Vergleich zum unvorstellbar riesigen Universum bin.

Das ist zwar nicht das erste Mal, dass ich das Sonnensystem der Erde verlasse, aber per Portal direkt Tausende von Lichtjahren zu springen ist doch ganz anders. Dabei hat man kein Gefühl der Reise, keine zunehmende Faszination mit all den Wundern. Diese Reise fühlt sich wirklicher an. Viel ... bedeutsamer.

„John?“

Als ich Mikitos Stimme höre, blicke ich zur zierlichen Japanerin hoch. Sie hat ihr Haar wieder zu einer kurzen Pagenfrisur geschnitten. Sie trägt – was ich als die übliche Abenteurerkluft bezeichnen würde – einen dunklen, gepanzerten Jumpsuit mit Holster für eine Strahlenpistole und ein Messer an der Hüfte, alles aus Monsterteilen und Nano-Gewebe. Ihre übliche Waffe, die Naginata Hitoshi, hat sie auf Bitte des Kapitäns weggeschlossen. Er sprach über zu scharfe Waffen und sein zerbrechliches Schiff.

„Du bist wieder da. Hast du gewonnen?“, frage ich und ziehe eine Augenbraue hoch, während ich mich gegen den Tisch lehne.

Seit Mikito herausgefunden hat, dass es an Bord einen virtuellen holographischen Projektor der Kampfarenen gibt, verbringt sie einen guten Teil ihrer Zeit dort. Ich habe es einmal versucht, aber das bizarre Gefühl, virtuelle Lebenspunkte für Schläge abgezogen zu bekommen, die man nicht fühlt, ist einfach zu viel für mich. Selbst wenn mein Leben in mancher

Hinsicht wie ein Spiel ist, ist es etwas zu metafiktional für mich, in meinem Spiel des Lebens ein Spiel zu spielen.

„Ja."

„Wunderbar." Ich bestätige die eintreffende Meldung, dass ich mit meinen hundert auf Mikito gewetteten Credits gewonnen habe. Auf die virtuellen Spiele wird eine Menge Geld gewettet. Und eine gute Wette ist eine gute Wette.

„John Lee und Mikito Sato." Die kultivierte Stimme unterbricht unser Gespräch, da wir uns beide umdrehen. Vor uns steht ein älterer Mann mit graumeliertem, kurz geschnittenem Haar, das seine dunkelbraune Haut hervorhebt. Der Mann trägt eine Weste mit zahlreichen Taschen und eine Cargohose. Er lächelt uns freundlich an. Der britische Akzent kommt mir bekannt vor, aber ich weiß nicht, woher ich ihn kenne. „Und natürlich der Geist Ali."

Rein aus Instinkt blicke ich den Rest des Aussichtsraums an. An der Außenwand bietet das Glas – oder welches Material auch immer dafür verwendet wird – eine unglaubliche Aussicht. Ich frage mich, ob das Material überhaupt durchsichtig ist. Vielleicht sind das nur sehr gute Bildschirme, die zeigen, was sich draußen befindet. In dem Fall handelt es sich um eine erstaunliche Illusion.

Die Illusion ist sogar so gut, dass dieser Aussichtsraum und drei andere auf dem Deck mit galaktischen Gästen des Handelskreuzers gefüllt sind, auf dem wir reisen. Selbst wenn das Handelsschiff primär für Frachten konzipiert ist, kann es über zweihundert Passagiere in verschiedenen Kabinen mitführen, ohne seine Hauptaufgabe zu behindern. Allerdings hat man mir gesagt, dass einige der billigeren Kabinen kaum besser als Gefängniszellen sind. Um uns herum stellen die Galaktiker eine Mischung aus Exotischem, Bizarrem und Bekanntem dar. Truinnar vermischen sich mit Yerrick, und Zwerge stehen direkt neben Akkorokamui – tintenfischartigen Humanoiden in Wasseranzügen – während Lilitu, Vogelmenschen mit staksigen Beinen, mit Pooskeens sprechen. Die galaktische Zivilisation von ihrer besten Seite, quasi.

Ali blickt von der Stelle auf, wo er in seiner Kleinform neben meiner Schulter schwebt, und ist völlig verblüfft. Er macht eine Handgeste, lässt Systembildschirme verschwinden, die nur er sehen kann und starrt unseren neuesten Gast an. „Oh, Mann. Sie sind das! Ich meine, ich wusste, dass Sie an Bord sind. Aber wirklich!“

„Du kennst ihn?“ Ich runzle die Stirn und blicke den faszinierten Geist an.

„Du etwa nicht?“, sagt Mikito kopfschüttelnd. Sie schüttelt die Hand des Fremden. „Schön, dich zu sehen, Harry.“

Soweit habe ich es verstanden. Ich starre den Text über Harrys Kopf an, den Ali dann für mich aktualisiert. Oh. Oh ...

Harry Prince, das Ungefilterte Auge (Kriegsberichtserstatter Level 39)

HP: 520/520

MP: 1780/1780

Zustand: Reporterglück, Gespür für Ärger, nur ein Zuschauer

„Oh! Sie“, sage ich und merke erst, wer er ist, als ich seine ganzen Statusdetails sehe. Auch wenn ich nicht viel über die Leute weiß, die während meiner Abwesenheit bekannt wurden, ist Harry ein Sonderfall. Ich erinnere mich auch daran, ihn im vergangenen Jahr auf mehreren Schlachtfeldern gesehen zu haben. Aber seltsamerweise ist mir das erst jetzt wieder eingefallen.

„*Das ist sein Skill, Junge*“, sagt Ali telepathisch zu mir, nachdem er die leichte Veränderung meines Gesichtsausdrucks mit der Fähigkeit eines langjährigen Begleiters gelesen hat.

Ich schwöre, manchmal sind wir wie ein altes Ehepaar, und müssen bestimmte Dinge gar nicht laut sagen. Mit Ausnahme des sexuellen Aspekts natürlich. Moment. Alte Leute sind doch noch sexuell aktiv, oder? Na ja, ist auch egal. Ich bin für die Ablenkung dankbar, als Ali Harrys Skillbeschreibung erscheinen lässt.

Skill: Nur ein Zuschauer

Ein seltener nicht kampforientierter Skill, der es Zivilisten und Beobachtern ermöglicht, Schlachtfelder und andere Kampfgebiete sicher zu überqueren. Diese Fähigkeit verbirgt den Anwender vor einer zufälligen Entdeckung und reduziert die Auswirkung von wahllosen Angriffen.

Wirkung: Anwender erhält während der Aktivierung des Skills +500 % Tarnung, Irreführung und Verstohlenheit. Nicht gezielte Angriffe und Zaubersprüche werden in der Wirkung auf den Anwender um 50 % reduziert. Zudem müssen Erinnerungszauber und flächenwirkende geistige Manipulationseffekte spezifisch auf den Anwender ausgerichtet werden. Schließlich wird die Erinnerung an den Anwender unterdrückt, bis es aktiv versucht wird oder ein Ereignis die Erinnerung auslöst.

„Ja, ich“, sagt Harry mit einem Lächeln. „Ich hatte gehofft, mit euch beiden reden zu können.“

„Warum?“, frage ich argwöhnisch. Wenn er einen Recorder dabei hätte, würde ich ihn wütend ansehen, aber ich wette, Harry besitzt sowieso einen entsprechenden Skill. Wer braucht schon physische Spielsachen, wenn das System genauso gut funktioniert? Wenn nicht besser.

„Anscheinend stimmen die Gerüchte", sagt Harry und lächelt weiterhin freundlich. „Aber macht euch keine Sorgen darüber. Ich will keine Reportage über euch veröffentlichen. Wenigstens nicht direkt."

„Was willst du dann?", frage ich, während Mikito schweigend dasitzt, an ihrem eben servierten Orangen-Slushy-Cocktail nippt und unseren Wortwechsel beobachtet.

„Du weißt schon, dass ich Teil der diplomatischen Journalistengruppe bin, oder? Technisch gesehen zumindest. Aber ein halbes Dutzend Reporter werden der Botschafterin folgen und über alle politischen Aspekte berichten", sagt Harry. „Aber die Details der Politik waren nie so meine Sache."

„Mehr Blut und Gewalt. Und du meinst, dass du das siehst, wenn du Mikito und mir folgst", sage ich und presse die Lippen zusammen.

„Zeige etwas Respekt, John! Harry Prince ist mehr als ein Reporter, der über Gewalt berichtet! Er ist ein preisgekrönter Journalist, der erstaunliche Artikel über eure Vor-System-Welt geschrieben hat. Das Ungefilterte Auge hat einige der besten Berichte für die Erde verfasst, seit das System erschienen ist. Er wurde sogar für einen Ummi vorgeschlagen", unterbricht mich Ali und wedelt mit den Händen. „Einen Ummi!"

„Und was genau ist ein Ummi?", sage ich.

„Nur eine galaktische Auszeichnung", sagt Harry und winkt ab. „Ich würde nicht sagen, dass die Tatsache, dass du, genau wie Ms. Sato, als Brennpunkt der Gewalt bekannt bist, einen negativen Faktor darstellt, aber ich möchte über Bereiche außerhalb der diplomatischen Szene berichten. Da du angekündigt hast, du würdest dich sofort nach der Ankunft des Teams trennen wollen..."

„Da willst du dich unter unseren freundlichen Schutz stellen." Ich schüttle den Kopf. „Nein, danke."

„Es gibt keinen Grund, voreilige Schlüsse zu ziehen. Auch wenn ich nicht zu einer Kampfklasse gehöre, besitze ich eine Reihe–“

„Nein, danke. Wir sind keine Touristengruppe. Und du kannst eigentlich–“

Der Rest meiner Antwort wird durch die Warnsirene des Schiffs unterbrochen. Alles leuchtet lila auf, während das schrille Heulen alle Gespräche unterbricht. Einen Moment später erhalten wir eine Systembenachrichtigung vom Kapitän des Schiffs.

Bordalarm!

Wir sind einer Piratenflotte begegnet. Den galaktischen Regeln entsprechend passen wir unsere Geschwindigkeit an die der Piraten an. Für alle nicht versicherten Passagiere stellt das eine vorgeschriebene Warnung dar.

„Was? Sie passen ihre Geschwindigkeit an die der Piraten an?“ Ich runzle verwirrt die Stirn. Dennoch hält mich das nicht davon ab, aufzustehen und mich entsprechend umzukleiden. Gepanzerter Jumpsuit, Schutzweste, Waffengürtel, alles aus dem Systeminventar entnommen.

„Galaktische Regeln. Da Piraten die Schiffsrouten im System erwerben können, ist es schwer, ihnen auszuweichen. Statt gegen die Piraten zu kämpfen, schließen die Handelsschiffe eine Versicherung gegen derartige Zwischenfälle ab. Wenn die Piraten andocken, registriert das System, dass sie das Schiff ‚geentert‘ haben und die Versicherungen zahlen die Credits aus. Das erleichtert es für alle“, sagt Ali.

„*Honto baka dane*!“, flucht Mikito und ich muss ihr zustimmen. Es ist wirklich idiotisch.

„Und was ist mit den nicht versicherten Passagieren?“ Katherine, meine ehemalige Sekretärin und aktuell die zukünftige Vertreterin der Erde, meldet sich zu Wort, als sie sich unserem Tisch nähert.

Hinter ihr kommt Peter Steele, der planetare Diplomat, der etwas in sein Funkgerät murmelt. Ich vermute, er ruft alle zusammen. Der Mann trägt selbst im Weltraum noch Anzug und Krawatte, während er mit den Händen herumfuchtelt und seinen Gesprächspartner kritisiert.

„Also, das ist das Problem“, sagt Harry, der vor sich hinstarrt. „Nach dem, was ich sehe, gehören wir von der Erde zu den nicht versicherten Passagieren.“

„Warum haben wir keine Versicherung abgeschlossen?“, sagt Mikito und runzelt die Stirn.

Katherine starrt die zierliche Japanerin wütend an, bevor sie verlegen zugibt: „Ich wusste nicht, dass das nötig ist.“

„Es wäre sowieso gleichgültig. Auf einige unserer Mitglieder ist ein ziemlich hohes Kopfgeld ausgesetzt worden“, fügt Harry hinzu und blickt erst mich und dann Mikito an.

„Verdammt.“

Leider ist das nichts Neues. Ali hat uns vor einer Weile auf diese unangenehme Tatsache hingewiesen. Auf alle von uns wurden Kopfgelder ausgesetzt – bei Katherine und Peter wegen ihrer Position, bei Mikito und mir wegen des Ärgers, den wir auf der Erde verursacht haben. Natürlich ist das Kopfgeld auf Katherine oder Peter nicht hoch genug, dass man einen Attentäter auf sie ansetzen würde, vor allem angesichts der Tatsache, dass Peter mit seinem Skill Diplomatische Immunität schummeln kann. Andererseits haben Mikito und ich genug Menschen ausreichend Schaden zugefügt, dass unsere Kopfgelder sehr hoch sind, was Ali dazu führte, uns zu warnen.

Katherine runzelt die Stirn. „Was sollen wir machen? Werden sie uns als Geiseln nehmen?“

„Normalerweise tun sie das, oder zwingen euch dazu, ihnen all euren Besitz und eure Credits zu überschreiben“, sagt Ali. „Oder, na ja, sie machen euch zu Sklaven. Aber der Junge und Mikito machen die Dinge etwas komplizierter.“

„Weil unsere Kopfgelder so hoch sind?“, sage ich.

„Das auch. Aber vor allem, weil ich nicht glaube, dass ihr den Piraten einfach Geld geben werdet“, meint Ali.

Ich muss wehmütig lachen, als ich meinen Gürtel festziehe. Der verdammte Geist kennt mich zu gut. Aber da wäre noch die Frage, was wir tun sollten. „Dürfen wir auf dem Schiff kämpfen?“

„Dürfen?“ Katherine steht der Mund offen. „Wann hast du dich je darum gekümmert?“

„Wir sind doch keine Barbaren“, sage ich nasenrümpfend.

„Der Junge macht sich Sorgen, dass er für die Schäden finanziell haftbar wäre. Aber während der Kapitän und der Pilot es bevorzugen würden, wenn du es trotzdem nicht tust, deckt sie die Versicherung ab“, sagt Ali.

„Wunderbar.“ Ich grinse und strecke meinen Nacken. „Ich könnte etwas Training gut gebrauchen.“

„Ja, was das betrifft ...“, sagt Harry und blickt mich eine Weile lang direkt an. „Du musst verstehen, dass mein Shop-Skill nicht mehr funktioniert, wenn ich noch irgendetwas hinzufüge.“

„Du willst also Schutz erhalten.“

„Ja“

„Abgemacht.“

Harry nickt. „Es gibt drei Mitglieder der Meisterklasse und einundzwanzig Fortgeschrittene Klassen auf dem Piratenschiff. Sie sind bewaffnet und bereit, beim Entern mit heftigem Widerstand fertig zu werden."

„Drei Meisterklassen! Bei allen tausend Teufeln", fluche ich. „Was machen die denn hier draußen?"

„Sie verdienen damit Geld auf eine einfache Weise", sagt Ali. „Die Zahlungen vom System und den Versicherungen basieren auf komplexen Berechnungen von Gewalt, Pilotenfähigkeit und Feuerkraft des Schiffs. Je mehr es auf der Seite der Piraten ansteigt, umso höher der ausgezahlte Prozentwert. In diesem Fall wollen sie hundert Prozent."

Einer der seltsamen Aspekte der interstellaren Raumfahrt ist, wie ich erfahren habe, die Art und Weise, wie Skills einen Unterschied machen. Auch wenn Raumschiffe durch das Weltall fliegen können, sind Sprünge durch den Hyperraum eine Schöpfung des Systems – zumindest unsere Methode davon. Daher macht die Fähigkeit eines Piloten einen enormen Unterschied, ebenso wie die sekundären Support-Skills des Kapitäns. Ich habe sogar von einem legendären Piloten gehört, der normale Raumschiffe verachtete und einen voll bewohnbaren Planeten herumflog.

„Levels?", sage ich schließlich. Wenn sie Level 1 oder nahe daran sind …

„Acht, vierzehn und dreiundzwanzig."

„Verdammt. Und woher weißt du das alles?" Ich schaue Ali an. „Und wieso weißt du das nicht?"

„Ich kaufe die Informationen im Shop zu einem reduzierten Preis", sagt Harry mit einem dünnen Lächeln. „Einer meiner Skills – Hintergrundrecherche – bietet mir Zugriff auf Informationen für Artikel, die ich verfasse. Ein weiterer Skill, Kriegsberichterstatter, bietet mir überall Zugriff auf bestimmte Aspekte des Shops. Dadurch kann ich nach Bedarf meine Texte einsenden und Informationen erwerben."

„Nicht schlecht", sage ich.

Ali schnieft mich an, um zu zeigen, dass er beleidigt ist, weil ich seine Fähigkeiten anzweifle. Aber ich habe keine Zeit, mich jetzt um den Geist zu kümmern, da andere von mir erwarten, einen Plan zu entwickeln. Ehrlich gesagt ist das sehr beunruhigend, aber auch etwas, an das ich mich gewöhnt habe. Der frühere, schüchterne Webprogrammierer ist verschwunden, von den Feuern der Apokalypse verbrannt.

„Na gut. Ich nehme an, dass wir uns keine Sorgen machen müssen, dass sie das Schiff vernichten, oder?"

Als Harry und Ali nicken, fahre ich mir übers Kinn. Das ist gut. Dennoch geht es mir nicht aus dem Kopf, dass drei Kämpfer der Meisterklasse teilnehmen. Ich kann unmöglich ein Gefecht gegen drei Meister gewinnen. Andererseits erinnere ich mich an die SciFi-Romane und Filme, die ich gelesen und gesehen habe. Ich mache große Augen.

„Ist dir etwas eingefallen, John?", fragt Mikito.

„Ja. Vielleicht. Das hängt von ein paar Dingen ab, aber wir brauchen Hilfe. Katherine, Peter, könnt ihr herausfinden, wie viele der anderen Passagiere nicht versichert sind und uns helfen würden?"

Katherine macht einen Schritt zurück, ihre Augen werden glasig und ihr Mund bewegt sich – sie kontaktiert wohl leise die Passagiere, mit denen sie bereits gesprochen hat. Peter kümmert sich um die Passagiere auf dem Beobachtungsdeck und geht von Gruppe zu Gruppe. Sein Leibwächter folgt ihm.

„Also, Ali und Harry. Erzählt mir ganz genau, wie Piratenüberfälle ablaufen. Schritt für Schritt, mit allen Details."

Kapitel 2

Interstellare Gefechte müssen – wenn man Fähigkeiten wie die Star-Trek-Teleporter ausnimmt, die eigentlich schummeln – bestimmten Regeln folgen. Erstens muss man seine Beute erwischen. Das ist relativ einfach, wenn einem das System die Details auf Knopfdruck und für die Zahlung einiger Credits verrät. Zweitens, wenn man Schiffe entern oder deren Passagiere in seine Gewalt bringen will, muss man seine Crew dorthin bringen. Das bedeutet, dass man entweder sein großes, schwerfälliges Schiff an ein anderes großes, schwerfälliges Schiff andockt, oder – was die bevorzugte Methode ist – eine kleine Raumfähre schickt, deren Verlust zu verkraften ist. Oder mehrere Raumfähren, schätze ich.

Natürlich führt dies dazu, dass ein Angriff aus dem Hinterhalt die optimale Methode darstellt. Die Raumfähren-Hangars bilden dabei den offensichtlichen Engpass. Und wenn ich weiß, dass es ein offensichtlicher Engpass ist, wissen die Galaktiker es auch. Wir können diese Routiniers unmöglich ausmanövrieren, wenn wir auf Nummer Sicher gehen wollen. Selbst wenn sie es normalerweise nicht mit tollkühnen Feinden zu tun haben, verfügen sie mit Sicherheit über eine gewisse institutionelle Erfahrung. Das bedeutet, wir müssen kreativ denken.

Zum Glück hilft uns dabei die erste Regel des Raumkampfs. Beide Schiffe müssen aus dem Hyperraum kommen, abbremsen, um ihre Geschwindigkeiten anzupassen, und dann müssen die Fähren losfliegen. Um sicherzustellen, dass unser Handelsschiff nicht plötzlich das Feuer eröffnet und ihr Schiff vernichtet, werden die Piraten gehörigen Abstand halten und die Raumfähre zwingen, die Strecke mit ihren schwachen Triebwerken zu überqueren.

„Katherine. Alles in Ordnung?", sage ich laut, damit alle Anwesenden es hören können. In diesem beengten Raum haben die Leute nicht viel

Ablenkung. Es ist besser, wenn die Freiwilligen eine Ahnung haben, was passiert, als im eigenen Saft zu schmoren.

„Ich bin mit dem Kapitän und dem Piloten auf der Brücke.“, sagt Katherine. „Sie haben mir widerwillig Zugriff auf ihre Sensoren gegeben. Datenstrom unterwegs.“

„*Empfangen*“. sagt Ali telepathisch zu mir.

Einen Moment später erscheint eine neue Benachrichtigung. Der Bildschirm ist öffentlich, so dass meine nicht versicherten Kollegen eine dreidimensionale Ansicht des Weltraums um das Handelsschiff herum erhalten. Das Schiff ist ein großes, massives Sechseck mit einer kegelförmigen Spitze, statt den eleganten Formen zu folgen, die wir von aerodynamischen Flugzeugen gewöhnt sind. Die galaktische Technologie ist so zuverlässig geworden, dass man keine Fester mehr benötigt – mit Ausnahme von Freizeitanforderungen – weshalb die Brücke sich in der Mitte des kegelförmigen Teils befindet. Die Hauptdüsen befinden sich an der Rückseite des Schiffs, und kleinere Manövrierdüsen sind über den ganzen Rumpf verstreut. Auch wenn das Schiff ohne einen Piloten fliegen kann, machen seine Fähigkeiten alles viel schneller und effizienter.

In der Entfernung lauert das Piratenschiff, ein eher traditionelles, windschnittiges Modell mit mehr Platz für Triebwerke und Panzerung als unser klobiger Handelskreuzer. Der Bug des Piratenschiffs enthält die Strahlenwaffen sowie zusätzliche Panzerung und Schutzschilde. In einem direkten Kampf hätte unser Handelsschiff also keine Chance. Ein sich schnell bewegender Punkt durchschneidet den Raum zwischen uns.

„Du bist dir also sicher, dass sie das Schiff nicht vernichten, falls sie eine Menge Leute verlieren?“, murmle ich Harry zu, während Ali mehr Daten auf dem Bildschirm erscheinen lässt.

„Unwahrscheinlich. Piraten wägen Kosten und Lasten gegeneinander ab. Sie sind eine Last für den interstellaren Handel, aber solange sie nicht zu hohe Kosten verursachen, wird niemand eine große Quest anbieten, um die Galaxis von ihnen zu reinigen. Wenn sie interstellare Schiffe vernichten, kommen sie automatisch in die Kategorie ‚zu kostspielig, um sie am Leben zu lassen' und die Händlerallianz würde eine Quest aktivieren", sagt Harry leise zu mir. „Das ist ein faszinierender Aspekt der galaktischen Gesellschaft. Du solltest mal die Artikel darüber durchlesen. Ich wette, dass früher oder später das Verbrechen auf der Erde ähnlich aussehen wird."

„Was, glaubst du nicht, dass es jetzt schon so ist?", frage ich und pruste laut. „Ich bin mir ziemlich sicher, dass einige der Gangs in den USA, die Yakuza und viele Bandenchefs im Mittleren Osten das schon herausgefunden haben."

„Stimmt", sagt Harry, wobei sich seine Finger bewegen, als ob er auf einer unsichtbaren Tastatur tippt. „Ich muss das in meinen Artikel einsetzen. Ich frage mich, ob es eine Klasse gibt, die genau berechnen kann, wie viel –"

Ich rolle leicht mit den Augen und sehe mir den großen Benachrichtigungsbildschirm an. Auf unserem nun mit Drahtgitterlinien dargestellten Schiff leuchten Punkte auf, da Ali die bekannten Positionen unserer Leute hinzufügt. Katherine, Peter und ein Viertel unserer Kämpfer befinden sich auf der Brücke, um die Botschafterin zu schützen.

Wie gesagt, haben Raumschlachten gewisse Regeln, wenn man die Teleportation ausschließt. Zum Glück haben die meisten Klassen-Fertigkeiten, die Formen der Teleportation ermöglichen, wie mein Versetzungsschritt oder Portal, auch gewisse Einschränkungen. Meistens geht es darum, dass man wissen muss, wohin man teleportiert. Es gibt, soweit ich weiß, seltene Skills und Zauber, die es ermöglichen, per

Teleportation oder Portal unbekannte Orte zu erreichen, aber sie kosten eine Menge Mana und sind sehr riskant. Da die meisten Handelsschiffe einen Seherschutz eingebaut haben, ist es schwer, das Ziel der Teleportation genau zu sehen. Wenn man dann die Illusionisten und anderen Klassen berücksichtigt, deren Fähigkeiten darin bestehen, Leute zu täuschen, dann wird die Teleportation viel schwieriger. In einen Festkörper zu teleportieren endet meistens tödlich – für den Teleportierten, das Teleportgerät und alle in der Nähe. Aber wenn es eine Zeit und einen Ort für diesen Skill gäbe, wäre das Entern von Schiffen im Weltraum wohl die richtige Wahl. Und deshalb besitzen Katherine und Peter Leibwächter.

„Gibt es was Neues über die Raumfähre?“, sage ich und blicke den sich rasch nähernden Punkt an.

„Noch nichts“, meint Katherine. „Die Sensoren auf diesem Schiff sind nicht gerade hochwertig.“

„Okay“, sage ich.

Ich drehe mich um und blicke Harry an, der den Kopf schüttelt. Natürlich kann er meine Gedanken nicht lesen. Aber ich habe ihn bereits gefragt, ob er Informationen über die Besatzung der Raumfähre im Shop erwerben kann. Leider hat sein Skill seine Grenzen – und derartige Details gelten nicht als Hintergrundrecherche. Es hilft auch nicht, dass er jetzt direkt in die Sache verwickelt ist, da dies seine Skills weiter einschränkt.

„Können wir den Plan noch einmal besprechen“, sagt eine zögernde Stimme voller Zischlaute. Der Sprecher verwendet Galaktisch, eine Sprache deren Grundlage die Drachendialekte sind, die aber für humanoide Stimmen modifiziert und mit verschiedenen Sprachen älterer Rassen gemischt wurde. Es ist nicht überraschend, dass jeder Mensch an Bord diese Sprache vor dem Abflug heruntergeladen hat.

Die Freiwilligen sind ein zusammengewürfelter Haufen, und viele von ihnen sind Menschen, die zu den Wachen des diplomatischen Teams gehören. Die übrigen sind Abenteurer, die zu arm oder zu stur waren, um eine Versicherungspolice zu erwerben, Individuen, die auf den Kampf aus sind, und einige Wächter der Händler. Natürlich sind die Händler selbst versichert. Die Abenteurer gehören zu den unterschiedlichsten Rassen: Alles, von den üblichen Fantasygattungen bis zu einer Halb-Cyborg-Kreatur, die auf Rädern herumrollt, einem schwebenden Klumpen aus grüner Gallerte mit Tentakeln und etwas, das wie die Kreuzung einer Kakerlake mit einer Nacktschnecke aussieht.

„Ganz einfach. Wenn es nur einen Kämpfer der Meisterklasse in der Fähre gibt, schlagen wir hart zu und machen sie fertig. Aber das ist unwahrscheinlich. Vermutlich sind wenigstens zwei an Bord, oder sogar alle drei. In dem Fall werden wir sie einzeln schlagen." Als die verschiedenen menschlichen und nichtmenschlichen Abenteurer mich anstarren, zucke ich mit den Achseln. „Weitere Details folgen, wenn wir neue Informationen erhalten. Mikito wird euch in verschiedene Teams aufteilen. Wenn das Portal sich öffnet, müsst ihr nur hindurchrennen, wenn ihr an der Reihe seid und alles angreifen, das nicht auf unserer Seite steht."

Viele werfen mir skeptische Blicke zu, aber da die ganze Gruppe so kurzfristig organisiert wurde, würden kompliziertere Pläne wohl nur zu einem Chaos führen. Das amerikanische Militär hat ein Motto – immer so einfach wie möglich – und meiner Erfahrung nach klappt das. Andererseits bin ich kein Rommel. Ich habe im Laufe der Zeit nur ein paar Sachen mitbekommen.

„Vergesst nicht, welche Rollen ihr in euren Teams spielt und konzentriert euch darauf. Ihr habt Teamanführer. Sie werden eure Ziele markieren. Teamanführer sollten wissen, wer zuerst erledigt werden muss, aber ihr müsst die Meisterklassen-Kämpfer blockieren, während ihr die schwächeren Gegner eliminiert“, sage ich. „Darüber hinaus werde ich mich, zusammen mit Mikito, so viel wie möglich auf die Meisterklassen konzentrieren.“

Die Leibwächter wirken erleichtert, während die Reaktion der Außerirdischen etwas schwieriger zu interpretieren ist. Aber nach dem, was Peter mir erzählt hat, haben sie sich uns nur angeschlossen, weil ich hier bin. Ansonsten ist selbst die Leibeigenschaft besser als der Tod.

„John, wir haben dreiundzwanzigeinhalb Lebenssignaturen in der Raumfähre“, sagt Katherines Stimme, bevor ich mich hier noch mehr verstricken kann.

„Einhalb?“

„Moment mal. Ich erhalte eine Erklärung. Ja, Peter? Draugr? Na ja ... okay.“ Katherine zögert, bevor sie sich wieder meldet. „John? Kannst du Ali fragen?“

„Ali?“

„Jetzt brauchst du mich?“, sagt Ali und wirft Harry einen Blick zu, bevor er grinst. Aber er zögert nicht lange. „Draugr. Erinnerst du dich an das kleine Problem mit Richard? Also, Draugr sind noch so ein verdammter Versuch den Tod zu umgehen.“ Hinter dem Geist nicken und zucken eine Anzahl von galaktischen Abenteurern und bestätigen Alis Worte. „Sie besitzen eine einzigartige Klasse, die sie schmerzunempfindlich macht. Außerdem haben sie eine sichtbare Regeneration, Widerstände gegen physische und magische Angriffe und können Mana im Nahkampf einsetzen.“

„Hört sich nach guten Soldaten an.“ Harry presst die Lippen zusammen und blickt auf eine Stelle etwa einen Meter vor seinem Gesicht.

„Klar, wenn du willst, dass deine Soldaten Psychopaten sind sowie Wutausbrüche und kannibalistische Züge haben“, sagt Ali.

„Melden die Sensoren sonst noch etwas?", frage ich Katherine.

Man solle meinen, dass Schiffssensoren Daten wie die Klassen feststellen könnten – aber nur, wenn wir von normalen Naturgesetzen ausgehen. Aber im System ist die Physik eben nicht normal, vor allem nicht, wenn Klassen-Fertigkeiten mitspielen. Und auch wenn das Handelsschiff keine Spezialisten, wie Sensortechniker und ähnliche Rollen auf Kriegsschiffen, besitzt, hat es einen Kapitän und einen Steuermann.

„Eine Sekunde." Einen angespannten Moment später – in dem die Raumfähre auf dem Bildschirm bis auf wenige Zentimeter an uns herankommt – meldet sich Katherine zu Wort. „Sie nähern sich Andockbereich 4 und wir haben die Bestätigung erhalten, dass alle drei Meisterklassen-Kämpfer an Bord sind. Einer weist in seinem Körper eine extrem hohe Manadichte auf. Die anderen beiden haben in dieser Hinsicht durchschnittliche oder niedrige Werte."

„Eine Art von Magier. Und Kämpfer", sage ich. „Danke. Melde dich, wenn es weitere Informationen gibt."

„Selbstverständlich", sagt Katherine. „Ende."

Ich schweige und starre die Raumfähre an, die sich nähert und unser Schiff berührt. Man bemerkt weder ein Geräusch noch eine Bewegung, als die Fähre andockt. Die einzige Änderung ist, dass Ali einen neuen Bildschirm erscheinen lässt, der die Innenseite des Andockbereichs zeigt. Überraschenderweise öffnet sich das Tor nicht wie erwartet, sondern etwas kommt durch das noch geschlossene Tor. Ein geisterhafter Oktopus kriecht hindurch und sieht sich die Umgebung an. Einen Moment später schließen sich zwei weitere an. Das geisterhafte Trio trennt sich und folgt verschiedenen Ausgängen.

„Sensorgeister", erklärt Ali. „Sie werden von einem Mitglied der Fortgeschrittenen Klassen in der Fähre kontrolliert. Die meisten von ihnen haben nur eine geringe Kampfstärke, aber es ist schwer, mit ihnen ohne Einsatz von Magie fertig zu werden. Mana-basierte Angriffe sind dabei am effektivsten."

Schließlich öffnen sich die Tore des Andockbereichs, wobei die inneren und äußeren Luken mit einem Zischen aufgleiten, das nur in meinem Kopf stattfindet. Auch wenn Kraftfelder als sekundäre Notlösung fungieren, sind sie unter hohen Belastungen nicht zuverlässig. Es ist besser, sich für den Alltagsbetrieb auf extrem feste Legierungen zu verlassen. Die Piraten strömen in Wellen aus dem Andockbereich. Vier davon laufen vorwärts und stellen tragbare Kraftfelder auf, um einen Stützpunkt zu bilden. Hinter ihnen nehmen fünf weitere Stellung ein und sichern den Raum mit Strahlengewehren, Zauberstäben und bloßen Händen. Sobald sie sicher sind, dass keine Gefahr besteht, stolzieren die übrigen Piraten heraus. Ali zeigt sofort ihre Statusdaten an und fügt sogar in Klammern ihre Klassenstufe ein. Schließlich ist es unmöglich, bei den zahlreichen galaktischen Klassen ihre relativen Stufen auf den ersten Blick zu erkennen.

Meine Augen richten sich auf das Trio, das vorne mit dem Ausdruck absoluter Zuversicht entlangschlendert. Ich brauche nicht einmal das (M) nach ihren Klassen um zu wissen, dass sie zu den Meisterklassen gehören. Die Größe ihrer Gesundheits- und Manaleisten reichen voll aus. Zuerst sehe ich eine rundliche, pelzige Kreatur mit kurzen Händen und Beinen und stechenden kleinen Augen.

Muk Muk, Former von Kumak, Sieger des dreihundertachten Suar, … (Gewebter Gestaltwandler Level 14) (M)

HP: 4290/4290

MP: 1030/1030

Zustand: Veränderte Form, Elastische Haut, Muskel-Rekonstruktion

„Er ist ein Gestaltwandler und will so aussehen?“, sage ich kopfschüttelnd.

Ein schneller Überblick der Informationen, die Ali erscheinen lässt, gibt mir eine ungefähre Idee, was mir bevorsteht: Nahkämpfer mit der Fähigkeit, die Form zu wechseln, um je nach Situation als Tank oder Schadensverursacher zu agieren. Seine Skills verbessern beide Rollen, obwohl er nicht so gut wie ein spezialisierter Tank oder Schadensverursacher ist.

„Vielleicht ist er für den Raumkampf spezialisiert, Junge“, sagt Ali. „Daher hat er viel mehr Tank- und DPS-Fähigkeiten und weniger Formen, vor allem große, furchterregende.“

„Stimmt“, sage ich und blicke die nächste Gestalt an, die ich fast übersehen hätte.

Klimaras, (Söldner-Kommandosoldat Level 8) (M)

HP: 3100/3100

MP: 2783/3090

Zustand: Toter Winkel, Schwächenaufspürung, Schattenfreund, Energieschild

Getarnter DPS-Kämpfer. So etwas wie ein Assassinen-Schurke. Die Tatsache, dass ein Humanoider eine Reihe von Knotenstöcken trägt, ist interessant. Und selbst wenn er stillsteht, scheint Klimaras vor dem Hintergrund zu verschwinden, was auf beeindruckende Tarnung verweist. Und wahrscheinlich noch einige zusätzliche Skills. Wir werden gut auf ihn aufpassen müssen. Das ist wohl so eine „Entweder sein erster Angriff wird blockiert oder man stirbt“-Sache.

Die letzte Gestalt ist die interessanteste. Zuerst halte ich den Roboterkörper, den sie manipuliert – eine wulstige Monstrosität mit zwei rotierenden Geschützen und Stäben aus Flüssigmetall als Füße und Arme – für die eigentliche Kreatur. Aber bei näherem Hinsehen erkenne ich, dass ein handgroßes humanoides Wesen in einem Glascockpit sitzt, das in einer Masse aus Gel auf und ab hüpft und seine Hände im Rhythmus des Roboters bewegt. Rosa Haar, zwei Hände und eine Flosse zeichnen den Kämpfer der Meisterklasse im Roboter aus.

Yidma, Übergerüstet (Artefaktbastler Level 23) (M)

HP: 430/430

MP: 2893/3820

*Zustand: Abgeschirmt, Bewaffnet und Gepanzert, Artefaktverbindung * 7*

„Was macht es?“ Ich runzle die Stirn und sehe, wie der Roboter etwas auf den Boden stellt.

Die Piraten scheinen sich nicht besonders zu beeilen. Sie stehen herum und sehen sich die Tore zum Andockbereich an, während die Sensorgeister die Umgebung absuchen.

„Teleporter-Station. Wahrscheinlich mit Artefakten der Entermannschaft verbunden“, piepst eine leise Stimme.

Ich blicke zur Seite und sehe den Pooskeen-Abenteurer an, der mir geantwortet hat. Ich starre ihn fast wütend an, beherrsche mich dann aber. Nur weil seine Rasse versucht hat, mich umzubringen, bedeutet das nicht, dass er das auch tun wird. Zumindest versuche ich, mich davon zu überzeugen.

„Bastler sind eher eine Unterstützungsklasse, die mit ihrer Ausrüstung Zaubersprüche und Skills reproduzieren“, sagt der Pooskeen.

Ich nicke ihm dankend zu, während ich mich dem letzten relevanten Piraten zuwende.

Draugr U-129, Verhängnis der Waza, Kannibale (Fortgeschrittener Draugr Level 18) (A)

HP: 3110/3110

MP: 150/150

Zustand: Draugr, Vergiftete Klauen, Lähmbiss, Untoter Widerstand

„Ziemlich niedriges Mana", sage ich.

„Der Zustand des Draugr verwendet eine Menge Mana und reduziert dadurch den Manapool. Das hat auch deutliche Auswirkungen auf seine Regeneration", sagt Ali.

„Dieser Mistkerl sieht verdammt zäh aus", sagt Harry und starrt den Draugr an.

Die Kreatur kauert am Boden und nagt an einem Stück Fleisch, über dessen Ursprung ich lieber nicht nachdenken will. Die Kreatur ist humanoid, mit zu langen, klauenbewehrten Fingern, zu hoch angesetzten Hüften und einem grauschuppigen, abblätternden Körper. Der Draugr besitzt weder Rüstung, Kleidung noch Waffen, da die Fangzähne und Klauen allein schon Waffe genug sind.

Danach lasse ich meine Augen über den Rest der Piratencrew schweifen und nehme weitere Details wahr. Viele Individuen mit Strahlenwaffen, obwohl fast alle auch Arten von Nahkampfwaffen besitzen. Sehr wenige reine Zauberer, und dabei handelt es sich meistens um Heiler. Eine schnelle Erklärung Alis erinnert mich daran, auf meine eigenen Zaubersprüche zu achten. Niemand will in den Weltraum geschleudert werden, weil ein Idiot vergessen hat, die Wirkung seines Feuerballs zu reduzieren.

Während mir das durch den Kopf geh, entwickle ich einen Plan. Dann spricht die nervöse Eidechsenkreatur wieder. „Werden wir sie angreifen? Was machen wir jetzt?"

„Wir warten. Hauptsächlich", sage ich. „Katherine, schicke Team Vier und Team Zwei raus. Geht auf Abfangkurs zu den Sensorengeistern. Ich will ihre Zerstörung sehen."

„Verstanden."

„Alles klar, John."

Ich sehe zu, wie die Teams hinausgehen. Die Punkte im Drahtgittermodell verschieben sich, während Ali versucht, die Sensorgeister und unsere Leute zu verfolgen. Glücklicherweise hat mein Levelaufstieg auch die Fähigkeit des kleinen Geists erhöht, und er hat einen viel größeren Einfluss auf das System. Und wenn nötig, kann er seinen Körper vergrößern und sich materialisieren, um Feinden in den Arsch zu treten. Erstaunlicherweise bleibt der Geist nun meist in seiner kleineren Form, da er es wohl vorzieht, winzig, durchscheinend und für die meisten unsichtbar zu sein.

„Sie trennen sich", sagt Mikito und bringt meine Aufmerksamkeit wieder auf den Bildschirm des Andockbereichs zurück.

Wie sie gesagt hat, trennen sich die drei Kämpfer der Meisterklasse. Zwei Gruppen werden je von einem Meister in Richtung des Cockpits und der Triebwerke geführt. Der Bastler bleibt zurück und arbeitet eifrig daran, weitere Verteidigungssysteme aufzustellen, darunter zwei große Geschütztürme.

Vom Bastler modifizierte Limi-Flammenwerfer

Diese modifizierten Flammenwerfer, mein Junge, werden genauso von den Skills des Bastlers als auch von ihrer eigenen Technologie unterstützt. Der Schaden wird enorm hoch sein, also gehe ihnen aus dem Weg.

Schaden: ??/??

Kadenz: ??/??

Kapazität: ??/??

Das ist nicht besonders hilfreich, aber es wird klar, dass der Bastler immer mehr Spielzeuge aufstellen wird, wenn er die Zeit dazu hat. Dennoch muss ich warten, bis die Piratenteams relativ weit voneinander entfernt sind. Die Tatsache, dass das Handelsschiff so groß ist, gibt uns einen wichtigen Vorteil.

„Hier Team Vier. Sensorgeist eliminiert."

„Gut", sage ich und beobachte die Gruppe in ihrer Nähe, die sich plötzlich schneller bewegt. „Rückzug in Stellung 4-3."

„Verstanden." Der Punkt unserer Teams beschleunigt sich. Was ja ganz gut ist. Allerdings ...

„Hey, ihr Idioten. In die andere Richtung", sagt Ali, bevor ich das tun kann. Er gibt ihnen Anweisungen, während aus dem Gruppenkanal leise Flüche zu hören sind.

Ich ignoriere das alles und konzentriere mich auf die anderen Sensorengeister, die langsamer geworden sind und nun durch die Wände gehen. Leider haben unsere Angriffe dazu geführt, dass die anderen Piratenteams schneller werden.

„Team Zwei. Zurückziehen." Ihre Bestätigung wird ignoriert und ich wende mich den übrigen Freiwilligen in meiner Nähe zu. „Bereitet euch vor. Wir gehen rein."

Ich blicke Mikito in die Augen und weiß, dass die Samurai-Kriegerin versteht, was ich will. Sie lächelt mir kurz zu und hält ihre Naginata bereit, als sie sich vorbereitet, durch das Portal zu rennen, indem sie Hast und andere Stärkungszauber auf sich wirkt. Um uns herum leuchten weitere nützliche Zauber nacheinander auf und geben der Gruppe Heilung, Mana und Verteidigungskraft. Ich wirke Seelenschild auf mich selbst und Mikito, bevor ich einen dritten auf Harry lege.

„Fertig", sagt Mikito.

Die Aktivierung der Klassen-Fertigkeit erfordert einige Sekunden der Konzentration. Sobald sich das pechschwarze Portal öffnet, rast Mikito hindurch. Das andere Ende des Portals öffnet sich direkt vor den Toren des Andockbereichs. Das bietet Mikito einen Sekundenbruchteil der Überraschung – mehr als genug für den Angriff der Samurai-Kriegerin. Statt sich auf eine Person zu konzentrieren, stürmt sie vor, um die Teleporter-Station zu zerstören.

Die anderen Teammitglieder kommen nacheinander heraus, feuern Waffen, wirken Zauber auf die Ziele und aktivieren ihre Skills in einem Rausch der Zerstörung. Ein Team läuft nach links, das andere nach rechts, und sie konzentrieren ihr Feuer auf die Flammenwerfer, die sich nun gedreht haben. Leider sind sie dank verborgener Abschirmungen noch funktionsfähig, und die Zauber, Kugeln und Strahlen prallen wirkungslos von ihnen ab.

„Oh, Ratten kommen durchs Portal. Wie lästig ...", sagt der Bastler.

Während der Bastler sich umdreht und zum Teleporter rennt, zerschlägt Mikitos Angriff dessen Abschirmung und zerstört das Gerät. Als ihre Naginata sich in die empfindliche Maschinerie bohrt, leuchtet Hitoshi, da Mana in das Artefakt strömt.

„Mein Teleporter! Verdammt. Der Bau hat Monate gebraucht. Wie hast du die Abschirmung durchbrochen? Nein. Ich muss dir einfach diese Waffe abnehmen. Ich sehe, dass sie ein Artefakt ist, oh ja.“ Die Strahlenwaffe an Yidmas Roboterform feuert, während seine Beine zur Seite tapsen, wo sich bereits neue Fäden aus flüssigem Metall ausstrecken und Maschinenteile kombinieren, die aus seinem Inventar erscheinen.

„Macht schon, Leute“, knurre ich die Teams an, die sich um das Portal drängen.

Ich habe das Portal groß genug gemacht, damit zwei Leute gleichzeitig hindurchgehen können. Das verhindert, dass zufällige Gegenangriffe uns erreichen, stellt aber auch einen gewissen Engpass dar. Vor allem, wenn die Abenteurer und Leibwächter zögern, durch das Portal zu springen.

Hitze wallt hindurch, als die Flammenwerfer aktiv werden und einige arme ungeschützte Abenteurer verbrennen. Die Teams auf der anderen Seite bemühen sich, die Schutzschilde zu eliminieren, werden aber von den Dutzenden winziger Drohnen behindert, die der Bastler einsetzt und immer noch baut. Ich sehe, wie die Gesundheit einer Kreatur mit glattem Fell sinkt, als gelbe und grüne Flammen über sie hinwegfegen. Eilig gewirkte Heilzauber verlängern nur ihre Qual, da die Waffen sie durchbohren.

„Junge, diese Schutzschilde bilden sich auf der Grundlage seines Manas neu. Das ist eine Klassen-Fertigkeit“, sagt Ali. *„Du musst hart genug zuschlagen, um die aktive Regeneration zu unterbrechen oder ihn zu erledigen.“*

Scheiße.

„Bewegt euch!“ Ich renne an der Gruppe vorbei und werfe dabei in einigen Fällen meine Verbündeten zur Seite. Dann konzentriere ich mich für einen Moment und das Portal öffnet sich weiter, so dass ich mich direkt in das Inferno stürzen kann. Ich sehe bereits, wie die Integrität meines

Seelenschilds sinkt, während der Schaden zunimmt. „Das Portal schließt sich. Wartet auf weitere Anweisungen!"

Weitere Warnungen kann ich nicht geben, da nun beide Flammenwerfer, eine neu gebaute Strahlenkanone und eine andere Waffe, die Metallstacheln schießt, ihr Feuer auf mich konzentrieren. Ich fluche in Gedanken und frage mich, warum ich nicht zuerst hineingestürmt bin.

Mein Seelenschild zerbricht unter den Angriffen, Flammen fegen über meinen Körper und der erste Stachel bohrt sich in meinen angehobenen linken Arm. Ich schlage einen weiteren Feind weg, als der Strahl mich an der Seite verbrennt, dann sehe ich mein Ziel. Ein Versetzungsschritt bringt mich direkt über ihn, meine Lieblingsposition für den Einsatz eines mehrfachen Klingenhiebs. Jeder Bogen aus verfestigter Energie und Manakanten-Schlägen trifft auf Yidma, wird aber wenige Zentimeter vor ihm durch einen verdichteten Manaschild aufgehalten.

Yidma, Übergerüstet (Artefaktbastler Level 23) (M)

HP: 430/430

MP: 1278/3820

*Zustand: Abgeschirmt, Bewaffnet und Gepanzert, Artefaktverbindung * 7*

Schildintegrität: 874/2037

„Oh, noch eine Meisterklasse. Kein Wunder, dass die Ratten sich was trauen", sagt der Bastler.

Ich lande und mein Schwert prallt von seinem Schutzschild ab. Die Klingenkopien der Tausend Klingen verfehlen ihn, da der Roboter rückwärts eilt. Dann sendet er zwei vierbeinige Drohnen aus, die Hämmer als Hände haben und auf meine Knie einschlagen. Ein Teil meiner Konzentration hilft mir, meine Stärke und Beweglichkeit zu verstärken, um mich besser in dieser

Realität zu verwurzeln. Das macht mich zu einem unbeweglichen Objekt, auf das die Drohnen einhämmern, was sie aus dem Gleichgewicht bringt. Dieser Sekundenbruchteil genügt mir, um sie mit meinem beschworenen seelengebundenen Schwert zu zerschneiden.

„*Junge, in etwa sechs Minuten kommen weitere Feinde an. Der Draugr kommt zurück und will unbedingt etwas Leckeres fressen, und ich habe die Spur des Kommandosoldaten verloren*", meldet Ali.

„*Der andere Kämpfer der Meisterklasse?*"

„*Immer noch unterwegs zum Triebwerksraum.*"

„*Ankunftszeit?*" Ich hacke mich durch den Schwarm der Drohnen, die der Bastler erzeugt oder von anderen Abenteurern abzieht. Er ist ganz auf mich konzentriert, was ja toll ist – mit Ausnahme der Tatsache, dass ich ihn nicht erreichen kann.

„*Drei Minuten. Er schneidet sich in einem Wahnsinnstempo durch die Türen.*"

Ich knurre, aktiviere einen Seelenschild und stürme vor, wobei ich alles in den direkten Angriff stecke. Ich löse Vorhut der Apokalypse und Tausend Schritte aus, was mir leichte Verbesserungen bei Geschwindigkeit und Stärke gibt. Die Drohnen prallen von meinem Seelenschild ab, da ihre Monofilamentklingen und manaaufgeladenen Strahlen ihn nicht durchdringen können.

Dann erreiche ich den verdammten Bastler und ramme mein Schwert gegen seinen Schild. Eine Sekunde später knallen die übrigen Schwerter meines Skills Tausend Klingen in den Schild und zusammen überlasten wir die Abwehr des Bastlers. Aus nächster Nähe packe ich den runden Körper und lade in der Hand, mit der ich ihn hochhebe, einen Verbesserten Blitzschlag auf. Einen Moment später befindet sich der Bastler zwischen seinen Drohnen und mir. Dann schleudere ich die aufgestaute Blitzladung aus meiner Hand.

Komisch. In einer metallischen Struktur freigesetzte Elektrizität will sich erden – und zwar schnell. Selbst, wenn ein Teil von mir mit meiner Elementar-Affinität den Strom der Elektrizität lenkt, fließt ein Großteil durch die Metallbeine des Bastler-Roboters in den Boden, statt zu den Drohnen zu springen. Und da ich das nächste Fleischwesen bin, schlucke ich eine Menge freier Elektronen. Die Rückkoppelung lässt mich die Zähne so hart zusammenbeißen, dass sie brechen könnten, und Rauch steigt von meiner Haut auf. Wenn ich schreien könnte, würde ich das tun.

Artefaktbastler getötet
+249.381 Erfahrungspunkte erhalten

Die Erfahrungsbenachrichtigung erscheint direkt vor meinen Augen, gefolgt von einem lauten Signalton, der klar genug ist, um durch den Schmerz zu dringen. Ich beende die Kanalisierung und sacke zusammen, während ich stöhne und vor Schmerz zittere. Der verdammte Bastler muss eine Unmenge an Widerständen im Roboter gehabt haben, um so lange überlebt zu haben. Meine eigene Gesundheit ist um fast 700 Punkte gesunken, ganz abgesehen von dem Schaden, den die anderen Spielzeuge des Bastlers angerichtet haben.

John Lee (Level 23 Erethra-Paladin)
HP: 2238/3470
MP: 1873/3220

„Bei der Arbeit wird nicht herumgehockt“, ruft Mikito und tanzt an mir vorbei, während sie zwei Drohnen zerhackt. Ein Schwingen ihrer Stangenwaffe schleudert Flammen und Mana nach vorn und erwischt zwei

Piraten der Fortgeschrittenen Klasse. Wie lebende Energie wickeln sich die Flammen um die Feinde und halten sie kostbare Sekunden lang fest, während Mikito durch den Hangar rast und sowohl Hilfe als auch Zerstörung austeilt.

„Und wo warst du, als ich Hilfe brauchte?“, knurre ich, als ich mich hochrapple. Allerdings weiß ich, dass ich mich nicht beklagen sollte. Ich gehöre zur Meisterklasse, und Mikito hatte mit dem Rest der Piraten alle Hände voll zu tun.

Eine Explosion lenkt meine Aufmerksamkeit auf einen der beiden Flammenwerfer, der jetzt ein geschmolzenes Wrack ist. Überraschenderweise wird der zweite nicht mehr angegriffen, da das dafür zuständige Team sich nun auf ein Trio von Piraten konzentriert. Beide Gruppen kauern hinter mobilen Barrieren und feuern Zaubersprüche und Kugeln aufeinander, während ein regloser Körper zwischen den zwei Gruppen liegt. Als ich mein Schwert hebe, um den Flammenwerfer zu zerstören, feuert er auf einen Piraten und trifft die nilpferdähnliche Kreatur weiter hinten mit einem konzentrierten Feuerstrahl. Ich merke, dass unsere Seite überall die Oberhand gewinnt.

„*Tick-tack. Zwei Minuten, bis die Technikabteilung fällt*“, sagt Ali.

Ich kneife die Augen zusammen und meine Gedanken laufen auf Hochtouren. Währenddessen bewegen sich meine Hände und holen einen Manatrank und einen Heiltrank heraus. Grünes Licht strömt über mich und meine Gesundheit steigt rapide an, während einer der Heiler auf unserer Seite endlich aktiv wird.

„Mikito, du übernimmst das.“ Ich erzeuge bereits das Portal zu unserem Versammlungsraum und ducke mich hinein, während ich lässig eine weitere Drohne zerhacke.

Ich habe keine Zeit, mir ihre Antwort anzuhören, aber ich verlasse mich darauf, dass die Samurai-Kriegerin das unter Kontrolle hat. Hoffentlich kommt sie mit dem Draugr zurecht.

Im Versammlungsraum deaktiviere ich das Portal und bilde das nächste, während ich Befehle rufe. „Was den Rest von euch betrifft: Wir müssen einen weiteren Kämpfer der Meisterklasse töten. Ali, du kommst mit mir."

„John, brauchst du Hilfe?", sagt Katherines Stimme, als sich das Portal bildet und die Abenteurer hinausströmen.

Einige zögern, aber ich habe keine Zeit, mich jetzt um Feiglinge zu kümmern. Katherine macht sich so große Sorgen, dass sie in einem Video erscheint, und ich dadurch sehen kann, wie meine Ex-Sekretärin meinen Ex-Mech trägt. Sabre sieht gut an ihr aus, und mit all den Upgrades wird sie länger am Leben bleiben. Es war etwas schmerzhaft, Sabre abzugeben, aber auf meinem Level bringt mir der Mech nicht mehr viel.

"Negativ. Halte dich da raus. Wir werden fertig mit ihnen", sage ich.

Allerdings ist das etwas gelogen. Ich habe einen Drittel meines Manas und meiner Gesundheit verloren, und wir haben erst einen Drittel unserer Aufgabe erfüllt, da das schwächste Ziel eliminiert ist. Leider kann ich Katherines Leute nicht abziehen, da wir den dritten Kämpfer der Meisterklasse aus den Augen verloren haben. Ich betrete das Portal, sobald es leer ist, und schließe es dann. Dadurch lasse ich die Feiglinge zurück, während die Teams die nächste Stellung einnehmen.

Wir versuchen nicht einmal, uns zu verbergen – wir haben keine Zeit, und wahrscheinlich würde es auch nichts nützen. Es gibt so viele Methoden, mit denen ein aufmerksamer Feind uns entdecken kann, dass wir uns unmöglich alle verstecken können. Vor allem, da sie wissen, dass wir einen Gegenangriff starten. Leider besteht dieser Bereich ganz aus Metall, sonst würde ich Schlammwall einsetzen. Aber da ich keinen Zauber Metallwall habe, müssen einige tragbare Schildgeneratoren reichen, bevor ich mein neuestes Spielzeug heraushole.

Silversmith Jeupa VII Schützenkanone (Modifiziert und verbessert)

Diese Vierlingskanone wurde von Waffenschmieden der Fortgeschrittenen Klasse von Hand gefertigt, um die höchste für eine Energiewaffe mögliche Integration zu bieten. Diese spezifische Waffe wurde modifiziert und besitzt weitere Optionen zur Entfernungsmessung und Zielerfassung und mehr kurzfristige Schadenswirkung, auch wenn dadurch die Lebensdauer der Kanone leidet. Die Läufe können einzeln oder gemeinsam abgefeuert werden.

Grundschaden: 787 pro Lauf

Akkukapazität: 4 pro Lauf (16 insgesamt)

Nachladerate: 0,25 pro Stunde pro GME

Das ganze Ding ist fast zweieinhalb Meter lang, und zwei Dreiböcke müssen die Strahlenkanone stabilisieren. Sobald ich die Kanone aufgestellt habe, fliegt Ali heran und verbindet sich direkt mit der Zielerfassungs-Software der Waffe, um ihr alle nötigen Daten zu liefern.

„Verdammt, das ist mein Spielzeug“, sage ich, mache einen Schritt zurück und ziehe ein viel kleineres und schwächeres Gewehr heraus.

„Sobald du Maschinencode lesen und dich mit dem System verbinden kannst, kriegst du es zurück.“

Um mich herum ist unterdrücktes Lachen zu hören, da alle etwas nervös sind. Ich ignoriere das und beobachte, wie sich die kleinen Punkte auf der Minikarte nähern. Da ich die Zeit habe – und weiß, was für ein Kampf bevorsteht – löse ich alle meine Schildoptionen aus, einschließlich jene in meinem Ring, bevor ich meine Manabatterie weiter anzapfe. Ständige geringe

Steigerungen meiner Gesundheit durch auf mich gewirkte Heilzauber und die Systemregeneration bringen mich fast wieder auf drei Viertel des Höchstwerts.

„Angriff“, unterbricht Ali meine Gedanken.

Einen Moment später kommen die Piraten um die Ecke. Es werden einige hastige Schüsse gefeuert, die aber entweder durch Schilde blockiert oder beiderseits weggeschleudert werden.

„Nicht feuern!“ Ich mache ihnen keinen Vorwurf – der Gestaltwandler ist atemberaubend. Das muss die Nahkämpferform sein, denn die vieläugige, fast zwei Meter große Gestalt ist mit dicken, sich überlappenden Platten aus Knochen und Metall bedeckt. Das verdammte Ding sieht wie ein wütender Ankylosaurier aus, und als es angreift, strömt grünes Licht um es herum.

„Stellung halten!“

Muk Muk legt ein Dutzend Meter zurück, während ich das sage. Aus dem Augenwinkel sehe ich, wie Alis Kanone aufgeladen wird und Zaubersprüche und Strahlenwaffen ihr Schadenspotenzial steigern. Und ich gehe meine Optionen durch.

„Stellung halten!“

Nochmals ein Dutzend Meter.

„Feuer!“

Ali jubelt, als die Schützenkanone grüne Todesstrahlen feuert. Allein die Hitze des vorbeizischenden Strahls reicht aus, um meinen Seelenschild zu beschädigen. Und die Kanone ist nur die erste Waffe, die das Feuer eröffnet. Dutzende von Strahlenwaffen, Gewehren, Railguns und sogar einige verzauberte Pfeile legen los. Darüber hinaus fliegen gezielte Zauber herum, sowie einige sorgfältig kontrollierte Flächenzauber. Zwei kauernde Menschen weben den Zauber Greifende Hände und erzeugen transparente, halbfeste Gliedmaßen, die sich die vorbeirennenden Piraten schnappen und die ganze Gruppe verlangsamen.

Der kühne Anführer der Piraten wirft sich in diesen Todessturm, und sein grünes Licht wehrt einen Teil des Schadens ab. Der Rest des Angriffs bricht durch seinen Skill, schneidet sich durch sein schützendes Kraftfeld und erreicht schließlich die Rüstung des Gestaltwandlers. Diese leuchtet unter der Hitze sofort rot auf, aber statt zu schmelzen, scheint sie den Schaden zu zerstreuen.

Ali lädt bereits zum dritten Mal nach, und obwohl seine Kanone dauernd feuert, haben wir dem Kämpfer der Meisterklasse kaum einen Kratzer zugefügt. Die Piraten bleiben hinter Muk Muk in Deckung und rücken vorwärts, wobei nur einige Pechvögel vom Feuer erwischt werden.

Als das Team um mich herum sieht, wie das verdammte Monster den Angriff fortsetzt, weichen einige Leute zurück. Da ich nicht will, dass die Front bricht, setzte ich alles auf eine Karte. Die Aura der Ritterlichkeit strömt aus mir heraus, deckt das Schlachtfeld ab und zieht die Aufmerksamkeit unserer Feinde auf sich. Der Moment, in dem meine Aura die Piraten erreicht, ist deutlich sichtbar – selbst der Krieger der Meisterklasse stolpert. Diese Pause genügt einer weiteren Händegruppe, seine Beine zu packen und ihn noch mehr zu verlangsamen.

Aura der Ritterlichkeit (Level 1)

Allein die Anwesenheit eines Paladins kann ängstliche Feinde erschüttern und die Zuversicht von Verbündeten stärken, ob auf dem Gefechtsfeld oder im Gericht. Allerdings ist die Aura der Ritterlichkeit ein zweischneidiges Schwert, da sie die Aufmerksamkeit auf den Paladin richtet – möglicherweise zu dessen Nachteil. Erhöht die Erfolgsrate von Wahrnehmungsprüfungen gegen den Paladin und reduziert während der Aktivierung Tarnung und ähnliche Fertigkeiten. Reduziert Mana-Regeneration permanent um 5.

Wirkung: Alle Feinde müssen ihre Willenskraft gegen Einschüchterung durch das Charisma des Benutzers überprüfen. Wird die Überprüfung nicht bestanden, werden Feinde eingeschüchtert. Alle Verbündeten erhalten 50 % mehr Moral für Prüfungen der Willenskraft und 10 % mehr Zuversicht und Erfolgschance bei relevanten Aktionen.

Hinweis: Die Aura kann nach Belieben aktiviert oder ausgeschaltet werden.

Ich spüre, wie sich der Widerstand der Gruppe um mich herum festigt, während ein Pirat, der Pech hat oder eine schwache Kampfmoral besitzt, sich sogar herumdreht und flieht. Ich werfe mein Strahlengewehr wieder ins Inventar, trete um die Schilde herum, hebe die Hand und beschwöre mein Schwert.

„Es ist an der Zeit, das zu beenden“, sage ich mit einem wilden Grinsen und schwinge das Schwert nach unten.

Um mich herum erscheinen ein Dutzend Kopien der Klinge. Der vorletzte Angriffs-Skill eines Erethra-Ehrengardisten wird ausgelöst und die Schwerter schlagen nach unten und bilden verstärkte Klingenhiebe, die durch den Raum hacken und sowohl die Luft als auch den Gestaltwandler in Brand setzen. Das Monster besitzt vielleicht Verteidigung und ablative Panzerung. Es kann vielleicht mit seiner Rüstung hunderte von Schadenspunkten absorbieren. Aber meine eigenen Klassen-Fertigkeiten erzeugen einen schweren Gegenangriff, und die Durchdringung ermöglicht es mir, Panzer und Abschirmung zu durchschneiden.

Licht erfüllt den Korridor, gefolgt von Donner. Rauch von extrem erhitztem Metall und verbranntem Fleisch füllt den Korridor. Als der Rauch sich verzieht, wird klar, dass nicht viel in diesem Gang meinen Angriff überlebt hat.

Unter mir höre ich Kratzgeräusche. Ich mache einen Schritt vorwärts und sehe nach unten, wo der Meisterkämpfer sich aufrappelt. Mit einem breiten Grinsen springe ich hinunter und setze unseren Tanz fort.

Kapitel 3

„Sie haben bei Ihrem Kampf drei Stockwerke ruiniert!“ Der Kapitän des Schiffs, ein kantiger Meermann, wedelt wütend mit einer Schwimmflossenhand herum. Er ist so zornig, dass das Atemgerät an seinen Kiemen kaum mitkommt.

„Der Gestaltwandler war eine harte Nuss“, sage ich achselzuckend.

Selbst mit Einzelkämpfer-Armee konnte ich die Gesundheit der Kreatur nur um die Hälfte senken. Leider hat dieser Angriff auch die oberen und unteren Ebenen zerfetzt. Da die meisten Piraten dem Zusammenbruch des Bodens entkommen sind, bin ich nach unten gesprungen, um den Gestaltwandler zu bekämpfen, während meine Kampfgruppe die übrigen Piraten erledigte. Dank Ali und seiner Kanone war das leicht genug.

Allerdings war mein Duell mit dem Krieger der Meisterklasse nicht gerade ein Kinderspiel. Sobald er merkte, dass er es nur mit mir zu tun hatte, verwandelte der Bastard sich in etwas Kleineres und Schnelleres, was mich zu einem mobilen Gefecht in den Schiffskorridoren zwang. Das endete erst, als die Meldung kam, dass alle „normalen“ Piraten eliminiert waren, darunter auch der Draugr.

Überraschenderweise erschien der Kommandosoldat der Meisterklasse erst ganz am Ende, als die Piraten schon aufgegeben hatten. Statt zu kämpfen und weitere Teile des Schiffs zu zerstören, vereinbarten wir einen Waffenstillstand, während ich den Gestaltwandler zu den Laderäumen eskortierte. Die eiskalten Blicke, die sich die überlebenden Piraten der Meisterklasse zuwarfen, als sie durch die Andocktore gingen, zeigten mir, dass sie sich auf ihrem Schiff heftig streiten würden.

„Schwierig oder nicht, Sie haben drei Stockwerke ruiniert und auf einem anderen ein Gefecht ausgeführt. Wir mussten einen ganzen Tag warten, während meine Männer Löcher im Rumpf flickten“, beschwert sich der Kapitän. „Ich sollte Ihnen das eigentlich in Rechnung stellen.“

„Damit Sie zweimal bezahlt werden? Ich bin mir sicher, dass Ihre Versicherung dafür aufkommen wird. Und wenn Sie mir das anhängen wollen, werde ich allen sagen, was für eine Person Sie sind. Ich frage mich, wie viele Passagiere Sie wieder bekommen, wenn jeder weiß, dass Sie sich nicht einmal an die grundlegenden galaktischen Regeln halten?"

Der Kapitän presst die Lippen zusammen und stapft davon. Ich muss leise kichern, als ich sehe, wie der Meermann wegwatschelt. Dann wende ich mich Katherine und Peter zu, die schweigend neben mir stehen.

„Wie geht's dir?", fragt Katherine und sieht mich von oben bis unten an.

Ich habe mir die Zeit zum Kleidungswechsel genommen, so dass ich, abgesehen von etwas Ruß und Blut, wie immer aussehe. Es lohnt sich einfach, Sachen in großen Stückzahlen zu kaufen!

„Gut." Ich grinse. „Diesmal musste ich mir nicht einmal Arme oder Beine nachwachsen lassen."

Katherine hebt eine Augenbraue. „Wir haben einen Teil deines Kampfs mit dem Gestaltwandler gesehen. Zumindest solange die Kameras durchhielten. Es sah ziemlich brutal aus."

„Ach, so schlimm war das nicht. Er war etwas zu schnell, als dass ich seine wendige Form richtig treffen konnte, und er hüpfte selbst auch zu viel herum, um mir echte Treffer zu versetzen. Er hat meine Ausrüstung ziemlich ramponiert, aber das sah nur blutig aus und war nicht wirklich gefährlich."

„Deine wirbelnden Schwerter sind äußerst interessant. Allerdings haben sie auch deine Bewegungen behindert", sagt Peter und erwähnt die Schwachstelle meines Skills Tausend Klingen.

Sobald sie erschaffen werden, folgen die Schwerter dem Pfad des Originals, aber da ich dazu neige, das Originalschwert zu beschwören und wieder verschwinden zu lassen, können die Flugbahnen sehr seltsam werden.

Auch wenn eine Zunahme der Intelligenz einen nicht unbedingt in dem Sinne „schlauer" macht, wie wir uns das vorstellen, scheint das System zu merken, was wir vorher getan haben und entwickelt unsere Fähigkeiten in diese Richtung. Meistens. In meinem Fall ist eine der Auswirkungen meiner hohen Intelligenz, dass ich die Winkel meiner nachfolgenden Schwerter erkennen, verstehen und manipulieren kann. Es erfordert immer noch viel Übung, das zuverlässig umzusetzen, da Wissen und Praxis unterschiedliche Dinge sind. Dennoch könnte ich ohne meine erhöhte Intelligenz nicht so kämpfen, wie ich es tue.

Außerdem ist das beim Billardspielen echt nützlich.

„Bei Skills gibt es immer einen Negativfaktor. Man muss nur wissen, wie man damit umgeht", sage ich. „Aber ich muss zugeben, dass die meisten Probleme leicht erkennbar sind. Zu hohe Manakosten." Ich blicke Peter direkt an, der das Gesicht verzieht. Wahrscheinlich denkt er an seine ultimative Fähigkeit Diplomatische Immunität. Wie meine Fähigkeit Sanktum, schützt sie gegen alle Angriffe, aber – im Gegensatz zu meiner – funktioniert sie nur bei intelligenten Wesen. „Oder ein hohes Maß an Nebenwirkungen."

„Auf jeden Fall sind die Piraten jetzt weg. Ich bezweifle, dass wir erneut angegriffen werden. Es gilt als unhöflich, ein Handelsschiff auf seiner Route mehr als einmal anzugreifen. Ganz abgesehen davon, dass wir schon Pech hatten, überhaupt angegriffen zu werden", meint Katherine.

„Weißt du, manchmal erinnert mich das galaktische System eher an ein Land der Dritten Welt als an eine entwickelte Nation." Als mich alle verwirrt ansehen, erkläre ich mich. „Mehr Korruption, mehr akzeptierte Korruption, als in Kanada oder den USA. Zumindest sichtbare Korruption. Und außerdem, Piraten? Sekten, die alle anderen schikanieren? Und natürlich die verschiedenen Imperien, die einander bekämpfen."

„Es ist wegen der Konflikte zwischen den Imperien und anderen Interessengruppen, dass so etwas wie Piraten existiert“, korrigiert mich Peter. „Ein beträchtlicher Teil dieser Piraten sind in Wirklichkeit Freibeuter. Schiffe werden gezwungen, Versicherungen von mehreren Königreichen zu kaufen, wenn sie zwischen Nationen fliegen, was die Kosten erhöht, da man noch mehr Schmiergeld zahlen muss. Und wenn sich jemand weigert ... dann wird sein Name vielleicht diskret an einen Freibeuter weitergeleitet. Und so geht das weiter, von kriminellen Organisationen und Sekten zu Konzernen und sogar Gilden. Wenn es eine Methode gibt, das System zu manipulieren, werden intelligente Wesen sie finden.“

Ich nicke langsam. Das ähnelt dem, was ich gelesen habe. Auch wenn die galaktische Gesellschaft die Tatsache akzeptiert, dass das System so ziemlich alles kontrolliert, versucht sie dennoch, dauernd an die Grenzen vorzustoßen. Gilden sollten eigentlich nichtpolitisch und blockfrei sein. Deshalb dürfen sie an zahlreichen Standorten Land besitzen, ohne der Eigentümer der Siedlung oder des Territoriums zu sein. Im Gegensatz etwa zu einem Königreich, dessen Zugang zu einem und Kontrolle über ein Gebiet es automatisch zu einem Teil seines Territoriums machen würde. Um das zu umgehen, müssen sie den Grundbesitz von Individuen nutzen, was eine gefährliche Sache darstellt. Aber nichts hindert eine Gilde daran, nur aus Leuten zu bestehen, die einem Imperium oder Königreich angehören. Und daher werden die Regeln manipuliert. Oder die Art, wie sich Monarchien und ihr Adel bilden, da man dadurch Treueverhältnisse herstellen kann, die innerhalb des Systems funktionieren, aber auch dessen Regeln manipulieren.

Da wir von Gebieten reden, die zu Königreichen gehören ... „Hast du herausgefunden, wie die Einrichtung der diplomatischen Mission ablaufen wird?“

„Selbstverständlich“, meint Katherine schnippisch. „Einige von uns lesen unsere Korrespondenz.“

„Du bist doch nicht immer noch wütend darüber, oder?“ Ich grinse. Ich muss zugeben, dass ich den Großteil meiner E-Mails nicht mehr gelesen habe, nachdem Katherine sich als meine Sekretärin eingestellt hat. Ich sah mir nur die Texte an, die sie als wichtig und dringend markiert hat.

Katherine verzieht das Gesicht, bis sie dann abwinkt und mir vergibt. „Nein, das war eigentlich die richtige Entscheidung. Deine Fähigkeiten wurden woanders gebraucht.“

„Also. Die Mission?“

„Oberflächlich gesehen ist es relativ einfach“, sagte Peter. „Wir erreichen das Prax-Sonnensystem und docken an der primären Station an. Dann können wir mit den uns zur Verfügung gestellten Visa nach Irvina hinunter. Sobald wir unsere Visa an der Station zeigen, wird unser Diplomatenstatus beim Galaktischen Rat registriert. Dann haben wir sechs Monate, um einen ständigen Wohnsitz in Irvina zu finden und die Botschaft einzurichten.“

„Und ihr könnt Land für die Erde kaufen?“, sage ich und neige den Kopf.

„Ja. Leider ist die Stadt riesig und die verkäuflichen Grundstücke sind begrenzt, so dass das Probleme geben könnte“, sagt Peter. „Sobald wir ankommen, wird sich Katherine darauf konzentrieren, uns eine langfristige Unterkunft zu finden, während ich unsere ehemaligen Verbündeten um Hilfe bitte.“

„Dabei müssten doch die Truinnar helfen können, oder?“, sage ich.

„Das sollte man meinen“, schnieft Katherine. „Aber wir sind nur kleine Fische für sie. Selbst wenn wir etwas geschafft haben, das keiner Dungeonwelt gelungen ist, stellen wir auf der galaktischen Ebene nur eine weitere Stimme dar. Und es wird für sie profitabler, zur Erde zu kommen. Dafür werden sie sich nicht gerade ein Bein ausreißen. Zumindest nicht auf der Ebene des Imperiums. Es gibt etwas Hoffnung bezüglich der Herzogin, aber das müssen wir uns ansehen, wenn wir uns treffen."

Ich nicke ihren Worten zu und mir ist klar, dass sie ziemlich alles abgedeckt haben. Dann gehe ich, bevor sie mich noch weiter hineinziehen. Ich habe klar gemacht, dass ich nach unserer Ankunft in Irvina verschwinden will. Wie Harry bemerkt hat, haben Mikito und ich durch unsere Taten ziemlich viel Feindseligkeit erzeugt. Wenn wir Teil der offiziellen diplomatischen Gesandtschaft wären, würden die anderen nur Ärger kriegen. Daher will ich versuchen, uns so weit wie möglich von der Gesandtschaft und der Erde selbst zu distanzieren.

Selbstverständlich ist das nicht einfach, da Mikito und ich momentan auch als Leibwächter der anderen dienen. Obwohl Katherine ihr eigenes Sicherheitsteam besitzt, gehören dessen Mitglieder nicht zu den Meisterklassen. Da nach der Ermordung von Bipasha auf der Erde das Chaos ausgebrochen ist, brauchen wir unsere wenigen Meisterkämpfer dort. Bis der Geheimdienst und ähnliche Gruppen genug im Level aufsteigen, sind Mikito und ich die einzigen Schwergewichte, die Katherine einsetzen kann. Daher reisen wir unter diplomatischen Visa ein, auch wenn ich das nur ungern tue.

Letztlich habe ich keine Wahl. Irvina – und der gesamte Planet Prax – ist ein Sperrgebiet. Der Einflug ins Sonnensystem, und erst recht das Betreten der Hauptstadt, ist aufgrund der enormen Anzahl an Interessenten streng eingeschränkt. Die einzige andere Methode, einzureisen, wäre mit einem ausreichend hohen galaktischen Ruf. Und was mich betrifft ...

Galaktischer Ruf: 2

Galaktischer Ruhm: 2.308

Der Wert für den galaktischen Ruhm mag hoch erscheinen, aber er stammt größtenteils von der Erde. Das ist die Summe des durchschnittlichen Ruhms, den ich in jeder Region der Erde genieße. Auch wenn es hoch aussehen mag, ist es nur auf dem Niveau einer internationalen Boygroup aus der Zeit vor dem System. Man kennt den Namen, kann die einzelnen Sänger aber ums Verrecken nicht auseinanderhalten. Auf der galaktischen Ebene bin ich ein Nichts.

Und mein Ruf ist noch miserabler. Obwohl ich vor der Wahl von Bipasha eine Menge Verträge abgeschlossen habe, habe ich stark an Ruf verloren, als sie ermordet wurde und der verdammte Senator sich weigerte, einige davon zu erfüllen. Die Tatsache, dass dann Rob direkt mit den betroffenen Parteien verhandelt hat, um sie zu beruhigen, gab mir einen unangenehmen und sehr persönlichen Einblick in die Politik.

Auf jeden Fall ist es aufgrund dieses Schlamassels schwer, einen galaktischen Ruf zu erhalten. Um ihn auf galaktischer Ebene zu erhöhen, braucht man eine beträchtliche Menge an Ruhm, Positionen und Verhandlungen.

Erstaunlicherweise sehen Mikitos Werte viel besser aus.

Mikito Sato, Speer der Menschheit, Blutwächterin (Mittel-Samurai Level 46)

HP: 1990/1990

MP: 1400/1400

Zustand: Isoide, Jin, Rei, Meiyo, Ishiki, Ryoyo

Galaktischer Ruf: 8

Galaktischer Ruhm: 7.783

Es überrascht mich nicht, dass ihr Ruhm höher ist als meiner. Zum einen hat sie keine vier Jahre in einem Höllenloch der Verbotenen Zone verbracht. Selbst wenn das eigentlich beeindruckend ist, hat es meinen Ruhm nicht gerade erhöht, und da ich nicht auf den Ruhm versessen bin, habe ich meine kleine Reise nicht groß erwähnt. Während meiner vierjährigen Abwesenheit rannte Mikito in der Welt herum, tötete Monster und räumte jede Menge Dungeons leer. Wenn man noch hinzuzählt, dass sie in den galaktischen Arenen bekannt wurde, ist es nicht überraschend, dass sie mehr Punkte hat als ich. Und ohne eine Reihe gebrochener Abkommen, die sie belasten würden, ist auch ihr Ruf ziemlich gut. Zumindest für einen galaktischen Neuankömmling.

„Warum starrst du mich so an?", fragt Mikito argwöhnisch.

„Tue ich doch gar ...", sage ich und schüttle den Kopf. „Ich habe deinen Status angesehen. Du bist seit meiner Rückkehr um einige Levels aufgestiegen."

Mikito grinst. „Du bist nicht der Einzige, der schummeln kann."

„Will ich das überhaupt wissen?"

„Das kommt darauf an. Bist du daran interessiert, wieder in die Arena zu gehen?"

„Aha", sage ich kopfschüttelnd.

Natürlich. Die Erfahrung und der Gold-Zehnt. Und jetzt, nachdem die Lady ein galaktisches Publikum hat, steigen ihre Werte. Wenn man dann noch die zahlreichen Dungeons einrechnet und die Schlachten, die wir vor der Wahl gewonnen haben, und ...

Mikito lässt sich aber nicht ablenken. „Warum hast du dir meinen Status angesehen?"

„Ich habe nur an unsere Ankunft gedacht. Wenn wir unsere Visa benutzen, kommen wir rein. Aber das verbindet uns mit der Erde."

„Haben wir denn eine andere Option?", fragt Mikito.

„Keine, von der ich weiß."

„Dann mach dir keine Sorgen."

Ich brumme und gehe zu meinem Zimmer zurück. Sie hat recht, aber ich habe irgendwie das Gefühl, dass es eine bessere Methode geben muss. Oder es nur Ärger bringt, wenn wir der Erde unsere Probleme aufhalsen.

***

Einige Tage später springt das Handelsschiff endlich aus dem Hyperraum und beginnt die lange Reise durch den Normalraum zum Planeten Prax. Technisch gesehen fliegen wir zu Prax III, der größten und wichtigsten Raumstation, die den Planeten im Orbit bewacht. Die Station ist so groß, dass man sie für einen kleinen Mond halten könnte. Natürlich ist Prax III nicht die einzige Raumstation, und es gibt kleinere Stationen in gleicher Entfernung an der Polarposition um den Planeten herum. Aber auf Prax III wird entschieden, ob man Irvina betreten darf.

Prax III besteht aus einer Reihe miteinander verbundener Speichen um eine zylinderförmige Struktur herum. Schiffe verschiedener Größe sind an jeder Speiche angedockt, um nach Bedarf Fracht und Personal abzuladen. Am größten Ende befinden sich einige der im System verwendeten Frachtschiffe, die mehrere Kilometer lang sind, während kleinere, wendigere Boote näher an den Speichen andocken.

Als mittelgroßes Frachtschiff docken wir etwa auf einem Drittel der Speichenhöhe an. Die übrigen Passagiere haben darum gebeten, zuerst aussteigen zur dürfen, so haben wir Menschen eine gute Sicht auf das

Entladen des Schiffs. Es ist keine Überraschung, dass ein Großteil der Arbeit von Robotern übernommen wird, die vor allem von Technomanten und Mitgliedern der Lader-Klassen kontrolliert werden. Es ist ein elegantes Ballett der Bewegung, bei dem mehrere Laderarme über den Rumpf des Schiffs kriechen. Leider werden vor allem Behälter entladen, deshalb langweilt es mich bereits nach wenigen Minuten.

„Was entladen sie denn?", frage ich Katherine.

„Das Übliche – Beute von Monstern, einige der besten Handwerkswaren der Erde, einige der örtlichen Spezialitäten. Du kennst vielleicht die hier." Katherine deutet auf einen Behälter, der genau wie die anderen aussieht. Als sie meinen verblüfften Gesichtsausdruck sieht, grinst die Frau. „Yukon-Gold."

„Aha, das Bier!" Ich muss lächeln. Das war sogar eine meiner besseren Investitionen.

Ich rufe kurz meine Benachrichtigungen auf und sehe meine Beteiligungen an. Auch wenn ich die Siedlungen aufgegeben habe, bin ich immer noch an einigen Unternehmen beteiligt. Natürlich werden die meisten von Lanas Investmentfirma im Yukon verwaltet, aber die diversen ausgebrannten Gebäude, Häuser und Läden, die ich gekauft hatte, um auf Reisen einen Platz zum Schlafen zu haben, sind nun ein kleines Vermögen wert. Vor allem, da die Siedlungen und Städte, in denen sie sich befinden, nun nicht mehr totale Ruinen sind. Zumindest die meisten davon.

Ich gehe die lange, lange Liste durch, bevor ich die Daten über die Yukon-Brauerei finde. Als direkter Aktionär und Aktionär der Investmentfirma habe ich fast vollständigen Zugriff auf ihre Finanzdaten. Ich mache große Augen, als ich die Details sehe.

„Wie viel?", stoße ich verblüfft aus, als ich das Bruttoeinkommen entdecke.

„Du hast dir jetzt erst die Mühe gemacht, deine Beteiligungen anzusehen?", sagt Katherine mit einem leichten Grinsen.

„Das Unternehmen ist ein bisschen gewachsen", muss ich zugeben.

„Ein bisschen. Sie sind sehr dankbar dafür, dass du auf eine Rendite verzichtet hast, so konnten sie deine Investitionen für die Erweiterung der Produktionskapazität einsetzen. Anscheinend ist das Dungeonwelt-Bier auf den galaktischen Märkten sehr populär", sagt Katherine in einem neckischen Ton.

„Verstanden. Und das habe ich selbst gesagt, oder?" Es erklärt, warum ich nie auch nur einen Credit an Profit erhalten habe.

Meine Hyperintelligenz holt eine Erinnerung hervor, ein Gespräch, das ich vor Jahren führte, als ich das Geld Lana gab. Ich sagte ihr, dass sie den Profit wieder investieren sollte, um die Wirtschaft von Whitehorse aufzubauen, um den Leuten Arbeit und Sinn zu geben, die alles verloren hatten. Das ist so viele Jahre her, dass ich es vergessen hatte. Während der Kämpfe schien das unwichtig zu sein, und dann ... na ja. Die Verbotene Zone. Danach kam eine große Schlacht, dann die Wahl, und so habe ich eigentlich nie daran gedacht.

Das macht mich wohl zu einem schlechten Chinesen, weil mir die Credits egal sind. Mein Vater würde sich im Grab umdrehen, wenn er wüsste, wie ich mit dem Geld umgegangen bin. Aber irgendwann, zwischen der Apokalypse und der Spur aus Leichen, die ich hinterlassen habe, wurden materielle Güter einfach unwichtig. Sogar illusionär.

Ein kleiner Teil von mir, ein schuldbewusster, fragt sich, ob ich mich dadurch unbewusst bestrafen will. Als Buße. Für all die Unschuldigen, all die Leben, die ich nicht retten konnte. Für all die Leiden, all die Zerstörung, die ich nicht aufhalten konnte Eine Klinge kann ein Monster töten, aber sie heilt keine Wunden. Mein Schwert konnte weder die Überlebenden trösten noch ihrem zerstörten Leben eine neue Richtung geben.

„John?“ Katherines Stimme unterbricht meine düsteren Gedanken.

„Entschuldige.“ Ich starre die Informationen über meine Aktien noch eine Sekunde an und lasse sie dann verschwinden. Das bringt mir jetzt nichts. Schließlich kann ich die Investmentfirma momentan nicht kontaktieren, um etwas zu ändern, und ich will es auch gar nicht. Falls ich sterbe – nein, wenn ich sterbe – hat meine Existenz wenigstens etwas Gutes bewirkt.

Also.

Was ist, das ist.

„Sieht aus, als ob wir jetzt dran sind“, unterbricht Peter meine Gedankengänge.

Ich werfe dem Mann ein angespanntes Lächeln zu. Klar. Immer weiter, immer höher.

***

Sind alle Zollstationen gleich? Die gleichen Barrieren, die gleichen streng blickenden Beamten, die dich und ihre Bildschirme anstarren, als ob sie deine tiefsten, dunkelsten, perversesten Träume sehen könnten? Ja, die galaktische Zollstation auf Prax unterscheidet sich dadurch, dass Galaktiker hinter der Theke stehen – also zahlreiche Aliens und Fantasy-Rassen – aber die Grundstruktur ist identisch.

„John Lee. Erlöser der Toten. Korrekt?“, sagt der Zollbeamte.

Ich starre die große, grüne Kreatur an und sehe mich hundertfach in ihren insektenartigen Facettenaugen gespiegelt. Es ist erstaunlich, dass sie mit diesen Mandibeln auch nur einigermaßen verständliche Geräusche erzeugen kann. „Ja“

„Sie versuchen, Irvina mittels eines sekundären Diplomatenvisums zu betreten, das für den neuen Ratssitz der Erde ausgegeben wurde, korrekt?“

„Ja“

„In Ordnung. Kennen Sie die Einschränkungen und Erwartungen, die mit diesem Visum verbunden sind?“, sagt das Insektenwesen.

„Nicht direkt.“

„Dann würde ich empfehlen, dass Sie diese genau durchlesen. Kurz gesagt, können Sie nicht an örtlichen Wahlen teilnehmen. Sie haben nur die Rechte eines Nichtbürgers, was bedeutet, dass Sie keinen Zugriff auf örtliche Beratungs-, Rechts- und Wohlfahrtsdienste haben. Sie können örtliche Dungeons erst betreten, nachdem Sie sich bei der entsprechenden Abenteurergilde angemeldet und die notwendige Freigabe erhalten haben. Dafür müssen Sie eine Zugangsgebühr zahlen, und danach wird ein Teil Ihrer Einkünfte nach dem Steuersatz für Nichtbürger besteuert. Verstöße gegen das Gesetz werden im Rahmen der sekundären Bestimmungen für Nichtbürger geahndet, und bei Schwerverbrechen folgt mindestens die Verbannung aus dem Prax-System.“

Ich nicke. Eine der Voraussetzungen, um überhaupt einen Platz auf dem Schiff zu bekommen, war, dass wir alle zutreffenden Galaxis- und Irvina-Gesetzestexte herunterladen mussten. Sobald ich dafür bezahlt und sie heruntergeladen hatte, fühlte ich, dass man mich betrogen hatte. Galaktisches Recht ist ziemlich simpel.

Es ist auch nicht sehr umfangreich, da kleinere Ärgernisse, wie illegales Müllabladen und Graffiti, vom System selbst behoben werden. Und was Eigentum und Handel betrifft, muss der Kunde eben aufpassen. Viele der echt gemeinen Betrüger werden durch das Rufsystem in Grenzen gehalten. Während es also beträchtlichen Druck gibt, den besten Deal zu kriegen, werden die Produkte oft ehrlich verkauft. Außer, vielleicht, mit einigen Hürden, die nicht erwähnt werden.

Der Galaktische Rat kümmert sich nicht um Dinge wie die Wohlfahrt einzelner Systeme und überlässt das den jeweiligen Systemen oder Gruppen. Wenn es einen Vorteil des Systems gibt, dann wäre das, dass ein „durchschnittlicher" Bürger nicht so leicht verhungert – Essen, Mana und grundlegende Gebrauchsgüter sind spottbillig. Allerdings ist es dennoch möglich. Natürlich ist es schwieriger über das reine Existenzminimum hinauszukommen. Dabei wäre für einen Menschen des 20. Jahrhunderts dieses „Minimum" echt coole Science-Fiction.

Der Großteil des galaktischen Rechts behandelt Straftaten, vor allem Gewaltverbrechen. Ersten werden Duelle nicht nur erlaubt, sondern sogar anerkannt. Wenn man die Menge und die Vielfältigkeit der kämpferischen Klassen bedenkt, überrascht es nicht, dass eine gewalttätige Lösung bei Meinungsverschiedenheiten akzeptabel ist. Da Duelle von beiden Parteien über das System bestätigt werden müssen, kann man sie auch ablehnen. Selbstverständlich beeinträchtigt das in vielen Fällen den Ruhm, es sei denn, der Abstand von Ruf und Ruhm zwischen den beiden Parteien ist sehr groß. Schließlich wird es ein Individuum der Heroischen Klasse kaum stören, von einem Handwerker der Basisklasse herausgefordert zu werden. Und wenn ein Kämpfer einen Handwerker herausfordert, gilt das als unhöflich und hat wiederum Auswirkungen auf Ruf und Ruhm.

Mit Ausnahme von Duellen wird Mord in der größeren Galaxis verpönt. Sobald man eine Dungeonwelt verlässt, hat das Töten anderer Personen Folgen. Auch wenn die Selbstverteidigung als Erklärung angenommen wird, gibt es Gerichtsverhandlungen, Gefängnisstrafen und einen reduzierten Ruf, wenn bestimmte Bedingungen nicht zutreffen. Wie etwa die Abwehr von Piraten ... Wenn ein Justiziar, ein Tribunal oder andere Gesetzeshüter sich den Zwischenfall ansehen und gegen dich entscheiden, kann ein Kopfgeld auf dich ausgesetzt werden. In derartigen Fällen kann der Justiziar oder sonstige Gesetzeshüter einen Teil der verlorenen Güter und Credits der verstorbenen Person als Sicherheit für das Kopfgeld verwenden. Deshalb fürchtet man hochstufige Gesetzeshüter so. Sie können sogar das Kopfgeld auf eine Person vervierfachen.

Mit Ausnahme der Tötung gelten wenige Dinge als Schwerverbrechen. Lange Folter, gewisse Sexualvergehen oder auch die Übernahme von Körper, Geist und Seele stehen auf dieser Liste. Kurzfristige Folter und sexuelle Belästigung werden mit Geldstrafen geahndet und das nicht einmal auf der Stufe eines Schwerverbrechens – es sei denn, die Belästigung ist langfristig. Selbst dann wird die Strafe nur vergeben, wenn ein Mitglied der Gesetzeshüterklasse anwesend ist und sich darum kümmert.

Das Gesetz auf Prax ist nicht viel besser. Ja, es gibt Details über das Allgemeinwohl, Schulung, Arbeitsrecht und ähnliche Dinge, aber für jemanden wie mich ist das größtenteils nutzlos, da ich kein Bürger bin. *Caveat emptor* deckt den Großteil dessen ab, was ich wissen muss.

„Schon gut. Ich habe nicht vor, Ärger zu machen“, sage ich.

Das Wesen mit den Insektenaugen starrt mich einen Moment lang an, bevor es seine Hände über die Bildschirme bewegt. Eine Sekunde später erhalte ich eine Meldung, dass mein Visum für Irvina genehmigt wurde. Als ich aus dem Zollgebäude komme, sprudle ich förmlich vor Aufregung.

Bald, sehr bald, werde ich eine echte Alien-Stadt sehen.

Kapitel 4

Wir fahren über einen Bohnenstangen-Lift nach Irvina, der so groß ist, dass zwei Reisebusse sogar der Länge nach hineinpassen würden. Als wir durch die dichte Wolkendecke über der Stadt hinabsinken, bin ich froh, dass der Planet selbst der Erde ziemlich ähnelt. Etwa sieben Prozent schwerer, wenn ich mich recht erinnere, mit einer Sonne wie die der Erde und einem Himmel, der alles etwas dunkler blau aussehen lässt. Der massive Mond, der die Nacht und manchmal den Tageshimmel dominiert, stellt vielleicht den größten Unterschied dar. Es ist etwas überraschend, aber Prax ist ein trockener Planet, mit einer Reihe von Binnenmeeren statt unserer planetenumschließenden Ozeane.

Sobald wir aus den Wolken herauskommen, erstreckt sich die Metropole Irvina unter uns. Der Lift endet in der Nähe der Stadtmitte, und die Stadt selbst dehnt sich kilometerweit nach allen Seiten aus. Es ist eine seltsame Stadt, mit vielen Grünzonen und kleinen, niedrigen Gebäuden in der Mitte und riesigen Wolkenkratzern am Rand, die mich an die Innenstadt von Vancouver oder New York erinnern. Diese Wolkenkratzer sind so hoch, dass sie die Straßen in tiefe Schatten tauchen. Laufstege verbinden die silbrigen Gebäude, während Grav-Züge die Passagiere transportieren. Die Stadt erinnert mich irgendwie an einen Ball, der in der Mitte eines ausgespannten Seidenschals liegt – wie eine Schüssel aus Gebäuden, die eine zentrale Halle und den Liftschacht umgibt. Aus kleinen, sich bewegenden Punkten in der Luft werden langsam Flugautos und Tiere erkennbar, die mit geordneter Präzision klar markierten Flugstraßen folgen.

Das erinnert teils an *Das fünfte Element*, teils an *Shadowrun*, und auch an eine mittelalterliche Fantasywelt. Es fehlt nur noch ein Steampunk-Zeppelin, dann hätten wir die perfekte Mischung aus Fantasy-Elementen. Je näher wir herankommen, umso deutlicher erkenne ich fliegende Gestalten zwischen den Luftfahrzeugen und Tieren. Die fliegenden Individuen verwenden sehr unterschiedliche Methoden der Fortbewegung. Manche haben Flügel, andere leuchten vor telekinetischer Energie oder durch einen Skill, und natürlich gibt es die übliche bizarre Technologie.

„Glaubst du, dass die Erde eines Tages so aussehen wird?“, sagt Mikito und starrt die geschäftige Metropole mit großen Augen an.

„Nee. Ein paar Harpyien oder Drachlinge würden die alle auffressen“, sage ich und deute nach oben. „Die meisten Dungeonwelten versuchen, das Fliegen auf ein Minimum einzuschränken. Sonst gibt es zu viele Flugwesen, die sich um Territorien streiten.“

Mikito verzieht das Gesicht, nickt aber schließlich. Harry dreht langsam den Kopf, während er eine Hand hebt, als ob er die Szene auch mit der Hand aufzeichnen würde. Er ist nicht der einzige Reporter, der das tut. Die ganze Gruppe filmt für ihre nächsten Segmente. Manche verwenden dazu Skills, andere bewegen Tech-Kameras auf und ab, und einige halten sogar Kristalle hoch. Neben mir murmelt Katherine Peter etwas zu und deutet auf verschiedene Sehenswürdigkeiten. Ich höre einen Teil davon.

„Das ist der Diplomatenbezirk um die Zentralhalle herum. Auf dieser Seite grenzt er an den Fluss, und wenn man dem Fluss folgt, erreicht man die Hauptstraße. Ich werde das für dich markieren“, sagt Peter zu Katherine.

I hören noch etwas zu, während sie Gebäude und Orte besprechen, aber bald langweile ich mich. Es hilft auch nicht, dass ich den Inhalt ihrer Benachrichtigungen nicht sehen kann. Oder dass ich noch nie von der Idee begeistert war, Immobilien zu erwerben. Als ich damals von Mietwohnungen genug hatte, war der Immobilienmarkt in Vancouver jenseits meiner finanziellen Möglichkeiten. Und dann ... na ja, dann zog ich nach Whitehorse und alles ging den Bach runter. Ich nehme an, dass ich jetzt Landbesitzer bin, aber auch nur, weil sichere Zonen so wichtig sind.

„*Wo ist die Bibliothek?*“

„Ich markiere sie kurz. Bist du dir sicher, dass du so einen langweiligen Ort besuchen willst?“, beschwert sich Ali, während er die Bibliothek hervorhebt.

Selbst im Vergleich zu den Wolkenkratzern ist das ein enormes Gebäude. Es ist ein klobiges Rechteck ohne Fenster, aber mit vielen Verzierungen an den Kanten, was es etwas gotisch aussehen lässt. Natürlich sind die Gargoyles überall im Gebäude seltsam und unheimlich, Parodien von Monstern und Albträumen. Und wenn man näher hinsieht, scheinen einige dieser Gargoyles in meinem Statusfenster aufzuleuchten.

„Ich bin schließlich hierhergekommen, um Antworten zu finden, oder?“ Ich lächle grimmig.

All die Zeit auf dem Planeten in der Verbotenen Zone hat mir einiges über die System-Quest gezeigt. Erstens ist Mana ein integraler Teil davon – die Quelle, der Treibstoff des Systems. Aber es ist nicht das System selbst, das etwas anderes darstellt. Eine Gruppe von Regeln, mehrere Vorschriften, ein enormer Großer Bruder, der alles manipuliert und uns nach Lust und Laune verändert. Das System ist ein Rätsel, selbst wenn es für uns, die wir im System leben, alles bedeutet.

„Du und eine Milliarde anderer, die diese Quest verfolgen“, knurrt Ali und verschränkt die Arme. *„Falls du mehr als ein Jahrzehnt in dieser Bibliothek verbringst, kündige ich den Vertrag, ganz gleich, welche Strafen ich dafür aufgebrummt kriege. Hörst du mich, Junge?*“

„Klar und deutlich.“ Ich unterdrücke ein Lächeln, da ich mich daran erinnere, wie Ali an unserem zweiten Tag gegen den Vertrag gewettert hat. Wir haben uns wohl alle verändert.

***

Der Rest unserer Reise nach unten verlief ziemlich ruhig. Katherine besorgte Unterkünfte für uns alle, und statt mir selbst einen Platz zu suchen, akzeptiere ich das. Zumindest kurzfristig reicht dieses luxuriöse Hotel völlig aus. Es sagt viel über die galaktische Gesellschaft aus, wenn zu den besonderen Attraktionen eine Kampfarena und persönliche Kampftrainer gehören.

Ich sehe mich in unserer Hotelsuite um. Sie ist etwas extravagant – ein separates Wohnzimmer, drei Schlafzimmer, und sogar eine kleine Küche.

„Wen hast du bestochen, um zu uns zu kommen?“, frage ich Harry, als er aus seinem eigenen Zimmer kommt.

Mikito lässt sich in ihrem eigenen Zimmer Zeit und legt eine Menge persönlicher Gegenstände ab. Ich tue das nicht, da mein Veränderter Raum groß genug ist. Und schließlich schleppe ich momentan keine Monsterteile herum.

„Katherine. Ich habe darauf hingewiesen, dass ich ihr nicht folge, wenn ich euch folge“, sagt Harry unverhohlen. „Also. Wie sieht unser Plan aus?“

„Ich werde mich in der Stadt umsehen.“ Ich blicke Mikito an, die aus ihrem Zimmer kommt und sich mit einer Hand durch ihre kurzen Haare fährt. „Du kannst gerne mitkommen.“

„Selbstverständlich. Es ist immer gut, sich in der Gegend auszukennen“, sagt Mikito.

„Das ist also abgemacht. Ali, suche im System nach Mietwohnungen“, sage ich und fahre mir übers Kinn. „Wenn wir eine Weile lang hier sind, will ich nicht länger als nötig in diesem Hotel bleiben.“

„Natürlich. Ich suche nach einer Hausruine.“

„Sehr komisch“, sage ich und halte dann inne. „Wie viel kostet das überhaupt?“

„Kaufen oder mieten?“

Nach kurzem Zögern sage ich: „Kaufen." Ich wollte ein Gefühl für die Umgebung kriegen.

„Dreizimmerwohnung in einer akzeptablen Gegend – sagen wir mal dritter Ring – dann wären das über 18 Millionen Credits", sagt Ali.

„Was?" Meine Stimme schießt in die Höhe. „Dafür könnte ich auf der Erde eine Siedlung kaufen, verdammt noch mal!"

„Das hier ist Irvina. Die älteste Stadt der Galaxis, mit der stärksten Bevölkerungsdichte. Ein Großteil der Grundstücke hier gehört Konzernen, Gilden und den ältesten Familien", sagt Ali kopfschüttelnd „Wenn der Galaktische Rat das Grundeigentum der Konzerne nicht begrenzt hätte, je nach Größe und Umsatz, wäre gar nichts mehr übrig."

Das klingt irgendwie logisch. Selbst in unserer Welt werden Konzerne immer größer, bis sie oft zu groß für einen Zusammenbruch werden. „Warum würden die Konzerne und Gilden so etwas tun?"

„Was tun?", sagt Ali und beantwortet dann seine eigene Frage. „Du meinst, diese Vorschriften zuzulassen?" Als ich nicke, prustet er. „Als ob jemand dem Inneren Rat sagen würde, was er tun oder nicht tun sollte." Als wir Ali anstarren, seufzt er. „Der Innere Rat besteht aus neun Ratsmitgliedern, von denen mindestens fünf zu den Legendären Klassen gehören. Die anderen sind Vertreter der größeren Imperien und Gruppierungen. Sie sind die wahren Herrscher, aber zum Glück versuchen sie, möglichst wenig tätig werden zu müssen. Was die Vollversammlung des Galaktischen Rats betrifft, trifft sie die großen Entscheidungen, wie die Erweiterung des Systems und Dungeonwelten. Sie versucht auch, neue Gesetze zu verabschieden, Konflikte zwischen Imperien und Gruppierungen zu schlichten und Expeditionen zu organisieren. Und zu nörgeln. In Wirklichkeit nörgeln sie fast dauernd."

Das überrascht nicht, denn obwohl Konzerne und Gilden Millionen von Mitgliedern haben, kann ein einzelner Kämpfer einer Legendären Klasse einen enormen Unterschied machen. Das liegt nicht nur daran, dass jeder von ihnen unglaublich mächtig ist. Sie haben auch zahlreiche Verbündete, und viele Leute sind ihnen einen Gefallen schuldig. Wenn man bedenkt, dass es wirklich schwer ist, auch nur einen Krieger der Meisterklassen im Kampf zu blockieren, dann versteht man, warum die Legendären Klassen so mächtig sind, dass einer von ihnen es mit einem ganzen Planeten aufnehmen kann. Und da sie Flucht-Skills auf der heroischen Stufe und höher besitzen, wie will man dann mit ihnen fertig werden? Nach dem, was ich gehört habe, fallen wenige aus den Legendären Klassen etwas anderem als der Verbotenen Zone oder einem anderen Legendären zum Opfer. Selbst wenn eine Gilde oder ein Konzern auch einen Legendären besitzt, ist es nicht möglich, die Zerstörung aufzuhalten.

„Na gut. Ein Kauf kommt also nicht in Frage", sage ich, um zu einem anderen Thema zu wechseln. Außerdem habe ich gar nicht so viele Credits dabei. Selbst wenn ich alles verkaufe, was ich besitze, einschließlich meiner Investitionen, würde das wohl nicht reichen.

„Könnte man sagen. Du solltest lieber etwas im dritten oder vierten Ring mieten", sagt Ali.

Er bewegt die Hand und eine Karte der Stadt erscheint vor uns allen. Einen Moment später werden die von der Galaktischen Halle ausgehenden „Ringe" markiert. Der erste Ring ist der kleinste und bedeckt einen Bereich, der kaum größer als die Innenstadt von Vancouver ist – mit einem Durchmesser von höchstens zwei Kilometern. Jeder folgende Ring wird breiter, und Sicherheit, Kosten und Freizeiteinrichtungen nehmen ab. Diese Ringe beruhen meistens auf Unterschieden in der Architektur und vom

System aktivierten Funktionen, so dass sie von bloßem Auge schwer erkennbar sind.

„Und das sind die Dungeons?", fragt Mikito und tippt ein Torsymbol an.

Einen Moment später markiert die Karte alle Torsymbole – ein riesiges, drei große und neun kleinere Tore erscheinen auf der Karte. Die Tore selbst beginnen im dritten Ring, wo sich das riesige Torsymbol befindet, und setzen sich dann nach außen fort. Die kleinsten Torsymbole erscheinen auf dem achten und letzten Ring.

„Jawohl. Deshalb habe ich den dritten oder vierten Ring empfohlen", antwortet Ali. „Abenteurer und ihre Gilden sammeln sich um den Primär-Dungeon herum. Es ist keine Überraschung, dass es dort viele Wohnungen für Leute wie euch gibt. Es gibt sogar Gasthäuser mit ihren eignen Schlachthöfen und Reparaturwerkstätten."

„Verstanden." Ich zucke mit den Achseln. „Dann sollten wir mit dem kleinsten Ring beginnen und uns gleich heute auf den Weg machen."

Es folgt ein langes Schweigen, bevor sich Harry zu Mikito wendet und sagt: „Meint er das im Ernst?"

„Ja. John vergisst gerne, die Regeln durchzulesen." Mikitos Lippen zucken etwas.

„Was?", sage ich irritiert.

„Der erste Ring ist ein Sperrgebiet, das nicht einmal Bürger von Irvina betreten dürfen. Der zweite Ring ist nur für Personen mit hohem Ruf und Diplomatenstatus", sagt Ali. „Der dritte Ring ist für Abenteurer und ähnliche Typen gedacht, die ein entsprechendes Ansehen besitzen. Da du mit einem sekundären Diplomatenvisum hierhergekommen bist, kannst du dort anfangen. Ohne dein jetziges Ansehen hättest du dieses Hotel nicht einmal betreten dürfen."

„Oh.“ Ich zögere und stelle dennoch die Frage. „Und ich nehme an, das stand alles in dem Dokument, das sie uns geschickt haben?“

„Ja“, sagt Harry, und seine Enttäuschung ist klar hörbar.

„Was soll der Ton?“, knurre ich.

„Es ist traurig, wenn du herausfindest, dass deine Helden auf tönernen Füßen stehen“, sagt Harry.

„Held ...“ Ich sitze verblüfft da, während Harry aufsteht.

Daraufhin geht die gesamte Gruppe zur Tür. Ich schüttle den Kopf und versuche, sie einzuholen, aber sie ignorieren mich, während ich rufe.

„Hey! Was willst du damit sagen?“

***

Ich erhalte keine Antwort, aber das ist egal. Sobald wir unser Hotel verlassen, schickt uns das einzige öffentliche Verkehrsmittel, zu dem wir Zugang haben, direkt vom zweiten Ring in den dritten. In diesem Moment verstehe ich, wie nervig es für manche von uns sein wird, im Hotel zu bleiben. Natürlich macht das den meisten Leuten nichts aus, die in Verbindung mit Katherines Visum hier angekommen sind. Ganz gleich, ob sie neue geschäftliche Netzwerke aufbauen oder mit anderen Diplomatengruppen sprechen, werden sie eng mit der Dame zusammenarbeiten. Das ist nur für uns wichtig, die Visa aus selbstsüchtigen Gründen geborgt haben.

Trotz der Hochhäuser hat der zweite Ring wenigstens einige Grünflächen. Sobald wir den dritten Ring erreichen, stehen die Gebäude dicht an dicht und lassen kaum Platz für etwas anderes als Luft. Nur einige Hauptstraßen verlaufen durch die Stadt, und über vielen davon befinden sich Laufstege und weitere Gebäude.

„Wie sieht der Boden aus?“, frage ich Ali. Auch wenn ich gelegentlich etwas sehe, ist es zu dunkel, um es deutlich zu erkennen.

„Sehr unterschiedlich. Von den Dungeons zu den Hauptgilden, dem Auktionshaus und zum Händlerqartier gibt es praktisch keinen Verkehr. Niemand will die Leiche eines Mantikors durch eine Straße voller Bettler und improvisierter Marktstände schleppen. Außerhalb dieser Bereiche sind die Straßen oft voller Krämer und üblicher Landstreicher“, sagt Ali, „Es gibt einige Gegenden, vor allem ab dem fünften Ring, die von Nachtwesen übernommen wurden, welche die Dunkelheit lieben. Die unteren Stockwerke sind voller billiger Läden, und dann folgen Wohnungen, die mehr kosten – aber immer noch preisgünstig sind – wobei sich die billigsten Wohnungen auf dem zwanzigsten Stockwerk aufwärts befinden, bevor man dann die Stockwerke mit Anschluss zu den Grav-Zügen erreicht.

Wenn man weiter unten ist, kann und muss man den öffentlichen Nahverkehr auf dem Boden benutzen. Oder, du weißt schon, laufen. Wohnungen in der Mitte stellen die schlimmsten Aspekte beider Optionen dar – man hat keinen Zugang zu den Röhren der Grav-Züge, kann aber auch den Boden nicht leicht erreichen. Selbst mit Hypertubes für den Personenverkehr muss man oft herumstehen und warten. Wenn man noch bedenkt, dass es Vampire, Drider und andere Dunkelheit liebende Wesen gibt, hat man einen Bereich, der fast immer finster ist.“

„Verstanden. Also lassen wir den Boden in Ruhe, solange wir können“, sage ich.

Die Gruppe schweigt, während das kleine transparente Fahrzeug, in dem wir uns befinden, über die Grav-Schienen schwebt, um Gebäude herum fliegt, nach oben und unten rast und manchmal andere Taxis und Busse nur um Zentimeter verfehlt. Anfangs erwarte ich einen Zusammenstoß, aber dann mache ich mir keine Sorgen mehr und genieße die Reise. Ich habe mir einen Plan der Grav-Schienen, Schnellzüge und individuellen Flugfahrzeuge nach unserer Ankunft angesehen und muss zugeben, dass ich nichts davon verstehe. Ich erkenne, dass Schwerkraft und elektromagnetische Kräfte eine große Rolle spielen, aber das Wie und Warum ist mir nicht klar. Wahrscheinlich liegt es daran, dass das Verkehrsnetz größtenteils auf Skills basiert.

„Kleine Fenster", sagt Mikito und deutet auf eine Reihe winziger Fenster, die nicht höher sind als zwei nebeneinander gelegte Finger. Die reine Anzahl an der Seite des Gebäudes ist wirklich erstaunlich.

„Ah, die Enklave der Kleinen. Nicht jeder will in einer kleinen Stadt wohnen. Und aufgrund der Architektur, sind diese Wohnungen billiger", sagt Ali. Als ich eine Augenbraue hebe, seufzt der Geist. „Klar. Die meisten galaktischen Städte haben einige Bezirke für ungewöhnliche humanoide Gattungen. Die Zahl und Größe ist unterschiedlich, aber es gibt die kleine Stadt, die große Stadt, Semis, Vierbeiner und Noxe. In der kleinen Stadt wohnen winzige intelligente Wesen. Du weißt schon – intelligente Mäuse, Grimmlinge und Feen, so etwas. Die Großen sind natürlich Riesen und ähnliche Kreaturen. Semis sind die Halbkörperlichen, die von intelligenten Elementarwesen bis hin zu Geistern reichen. Vierbeiner sind alle, die nicht dem standardmäßigen Zweibeinermuster folgen, und Noxe atmen keinen Sauerstoff. "

„Warum sind wir dann nicht Unmengen von ihnen begegnet?", fragt Harry.

„Wieso sollten wir das?", fragt Ali und schüttelt den Kopf. „Mit Ausnahme der Riesen, die die Alpen übernommen haben, passen die meisten Großen nicht in eure normalen Dungeonkonfigurationen. Die Kleinen können es, aber sie haben gegen standardmäßige Monster einen schweren Stand, bis sie die Fortgeschrittenen Klassen erreichen. Sie besitzen auch ihre eigene Kultur, mit Planeten und so weiter. Die Semis sind erschienen, aber sie leben an Orten, die euch nicht gefallen würden. Mitten in Vulkanen, in der Tiefsee, der Mojave-Wüste und so weiter. Und ihr habt einige Noxe gesehen. Meine Güte, der Kapitän, der uns hierher gebracht hat, war einer. Aber die meisten bevorzugen ihre eigenen Dungeonwelten oder Heimatplaneten. Es macht keinen großen Spaß, zu ersticken, wenn dein Atemgerät ausfällt."

Das leuchtet ein. Umweltfaktoren sind weniger wichtig, sobald man einigermaßen im Level aufgestiegen ist, aber das bedeutet nicht, dass seltsame Umgebungen für uns angenehm wären. Das ist wie die Dungeons, von denen ich gehört habe, die sich mitten im Weltraum befinden. Für einen Stoppelhopser wie mich sind die nicht besonders attraktiv. Aber falls ich mich je langweile, wäre es vielleicht ganz cool, einen Dungeon in einem Raumschiff-Mech abzuschließen.

In den folgenden Stunden sehen wir uns die vorbeiziehende Umgebung an. Bald langweilen wir uns alle etwas. Man kann nur eine gewisse Anzahl außerirdischer Gebäude sehen, bevor es einem reicht, selbst wenn Ali sich bemüht, die Sehenswürdigkeiten zu erwähnen und interessante Details darüber zu berichten. Statt damit fortzusetzen, führt uns Ali in den Handelsdistrikt. Nun teilen wir uns auf, da jeder seine eigenen Läden besuchen will. Harry besucht die Sphäre des Shops, während Mikito beschließt, sich in einigen der physischen Shops umzusehen. Und ich ...

„Es gibt eine Zweigstelle?", sage ich und hebe eine Augenbraue.

„Selbstverständlich. Das hier ist Irvina. Wo sonst würden sie einen physischen Shop haben?", sagt Ali und winkt mich vorwärts. „Es ist schon ewig her, dass ich einen besucht habe. Aber die Preise sind wohl etwas niedriger."

„Na schön. Ich komme mit." Ich folge ihm und wir schlendern durch die riesigen Innenräume des Gebäudes.

Laufstege, Tunnel und Straßen verlaufen nebeneinander. Jeder folgt den vorgeschriebenen Wegen, und gelegentliche Fälle von vergesslichen oder arroganten Personen, die das missachten, erfahren schnell und heftig, warum es diese Regeln gibt. Es ist amüsant, wie Menschen um ausgebrochene Kämpfe und gelegentliche Unfälle herumgehen, ohne sie eines Blickes zu würdigen.

Gewalt ist schlimmstenfalls ein Vergehen, das zu einer Geldstrafe führt. Da Schnittwunden und Knochenbrüche innerhalb von zehn Minuten heilen, macht man sich darüber wenig Sorgen. Das führt zu einer gewissen Gewalttätigkeit, aber es scheint eine galaktische Norm zu sein, das mit Ausnahme der schlimmsten Fälle zu ignorieren. Deshalb sind Gilden, Vereinigungen, Sekten und Konzerne so populär – es ist gut, jemanden hinter sich zu haben.

Bevor ich den Shop erreiche, habe ich bereits zwei Beine gebrochen und meine Aura aktiviert, um die Idioten abzuschrecken. Der Shop selbst ist sehr einfach gehalten – gelbe Akzente an der Außenseite, mit großen Doppeltüren, die auf den eigenen Status ansprechen. Ich mache einen Schritt vorwärts und die Türen gleiten auf, um mir den Eintritt zu gewähren.

***

Drinnen befinde ich mich in einem wunderschönen gelben Zimmer mit einer einfachen Theke, wo die Gäste begrüßt werden, einem Wartebereich für alle, die sich beim Ansehen der Waren Zeit lassen wollen, sowie zwei Türen. Der Grundriss entspricht den Hauptläden, daher weiß ich aus

Erfahrung, dass diese Türen zu separaten Räumen führen, wo Kunden die Waren allein ansehen können.

Sobald ich hereinkomme, nähert sich ein elegantes junges Geschöpf, gertenschlank und in einem transparenten Kleid. Die Tatsache, dass unter dem Kleid Dutzende kleiner Mäuler mit Hunderten winziger Zähne sichtbar sind, dämpft die Attraktivität der Verkäuferin mit dem kantigen Gesicht und den schlitzartigen Augen ziemlich ab.

„Erlöser Lee. Sehr erfreut, Sie kennenzulernen." Die Verkäuferin verbeugt sich, wobei sie die rechte Hand vor ihre Brust hält. „Ich heiße K'Senia Maroo. Was kann ich für Sie tun, Erlöser?"

„Ich habe einige Sachen zu verkaufen", sage ich.

K'Senia nickt und deutet auf einen der Räume. Ich folge der Dame und sehe mich beiläufig um. Ich vermisse es irgendwie, tatsächliche Produkte anzusehen, aber wenn man die Größe des Raums betrachtet, in dem wir uns befinden, dürften sie wohl alles aus einem Lagerhaus holen. Drinnen lasse ich alle meine gesammelten Gegenstände mit einer Geste auf dem Boden erscheinen. Beute von Piratenleichen und die von ihnen benutzte Ausrüstung stellt diesmal den Großteil meiner Ware dar.

„Aha, sie hatten wohl eine ereignisreiche Reise", sagt K'Senia. „Haben Sie vor, weiterhin ohne Versicherung zu reisen?"

„Eigentlich nicht."

„Schade. Dann werde ich unsere Zweigstellen nicht informieren, dass sie noch mehr derartiges Material erwarten können", sagt K'Senia und geht die Beute rasch durch, um sie zu sortieren und den Preis zu bestimmen.

„Gibt es Leute, die das regelmäßig machen?", sage ich.

„Selbstverständlich. Es ist ein populäres Hobby unter gewissen Meisterklassen. Und beinahe allen Heroischen. Natürlich lassen die meisten Piraten die Heroischen Klassen in Ruhe. Selbst ein Handwerker einer

Heroischen Klasse stellt eine Gefahr dar, vor allem, wenn man bedenkt, dass sie beträchtlichen Einfluss in der Galaxis haben“, sagt K'Senia. „Die beste Zeit für derartige Aktivitäten ist für Kampf-Meisterklassen zwischen Level 20 und Level 40.“

„Das werde ich mir merken.“

K'Senia beendet ihre Arbeit und schiebt alles in ihr Inventar. Dann entschuldigt sie sich und geht, um die Sachen richtig einzuordnen. Ich nicke und wende mich wieder meinen Benachrichtigungen zu und fülle mein übliches Sortiment an Granaten und Einwegwaffen auf. Es ist frustrierend, wie teuer alles wird, während ich im Level aufsteige.

Ich halte einen der vielen Gegenstände hoch, die ich wieder kaufen muss, und ich starre das ziemlich teure Spielzeug an.

Sprenggranate (Stufe II)

Die aus Mithril und Oxmallium-Legierungen handgefertigte HEG II wird oft von Kämpfern der Fortgeschrittenen und Meisterklassen verwendet.

Grundschaden: 287

Wirkungsbereich: 5 m Radius

Preis: 1250 Credits.

Ich muss zur Sicherheit ein Dutzend davon kaufen, ganz abgesehen davon, dass ich Brandgranaten, Blendgranaten, Chaosgranaten und auch tragbare Schildgeneratoren brauche. Ja, die Wirkung ist erstaunlich, und auf diesem Level muss alles handgefertigt werden, um den gewünschten Schaden zu erzeugen, aber es ist wirklich äußerst kostspielig. Und das ist immer noch nicht so gut wie ein Hieb meines Schwerts. Aber es handelt sich um einen Flächeneffekt, der eine Menge Feuer und Rauch erzeugt, was nützlich ist.

Das ist einer der Hauptunterschiede zwischen der echten Erethra-Ehrengarde und mir. Ich bin ein Einzelkämpfer, ohne die Ressourcen und Geldmittel, die eine ganze Armee unterstützen. Sie können es sich erlauben, handgefertigte Mechs zu erwerben und sie zu reparieren, wenn sie unvermeidlicherweise beschädigt werden. Wenn ich das versuchte, wäre ich noch ärmer, als ich es schon bin. Auch wenn ich mich gerne mit der neuesten Technologie ausrüsten möchte, ist es einfach nicht möglich.

„Erlöser Lee, anscheinend haben wir etwas hier, das Sie abholen sollen", sagt K'Senia bei ihrer Rückkehr. „Möchten Sie es jetzt in Besitz nehmen?"

„Klar"

Einen Moment später bewegt K'Senia ihre Hände und überreicht mir die Messer. Ich blinzle die alten Freunde an, in die nun Runen eingraviert sind und die mit härteren Metallen verstärkt wurden. Grobe Kanten wurden abgeschliffen, und es gibt zahlreiche kleine Änderungen. Ich ziehe eines heraus und sehe mir den neuen Status ehrfurchtsvoll an.

Verzauberte und verstärkte Zahn-Wurfmesser (5)

Diese zuerst aus der seltenen Beute einer Erwachten Bestie mit Level 140 vom Erlöser der Toten, John Lee, hergestellten Messer, wurden vom Meister-Handwerker I-24-988L verfeinert und mit Oreichalkos und Feenstahl verstärkt. Danach wurden die Klingen weiter mit Mana und einem Stich-Skill verzaubert und erhielten einen Rückkehrzauber.

Grundschaden: 238

Verzauberungen: Rückkehr, Manaklinge (+28 Schaden), Durchstechen (-7 % Verteidigung)

„Ausgezeichnet", sage ich.

Als ich mich umsehe, muss K'Senia unwillkürlich lächeln, bevor sie auf die entfernte Ecke des Raums deutet. „Sie können ihre Messer gern ausprobieren. Die Räume hier halten einen Angriff der Stufe 1 aus."

Ich nicke ihr dankbar zu und ziehe die Messer heraus, um sie mir ansehen zu können. Es gibt leichte Unterschiede beim Grundschaden – wahrscheinlich aufgrund der verschiedenen Fehler, die mir bei der Herstellung der ursprünglichen Messer passiert sind. Wichtiger ist, dass die Verzauberungen diese Waffen tödlicher denn je gemacht haben. Die hier erzeugen fast zweimal so viel Schaden, wie meine Seelenklinge es ursprünglich tat. Ich könnte ein niedrigstufiges Monster mit diesen Messern mühelos umlegen.

Sobald ich alles verifiziert habe, sehe ich mir das einfache Bandelier an, das ebenfalls verzaubert wurde, um dem Rückkehrzauber ein Ziel zu bieten. Ich zucke mit den Achseln und schleudere die Messer mit einem Unterhandwurf auf die Wand.

Dabei passiert nichts Besonderes – keine Explosionen, Lichtblitze oder anschwellende Musik. Die Messer fliegen mit einer glatten Bewegung aus meiner Hand, die mir sehr vertraut vorkommt. Dann treffen sie Millimeter voneinander entfernt die Wand und sinken fast bis zum Griff ein. K'Senia hebt eine Augenbraue und scheint ziemlich beeindruckt zu sein.

Ich? Ich bin eher beeindruckt, als die Messer flackern und dann nacheinander wieder im verzauberten Bandelier erscheinen. Ich teste die Waffen erneut, schleudere sie beide und zähle dann, bis sie zurückkehren. Knapp drei Sekunden.

„Hey, Ali, die werden aber nicht irgendwann zurückkehren, wenn ich sie ganz weit weg werfe, oder?"

„Vielleicht? Hängt von der Wurfweite ab. Die Runen haben zwei Auslöser – Zeit nach Aufprall und Zeit nach Erreichen der Wurfgeschwindigkeit. Du kannst sie auch

zur Rückkehr zwingen, indem du diese Rune berührst." Ali markiert für mich eine Rune am Bandelier. „*Steck dein Mana hinein, und zack! Die Wurfmesser sind wieder im Bandelier.*"

„*Danke.*" Ich notier mir das mental, einschließlich der potenziellen Probleme mit der Verzauberung.

Das sind gute Ergänzungen meines Angriffs, die nicht erfordern, mein Schwert einzusetzen. Der größte Vorteil dieser Waffe besteht darin, dass sie mir eine Fernangriffsoption geben, die nicht manaintensiv oder so auffällig wie mein Klingenhieb ist.

Ich lege das Bandelier um und wende mich dann wieder K'Senia zu. Ich deute auf den Skill, den ich mir angesehen habe, als sie weg war – Galaktische Körpersprache. „Also ..."

„Ich sehe, dass Sie Probleme hatten", sagt K'Senia. „Es überrascht mich, dass man Ihnen das nicht früher empfohlen hat."

„Ja, was das betrifft. Ich verstehe nicht, warum ich die Absichten der meisten Galaktiker auf der Erde perfekt interpretieren konnte, aber jetzt widersprüchliche Eindrücke erhalte. Es ist sehr frustrierend, wenn ihr Galaktiker plötzlich von glücklich zu traurig zu wütend wechselt. Zumindest, was eure Körpersprache betrifft.

„Skill-Übersetzung", sagt K'Senia. „Sie verstehen doch, dass die Skills, die Sie kaufen, Sprachen und andere Dinge, oft von Individuen abgeleitet sind? Oder im Fall des Systems von einer großen Gruppe derartiger Individuen?"

„Ja, das verstehe ich."

„Dann sollte Ihnen auch bewusst sein, dass derartige Informationen auch mit Verhaltensmustern und Körpersprache verknüpft sind. Um die korrekte Körpersprache zu benutzen, muss das System spezifische Teile des

Körpers kontrollieren", sagt K'Senia. „Dabei werden die ursprünglichen Reaktionen des Wirtskörpers überschrieben."

„Moment mal. Sie sagen, dass diese Galaktiker Englisch gelernt haben und deshalb auch die Körpersprache des Individuums erhielten, von dem dieser Skill stammte?" Als sie nickt, reibe ich mir langsam übers Kinn. „Als sie Englisch sprachen, haben sie deshalb meistens eine menschliche Körpersprache verwendet. Deshalb hatte ich kein Problem, diese zu interpretieren." Mit Ausnahme eines bestimmten Truinnar. Aber bei ihm war ich mir nie sicher, ob das an seinen Skills lag, oder weil der Mann mich immer nervös machte. Auf gute Weise. Meistens.

„Genau. Aber viele von uns erlernen in der Jugend Galaktisch. Daher kann man keine ‚natürliche' Körpersprache erwerben, und deshalb verwenden die Galaktiker, die Sie getroffen haben, ihre jeweilige ‚natürliche` Körpersprache", sagt K'Senia. „Aber die meisten von uns lernen bald, die wichtigsten Rassen zu interpretieren. Händler wie ich kaufen Stufen des Skills, den Sie sich gerade ansehen. In manchen Fällen haben Diplomaten und derartige Personen solche Skills, um sicherzustellen, dass sie von anderen verstanden werden, ganz gleich, welcher Rasse diese angehören. Sie hingegen verlassen sich auf ihr menschliches Verständnis der Körpersprache und Gesten. Das wird zwar langsam verschwinden, aber kurzfristig gesehen müssen sie mit beträchtlichen Missverständnissen rechnen."

Ich atme kopfschüttelnd aus und ziehe den Skill in meine Kategorie „Kaufen." Während ich darüber nachdenke, unterhalte ich mich mit K'Senia darüber, was ich noch einkaufen sollte. Bald habe ich eine Menge „allgemeines" Wissen in die Kategorie verschoben, das ich noch nicht gekauft hatte, oder das Foxy, mein üblicher Verkaufsberater, mir nicht empfohlen hatte. Ich sehe mir die lange Liste an und erinnere mich daran, wie das System gern Informationen in unsere Körper schüttet, bevor ich dann die Einkäufe bestätige. Es gibt Dutzende anderer Skills, die ich gerne kaufen würde, aber es ist wohl besser, das stufenweise durchzuführen. Selbst jetzt bin ich mir nicht sicher, ob ich all das gleich „verdauen“ kann.

Informationen strömen in mein Bewusstsein und ich reiße die Augen auf und bewege sie dann von einer Seite zur anderen, während mein Gehirn sich beeilt, die Daten zu erfassen. Meine gesteigerte Intelligenz akzeptiert und sortiert die Informationsflut und beruhigt mein Bewusstsein, während mein Körper eine Reihe von Mikroimpulsen verarbeitet.

Danach markiere ich einige neue niedrigstufige Zauber. Ich füge vor allem Kontrollzauber hinzu und komplettiere meine Schlamm- und Feuerwälle mit Eis, Metall und Luft. Ich überlege kurz, ob ich einen Heilzauber hinzufügen soll, aber letztlich bin ich mit meinem jetzigen zufrieden. Ehrlich gesagt ist mein Mana begrenzt. Ich bestätige erneut die Informationen und spüre, wie das Wissen rauschhaft in mein Bewusstsein strömt.

Es schmerzt mich, wie meine kostbaren Credits sinken, da mein Erspartes beschränkt ist. Solange ich nicht noch weitere Dungeons abschließe, ist das alles, was ich habe. Da ich nicht noch mehr ausgeben will, sehe ich mir vor der Rückkehr ins Hotel kurz meinen Statusmonitor an.

Statusmonitor			
Name	John Lee	Klasse	Erethra-Paladin
Volk	Mensch (M)	Level	24
Titel			
Monsterschreck, Erlöser der Toten, Duellant. Entdecker			
Gesundheit	3520	Ausdauer	3520
Mana	3330	Mana-Regeneration	273 (+5) / Minute

Attribute			
Stärke	238	Beweglichkeit	318
Konstitution	352	Wahrnehmung	178
Intelligenz	333	Willenskraft	358
Charisma	116	Glück	72
Klassen-Fertigkeiten			
Mana-Erfüllung	3*	Klingenhieb*	3
Tausend Schritte	1	Veränderter Raum	2
Zwei sind Eins	1	Entschlossenheit des Körpers	3
Größere Entdeckung	1	Tausend Klingen*	3
Seelenschild	2	Versetzungsschritt	2
Portal*	5	Einzelkämpfer-Armee	2
Sanktum	2	Sofort-Inventar*	1
Spalten*	2	Raserei*	1
Elementarhieb*	1 (Eis)	Geschrumpfte Fußspuren*	1
Tech-Verbindung*	2	Durchdringung	3
Aura der Ritterlichkeit	1	Augen der Einsicht	1
Analysieren*	2	Abhärten*	2
Quanten-Sperre*	3	Elastische Haut*	3
Leuchtfeuer der Engel	1	Auge des Sturms	1
Vorhut der Apokalypse	2	Netz der Gesellschaft	1
Kampfzauber			

Verbesserter schwacher Heilzauber (IV)	Größere Regeneration (II)
Größere Heilung (II)	Manatropfen (II)
Verbesserte Manarakete (IV)	Verbesserter Blitzschlag (III)
Elementarsturm (Feuer, Eis, Blitz)	Polarzone
Frostklinge	Verbesserter Infernostrahl (II)
Elementarwälle (Feuer, Eis, Erde, etc.)	Frostschlag
Froststurm	Verbesserte Unsichtbarkeit
Verbesserter Manakäfig	Verbesserter Flug
Hast	

Als wir am Abend wieder im Hotel sind, besprechen wir kurz unsere Pläne für den kommenden Tag, bevor wir ins Bett gehen. Insgesamt war unser erster Tag in einer fremden Welt nicht besonders beeindruckend. Keine Schießereien, keine großen Konflikte. Nur eine Stadtrundfahrt und etwas Shopping.

Kapitel 5

„Sind Sie ein Mitglied, ein Bewerber, oder sehen Sie sich nur um?“, fragt der spindeldürre alte Mann, aus dessen enormen Ohren Haarbüschel wachsen.

Ich starre das seltsame Gnomwesen an und bemerke, dass der Mann Hosenträger anhat. Dann antworte ich. „Bewerber, bitte.“

Die Questorenhalle befindet sich im fünften Ring, was mir anfangs etwas seltsam vorkommt. Erst als Ali erwähnt, dass Questoren eine Menge Platz brauchen, um ihr gesammeltes Wissen zu speichern, andererseits aber wenig haben, das sich zu stehlen lohnt, verstehe ich das. Zudem weiß jeder, dass Questoren wenige Credits haben, aber von mächtigen Individuen unterstützt werden. Das ist wie bei den Bibliotheken auf der Erde vor dem System. Selbstverständlich könnte man die Bücher stehlen, und manche Leute taten das auch – aber lohnt es sich? Meistens nicht so. Durch die Kombination dieser Faktoren wird das Gebäude generell von den örtlichen Unruhestiftern in Ruhe gelassen. Die Besucher der Halle haben nicht so viel Glück, aber örtliche Teleporterknoten und eine Haltestelle der Grav-Bahn reduzieren die Verbrechensquoten.

Allerdings werden Körperverletzung und Diebstahl lediglich als ein Vergehen betrachtet, das eine Geldstrafe nach sich zieht. Das verdammte galaktische Recht.

„Na gut.“ Als das Schweigen zwischen uns länger wird, rollt der Beamte schließlich mit den Augen. „Zeigen Sie mir Ihre Systemquest-Benachrichtigung. Wie soll ich sonst feststellen, ob Sie geeignet sind?“

„Oh! Tut mir leid“, sage ich und werde etwas rot. Selbstverständlich wäre es die beste Methode, es hinter mich zu bringen. Dennoch ärgert mich das etwas. Schließlich hat er mir ja keinen Hinweis gegeben.

Während meine Verlegenheit sich in Wut verwandelt, lässt Ali meine Questbenachrichtigung vor mir erscheinen und teilt sie dann dem Beamten mit.

System-Quest (fortlaufend)

Erlerne, was das System ist, seine Anwendungen, Methoden und Ursprünge. Die Kenntnis des Systems wird dir Stärke verleihen. Die wahre Kenntnis des Systems wird dir etwas noch Größeres als Stärke geben.

Belohnung: Unterschiedlich und fortschreitend

Status: 23 %

„*Was zur Hölle. Der Text war vorher anders!*"

„*Du willst doch rein, oder? Ich dachte, es wäre besser, den Questtext wieder in der ursprünglichen Form anzuzeigen*", sagt Ali telepathisch zu mir.

In Gedanken muss ich seufzen. Früher hat der Geist meine Benachrichtigungen geändert und mir Informationen vorenthalten, da das „zu meinem Besten wäre." Aber darüber hatten wir schon lange ein ernstes Gespräch. Doch in diesem Fall habe ich mir nie die Mühe gemacht, den Questbildschirm wieder zu öffnen. Es gab nie einen Grund dafür. Die Fortschritts-Updates reichen mir. Und auch wenn ich das Ali nie sagen würde, gefällt mir seine ursprüngliche Version besser.

„23 Prozent. Echt beeindruckend für einen Questor, der seit weniger als einem Jahrzehnt auf der Suche ist", sagt der Gnom und wird freundlicher. „Es ist immer ein Vergnügen, einem anderen Questor zu begegnen. Du kannst mich Ric nennen."

„John Lee, Ric." Ich reiche ihm die Hand. Ric starrt meine Hand an, bevor er sie an der Handkante ergreift und meinen Arm nach oben zieht. Ich muss blinzeln, aber Ric scheint seine Reaktion für völlig normal zu halten. „Was ist denn eigentlich der normale Prozentwert?"

„Für einen Questor, oder die Allgemeinheit?"

„Beide."

„Bei den meisten liegt die Abschlussquote zwischen fünf und fünfzehn Prozent, je nach Alter und Umständen. Um als Questor betrachtet und in unsere Ränge aufgenommen zu werden, ist eine Abschlussquote von mindestens 20 Prozent erforderlich“, sagt Ric. „Dieser Wert ist nur durch fleißige Forschungsarbeit zu erreichen.“

„Danke. Und als Mitglied, kann man ...?“

„Oh, fast hätte ich es vergessen. Eine Sekunde.“ Ric bewegt seine Hand über mich und dann auf seinen Benachrichtigungsbildschirm zu.

Einen Moment später erhalte ich eine neue Meldung:

Herzlichen Glückwunsch! Du bist jetzt ein Mitglied des Elite-Ordens der System-Questoren.

Ruf +2 Galaktischer Ruf

Ruhm +2000

Titel erhalten: Lehrlings-Questor

Die im ganzen galaktischen System berühmten Questoren suchen endlos und ergebnislos nach der ultimativen Wahrheit. Vielleicht werden sie eines Tages den Sinn des Lebens entdecken. In der Zwischenzeit führen sie ihre endlose Quest fort.

Wirkung: Erhalte +10 % mehr Erfahrung für den Abschluss von Systemquests

„Das ist nützlich“, sage ich und sehe mir den angestiegenen Ruf an. Den galaktischen Ruf zu steigern ist schwierig, da dieser meist von Verträgen auf der galaktischen Ebene abhängt, oder durch eine Menge örtlicher Rufpunkte angehoben wird. Selbst wenn man sich hinter ihrem Rücken über die Questoren lustig macht, sind sie dennoch eine galaktische Organisation. „Und die Vorteile?“

„Zugang zu allen Versammlungshäusern der Questoren. Zugang zu unserer Wissensbibliothek."

„Voller Zugang?"

„Selbstverständlich", schnaubt Ric. „Was bringen denn Informationen, die eingesperrt werden? Unser Ziel ist der ständige Fortschritt dieser Quest."

„Sorry." Ich überlege einen Moment, bevor ich die Frage stelle, die mir durch den Kopf geht. „Was ist aktuell die höchste Abschlussquote?"

„Das wäre Großmeister K", sagt Ric. „Er hat 87 Prozent erreicht."

Ich bin total baff und selbst Ali pfeift.

Der Geist stellt die nächste, offensichtliche Frage. „Warum hat niemand eine Enzyklopädie dessen verfasst, was er weiß? Dann wären alle auf der gleichen Stufe."

„Das hat er getan. Und die Ergebnisse waren sehr unterschiedlich", sagt Ric und schüttelt frustriert den Kopf. „Anscheinend kann man seine Abschlussquote nur dadurch steigern und der Wahrheit des Systems näher kommen, indem man Dinge langsam lernt und versteht. Selbst wenn man alle Informationen bekommt, scheint es ohne eine gute Grundlage unmöglich zu sein, die gleiche Höhe zu erreichen."

„Oh, wie das Studium der Mathematik", sage ich. Es wäre, als ob man jemandem Einsteins Relativitätstheorie zeigt, e = mc2. Klar, das sieht einfach aus und jeder weiß, was da steht, aber das heißt nicht, dass man versteht, was es bedeutet oder wie es bewiesen wurde. Es sei denn, man hat sich das nötige Wissen vorher angeeignet. Aber wenn ich darüber nachdenke – war das nicht mehr Physik statt Mathematik? Aber man wies es über die Mathematik nach. Und mit Technik.

„Ja, genau! Sobald man die grundlegenden Hypothesen und Theorien nachgewiesen oder verstanden hat, dann kann man höher aufsteigen. Man hofft, dass mehr Mitglieder der jüngeren Generation sich unserer Suche anschließen werden“, sagt Ric. „Leider ist unsere Arbeit gefährlich, und zu viele vielversprechende Mitarbeiter sterben zu früh.“

„Gefährlich?“, sage ich und neige den Kopf zur Seite. Was ich bisher getan habe, um meine 20 Prozent zu erreichen, war alles andere als gefährlich.

„Sogar extrem gefährlich. Letzte Woche haben wir Ium verloren, einen vielversprechenden Wissenschaftler, der versucht hat, Waslter Kababas Theorie des Manastroms und der Gesundheitsregeneration zu widerlegen. Anscheinend erreichte eines der Monster eine unerwartet hohe Regenerationsrate und biss Iums Bein ab, was seine Flucht aus dem Dungeon behinderte.“

„Das ist ein ganz neuer Arbeitsbereich“, sage ich in neutralem Ton.

„Na ja, es spielt keine Rolle. Auf deiner Stufe solltest du dich momentan mit deiner empfohlenen Leseliste beschäftigen.“ Ric deutet hinter sich. „Dann fang mal an, junger Gelehrter. Mach uns stolz!“

„Und langweile mich zu Tode“, beschwert sich Ali, als wir gehen.

Ric ignoriert Ali, wofür ich ihm wirklich dankbar bin.

***

Die Bibliothek selbst haut einen nicht gerade von den Socken. Versteh mich nicht falsch – es gibt kilometerweise Bücher in alle Richtungen. Das Gebäude hat einen offenen zentralen Luftschacht, damit Personen mit Flugfähigkeiten mühelos herumkommen. Aber drinnen befinden sich nur wenige Questoren. Ich sehe lediglich drei Personen, und auf meiner Minikarte erscheinen auch nicht viel mehr. Am Ende gehe ich vorwärts und berühre den einfachen Stahlständer mit meiner Hand, so dass er Zugriff auf mein Interface erhält. Ein Navigationsmenü erscheint und flackert dann, als Ali für mich mit dem System kommuniziert.

Abgeschlossene Leseliste erhalten.

Quest-Updates erhalten.

Empfohlene Leseliste erstellt. Karte der Buchstandorte erstellt.

Eine kleine Karte der Bibliothek blinkt vor mir auf, und die Bücher werden hervorgehoben. Viele sind direkt vor mir zusammen platziert, aber einige sind an beliebigen Stellen auf der Karte verteilt. Es dauert nur wenige Sekunden, bis ich den Grund dafür herausfinde. Die beieinanderstehenden Bücher sind die empfohlenen Lesematerialien, die ich schon größtenteils erworben habe. Die anderen Bücher behandeln zufällige Dinge, die ich entweder erlernt oder in Betracht gezogen und getestet habe. Das sind Bereiche, in denen ich über den „normalen" Level eines Questors hinausgekommen bin.

„Und warum gibt es gedruckte Bücher?", frage ich.

„Urheberrecht", sagt Ali. „Die Questoren haben die Rechte an den Werken, die in der Bibliothek bleiben, aber wenn jemand sie erwerben will, muss er durch den Shop gehen. Lässt die Credits fließen."

„Und Raubkopien?", frage ich. Ich will zwar keine anfertigen, da ich in der Mitte einer enormen Bibliothek stehe, aber ich bin neugierig.

Raubdrucke und illegale Kopien von Medien war auf der Erde vor dem Erscheinen des Systems ein großes Problem, da es so einfach war. Selbstverständlich hatten alle eine Entschuldigung dafür, warum sie das tun „mussten" – das Material war schwierig zu finden, man hatte kein Geld, es war ein Verbrechen, das doch niemandem schadete. Verdammt, ich habe das ja auch gemacht. Aber ehrlich gesagt waren das nur verlogene Ausreden, um unsere mangelnde Moral zu verbergen. Raubkopien waren leicht, da wir nicht erwarteten, erwischt zu werden und nicht wussten, wen wir bestahlen.

„Möglicherweise. Das passiert schon. Aber nur wenige tun das in großem Umfang", sagt Ali. „Viele dieser Schriftsteller und Verleger zahlen in das Kopfgeldsystem für das Urheberrecht, oder Copyright-Bounty-System. Das CBS sucht das System nach Verstößen gegen das Urheberrecht und zeichnet die Anzahl in seinem Dokument auf, zusammen mit dem entsprechenden Kopfgeld. Kopfgeldjäger bleiben mit dem galaktischen Kopfgeldnetzwerk verbunden. Oft ist es für sie leichtes Geld, wenn sie einer Person mit ausreichend hohem Kopfgeld begegnen.

„Es gibt sogar einige Kopfgeldjäger, die derartige Leute die ganze Zeit jagen. Sie bezeichnen das als eine entspannende Arbeit. Anscheinend sind die typischen Raubkopierer im Vergleich zu ihren üblichen Opfern ein leichtes Spiel. Schließlich lohnt es sich nicht, wegen der Leibeigenschaft oder einer Geldstrafe einen Kopfgeldjäger zu töten und dann wirklich streng bestraft zu werden.

„Was?", sage ich und reibe mir die Nase. Das System würde so etwas viel leichter machen. „Was passiert, wenn sie erwischt werden?"

„Verpfändung, Geldstrafen, Leibeigenschaft – das Übliche", sagt Ali „All das wird durch das System verfolgt."

„Alles klar." Das ergibt Sinn. Ich nehme mir vor, nicht gegen das Gesetz zu verstoßen. Aber ... „Was ist mit all den Fernsehserien der Erde, die du dir anschaust? Stehen die nicht unter Urheberrecht?"

„Das war vor dem System", sagt Ali schnaubend. „Das zählt nicht."

Ich seufze und schüttle den Kopf. Natürlich zählt es nicht. Schließlich soll das System ja nicht fair sein. Ich unterdrücke diesen Gedanken und beschließe, dass das nicht mein Problem ist. Nicht jetzt. Mein Problem ist, zu beschließen, was ich zuerst lesen soll. Nach einer Weile treffe ich meine Entscheidung und gehe von der Gruppe von Büchern weg.

„Weißt du, vorauszuspringen ist nicht immer eine gute Idee", sagt Ali, der neben mir schwebt.

„Ist mir egal. Ich will sehen, wie ihr Empfehlungsmodul funktioniert. Und wie gut es ist."

Der Spaziergang zwischen den Bücherregalen ist gelassen, und die Atmosphäre nur leicht erdrückend – wie in allen Bibliotheken. Wenigstens gibt es keine grauhaarige Schreckschraube in einem muffigen Wollpulli, die mich über dicke Brillengläser anstarrt und schimpft, wenn ich nicht mucksmäuschenstill bin.

***

Stunden später sitze ich in einem der bequemen Questorensessel, lege die Beine hoch und gähne leise. Neben mir liegen die Bücher, die ich herausgezogen und überflogen habe, um zu sehen, wie die Referenzsoftware funktioniert

Die meisten Werke, die mir empfohlen wurden, und die nicht zur ersten Leseliste gehören, sind wohl die nächstbesten Optionen, nachdem meine Quest ein gewisses Upgrade erhalten hat. Das Komplizierte daran ist, dass mein Erfolg in den fortgeschrittenen Teilen der Systemquest meistens auf Zufallsbegegnungen basiert. Wie einen schlafenden Drachen anzuschauen, der Mana einatmet. Oder in eine Verbotene Zone geworfen zu werden.

Daher ist mein Wissen über die Logik und die Funktionsweise des Systems nicht unbedingt detailliert, sondern beruht auf Erfahrung. Das bedeutet, die empfohlenen Bücher sind gelegentlich zu kompliziert. In manchen Fällen liegt das daran, dass die Bücher von Leuten verfasst wurden, die dieses Wissen durch Experimente erworben haben. In anderen Fällen beschreiben die Bücher die Erfahrung eines Individuums. In solchen Fällen sollten die erfahrungsbasierten Bücher Quest-Updates für den nächsten Teil auslösen, statt den Sinn der Updates zu erläutern.

„Das wird ... kompliziert", sage ich und sehe mir den Haufen von Texten an.

Ich kann mich nicht einfach auf die Empfehlungen verlassen. Aber es gibt auch keinen Grund, der normalen Leseliste zu folgen. Ich will – ich muss die Komplexität des Systems besser verstehen. Wenn es effektiv wäre, der normalen Leseliste zu folgen, dann gäbe es mehr Questoren mit höheren Abschlussquoten. Dazwischen ein Gleichgewicht zu finden, scheint meine große Aufgabe für die nächsten Wochen zu sein.

„Weißt du, wenn du so lachst, siehst du ziemlich bescheuert aus", meint Ali, als ich wieder kichere. „Forschungsarbeiten sind ja interessant, aber du machst das jetzt seit vier oder fünf Stunden."

„Nein, es ist nicht die Arbeit selbst." Ich muss wieder lachen. „Es ist der Gedanke, dass in nächster Zeit mein großer Kampf darin besteht, meine beste Forschungsmethode zu bestimmen. Das ist ... ganz nett."

„Langweilig!"

Als Ali das sagt, kichere ich noch mehr, ziehe eine Tafel Schokolade aus meinem Inventar und lese weiter. Es ist vielleicht langweilig. Aber langweilig macht mir nichts aus.

***

„Wie man bei Kontrollgruppe 3 sieht, stellten die Elementaraffinitäten die grundlegendste Form der Mächte dar. Individuen mit Elementaraffinitäten können Kräfte direkt

einsetzen, ohne Einmischung des Systems. Wie Experimente in der Verbotenen Zone und außerhalb von systemaktivierten Standorten gezeigt haben, kommt es an beiden Stellen zu keinem Verlust der Elementaraffinitäten.

Des Weiteren würde das Ergebnis erklären, warum die Technokraten so auf derartige Individuen aus sind, und warum sie diese entführen, an ihnen experimentieren und sie versklaven. Ihre Taten im Zweiten Elementarkrieg haben die Anzahl von Personen mit diesen Kräften in der allgemeinen Zone reduziert und zur Einführung von Geistern, Elementarwesen und anderen vertragsmäßig gebundenen ewigen Kräften geführt. (Siehe hierzu die Abhandlung von Rum & Kol über den Zweiten Elementarkrieg.)"

Ich lege eine kurze Pause ein, berühre das Buch mit dem Finger und blicke nach oben. Ich starre den schwebenden Geist an. Ali spricht nie über seine Vergangenheit. Darüber, warum er einen direkten Vertrag mit dem System hat, oder was das eigentlich bedeutet. Und wer, oder was, er eigentlich ist. Ich weiß, dass sein Aussehen und seine Ausdrucksweise in vielerlei Hinsicht aus meinem Bewusstsein kommen. Das wurde ausgestaltet, wie er sagt, als unser Vertrag erstellt wurde. Aber das sagt nichts darüber, was der Mann eigentlich ist. Der winzige Geist hat Tiefen, die noch nicht erkundet worden sind.

Als Ali hochblickt, mit einem finsteren Blick auf seinem Spitzbartgesicht, sehe ich ihn stirnrunzelnd an und wende mich dann wieder meinem Buch zu. Momentan muss ich nur wissen, dass er ein Freund ist.

„Für unsere Zwecke genügt es zu verstehen, dass die Elementaraffinitäten die Grundlage darstellen. Zaubersprüche sind Prä-System-Versuche, mit denen Personen ohne diese Gabe die gleichen Affinitäten erreichen wollen. Zaubersprüche müssen Mana als Katalysator verwenden, um die Funktionen zu imitieren, die ein Individuum mit Elementaraffinität durch reine Willenskraft erreichen kann.

Allerdings ist klar, dass Zaubersprüche umständlich sind und in den älteren Varianten oft eine ineffiziente Methode zur Nachahmung solcher Effekte darstellen.

Beispielsweise erfordert der ursprüngliche Flammenblitz-Zauber dreimal so viel Mana wie der Skill Flammenblitz, und sein Wirken dauert etwa zweieinhalb mal so lange. Und wie wir wissen, erfordert der Flammenblitz-Zauber nur eine kleine Menge an Berechnungen und gelösten Formeln.

Das führt uns zur dritten Variante der Elementaraffinitäten – Skills. Klassen-Fertigkeiten sind zweifellos vom System generierte Aspekte. Es gibt keine Anzeichen dafür, dass Klassen-Fertigkeiten außerhalb des Systems existieren. Außerdem kann man keine Klassen-Fertigkeiten im nicht systemaktivierten Raum einsetzen, im Gegensatz zu manuell erlernten Zaubersprüchen. Selbst vom System erlernte Zaubersprüche kann man außerhalb des Systembereichs verwenden, allerdings sind dann die Kosten höher (siehe W-12-A für 18888 Experimente der Mananutzung außerhalb des Systembereichs).

Skills sind daher offensichtlich die Methode des Systems zur Nachahmung von Elementaraffinitäten. Diese Untersuchungen weisen zudem darauf hin …“

Ich atme aus und schließe die Augen, als plötzliche eine Flut von Quest-Updates mein Bewusstsein überschwemmt. Ich zucke zusammen und schließe sie, so schnell sie angekommen sind. Aber ich frage mich auch, was die plötzliche Zunahme bedeutet. Auch wenn Elementaraffinitäten wirklich interessant sind, weiß ich nicht, warum sie im System eine so große Rolle spielen.

Es gibt nur eine Methode, das herauszufinden. Ich hebe mein Buch wieder hoch und konzentriere mich auf den Text.

***

Tage später betrete ich die Hotelsuite und gehe instinktiv um die bewaffneten und gepanzerten Individuen im Raum herum. Ich weiche dem lässigen Schlag einer Stangenwaffe aus und schnappe mir grünen Saft und ein Sandwich, als ich zu meinem Zimmer gehe. Meine verbesserte

Konstitution macht den Schlaf zwar weniger wichtig, aber ich bin jetzt schon seit Tagen ständig wach. Nur der plötzliche Stoß der Naginata-Klinge hält mich auf und lenkt mich vom Buch ab, das ich noch offen habe.

„Was?“, knurre ich.

„Eine ganze Woche“, sagt Mikito. „Du bist in den letzten Tagen weder zurückgekommen, noch hast du deine Nachrichten beantwortet. Du hast dich offensichtlich nicht einmal umgezogen. Du hast uns alles selbst übernehmen lassen.“

„Äh, alle sind noch am Leben, oder?“ Ich kneife die Augen zusammen und starre Mikito in ihrer Rüstung an und blicke dann zu den zwei anderen bewaffneten Menschen hinüber. Es dauert einen Moment, bevor ich ihre Gesichter und Namen sehe. Beide sind Mitglieder von Katherines Leibwache. „Problem?“

„Nein“, sagt Joe, der kleine, kahlköpfige Typ, dessen dunkle Haut größtenteils von einem gepanzerten Jumpsuit verborgen wird. „Wir nehmen uns heute einen Dungeon vor.“

„Sehr gut. Viel Spaß.“ Als Mikito mich anknurrt, hebe ich eine Augenbraue.

„Du hast Katherines Nachricht nicht gelesen, oder?“, fragt Mikito wütend.

„Nachricht?“

„Aaaah! Kein Wunder, hat mir Lana gesagt ...“ Mikito murmelt den Rest, aber ich höre es deutlich. Ich kneife die Augen zusammen, aber die zierliche Japanerin starrt mich nur wütend an. „Katherine hat uns gesagt, dass wir innerhalb von zehn Tagen eine neue Wohnung finden müssen.“

„Oh. Ich kümmere mich sofort darum.“

„Die Nachricht wurde vor einer Woche geschickt. Als wir ankamen“, sagt Mikito und betont den zweiten Teil. „Sie hat am darauffolgenden Tag die Nachricht an mich weitergeleitet, als sie gemerkt hat, dass du sie nicht geöffnet hast."

„Oh. Ohh ..." Ich muss blinzeln und mir wird klar, dass wir weniger als drei Tage übrighaben. Vier, wenn man den heutigen mitzählt. „Verdammt."

„Genau." Mikito stößt einen Seufzer aus. „Ich schließe heute einen Dungeon ab. Wir müssen die Levels des Wachpersonals steigern und einige Credits verdienen. Harry kümmert sich um die Aufgabe, die du eigentlich erledigen solltest – eine Wohnung zu finden, die wir mieten können. Aber alle, die er finden konnte, verlangen eine Kaution über eine Jahresmiete, die nicht zurückgezahlt wird."

„Ein Jahr!", schreie ich. Wenn ich daran denke, was für Mietpreise Ali erwähnt hat, ist das absoluter Wahnsinn. „Wie sollen wir bloß so viel verdienen?"

„Dun... ...geon", sagt Ali, schwebt zu mir und schlägt mir auf den Schädel. „Was du eigentlich tun solltest, ja?"

„Wirklich?" Ich meckere und kriege einen weiteren Schlag von Ali. Es tut offensichtlich nicht weh, weshalb ich es für den Moment zulasse, aber ich werfe dem Geist einen bösen Blick zu, damit er es nicht wieder versucht. „Na schön. Ich werde ... äh ..."

„Heute beschließen, welcher Gilde ich mich anschließen soll. Nachdem du dich ausgeruht hast", sagt Mikito und deutet mit ihrer Naginata auf mich. „Dann recherchierst du, welchen Dungeon wir betreten sollen und welche Quests uns zur Verfügung stehen."

„Ja, ja." Ich nicke zustimmend, als die Samurai-Kriegerin ihr Gefolge nach draußen schickt.

Die Gesichter der Leibwächter sind ausdruckslos. Allerdings habe ich meine Augen der Einsicht aktiviert und erkenne daher ihre Belustigung und ihre Angst. Belustigung über mich. Angst vor Mikito. Sobald sie weg sind, kratze ich mich am Kopf und seufze.

„Ich hab‘ es wohl etwas übertrieben“, gestehe ich Ali.

Der Geist prustet los und ich schlucke den grünen Saft, während ich zu meinem Zimmer schlendere. Vielleicht sollte ich meine Forschungsarbeit zeitlich begrenzen. Obwohl mir die Forschungen gefallen und ich mich dabei total in sie vertiefe, ist es doch gut, ab und zu hinauszugehen und Monster zu töten.

Also. Gilde. Quests. Dungeons. Tod.

Na, dann. Zurück zu den üblichen Schindereien.

Kapitel 6

Einige Stunden später, nach einem sehr wohltuenden Nickerchen und einer noch angenehmeren Dusche schlinge ich zusammen mit Ali eine große Mahlzeit hinunter – obwohl er hauptsächlich im Essen herumstochert und den Alkohol konsumiert.

„Bist du dir ganz sicher, dass wir uns einer Gilde anschließen müssen?“, sage ich.

„Ja“, meint Ali. „Irvina-Vorschriften. So kontrollieren sie den Zugang, vor allem zu höherstufigen Dungeons.

„Und in die wollen wir ja.“

„Genau“, sagt Ali. „Und sich einer Gilde anzuschließen, ist nicht schlimm. Gilden bieten eine Menge Ressourcen. Und als Mitglied der Meisterklasse wirst du hoch geschätzt werden.“

„Aber es gibt doch auch Schattenseiten, oder?“

„Na klar. Aber ich sortiere die Gilden aus, die einen schlechten Ruf haben“, sagt Ali. „Darüber brauchst du dir keine Sorgen zu machen.“

„Das meine ich nicht. Pros und Kontras. Negativfaktoren.“

„Oh. Klar. Ja, meistens, was Gildengebühren und gelegentliche Pflicht-Quests betrifft“, sagt Ali. „Und manche Gilden stehen auf der Seite bestimmter Fraktionen.“

„Ich würde gerne neutral bleiben.“ Als das Schweigen anhält, schlucke ich das Stück Steak, an dem ich herumgekaut habe und bemerke, dass Ali mich verblüfft anstarrt. „Was?“

„Du hast gerade eben deinen ganzen Planeten auf die Seite des Galaktischen Rands gebracht. Und dabei die Faust und die Traditionalisten verärgert“, sagt Ali. „Du bist von all meinen Vertragspartnern der am meisten von der Politik faszinierte.“

„Ja, aber das war Politik“, sage ich. „Nichts Persönliches.“

„Das glaubst du doch nicht im Ernst, oder?“

„Nein, eigentlich nicht.“ Ich seufze, weil mir der Appetit vergangen ist. Ich schiebe meinen Teller weg und sehe das übrige Essen an, bevor ich es in mein Inventar stecke. Auch, wenn alles ungefähr in gleicher Form wieder aus dem Inventar kommt, muss man beispielsweise bei einer Schüssel Suppe vorsichtig sein. Schließlich will man sie nicht verkehrt herum herausziehen. „Klar. Wir müssen uns also einer Gilde anschließen, die vermutlich eine politische Ausrichtung hat. Oder gibt es eine andere Option? Ich meine nur, nicht jeder will in eine Gilde, oder?“

„Es gibt eine Option.“ Ali verzieht das Gesicht, als er das widerwillig zugibt. „Aber die ist echt schlecht. Sie nehmen 25 Prozent deiner Einkünfte, während die meisten anderen nur 10 wollen. Und mit deinem Status könnten wir es in anderen Gilden auf 5 drücken.“

„Wer?“

„Die Nicht-Assoziierte Gilde der Abenteurer – NAGA“, sagt Ali langsam. „Nicht mit der Gattung der Nagas zu verwechseln. Sie bietet eine Zertifizierung, Verkäufe an Gildenmitglieder sowie Gildenquests. Die Mitgliedschaft in NAGA bietet dir Zugang zu angeschlossenen Gilden, um deren Gebäude und andere Gildendienste zu benutzen, meist zu einem viel höheren Preis. NAGA-Abenteurer nutzen das vor allem in Städten, die keine NAGA-Zweigstelle besitzen, also den meisten.“

Ich neige den Kopf zur Seite. „Das ist alles?“

„Das ist eine miserable Option für Leute, die sich nicht entscheiden können“, sagt Ali. „Die Mitglieder haben entweder Angst, sich einer richtigen Gilde anzuschließen, sind zu schwach, um von anderen akzeptiert zu werden, oder zögern, nach wahrer Macht zu greifen. Meistens bietet NAGA nur Zugriff auf generische Quests – die sowieso für jeden da sind. Im Grunde Sammelquests. Alle spezialisierteren Quests stehen nur den richtigen Gilden zur Verfügung.“

„Aber wenn man sich ihnen anschließt, wählt man keine bestimmte Gruppierung, oder?"

„Dazu ist es zu spät, Junge."

Ich verschränkte die Arme und starre Ali an. Der Geist erwidert meinen Blick und wartet darauf, dass ich mich mit dem Unvermeidlichen abfinde. Ich will mich einfach nicht noch mehr in die galaktische Politik verwickeln lassen. Es gefällt mir gar nicht, dass ich eine Seite wählen muss, nur um mich einer Gruppe anzuschließen. Diese Seiten haben ihre Pläne und Ideologien, denen ich vielleicht nicht zustimme.

Ich will lediglich forschen und herausfinden, warum unsere Welt, meine Freunde und meine Familie sterben mussten. Ich will lediglich eine Antwort auf die Frage, wer diese verdammte Farce eines Systems eingeführt hat, warum Millionen nur mühsam überleben und weitere Millionen täglich kämpfen und bluten. Jedes Jahr. Warum Milliarden gefallen sind und noch mehr langsam verkommen.

Das System gibt uns Klassen und Erfahrung, einen gelenkten Weg zum Wachstum. Aber das schränkt uns auch ein, zwingt uns, ihren Shop und ihr System zu benutzen. Es dringt in unsere Privatsphäre ein und verlangt, dass unsere Körper in den Fleischwolf der Dungeons geworfen werden. Es manipuliert die Gesellschaft, sich an seine irre Heilungsgeschwindigkeit und Mananutzung zu gewöhnen, so dass die Gewalt ein alltägliches Ereignis wird. Es erzeugt Abstufungen in der Gesellschaft und bietet jenen, die das Glück hatten, in eine gute Familie oder Gilde geboren zu werden, einen Vorteil bei Skills und Klassen. Hinweise darauf, wie man sich entwickeln, welche Skills man kaufen, worauf man sich konzentrieren soll.

Ganz abgesehen von den Tyrannen und Autokraten auf den heroischen und legendären Stufen. Es gibt jede Menge Geschichten über diese Individuen, die ihre Position ausnutzen, um über Siedlungen, Planeten oder in einigen Fällen sogar Imperien zu herrschen. Wenn Leute diesen Level erreichen, ist es schwer, sie zu besiegen. Ein Mitglied der Meisterklasse ist mächtig, aber man wird mit ihm fertig. Für heroische Kämpfer sind viel größere Streitkräfte erforderlich. Große Einheiten, wie Gilden ...

„Wenn ich mich für NAGA entscheide, was wären dann die Nachteile? Neben dem offensichtlichen Mangel an Unterstützung“, sage ich schließlich und unterdrücke meine ambivalenten Gefühle. Es ist besser, jetzt zuzuhören, als weiterhin über etwas zu nörgeln, das ich nicht ändern kann.

„Zum einen werden dir alle Gilden auf die Nerven gehen, die dich zum Beitritt auffordern. Wenn du dich im Allerheiligsten der Questoren versteckst, hilft das zwar ein bisschen, aber sobald du dich in Dungeons begibst, werden sie damit nicht mehr aufhören“, sagt Ali. „Außerdem sind Dungeons den Dungeonwelten ähnlich. All die Leute, die du wütend gemacht hast? Die können dich dort risikolos angreifen. Die meisten Gilden legen Zeiten fest, wann ihre Mitglieder gemeinsam in die Dungeons gehen, damit sie einander im Notfall helfen können – solange das im jeweiligen Dungeon möglich ist. Wo es nicht möglich ist, ist es dennoch sicherer, eine Gruppe in der Nähe zu haben. Wenn du bei NAGA bist, hast du keinen dieser Vorteile. Zudem zahlst du in verschiedenen Läden und dergleichen höhere Preise. NAGA bietet keinen Rufbonus, daher sind die Quests, die du findest und abschließt, nicht so effektiv. Einige der größeren Gilden sind mächtig genug, dass deine Feinde es nicht wagen, dich anzugreifen. Zumindest nicht offen.“

Ich nicke. Bisher hat uns noch niemand attackiert. Nicht direkt. Allerdings bin ich mir beim Piratenangriff nicht ganz sicher. Es wäre wohl keine große Sache, eine Nachricht zu versenden, um uns angreifen zu lassen, und Gruppen wie die Faust oder die Traditionalisten haben gute Gründe, unsere Reise nach Prax zu verhindern. Was die Dreizehn-Monde-Sekte oder die Zarrie betrifft, haben die uns wahrscheinlich auch im Visier. Momentan besteht unser einziger Vorteil darin, dass sie aufgrund unserer Levels das gleiche Problem wie damals haben – genug Leute mit ausreichender Stärke zu finden. Und zumindest in Irvina müssen sie das auf eine Weise tun, bei der sich später niemand rächen wird.

Dennoch bedeutet die Tatsache, dass ich meistens in einem Zimmer hocke, dass ich zu einem leichten Ziel werde. Über kurz oder lang werden sie kommen.

„Du kannst mit dem Grinsen aufhören. Das ist unheimlich." Ali steckt sich ein traubenähnliches Objekt in den Mund und kaut. „Dann wären da noch all die Sachen, die eine gute Gilde bietet. Außerdem solltest du daran denken, dass Mikito und der Rest deiner Leute sich einer anschließen."

„Mikito ist Mitglied einer Gilde?", sage ich und merke dann, was für eine alberne Frage das ist. Natürlich ist sie das. Wie könnte sie sonst in den Dungeon kommen? „Von welcher?"

„Äh, es gibt einen offiziellen Namen, der schwer auszusprechen ist, aber die meisten nennen sie Tigs Gilde", sagt Ali. „Tig, der Gildenmeister, ist in einer höheren Heroischen Klasse."

„Was für einer Klasse?"

„Kriegsorakel. Sehr, sehr hohe Beweglichkeit, Hast und andere Tempozauber, zusammen mit der Fähigkeit, die Zukunft vorherzusagen und seiner Gruppe Stärkungszauber zu geben. Er hat auch eine Reihe konditionaler Angriffe mit hohem Schaden. Sachen wie ‚wenn Person X nach drei Schritten hier erscheint und Person Y sich an dieser Stelle befindet und der Mond zunimmt', solche Sachen." Mir klappt die Kinnlade herunter, und Ali zuckt mit den Schultern. „Konditionelle Skills und Zauber erhalten mehr Wirkung für das eingesetzte Mana. Etwa das Drei- bis Vierfache."

„Verdammt."

„Viele Leute haben versucht, seinen Erfolg nachzuahmen. Einige hatten ganz gute Ergebnisse, aber niemand hat es bisher auf die heroische Stufe geschafft", sagt Ali. „Gerüchten zufolge hat er auch sehr hohe Levels an Glück."

„Das könnte helfen." Ich trommle mit den Fingern auf dem Tisch herum. „Na gut. Also. Tigs Gilde klingt vielleicht akzeptabel. Aber erzähle mir von den anderen."

„Klar. Da wäre noch Tex-98. Sie stehen auf der Seite der Technokraten. Das ist für dich eigentlich kein Problem, aber ich erwähne es, weil die Technokraten teilweise auch mit den Questoren verbunden sind. Wenn man zusätzlich bedenkt, dass wir unsere Elementaraffinitäten besitzen, werden sie dich unbedingt haben wollen. Was den Gildenanführer betrifft ..."

Ich lehne mich vor und höre zu, da ich diese Fragen wohl recherchieren muss. Ob mir das gefällt oder nicht, habe ich viele Optionen und muss irgendwann eine Entscheidung treffen. Es ist besser, das zu erledigen, solange ich noch alles unter Kontrolle habe.

***

Sobald wir einige Namen und Ideen diskutiert haben, ist noch eine kurze Liste von Gilden übrig. Ich setze NAGA auf die Liste, weil ich immer noch von der Idee angetan bin, neutral zu bleiben. Und das, obwohl ich weiß, dass man mich nicht als neutral betrachtet. Wenn ich etwas genauer darüber nachdenke, muss ich zugeben, dass ich sowohl auf die Traditionalisten als auch auf die Faust wütend bin für das, war sie mit der Erde getan haben. Also bin ich wohl nicht so neutral, wie ich angenommen habe.

Sobald ich die Liste habe, muss ich die Gilden auch besuchen. Obwohl ich die Gebäude gesehen habe, in denen sich die verschiedenen

Abenteuergilden befinden, haben wir sie nicht betreten. Interessanterweise umgeben die meisten Gilden die Arena von Irvina, statt den Primär-Dungeon, was ich eigentlich erwartet hätte. Anscheinend wurde der Dungeon ursprünglich außerhalb der Stadt eingerichtet, die dann aber im Laufe der Jahre wuchs und ihn umgab. Statt der Gilden befinden sich um den Dungeon herum die Fleischer, Zerleger und andere Shops, die sich mit den Produkten des Dungeons beschäftigen. Die Gilden findet man stattdessen bei der Arena, wo sie ihre Mitglieder testen und trainieren können, während sie auch ihre Stärke demonstrieren.

„Die Tiefgrünen Gewässer", lese ich auf dem Schild über der Doppeltür, die zur Gilde führt. Das Gebäude scheint relativ leer zu sein, was aber gegen Mittag keine Überraschung ist. Die meisten Leute würden am Morgen oder Abend hierher kommen. Nur diejenigen, die ihre Quests frühzeitig abschließen oder sich hier entspannen und plaudern wollen, würden um diese Zeit kommen. „Ein bisschen hochgestochen, oder?"

„In unserer eigenen Sprache klingt es besser", sagt die kurze, gelbe Kreatur mit den roten Backen zu mir.

Meine Ohren zucken etwas, als ich den Typen anstarre, dem es gelungen war, sich an mich heranzuschleichen. Das ist echt beeindruckend, da ich die Fähigkeit habe, die meisten Tarn-Skills und Technologien zu durchdringen.

Peemoracha ‚Pi' Kyaka (Level 38 Schattenmeister) (M)

HP: 1780/1780

MP: 4530/4530

Zustand: Schattendiener (x3), Verbundene Form, Schattenklon

„Eure Sprache?", sage ich.

„Der Gründer gehörte zu meinem Clan", sagt Pi und lächelt. „Daher stammen viele unserer Mitglieder aus meinem Clan. Selbst wenn wir relativ klein sind. Unser Clan, meine ich. Nicht die Gilde."

„Lass dich nicht von ihm täuschen. Sein ‚Clan' umfasst vier Sonnensysteme und hat eine Gesamtbevölkerung von über zwanzig Milliarden."

„Klar." Ich sehe ihn mir für einen Moment mit Netz der Gesellschaft an. Seit ich die Erde verlassen habe, fand ich nur wenige Gelegenheiten, diesen Skill einzusetzen. Schließlich will ich mich ja unbedingt aus der Politik heraushalten. Aber die zahllosen Fäden, kleine wie große, die von ihm ausgehen, geben mir Hinweise. „Sie sind der Gildenmeister, nicht wahr?"

„Ja", gibt Pi zu. „Ich habe Sie draußen gespürt. Ihr Schatten ist schwer. Ich dachte, es wäre an der Zeit, die Schatten zu vertiefen. Reden Sie."

„Wollen Sie mich überzeugen, mich Ihnen anzuschließen?"

„Natürlich", gesteht Pi. „Drinnen?"

Ich seufze und folge dem gelben Mann, während ich leise vor mich hingrummle. Dennoch ist es eine Gilde der Stufe II, wie der Rest auf meiner kurzen Liste. Wir haben uns für Gilden der Stufe II statt der Stufe I entschlossen, nicht weil die höhere Stufe unerreichbar wäre, aber der Aufwand ist einfach größer. Es ist besser, ein großer Fisch in einem kleinen Teich zu sein, als umgekehrt. Da ich mir nicht zu viele Verpflichtungen aufhalsen will, kann ich meine Ziele wohl auch so erreichen. Zumindest versuche ich das Pi zu erklären.

Aber nach meiner Erklärung seufzt der Außerirdische. „Ich bin mir nicht sicher, ob das klappt. Bei uns geht es um Loyalität. Brüder im Schatten."

Ich muss ihm da nickend zustimmen. Die Loyalität innerhalb der Gilde ist eine ihrer stärksten Verkaufsargumente und der Grund, weshalb ich hier bin. Wenn ich mich einer Gilde anschließen muss, wäre es besser, eine zu wählen, die ihre Leute unterstützt.

„Aber man muss sich die Loyalität verdienen. Sie wollen Loyalität von uns. Aber selbst nur wenig anbieten. Hört sich nicht wie ein fairer Handel an, oder?"

Ich lächle Pi schief an, da ich zugeben muss, dass er recht hat. Schließlich bitte ich ihn, mir volle Rechte zu gewähren, damit ich tun kann, was ich will, während ich den Schutz der Gilde und ihre Dienste genieße. Im Gegenzug verspreche ich, ihnen nur manchmal zu helfen. Und natürlich meine Gebühren zu bezahlen.

„Das klappt nicht, Erlöser. Wollen Sie Ihr Angebot nicht ändern?" Als ich den Kopf schüttle, nickt Pi. „Dann lohnt sich das nicht."

Ich verziehe das Gesicht, stehe aber auf und strecke meine Hand aus, bevor Ali zischt und mir einen Hinweis über galaktische Manieren sendet. Klar. In der Galaxis gilt das Händeschütteln als nicht gerade höflich. „Nichts für ungut."

„In Ordnung", sagt Pi und legt seine Ohren an.

Ich folge dem Mann seufzend nach draußen. Eine Gilde abgehakt. Auf zur Nächsten.

***

„Wir bei Enkrago sind stolz auf unsere die ganze Galaxis umspannenden Beziehungen. Wir sind immer eine der ersten Gilden auf einer sich entwickelnden Welt, und wir stellen sicher, gute Verbindungen zu den Einheimischen zu haben", sagt Joffrey, der Vize-Gildenmeister von Enkrago. Amüsanterweise ist er ein sehr belesener Hakarta, der zwei

Klingenpeitschen an seine Oberschenkel geschnallt hat. „Im Falle der Erde haben wir natürlich schon sechs Gildenhallen in Ihrem Afrika eingerichtet."

Das erklärt, warum ich mich nicht an diese Gilde erinnere. Ich hatte nur wenig Zeit in Afrika verbracht, da während meines Besuchs ein bedauernswerter Todesfall eintrat. Das hinterließ bei anderen einen bitteren Nachgeschmack. Daher besuchte ich den Kontinent selten und ging nur kurz vorbei, wenn Probleme auftraten.

„Wenn Sie sich Enkrago anschließen, können wir Ihnen einige der lukrativsten und exklusivsten Quests im System garantieren. Unsere Verbindungen bieten erstaunliche Gelegenheiten, die ihresgleichen suchen. Wenn Sie sich einer Expedition anschließen, für Geld gefährliche Bestien jagen, Siedlungen erobern oder auch nur neue Dungeons erkunden wollen, dann bieten wir all das", fährt Joffrey fort und hüpft fast in seinem Sitz auf und ab, „Ich kann Ihnen sagen, dass ein Kämpfer Ihres Levels eine beträchtliche Zahl neuer, persönlicher Anfragen erhalten würde. Darüber hinaus könnte ich Ihnen sogar helfen, Ihre jetzige Gruppe zu erweitern, falls Sie nichts dagegen haben. Sobald wir melden, dass der Erlöser der Toten neue Kameraden sucht, werden die Leute hierher strömen."

Ich hebe die Hand, aber Joffrey quasselt noch einige Minuten lang weiter. Ich muss meine Aura aktivieren, um seine Aufmerksamkeit zu erregen, damit ich endlich sprechen kann. „Das ist ja schön und gut, aber Sie haben mir nicht zugehört. Ich will nicht zu viele Quests annehmen. Oder neue Mitglieder für meine Gruppe finden. Oder mit neuen Dingen belästigt werden, die ich tun soll. Ich habe meine eigenen Pläne."

„Natürlich haben Sie die! Und wir werden uns bemühen, diese zu unterstützen", sagt Joffrey und nickt entschlossen, wobei seine Nasenflügel zittern. „Wir werden Ihnen nur die wichtigsten Quests senden Wir können sogar eine Mindestgebühr festlegen."

„Das habe ich nicht gesagt. Ich sagte, ich bezweifle, dass ich überhaupt Quests annehmen will“, meine ich.

„Aber ja. Die meisten unserer Mitglieder der Meisterklassen tun das nicht. Wenn Sie sich mit unseren Unterstützern treffen und alle sechs Monate eine Quest der Klasse B oder höher annehmen, würde das voll ausreichen“, sagt Joffrey.

„Klasse B?“ Ich öffne den Mund, um ihn zu fragen, schließe ihn dann aber und hebe die Hand, um sein Gequassel zu stoppen. „Wissen Sie was? Schon gut. Ich glaube, ich habe genug gehört.“

„Wirklich? Perfekt. Ich hole die Formulare–“

„Nein, nein. Ich muss mir noch andere Dinge ansehen. Keine Sorge, ich werde mich melden, falls ich mich für die Enkrago entscheide.“

„Selbstverständlich. Sie haben meine Kontaktdaten, oder? Hier sind sie noch einmal“, sagt Joffrey, allerdings etwas weniger enthusiastisch.

Ich verlasse das Privatbüro. Neben mir lacht Ali lautlos, unsichtbar und hält eine riesige Tüte Popcorn in seiner Hand.

***

„Das ist alles?“, sage ich und blicke die NAGA-Gilde an.

„Genau.“

„Das kann nicht stimmen.“

„Doch.“

„Das ist ...“ Ich sehe mir die Bude genauer an. Ein winziger Raum an der Seite eines Gebäudes, gerade groß genug für die gelangweilt wirkende graue Kreatur mit den großen Augen, und sonst nichts. „Nicht gerade beeindruckend. Du hast doch behauptet, hier gebe es eine Gilden-Zweigstelle.“

„Das ist sie. Das ist der Gildenmeister“, krächzt Ali und genießt seinen Triumph, während ich versuche, meine Enttäuschung zu verbergen. Ich meine, ich bin ja nicht auf Eleganz und Äußerlichkeiten aus, aber der Unterschied zwischen den großen und pompösen Gilden, die ich besucht habe, und dem hier ...

„Vielleicht kommen wir später zurück?“, sage ich zögernd.

Irgendwie hat die Demonstration dessen, wie wenig die Gilde bietet, viel mehr Beweiskraft als alle Worte. Auch wenn der Teil von mir, der sich nicht einmischen will, immer noch nicht aufgibt, sagt mein vernünftiger Teil, dass er die Klappe halten soll. Ich kann mit Kompromissen leben. Bei den Göttern, ich habe viel mehr getan, um die Erde in den Galaktischen Rat zu bekommen.

***

Ich besuche eine Gilde nach der anderen. Manche sind unterwürfig und schleimig und wollen mich unbedingt an Bord holen. Andere sind freundlich und wollen meine Anforderungen erfüllen, sobald ich zu gewissen Kompromissen bereit bin. Wieder andere zögern, wollen zwar mit mir zusammenarbeiten, aber erst nach einer Probezeit. Sie rollen nicht gerade den roten Teppich aus, wie Ali es beschrieben hat. Später besuche ich dann Tigs Gilde, für die sich Mikito entschlossen hat.

„Erlöser.“ Draco, der Vize-Gildenmeister der Irvina-Abteilung, sitzt mit überkreuzten Beinen vor mir. Die Tatsache, dass er zwei überkreuzt und zwei – und einen Schwanz – für sein Gleichgewicht verwendet, macht dieses Schlangen-Drachenwesen zu einem interessanten Anblick. Nachdem man seine seltsame Anzahl Gliedmaßen gesehen hat, wirken die wunderschönen lila-grünen Schuppen und das lange, eidechsenartige Gesicht kaum schockierend.

Draco min Tish, Vize-Gildenmeister, Der Schweigende Killer, Nachtwache, Monstertöter, Duellant, mehr… (Level 43 Tinten-Magier) (M)

HP: 1570/1570

MP: 9890/9890

Zustand: Flammenfreund, Verstärkte Schuppen, Tintenrüstung, Geschichtete Macht, Manabatterie (b), Gesundheitsbatterie (A)

„Bevor du fragst, ein Tintenmagier ist normalerweise jemand, der Tattoos in einem Kampf verwendet. Aber bei Dracos Schuppen habe ich das Gefühl, dass er seine Klasse leicht verändert hat.“

„Vize-Gildenmeister“, sage ich respektvoll. Allein seine Titel, ganz abgesehen von seinem Level, verlangen nach Respekt. Was seine Levels betrifft ... die reichen aus, damit ich etwas vorsichtiger werde. „Danke, dass du dir Zeit für mich genommen hast.“

„Als ob ich nicht mit einem potenziellen Meister-Rekruten sprechen würde. Der Speer erwähnte, du würdest wahrscheinlich vorbeikommen“, sagt Draco. „Ich habe den Speer aber gewarnt, dass deine Aufnahme in unsere Gilde von deinen eigenen Errungenschaften abhängig ist.“

„Oh?“ Ich hebe neugierig eine Augenbraue. Das ist das erste Mal, dass eine der Gilden so direkt ist. Vor allem, wenn jemand wie Mikito sich schon für mich ausgesprochen hat. Ich frage mich, ob das an meinem Ruf liegt. Oder an etwas anderem.

„Du bist berühmt-berüchtigt. Obwohl wir teilweise mit den Expansionisten verbündet sind, gehören zahlreiche unserer Mitglieder auch zur Faust. Die Tatsache, dass wegen deiner Aktionen eine Dungeonwelt dieser Gruppe ablehnender gegenübersteht, macht alles kompliziert", sagt Draco. „Und obwohl deine Kampfkraft beeindruckend ist, scheinst du zu zögern, dich einer Gilde voll anzuschließen."

„Das stimmt." Ich überlege, wie ich den Rest ausdrücken will. „Erstens werde ich die Menschheit immer an erster Stelle setzen. Gilde oder nicht, wenn es da einen Konflikt gibt–"

„Das stellt kein Problem dar. Konflikte zwischen Gattungen sind eine übliche Ausnahme."

„Gut. Ich werde auch nicht willkürliche Quests annehmen. Ehrlich gesagt bin ich auf Irvina, um in der Halle der Questoren zu forschen."

„Ja. Der Speer hat das erwähnt." Draco verzieht das Gesicht. „Auch wenn wir nichts gegen die Questoren haben, sind unserer Meinung nach viele von ihnen extrem töricht, was das Testen neuer Hypothesen betrifft. Zudem weigern sie sich oft, an Expeditionen teilzunehmen."

„Nun, ich plane nicht, Tests durchzuführen, die andere gefährden." Ich überlege einen Moment und sage dann: „Und ich werde bald eine Menge Credits brauchen. Daher sind Dungeons überhaupt kein Problem."

„Bis du genügend Geld hast", meint Draco. „Und dann wirst du verschwinden und dich unter dem Namen unserer Gilde verstecken."

Ich zucke mit den Achseln, da ich seine Worte nicht verleugnen kann.

„Du bist sehr direkt."

„Würden Lügen etwas bringen?", frage ich.

„Nein."

„Ich will auch keine besonderen Aufgaben erhalten oder Papierkram erledigen", sage ich, da ich meine Rede beenden will.

„Das macht nichts. Wenige Mitglieder der Kampfklassen sind für bürokratische Aufgaben geeignet."

„Das wäre es dann wohl." Wirklich, ich verlange gar nicht so viel. Lasst mich in Ruhe, damit ich das tun kann, was ich will. Aber ...

„Momentan sehe ich wirklich nicht, was deine Mitgliedschaft unserer Gilde bringen würde, Erlöser", sagt Draco.

„Ehrlich gesagt, ich auch nicht."

„Hey!", ruft Ali und verdreht die Augen, während er zu mir schwebt. „Das ist eine miserable Ausgangsposition für eine Verhandlung. Und ihr wisst, dass der Junge hier der Gilde eine Menge bringen wird. Auch wenn er keine Quests abschließen will, würde er euch sicher helfen, wenn ihr ihm eine Quest vor die Nase haltet, die sein Mitleid anspricht. Allerdings nicht zu oft, sonst wäre ich angepisst.

„Mitleid?"

„Manasiphon-Quests", meint Ali.

Draco nickt und schaut mich von oben bis unten an. „Ah. Einer von denen. Auf der Ebene der Meisterklasse sind sie selten."

„Er ist in jeder Hinsicht selten", sagt Ali. „Und ihr habt noch nicht erlebt, wie er und Mikito zusammen kämpfen. Eure Leute sind vielleicht gut, aber die beiden sind in ihrer eigenen Kategorie."

„Ich habe die Ergebnisse des Speers gesehen", sagt Draco. „Sehr beeindruckend, wenn man ihren Level und ihre mangelnden Kenntnisse der örtlichen Dungeons miteinbezieht."

„Unvorbereitet reinzugehen ist unsere Methode", werfe ich ein. „Und wenn ihr je neue Dungeons–"

„Das gibt es bei Stadt-Dungeons nicht", sagt Draco. „Aber die Stadt hat Kill- und Manaschwellen für jede Gilde. Wenn es dir und dem Speer gelingt, unseren Level anzuheben ..."

„Keine Garantie", sage ich.

„Kein Problem", sagt Ali gleichzeitig.

Ich starre Ali wütend an, der ein Benachrichtigungsfenster für mich öffnet. Es ist die Rangfolge der verschiedenen Gilden und ihrer Mana-Zerstreuungswerte – also Killpunkte. Wenn man ein Monster tötet, wird nämlich das Mana zerstreut. Nach einem schnellen Blick sehe ich, warum Ali bereit ist, den Levelanstieg zu garantieren. Die Gilde ist nahe am nächsten Level, es erfordert also nur wenig Arbeit. Nach meinen Erinnerungen an Vancouvers Dungeon, steigen die Manapunkte, die jedes Monster liefert, mit zunehmendem Level. Ich muss lediglich einige Tage lang eine Menge hochstufiger Monster töten. Wahrscheinlich.

„Ganz schön optimistisch, das stimmt." Draco zuckt beim Aufstehen mit den Schultern. „Mal sehen, wie gut du das wirklich schaffst. Du bist ein Zauberschwert, oder?"

„Paladin von Erethra."

„Ich meine den Kampfstil. Magie und Schwert, ja?", sagt Draco ungeduldig, als er mich aus dem Raum führt.

Ich stimme ihm zu und folge ihm. Ich habe so meine Ahnung, wohin wir gehen. Und obwohl er nicht zugestimmt hat, dass wir uns anschließen können – und ich nicht gesagt habe, dass ich das will – würde es mich interessieren, mich gegen seine Leute zu testen.

Er sagt: „Raum Drei dürfte reichen."

„Drei?"

„Wir haben vier Trainingsräume, die jederzeit zur Verfügung stehen. Die ersten beiden sind für Basis- und Fortgeschrittene Klassen, der dritte für Meisterklassen. Der letzte ist für Fernkämpfer aller Level gedacht", sagt Draco. „Zeige uns im dritten Raum, wozu du fähig bist."

Als wir ankommen, sehe ich mir den Trainingsraum genau an. Auf den ersten Blick scheint es ein einfacher Raum mit hohen Pfosten zu sein, aus denen Arme herausragen. Diese Arme leuchten vor Verzauberungen –

manche glitzern voller Eis, andere brennen durch Feuer und gelegentlich knistert ein Pfosten voller Blitze. Der Boden besteht aus dunklem Sand, während an der Decke keine Gefahren zu sehen sind. So ist das. Die beweglichen Pfosten sind also die größten Gefahren.

Na ja. Abgesehen von der fast zwei Meter großen Amazone mit flammenroten Haaren, die um ihren Kopf wabern. Ich starre ihre Brust an, und der seltsame Anblick ihres Körpers verwirrt mich einen Moment lang, so dass ich den Kopf schütteln muss. Diese Galaxis ist wirklich sehr seltsam, wenn eine grundlegende Symmetrie keine Rolle mehr spielt. Andererseits mache ich mir Sorgen über den Bogen und die Pfeile, die meine Gegnerin besitzt, da ich auch noch einen Hindernislauf vor mir habe. Oder vor mir hätte, wenn ich den Versetzungsschritt nicht einsetzen könnte.

„Säubere den ganzen Raum. Töte niemanden", sagt Draco und macht dann einen Schritt rückwärts.

Ich nicke freundlich, aber sobald ich meine Augen von der Amazone abwende, spannt sie ihren Bogen und schießt. Der Pfeil heult durch die Luft und ich kann ihm kaum ausweichen, so dass er im Vorbeiflug meine Haare streift. Ein Seelenschild wird in Sekundenschnelle aktiviert, was gut ist, da der nächste Pfeil meinen Schild trifft, wobei die Pfeilspitze zersplittert und gegen den Schild klappert. Ich fauche, ducke mich und verstecke mich hinter einem Pfosten.

Aber das ist nutzlos. Ihre Pfeile fliegen über und um meine Deckung herum, wann immer sie mich sehen kann. Ich beschwöre Schwerter und zerschneide zwei Projektile, dabei explodiert das zweite und umhüllt mich mit Flammen. Und das ist genau die Ablenkung, auf die ich gewartet habe.

Ali schwebt hoch über mir und beobachtete die ganze Lage. Er ist hoch genug, damit ich seinen Blickwinkel nutzen kann, um per Versetzungsschritt hinter die Amazone zu kommen, herumzuwirbeln und sie überraschend zu schlagen.

Erstaunlicherweise werde ich aber selbst überrascht. Der Boden bewegt sich nach oben, als der schwarze Sand sich teilt und der Sandelementar sich um meine Beine wickelt und über meinen Körper kriecht.

Mein Schlag trifft die Amazone immer noch hoch am Rücken und zerfetzt ihre glänzende Metallrüstung. Der Angriff genügt nicht, um sie zu töten oder schwer zu verletzen, und die Amazone rollt sich aus dem Weg. In der Zwischenzeit klammert sich der verdammte Sandelementar an meinen Arm und kriecht über den Rest meines Körpers, um meine Bewegungen einzuschränken.

Ein Versetzungsschritt bringt mich hoch hinauf, aber zu meiner Überraschung lässt das Elementarwesen nicht los. Ich stürze hart zu Boden, da ich weder die Beine ausbreiten noch den Aufprall auf andere Weise abfedern kann. Wir landen und erzeugen einen kleinen Krater, während ich sehe, wie die Amazone ihren Bogen hebt. Einen Moment später zuckt ein scharfer Schock durch meine Seite, als ein manaverstärkter Pfeil in eine winzige Lücke trifft, die das Elementarwesen für diesen Angriff geschaffen hat. Es schmerzt, vor allem, da der Manapfeil meine Grundverteidigung ignoriert.

„Du gehst mir auf die Nerven“, knurre ich. Ich will meine Arme ausstrecken und merke, dass sie wie mithilfe von Stahlbändern gegen meinen Körper gedrückt sind. Zumindest hätte sich das vor dem System wie Stahlbänder angefühlt. Die reine Stärke scheint nicht zu genügen. Also ... „Lass es brennen.“

Ich rufe das Leuchtfeuer der Engel auf die Amazone herab. Der Angriff überrascht sie, und der Strahl aus glänzend weißem Licht schießt ohne Warnung auf sie herab, während die Frau sich auf meine zuckende Gestalt konzentriert. Die Amazone hat keine Zeit auszuweichen, obwohl sie es versucht. Und das Sand-Elementarwesen kann nicht fliehen. Der Strahl trifft uns beide, so dass der Elementar auf meinem Körper schreiend zuckt. Dennoch hält er sich weiter fest und will nicht loslassen.

Ich knurre leise, drücke gegen das Sandwesen, finde aber keine Stelle, die nachgibt. Inzwischen bin ich ganz in der Kreatur eingeschlossen, die nun versucht, in meine Körperöffnungen einzudringen. Panik überkommt mich, als sich Klaustrophobie beginnt in mir durchzusetzen. Ich bin völlig vergraben und bewegungsunfähig, während langsam etwas in meinen Körper eindringt, und mir der Sauerstoff ausgeht. Ein Albtraum epischen Ausmaßes.

Aber ich habe schon Schlimmeres erlebt. Bei allen tausend Teufeln, ich habe mich in den Schlund eines grauenhaften Monsters gestürzt und bin fast an dessen Magensäure erstickt, nur um zu siegen. Und meine geistigen Widerstände sind inzwischen besser geworden. Ich muss mich nicht länger in Wut einhüllen. Stattdessen umgebe ich mich mit Ruhe.

„*Ali – Polarzone.*“

Ich lasse den Geist den Zauber für mich wirken, der die Temperatur senkt, die Amazone verlangsamt und den Sandelementar abkühlt. Dann wirke ich Frostschlag und lasse den Angriff aus meinen gefesselten Händen in den Elementar fließen. Und dann noch einmal.

Ich spüre, wie die Kreatur vor Schmerz zuckt. Ohne Aufforderung kanalisiert Ali weiterhin und fügt über uns einen Eissturm hinzu. Die Temperatur sinkt immer weiter, aber ich fühle mich im Elementar wohlig warm. Das Elementarwesen wird nur durch Mana und Willenskraft zusammengehalten, und beides wird angegriffen. Sein Körper wird härter, da er durch das Eis nass wird, und die Zauber engen ihn ein. Die suchenden Fäden, die in meine Nase vordringen wollten, bewegen sich nicht mehr.

Während mein Körper keucht und zuckt, um sich zu befreien, skandiert mein Gehirn die Zauber und schichtet sie übereinander.

„Raus, hier, Junge. Lady A will mich in ein Nadelkissen verwandeln. Und ich bin zu jung, um eine Strickarbeit zu werden.“

Ich bin zu beschäftigt, um verstehen zu können, was der Geist ausdrücken will. Aber als ein weiterer Frostschlag das Elementarwesen zerfetzt, beschließe ich, dass die Zeit gekommen ist. Ich werfe meine eigene beträchtliche Stärke gegen die Fesseln, die mich halten, währen ich mir Stärke vom System leihe und dessen andere Vorteile ignoriere. Ich spüre, wie meine Muskelfasern sich zusammenziehen und verdrehen, wie Sehnen reißen und Gelenke herausspringen, da mein Körper sich zerlegt, weil ich nicht mehr vom System zusammengehalten werde und die volle Macht des Stärkeattributs einsetze. Aber während ich mich zerreiße, hilft mir das System, indem es mich heilt und zerrissene Muskeln und Sehnen wieder zusammenfügt. Ich brülle in gedämpfter Agonie und drücke gegen das Elementarwesen, während Blut in meinen Mund strömt.

Etwas knirscht und bricht. Aber diesmal ist es der Elementar, als ich den Sandkäfig seines Körpers zerstöre. Er kippt weg und ich rolle mich ab und springe per Versetzungsschritt in die Luft, während ich Fremdstoffe aus meinem Körper ausstoße. Diesmal kommt der Elementar nicht mehr mit, da er zu beschädigt ist. Sauerstoff, wunderbarer Sauerstoff, strömt in meinen Körper. Ich huste und spucke, als Blut und Luft sich auf ungünstige Weise vermischen.

Die Schwerkraft übernimmt die Kontrolle und ich falle, während ich von Pfeilen durchlöchert werde. Der erste wirbelt mich zur Seite und die nächsten beiden durchbohren meinen Körper und erzeugen einen Stromkreis zwischen den Pfeilspitzen.

„Aaaah!“, Trotz einer hohen Schmerzschwelle ist es ekelhaft, wenn dein Körper von innen heraus gekocht wird. Ich falle zu Boden und versuche, die Pfeile herauszuziehen. Ein weiterer Pfeil steckt in meiner Schulter, aber ich aktiviere einen Seeelenschild, um die nächsten beiden aufzuhalten, während ich die Schockpfeile herausreiße. „Dir gefallen Blitze, nicht wahr?“,

Ich hebe meine Hand. Wut kocht in mir hoch, als ich sehe, wie die Amazone wegrennt und sich hinter den drehenden Säulen versteckt. Selbst auf der Flucht, sich zwischen den Säulen duckend, schießt sie Pfeile auf mich. Ich aktiviere den Seelenschild erneut und stelle sicher, dass er volle Stärke hat, bevor ich den Angriff auslöse.

Blitze schießen aus meiner Hand und zucken durch den Raum. Ich bemühe mich nicht einmal, ihn zu lenken und lasse die Zerstörungskraft der frei fließenden Elektronenpole erhitzen und zerschmettern, zwischen den verzauberten Armen springen und auf andere ausgestreckte Arme landen. Sie erden sich in Sand und Fleisch, verbrennen und verätzen, schmelzen und verstümmeln. Der Blitz tanzt und ich sehe ihm grinsend dabei zu.

„Genug, Erlöser. Ich habe genug gesehen.“ Dracos Stimme unterbricht meinen Spaß und ich beende seufzend meinen Zauber.

Das wurde auch Zeit. Ich habe nur noch etwa 1000 Punkte Mana. Aber als ich den Schaden betrachte, bin ich von mir selbst beeindruckt. Die Pfosten in der Nähe haben am meisten abbekommen, aber überall gibt es rauchende Trümmer. Weiter weg auf dem Boden, etwa zwei Drittel des Weges entfernt, liegen die Amazone und das Elementarwesen.

„Wie ist es gelaufen?“, sage ich und schlendere vorwärts.

„Eine solide 3.“

„Eine 3?“ Ich verziehe das Gesicht, und der ehrgeizige Chinese in mir erwacht. Gott weiß, wie oft ich Prügel für eine 2 bekommen habe, geschweige denn eine 3.

„Note 3. Du hast zu lange gebraucht, um mit dem Sandelementar fertig zu werden. Und die Koordination mit deinem Geist ist mangelhaft“, fährt Draco mit neutraler Stimme fort. „Du kannst zwar eine Menge Schaden austeilen, aber es mangelt dir noch an Kampferfahrung. Deine Taktik ist zu leicht vorhersehbar. Du reagierst instinktiv auf eine Gefahr, indem du einen größeren, mächtigeren Angriff einsetzt, statt subtil vorzugehen.“

„Es hat doch geklappt, oder nicht?“, sage ich mürrisch.

„Es hat geklappt. Zumindest diesmal. Während du Fortschritte machst, werden auch mehr und besser trainierte Gegner erscheinen“, sagt Draco. „Letztlich bist du zu sehr daran gewöhnt, Monster zu bekämpfen. Bis du dich darauf konzentrierst, andere intelligente Wesen zu bekämpfen, bis du die notwendige Erfahrung hast, kann ich deine Bewertung nicht erhöhen.“

Ich brumme, halte aber den Mund. Er hat recht. Der Sandelementar und die Amazone sind nur hohe Mitglieder der Fortgeschrittenen Klassen. Selbst zusammen hätten sie mir nicht so viele Probleme bereiten sollen. Sie hatten ihre eigenen Stärkungszauber, Beschleunigung und Koordination, aber ich hätte das besser hinbekommen sollen. Ich musste das einfach.

„Na schön. Das stimmt.“ Ich atme tief aus. „Aber ich kann schließlich nicht einfach herumlaufen und Kämpfe anzetteln.“

„Aber du kannst trainieren. Hier.“ Draco zeigt im Trainingsraum herum, den das System bereits wieder aufbaut. „Die Gilde kann dir eine Menge Trainingspartner bieten. Dadurch erhältst du die Abwechslung und Erfahrung, die dir momentan fehlen.“

„Und als Gegenleistung?“, frage ich argwöhnisch.

„Du würdest auch unsere Leute trainieren. Aber ich erwarte auch, dass du während des Trainings jeden Monat eine von der Gilde ausgewählte Quest abschließen wirst.“

„Ich nehme keine beliebigen Quests an.“

„In Ordnung. Aber du wirst eine annehmen."

„Abgemacht."

„Dann heiße ich dich in Tigs Gilde willkommen", sagt Draco.

„Die heißt sogar so?", sage ich und lächle etwas.

„Ich habe nicht genug Stimmbänder, um den Namen in der ursprünglichen Sprache auszusprechen. Oder die Zeit, um die vollständige Bezeichnung auf Galaktisch zu sagen", meint Draco. „Und der Gildenmeister hat verboten, sie anders als beim richtigen Namen zu nennen. Daher nennen wir sie seine Gilde."

Ich nicke ihm zu und akzeptiere die Tatsache, dass ich jetzt in Tigs Gilde bin. Auch wenn es nicht die perfekte Lösung ist, gefällt mir wenigstens Draco. Ich mag seine Angebote, und da Mikito bereits zur Gilde gehört, wird es leichter, gemeinsame Aufgaben mit ihr zu erfüllen. Und von all den Gruppen, die ich gesehen habe, scheint diese am besten zu mir zu passen. Sie war vielleicht nicht so eng verbunden wie die Tiefgrünen Gewässer oder so effektiv wie Enkrago, aber ein Mittelwert ist auch gut. Dort findet man sein Gleichgewicht.

***

Als ich zu unserer Hotelsuite zurückkehre, bin ich ziemlich überrascht, Besuch vorzufinden. Zum Glück zeigt mir die Anwesenheit der bekannten Wächter, wer genau auf mich wartet.

„Wie hast du den Schlüssel bekommen?", sage ich und lasse mich gegenüber von Katherine in einen Sessel fallen. Schlüssel ist eigentlich nicht der richtige Begriff, da es mehr ein Statusupdate und eine Genehmigung ist, aber wie auch immer.

„Ich bezahle die Miete für diese Räume“, meint Katherine. „Außerdem hat mir Mikito gesagt, dass ich jederzeit vorbeikommen könne.“

Ich brumme zustimmend und sehe mir die ältere Frau genau an. Zum ersten Mal seit langem sehe ich mir meine ehemalige Sekretärin genauer an und bemerke, wie das System sie verändert hat. Es gibt nicht viele Veränderungen, aber sie sind definitiv bemerkbar – eine Straffung der Gesichtshaut, glattere Linien und mehr Glanz in ihrem Haar. Ihre Arme und ihr ganzer Körper wirken besser definiert, schlanker und kräftiger, als ob sie durch die Anwendung von Punkten gesünder geworden wäre. Noch interessanter ist der subtile Druck ihrer erhöhten Präsenz, den selbst ich bemerke. Das hebt Katherine hervor, selbst wenn sie nur dasitzt. Vermutlich ist das eine Auswirkung ihrer Charismapunkte.

Katherine Ward, Botschafterin der Erde (Level 11 Diplomat) (B)

HP: 390/390

MP: 1820/1820

Zustand: Bedingungsverbindung (x4), Soziales Netzwerk, Abgeschirmt, Subtile Präsenz, Hier ist meine Domäne

Seitdem sie die Stelle als Botschafterin übernommen hat, hat Katherine mehrere Klassen begonnen. Das ist nicht die effektivste Methode, um neue Klassen zu erwerben, und ich weiß, dass sie irgendwann all ihre Erfahrung und ihre Punkte zurücksetzen wird. Wir haben erst kürzlich erfahren, dass man Klassen überhaupt zurücksetzen kann. Hauptsächlich ist es möglich aufgrund einer Beschränkung, die Rob als neuer Herrscher aufgehoben hat.

Leider ist es mit enormen Kosten verbunden. Sie kann ihre Erfahrungspunkte und Klassen-Fertigkeiten nur zurücksetzen, wenn ein

Individuum mit der richtigen Klasse anwesend ist, oder durch das System selbst. Aber hierzu muss man eine beträchtliche Menge an Erfahrungspunkten opfern – etwa einen Drittel der Gesamtpunkte. Es überrascht nicht, dass das System einen hohen Preis an aufgespartem Mana und Credits verlangt, weshalb die meisten Leute nur in den niedrigen Basisklassen doppelte Klassen wählen. Kurzfristig gesehen folgt Katherine nun ihrer neuen Basisklasse, bis sich die Dinge beruhigt haben. Und es ist auch nicht so, als ob ihre anderen Klassen keinen Nutzen hätten.

„Klar. Was machst du also hier?“, sage ich.

„Kann eine Frau nicht einmal mit ihrem früheren Arbeitgeber reden, ohne dass es einen besonderen Grund geben muss?“

„Das kann sie schon. Aber das tust du nicht.“

„Oh, und ich hatte schon gedacht, wir seien Freunde.“ Als ich schweigend dasitze und nicht auf ihre Provokation reagiere, wird Katherine ernst. „Wir haben uns in der Stadt mit mehreren Bevollmächtigten getroffen. Und eine Reihe der verfügbaren Wohnungen angesehen. Genauer gesagt alle, die im zweiten Ring erhältlich sind. Alle dreiundzwanzig.“

Ich verziehe das Gesicht und denke an den enormen Wohnraum in diesen Wolkenkratzern. „Warum so wenige?“

„Die meisten Wohnungen sind Eigentumswohnungen. Wenige werden vermietet, und noch weniger sind für jemanden mit unserem Ruf öffentlich verfügbar.“ Dann fügt Katherine hinzu: „Und die verfügbaren Wohnungen verlangen eine lächerlich hohe Miete.“

„Wie lächerlich?“

„Drei Monatsmieten würden unser ganzes Jahresbudget aufbrauchen.“

„Dann müssen wir wohl in die äußeren Ringe“, sage ich nachdenklich. „Wahrscheinlich in den dritten?“

„Vierten“, mischt sich Ali ein. „Es lohnt sich nicht, im dritten Ring zu bleiben, wenn dieser den Gilden gewidmet ist. Die Typen sind noch schlimmer als die Imperien, wenn es um Gebietsstreitigkeiten geht. Allerdings sind ihre Mietverträge kürzer.“

„Ja, in den vierten Ring.“ Sie neigt ihren Kopf Ali zu. „Wir haben bereits potenzielle Wohnungen angesehen. Allerdings gibt es da einen Nachteil.“

„Ein Mangel an Prestige?“, frage ich. Für mich ergibt das allerdings wenig Sinn. Wieso wäre es wichtig, ob dein IT-Unternehmen in Seattle oder Silicon Valley angesiedelt ist? In Downtown Vancouver oder Surrey? Schließlich ist es nicht schwer, zwischen den beiden Standorten zu reisen.

„Für potenzielle Erd-Investoren sind Prestige und Marke wichtig. Außerdem gibt es Sicherheitsbedenken. Der vierte Ring fällt außerhalb des inoffiziellen Entspannungsbereichs der Gewalttaktiken des zweiten Rings“, sagt Katherine. „Zudem wäre es damit leichter, meine Ankunft bei wichtigen Abstimmungen zu verzögern, was nicht akzeptabel ist.“

„Das ist ärgerlich, aber wie betrifft mich das? Mikito ist die mit den vielen Rufpunkten, dank ihrer Kämpfe in der Arena. Und sie wurde wenigstens nicht im letzten Moment übers Ohr gehauen.“ Ja, vielleicht bin ich immer noch etwas wütend auf Rob.

„Wie du ja weißt, haben wir uns den Expansionisten angeschlossen. Genauer gesagt unter der Schirmherrschaft der Herzogin von Kangana“, meint Katherine. „Ihr Vertreter möchte mir dir reden. Im Gegenzug wäre sie bereit, einige ihrer Besitztümer an uns zu vermieten.“

Ich zucke kurz, bevor ich meine Reaktion unterdrücken kann. Das ist kein Name, den ich erwartet habe. Das liegt wohl an meiner Bemühung, nicht an sie zu denken. Oder an einen gewissen Waffenmeister, der immer noch gerne meinen Kopf auf dem Richtblock sähe. „Reden? Ist das alles?“

„Wahrscheinlich gibt es weitere Bedingungen“, gibt Katherine zu und ich spüre ihren erwartungsvollen Blick.

Ich schürze die Lippen, zucke zusammen, nicke dann aber. „Bereite alles vor. Ich werde reden. Ich kann sonst nichts garantieren, aber ich werde reden.“

„Vielen Dank, John“, sagt Katherine und steht auf.

Ich hebe eine Augenbraue, weil sie so plötzlich geht, versuche aber nicht, sie aufzuhalten. Darauf lächelt die Frau geheimnisvoll, als ob sie meine Gedanken lesen könnte. Es wird langsam zu einer schlechten Angewohnheit, dass mich so viele meiner Freunde durchschauen. Ich meine nur, ich habe den verdammten Subtil-Bonus. Sollte ich da nicht etwas weniger transparent sein? Aber vielleicht bin ich einfach nicht so raffiniert.

Das Sofa passt sich noch mehr an meinen Körper an, als ich mich fallen lasse und den sündigen Komfort genieße. Immer, wenn du glaubst, dass du es hinter dir hast, ziehen sie dich wieder rein. Ich könnte mir sogar versprechen, es wäre das letzte Mal, das letzte Mal, bevor ich etwas für mich selbst tue, aber ...

Aber ich habe diese Selbsttäuschung schon lange verbraucht. Ich bin, wer ich bin, und dazu gehört, dass ich mich in gewisse Situationen hineinziehen lasse.

Ich seufze und schließe die Augen, als ich meine Sorgen über die Herzogin unterdrücke und mich auf unmittelbare Probleme konzentriere. Wie den Dungeon, den ich morgen betreten werde.

Kapitel 7

Der Dungeoneingang, vor dem wir warten, ist ziemlich interessant. Der Dungeon selbst ist ein enormer Biodome, der den Raum so verzerrt, dass er im Inneren eine kilometerlange Umgebung erzeugt. Darüber hinaus gibt es mehrere Instanzen des Dungeons, so das mehrere Gruppen ihn gleichzeitig abschließen können – was ein wichtiger Anziehungspunkt ist. Aber als wir vorwärts gehen, muss ich einfach kommentieren.

„Dungeon Vier-Strich-Drei?", sage ich kopfschüttelnd. „Ist ihnen kein besserer Name eingefallen?"

„Er ist praktischer", sagt Ali, der neben uns schwebt. „Wenn man mehrere Gattungen hat, ist es einfacher, Nummern zu verwenden, als Namen zu übersetzen. Alle verwenden Nummern."

„Die Mathematik ist universell", stimmt Mikito zu. „Und das ist ein guter Dungeon. Breit. Es gibt viele Quests. Sehr viele Monster zu töten."

„Und er folgt dem Muster einer verlorenen Welt, was ihm kulturelle Bedeutung verleiht", erwähnt Harry.

„Ja, aber an dem Teil bin ich nicht interessiert. Allerdings ist das ein gutes Training für Expeditionen in die Verbotene Zone", sagt Ali und deutet auf eine Gruppe von Leuten aus der Meisterklasse und ihren Begleitern aus den hohen Fortgeschrittenen Klassen, die eine Einsatzbesprechung erhalten.

Ich sehe mir ihre Ausrüstung und Waffen an. Schwer zu sagen, ob das ein Test potenzieller neuer Mitglieder oder nur eine Übung ist, aber die Gruppe sieht auf jeden Fall ernst genug aus. Natürlich wird die Expedition tief ins Innere teleportiert und überspringt die niedrigstufigen Regionen am Eingang, um ein richtiges Training zu gewährleisten. Ich frage mich, ob alle Benachrichtigungen deaktiviert werden, genau wie in einer verbotenen Zone.

„Du sprichst nur selten über die Verbotene Zone", kommentiert Harry beiläufig, da er offensichtlich etwas herausfinden will.

„Weil es nicht viel zu erzählen gibt. Sehr viele Monster. Sehr viel Gewalt.“ Sehr viel Verlust und Schmerz. Eine verlassene Zivilisation und eine ausrangierte Gattung. Und ein einzelner Paladin, der nicht aufgeben wollte. Erinnerungen an Leiden und Wunden, an gute und schlechte Zeiten steigen in mir auf. Vier Jahre. Der Großteil meiner Zeit im System.

„Das ist nicht alles“, sagt Harry, aber Mikito bringt ihn zum Schweigen.

Ich schüttle diese Gedanken ab, als wir uns anstellen. Dann warne ich den Reporter. „Du solltest nicht einmal daran denken. Bis du die Meisterklasse erreicht hast, wäre das eine reine Katastrophe. Selbst Kämpfer der Fortgeschrittenen Klassen müssen zur Sicherheit bei Meisterklassen bleiben. Sogar dann sterben die meisten. Expeditionen haben eine Verlustrate von siebzig Prozent, mit dem Großteil unter den Fortgeschrittenen Klassen. Und viele Auslöschungen durch schlecht geplante Expeditionen.“

Harry nickt stumm, wobei aber die Blicke, die er der Expedition nachsendet, immer noch Interesse zeigen. Ich will gar nicht darüber nachdenken, da ich ihn sowieso nicht aufhalten kann. Zudem haben die meisten Expeditionen bestimmte Standards und testen alle Teilnehmer. In einem Ort wie der Verbotenen Zone sind Mitläufer nur eine Last.

„Und wie ist es mit dir, Schätzchen? Wärst du an einer Expedition interessiert?“, sagt Ali zu der wie üblich schweigsamen Mikito.

„Vielleicht. Als Meisterklasse“, sagt Mikito und verschiebt die Hände an ihrer Naginata. „Momentan müssen wir uns auf wichtigere Dinge konzentrieren.

„Da hast du recht“, sage ich und unterbreche Ali. „Sollte ich noch etwas wissen, das nicht in der allgemeinen Beschreibung enthalten ist?“

Mikito scheint über die Frage nachzudenken. „Mehrere Monstertypen. Schlangen, Vierbeiner, Affenartige. Die meisten sind kleiner, aber schwer zu treffen, und sie besitzen viele Hitpoints. Sie greifen meist in Gruppen an und verwenden einfache Teamtaktiken. Es gibt viele Kräuter und andere Sammelquests. Je tiefer man hineingeht, desto geringer wird die Vielzahl, auch wenn der Wert ansteigt. Auch bei Mineralien." Ich nicke, selbst wenn ein Großteil der Informationen bereits in der offiziellen Beschreibung des Dungeons enthalten ist. „Karten sind nutzlos. Der Dschungel bewegt sich so, dass man sich dauernd den Weg freihacken muss. Die Bäume sind lebendig. Viele Giftangriffe. Das ist so ungefähr alles. Was für Quests hast du bekommen?"

Ich winke ab und sende ihr die Daten, statt zu sprechen. Ich bezweifle sowieso, dass es Unterschiede gibt, da Mikito und ich zur gleichen Gilde gehören. Harry hat sich einer ganz anderen Gilde angeschlossen, die sich auf Supportklassen wie seine konzentriert. Ich weiß, er hat einige niedrigstufige Quests für das Gebiet, aber meistens will er nur mitkommen. Wenn man bedenkt, wie alt dieser Dungeon ist, bringt es wenig, einen neuen Bericht darüber zu veröffentlichen.

„Genau wie meine", sagt Mikito enttäuscht. „Keine speziellen Aufgaben für die Meisterklasse?"

Ich ignoriere ihren Ton, da ich weiß, dass sie mich nur aufziehen will. „Es gab zwei Eskortenquests für Fortgeschrittene Klassen in die gefährlicheren Gebiete."

Ich erwähne nicht, dass ich sie abgelehnt habe. Also haben wir eine Reihe von Sammelquests für die verschiedenen Arten der Beute im Dungeon. Das ist nicht besonders aufregend, aber wenn man bedenkt, wie oft der Dungeon abgeschlossen wird, überrascht es nicht.

Während wir uns unterhalten, kommen wir schließlich ans Ende der Warteschlange.

„Statusberichte?", sagt der Roboter und wir zeigen alle den relevanten Teil unseres Gildenstatus. Der Roboter bewertet die Informationen und spricht dann. „Bitte Portal-Startposition wählen. Bitte Ausgangs-Token nehmen. Token sorgfältig aufbewahren. Notfall-Teleporterausgänge werden gemäß Dungeonregel 1.9.12.4.1 mit einer Strafe belegt."

Wir nehmen uns jeweils eines der Token, die in den Schlitz gesteckt werden und in unserem Inventar erscheinen. Mikito wählt unseren Teleporter-Standort, etwa zwei Drittel des Weges nach innen, nahe der Hauptzone für Meisterklassen, aber nicht direkt innerhalb. Sobald der Roboter diese Wahl bestätigt, ändert sich die Farbe des Portals und wir betreten es, um gemeinsam unseren ersten Alien-Dungeon zu erleben.

***

Das Erste, was meine Aufmerksamkeit erweckt, ist die Farbe. Die Baumstämme sind dunkelbraun, fast schwarz. Statt vieler satter Grüntöne weisen die Blätter alle kränklich gelbe und orangefarbige Töne auf. Die meisten Blätter ähneln denen großer Farne, und die Zweige erstrecken sich in einem breiten, den Himmel abdeckenden Laubwerk. Gelegentlich sieht man Früchte und Blüten, von einem eitrigen Gelb bis zu einem grellen Rosa. Das alles lässt das ganze wie einen schlechten Drogentrip erscheinen, oder zumindest wie Hollywood das darstellt. Ich habe nie selbst einen erlebt, aber aufgrund meiner jetzigen Widerstände wird das wohl auch nie geschehen.

Halluzinogenes Gift abgewehrt.

Klar. Ich klopfe auf meinen Helm und sehe, wie er aus dem Metallreifen um meinen Hals ausfährt und mein Gesicht völlig bedeckt. Eine Sekunde später atme ich saubere, klare Luft ein, da der Helm den brennenden, giftigen Gestank ausfiltert.

Ich sehe Ali an, der neben mir schwebt. „*Gift?*"

„*Na ja. Menschen verkraften die verfaulenden Pflanzen hier nicht besonders gut.*" Der Geist zuckt nur mit den Achseln, da es ihm nicht ausmacht.

Ich versuche, mich nicht zu sehr zu ärgern. Mikito hatte schon zu Beginn ihren Helm an, ebenso Harry, daher merkt sie vielleicht gar nicht, dass ich keine Ahnung hatte. Die Gildenwarnungen haben die Tatsache wohl übersehen oder ignoriert, da dies nur eine menschliche Schwäche zu sein scheint. Ich sehe mich um und warte darauf, dass die Japanerin uns den Weg zeigt. Momentan bin ich nur der Muskelmann, da Mikito schon mehrmals hier war.

Nach einem peinlichen Moment, in dem sich niemand bewegt, meldet sich Harry zu Wort. „Ich bin mit meinen Videos fertig, falls jemand auf mich gewartet hat."

„Toll", sage ich. „Mikito?"

„Ich bin bereit."

„Gut."

Es herrscht wieder Schweigen, und niemand bewegt sich. Verlegen frage ich: „Du voran?"

„Ich?", Mikito neigt den Kopf und blickt mich direkt an. „Bist du nicht der Anführer?"

„Normalerweise ja, aber du warst hier schon."

„Nein, war ich nicht", sagt Mikito. „Wir haben einige Bereiche weiter hinten besucht, am Rand der Region für Fortgeschrittene Klassen. Ich wollte sie langsam einarbeiten."

„Klar, aber du warst wenigstens schon in diesem Dungeon."

„Na und?", sagt Mikito und zuckt mit den Achseln. „Es ist nicht so schwer."

Ich brumme und hebe dann die Hände, entschlossen, den Streit abzubrechen. Na schön. Wenn sie will, dass ich der Anführer bin, dann mache ich das eben. Schließlich ist es kein großes Problem. Da der Dungeon umso gefährlicher wird, je mehr wir uns vom physischen Eingang entfernen, beschließe ich, parallel zum Tor vorzugehen. Dadurch bleiben wir ungefähr auf dem gleichen Level und in Sicherheit. Zumindest, bis ich einen besseren Eindruck davon habe, wie gefährlich dieser Dungeon eigentlich ist.

Nachdem ich meine Entscheidung getroffen habe, sage ich es meinen Freunden. Ali fliegt voraus und klärt auf. Mit seinem substanzlosen Körper und der Flugfähigkeit ist der Geist ein guter Kundschafter. Vor allem, da ich ihn anweise, sichtbar zu werden. Seine anfängliche Präsenz kann gelegentliche Angriffe intelligenzloser Pflanzen auslösen und dem Rest von uns schnell zeigen, welche Arten der Vegetation wir vermeiden sollten.

Es gibt riesige Blumen, die Säure oder Gift spritzen, sowie Lianen, an denen durch eine einzige Berührung festklebt. Danach fallen andere Lianen auf dich herab, wickeln dich ein und ersticken dich langsam. Es gibt pilzähnliche Biomasse, die leicht aufleuchtet und dann explodiert, so dass alles in der Umgebung geblendet und verbrannt wird. Erstaunlicherweise haben die Pflanzen neben den Knallpilzen gelernt, diese Angriffe zu überleben. Ich starre das ganze Mini-Ökosystem einen Moment lang fasziniert an.

„Die lilafarbenen Pflanzen, die wie Raketen aussehen? Die ‚Düsen' werden durch die Explosionen aufgeladen. Wenn sie fertig ist, steigt das ganze Ding in die Luft und verbreitet die Samen der Pflanze. Bist du jetzt fertig?"

Ich brumme und akzeptiere, dass Ali weitergehen will. Ich muss zugeben, das außerirdische Ökosystem vor uns ist absurd. Ich frage mich, wie sehr das System sich geändert hat, wie es sich an den Manastrom hier angepasst hat, und wieviel davon Teil der ursprünglichen Biologie dieses Planeten war. Leider werden meine Gedankengänge durch eine weitere Bedrohung unterbrochen, diesmal von einem teilintelligenten Baum, der einen klebrigen, gummiartigen Saft ausstößt.

Weißsaftbaum (Level 67)
HP: 2138/2138
MP: 378/430 (Begrenzt)
Zustand: Verwurzelt

„Wagt es ja nicht, etwas zu sagen", knurre ich, als die weiße Masse, die meinen linken Arm bedeckt, mich näher an den Baum zieht. Ich beschwöre mein anderes Schwert und aktiviere einen Klingenhieb, um den Baum zu zerhacken.

Mikito macht große, überraschte Augen, während Ali sich vor Lachen kringelt.

„Hilft mir irgendjemand von euch?", knurre ich, als ich merke, dass ich es nicht mit einem Baum, sondern einem ganzen Gehölz zu tun habe.

Als ich damit fertig bin, eine Reihe von Klingenhieben auf die nun spritzende Gruppe zu schleudern, greifen uns die Katzenschlangen-Kreaturen an, die uns seit einer Weile verfolgen. Natürlich gelingt es Harry, den Angriffen auszuweichen, und Ali ist zu hoch oben, so dass Mikito und ich die Hauptlast des Angriffs absorbieren.

Mikito zerschneidet eine Kreatur mit ihrer wirbelnden Stangenwaffe, und die Samurai-Kriegerin tanzt zwischen den um sie herumfließenden Angriffen. Da meine Schildhand noch verklebt ist, ändere ich meine Methode. Ich beschwöre mit Tausend Klingen weitere Schwerter herbei und platziere diese zwischen den Monstern und mir. Eines prallt ab, als Klaue und Klinge aufeinandertreffen, so dass ich eine Gelegenheit erhalte, unseren Angreifer zu bewerten.

Wilder Clomix Typ 4-3 (Level 89)
HP: 763/780
MP: 237/438
Zustand: Tarnung, Weiche Pfoten, Giftklauen, Scherbenbiss

Ich springe zurück und bewege mich aus dem Ring schützender Klingen, wodurch ich dafür aber Platz habe, meine Klingenhiebe zu werfen. Die Clomix sind schnell und weichen meinen Angriffen hüpfend und springend aus, während sie immer näher kommen. Ali stürzt sich von oben herab, greift einen der Clomix an und wirft ihn zu Boden, während er wieder eine feste Gestalt annimmt. Dann setzt sich der kleine Geist auf die Kreatur und hämmert heftig auf sie ein.

Ich muss zugeben, ich bin völlig abgelenkt. Aus irgendeinem Grund verwirrt es mein Gehirn, einen korpulenten, dunkelhäutigen Geist mit Spitzbart zu sehen, der auf einem sich windenden außerirdischen Monster sitzt. Ich schleudere instinktiv Klingenhiebe, aber es fällt den verbleibenden drei Clomix leicht, den mechanischen Bewegungen auszuweichen. Einer geht in die Hocke und springt dann auf meine Kehle zu. Ein anderer greift mein vorderes Bein an, und der dritte schleicht um mich herum und wartet, bis ich mich für einen Angriff entscheide.

Ich blocke die erste Attacke ab und ziehe mein Bein vor der zweiten zurück. Aber der dritte Clomix nutzt die Gelegenheit zum Sprung, und seine Klauen erreichen meinen Seelenschild. Dann reißt er sein Maul weit auf, bevor seine Zähne ein Loch in meinen Seelenschild reißen.

Überraschenderweise existiert der Schild immer noch und versucht sich zu schließen, wird aber vom Hals des Clomix in der Lücke daran gehindert.

„Was zum Teufel?", fauche ich und hämmere immer wieder mit dem Schwertknauf auf den Kopf der Kreatur ein.

Neben mir streckt Mikito wieder ihre Stangenwaffe aus und zerschneidet damit die letzten Weißsaftbäume, bevor sie sich zwischen die Stämme duckt. Die Clomix folgen ihr und vermeiden dabei irgendwie, von der Vegetation belästigt zu werden, während sie Mikito angreifen.

Ich konzentriere mich auf mein eigenes Problem und zerschmetterte das Rückgrat des Monsters, das aus meinem Seelenschild und zu Boden fällt. Die Begeisterung darüber dauert nur kurz an, da ein weiteres Monster seine giftigen Klauen in meine Knöchel schlägt, so dass eine ekelhafte Flüssigkeit in meinen Blutstrom eintritt. Dieses Wesen und seine Kameraden zu erstechen macht Spaß, ebenso das Niederbrennen der Baumgruppe mit einem Feuersturm, sobald Mikito sich zurückzieht. Ich muss zugeben, dass der Feuersturm wohl etwas übertrieben ist, aber das Feuer geht bald aus. Was auch immer diese Bäume als Holz verwenden, ist nicht halb so entflammbar wie das auf der Erde.

Danach verwende ich einen der vielen Auflösungstränke, die in der Gildenhalle empfohlen und verkauft werden, um das klebrige Zeug an meinem Arm loszuwerden. Währenddessen flitzt Ali zwischen den Leichen herum und sammelt die wichtige Beute ein.

„Das war ja echt Scheiße", sage ich leise und strecke meinen vorher verwundeten Fuß. Mikito und Harry nicken. Sie wurden am Schluss per Zufall von einem der Bäume getroffen. Der ganze Kampf war nicht besonders erfolgreich, auch wenn er nicht gefährlich war. Eher nervig. „Das nächste Mal sollte das besser klappen."

Mikito prustet. Ich werfe ihr ein schiefes Lächeln zu. Ja, es ist meine Schuld, dass ich mich vom außerirdischen Ökosystem ablenken ließ. In Gedanken versetze ich mir eine Ohrfeige und erinnere mich daran, dass ich kein Akademiker, sondern ein Abenteurer bin. Ich sollte ums Überleben kämpfen, statt Dinge anzustarren, die mir das Gesicht abfressen wollen. Wir konzentrieren uns und gehen weiter, um mehr Ärger zu finden.

***

„Gelber Schleim von der Kobalt-Imola“, sage ich und sehe, wie Ali den getrockneten Klumpen in eine Phiole schweben lässt. „Wir benötigen acht Portionen, um die Mindestmenge zu liefern.“

„Das dürfte zwei Drittel einer Phiole füllen“, sagt Mikito und rümpft die Nase. „Warum brauchen die überhaupt acht Portionen? Was wäre, wenn jemand nur sechs findet? Sollen sie dann die sechs ewig herumschleppen?“

„Natürlich nicht“, sagt Ali herablassend. „Du kaufst entweder mehr von den Händlern vor dem Eingang, oder du verkaufst ihnen dein Zeug. Niemand schleppt Beute ewig mit sich herum. Es sei denn, man ist ein Hamstertyp.“

„Das habe ich gehört“, rufe ich aus.

***

„Feindlicher Angriff!“, informiert mich Ali und lässt einen Hinweispfeil in meinem Augenwinkel erscheinen.

Ich schlage mit meiner linken Hand nach oben, während ich mich fallen lasse und erwische die angreifende Schneckenhai-Kreatur. Statt seitlicher Flossen hat sie eine schleimige Unterseite. Ansonsten ähneln das Gesicht des

Wesens, der Körper und die Angriffsweise voll und ganz einem Hai. Mein Schwert schneidet das Gesicht des angreifenden Monsters, prallt von harten Knochen am Schädel ab und zwingt es zum Rückzug.

„Danke." Ich lasse das Schwert fallen und strecke den Arm aus, um einen Frostschlag zu schleudern, der zwei Schneckenhaie erwischt, die Mikito von der Flanke angreifen wollen.

Die Dame kümmert sich um ihren eigenen Angreifer und versucht, ihn vom Schaft ihrer Stangenwaffe zu schieben, damit sie ihn erledigen kann. Durch ihre Hüftbewegung werden der Schneckenhai und die Waffe gegen einen Angreifer hinter ihr geworfen, wodurch sie die Waffe wieder befreit.

Harry steht neben uns und beobachtet alles, indem er beide Hände hebt und auf uns richtet. Aus früheren Gesprächen weiß ich, dass er so die Ereignisse aus zwei Perspektiven aufzeichnet. Als ich ihn ansehe, rast ein Schneckenhai direkt am Reporter vorbei und ignoriert Harry, während er mich angreift. Ali fängt diesen Gegner mit einem Blitz ab und schleudert ihn zu Boden.

Keine Zeit mehr, zuzusehen. Ich konzentriere mich wieder und schleudere ein beschworenes Schwert auf ein Monster, während ich herumwirble, um mit einem anderen anzugreifen. Monster. Überall Monster.

Ich frage mich, ob ihre Rückenflossen gut schmecken.

***

„Hilfe!"

„Ja. Nein", sage ich und beobachte, wie Harry am Faden herumwirbelt, der ihn in der Luft hält.

Ich werfe locker einen Klingenhieb auf eine sich nähernde Spinne und hindere das Monster daran, Harry auszusaugen. Schließlich will ich nicht, dass der Mann stirbt. Aber irgendwie ist es schon amüsant, zuzusehen, wie der Reporter sich im Kreis dreht. Das System teilt nicht viel unserer Kampferfahrung mit ihm, solange er nicht aktiv teilnimmt. Das ist wohl der einzige Grund, weshalb Mikito seine Anwesenheit toleriert.

„Mikito!“, ruft Harry.

„Ich bin beschäftigt“, sagt Mikito und greift das Spinnenvogel-Nest erneut an.

Ja. Spinnenvogel. Diese Kreaturen haben einen echten Namen, aber da der Namensgeber Stimmbänder hat, die ganz anders als die der Menschen sind, bleibe ich bei Spinnenvogel. Andererseits sollen ihre Eier sehr schmackhaft sein, weshalb es eine starke Nachfrage seitens örtlicher Restaurants gibt. Das einzige Problem besteht darin, dass man sie vorsichtig mit einem speziellen Handschuh aufheben und in einer Tasche aus dem gleichen Material aufbewahren muss, da der Geschmack sonst verdirbt.

„Ali, hinter Harry“, warne ich den Geist.

Der kleine Kerl lacht und fliegt direkt durch Harry hindurch, so dass der Reporter einen leisen Schrei ausstößt. Es ist amüsant, dass Ali wie Superman durch die Luft saust und den jungen Spinnenvogel trifft, der sich an den herabhängenden Reporter anschleichen wollte.

Nachdem er noch eine Drehung abgeschlossen hat, wird Harry grün im Gesicht, macht ein Hohlkreuz und öffnet den Mund. Ich springe zurück und weiche der Explosion aus Kotze und Rotz aus, die der baumelnde Reporter von sich gibt. Er keucht und schnauft, da die Kotze und der Rotz seine Atemwege verstopfen. Auf mein Nicken hin flitzt Ali zurück und brennt die Spinnweben durch, was den Reporter zu Fall bringt.

Genau auf den Kopf. Und das Erbrochene.

Was denn? Er hat zuerst über mich gelacht.

***

Runter. Schnitt. Schritt. Knie gegen Schnauze. Fuß ausstrecken und kicken. Zusehen, wie die Katzen-Eidechse in den Dornbusch fliegt, sich aufspießt und durch Säure und Gift aufgelöst wird. Umdrehen, nach weiteren Bedrohungen umsehen und merken, dass es keine mehr gibt. Alles weg. Monster tot. Ich atme kopfschüttelnd aus und beende meinen Kampfmodus.

Dann schickt mir Ali die Benachrichtigung.

Levelaufstieg!

Du hast Level 24 als Erethra-Paladin erreicht. Wertepunkte werden automatisch verteilt. Du kannst 7 Gratis-Attributpunkte und 0 Klassen-Fertigkeiten verteilen.

Noch ein Level. Leider ändert das die Gleichung der Macht kaum, obwohl ich auf viele Weisen erkenne, wie ich mit erstaunlichem Tempo im Level aufsteige. Einen Level der Meisterklasse im mittleren Bereich zu erhalten, sollte mindestens ein Jahr angestrengter Arbeit auf einem Dungeonplaneten erfordern. Nicht einfach, naja, in einem gepflegten Stadt-Dungeon herumzuwandern.

Statt langsamer zu werden, scheint sich mein Aufstiegstempo zu beschleunigen. Zumindest, wenn man die Arbeit betrachtet, die ich hineinstecke. Dafür gibt es mehrere Gründe. Erstens macht die aufgesparte Erfahrung aus meiner Zeit in der Verbotenen Zone einen großen Unterschied. Das ist einer der vielen Gründe dafür, dass die Mitglieder der Faust und andere Meisterklassen Verbotene Zonen mögen. Das Töten von Monstern in der Verbotenen Zone bietet nicht nur viel Erfahrung, sondern lässt die angesparten Punkte auch über längere Zeit wirksam werden. Es gibt detaillierte Studien zur Berechnung der exakten Vorteile des Aufenthalts in Verbotenen Zonen im Vergleich zur Zeit auf Dungeon-Planeten. Und diese Zahlen betrachten nicht einmal die häufigsten Questarten, die Verbotene Zonen anbieten.

Der zweite Grund betrifft Bedrohungen. Gelegentlich habe ich es mit Bedrohungen der Meisterklasse zu tun. Irgendwann werde ich sogar eine Quest der Meisterklasse erhalten. Daher steige ich schnell auf, weil ich die Erfahrung eines Mitglieds der Meisterklasse bekomme, obwohl ich noch das Äquivalent einer Fortgeschrittenen Klasse der höheren Stufe bin. Mikito profitiert auch davon, aber natürlich gehört sie wirklich noch zur Fortgeschrittenen Klasse. Diese Dungeonmission ist ein gutes Beispiel für die seltsame Unausgewogenheit zwischen Levels, unseren Klassen und den eigentlichen Bedrohungen. Ist es gefährlich hier? Klar. Aber tödlich? Nein.

Ich schiebe diese Gedanken für den Moment zur Seite und sehe mir meine Werte und die freien Attributspunkte an. Auf meinem Level bringen mir die Gratisattribute recht wenig, vor allem, wenn man bedenkt, welch große Menge an Punkten sie unterstützen sollen. Es ist eine Sache, drei weitere Punkte zu erhalten, wenn man nur zehn hat. Aber wenn man bereits 300 besitzt, bringt es wenig.

Daher besteht eine der Empfehlungen fürs Leveln – die meist von Leuten mit Fortgeschrittenen Klassen vorgebracht wird, wie ich zugebe – dass man hohe Attribute ignoriert und stattdessen niedrige verstärkt. In meinem Fall wäre das entweder Charisma, Wahrnehmung oder mein niedrigstes Attribut – Glück. Die Theorie besagt, dass man von einem Mitglied der Meisterklasse, das sich auf hohe Attribute konzentriert – wie ein Magier auf die Intelligenz, ein Kämpfer auf die Stärke, ein Schütze auf Beweglichkeit – so übertroffen wird, dass es besser ist, niedrigere Attribute zu stärken, um dadurch einen Vorteil zu gewinnen. Wenn du also gegen einen Kämpfer mit hoher Stärke antrittst, könnte dir mehr Glück diesen Vorteil bieten. Oder eine höhere Wahrnehmung, damit du bemerkst, was der Zauberer wirkt, bevor er damit fertig ist.

Es ist eine interessante Level-Strategie, aber sie kontrastiert mit der Tatsache, dass nach einer gewissen Zeit ein Soldat, der seine Beweglichkeit nicht erhöht, darin selbst von einem Fortgeschrittenen Kämpfer übertroffen wird. Andererseits ist der Levelaufstieg für die meisten Mitglieder der Meisterklassen nicht einfach. In vielerlei Hinsicht sind also die Attribute, die sie ansehen, die letzten, die sie erwarten können. Wenn du weißt, dass du deine Konfiguration nie mehr verändern kannst, was würdest du dann verstärken?

Eine interessante theoretische Diskussion, aber nicht für mich. Ich weiß, dass ich im Level aufsteigen werde. Da ich die Basisklassen übersprungen habe, wird mein Leveltempo hoch bleiben, bis ich Heroisch erreiche. An diesem Punkt angekommen, erwarte ich eine Verlangsamung der Dinge. Andererseits weiß ich auch, dass ich eigentlich fünfzig Level – die gesamte Basisklasse – unter den meisten Meisterklassen stehe, was die Macht betrifft. Die gute Nachricht ist aber, dass die meisten Basisklassen pro Level nur relativ wenige Punkte liefern. Wenn man dann noch bedenkt, dass ich eine Prestigeklasse habe, dann ist die Lücke bei den Attributen nicht so schrecklich. Zumindest solange ich es nicht mit einem Mitglied der Meisterklasse zu tun habe, das über Prestigeklassen aufgestiegen ist.

Letztlich stellt sich mir die Frage, ob ich Bereiche verstärken will, um andere einzuholen, oder besser überraschende Sektoren optimiere, um die Schwächen der Gegner auszunutzen. So gesehen ist das ziemlich einfach. Ich kann es mir nicht leisten, meine Feinde frontal anzugreifen. Ich gewinne – und habe immer gewonnen – indem ich die Dinge von der Seite her angehe.

Daher investiere ich Punkte in Charisma, Glück und Wahrnehmung, bevor ich die Änderungen bestätige. Diesmal kann ich keine Klassen-Fertigkeiten zuweisen, aber auf dem nächsten Level wartet eine auf mich. Natürlich würde ich den Klassen-Fertigkeitspunkt lieber aufheben, wenn die Umstände es erlauben. Es ist nützlich, meine Konfiguration an die Situation anpassen zu können, egal wie wenig das bringt. Aber diese Strategie wird umso gefährlicher, je stärker meine Feinde werden.

Ich lasse meinen Statusmonitor verschwinden und wende mich meinen Freunden zu. „Wie wäre es, wenn wir uns auf den Weg machen?“

***

Stunden vergehen. Nach einer Weile hören wir auf, parallel zum Portal vorzustoßen und gehen tiefer hinein. Dabei werden die Monstertypen größer. Es gibt einige bemerkenswerte neue Monster, wie eine Zerberus-Eidechsenkreatur, deren Köpfe verschiedene Elementarkräfte einsetzen. Gelegentlich scheinen diese Köpfe eine besonders starke Kombination zu finden, wie das Monster mit Wind-, Energie und Feuerköpfen, das seine Angriffe zu Plasmastrahlen kombiniert.

Dann gibt es die verschiedenen bärenähnlichen Varianten. Eidechsen-Eulenbären. Fischbären. Schlangenbären mit drei Köpfen. Kann man etwas wirklich als Bären bezeichnen, wenn es mit Schuppen bedeckt ist, Pfoten hat, aber aus seinem Kopf mit Kiemen und einer Schnauze Elektrizität abfeuert?

Das passiert wohl, wenn man menschliche oder mythologische Äquivalente verwendet. Natürlich kam ein Teil dieser menschlichen Mythologien und Bilder durch Manalecks zu uns. Aber viele von ihnen haben keine populären Namen. Oder die Namen sind einfach falsch.

Andererseits bin ich von diesem letzten Monster beeindruckt. Sehr, sehr beeindruckt von dem enormen Humanoiden mit roter Haut und roten Hörnern, der vor mir steht. Gespaltene Hufe, Muskeln, auf die Conan neidisch wäre, und eine Klingenpeitsche, die er lässig hält, während Rauch aus seinen übergroßen Nüstern strömt. Ihm fehlen die Flügel eines Balrogs, und seine Hörner sind mehr wie die eines Schafs gekrümmt, nicht so gerade wie bei einem Hirsch. Ich muss zugeben, dass ich mich frage, ob er sein Geweih jedes Jahr abwirft. Wie seltsam wäre das – ein Dämon, der sein Geweih jedes Jahr nachwachsen lassen muss?

„John?", sagt Mikito und stößt mich an.

„Tut mir leid. Ich habe nachgedacht", sage ich. „Schaffen wir das?"

Mikito schürzt die Lippen, während sie den Status des Monsters anstarrt. Ich sehe es mir erneut an, um abzuschätzen, wie gefährlich das wird.

Größerer Wald-Dämon (Level 103)

HP: 7183/7183

MP: 789/789

Zustand: Brennende Aura, Vergeltung, Dämonensklaven, Schmerz zu Blut, Heroische Regeneration

Die Brennende Aura ist bestimmt schmerzhaft. Ich muss mir nur die verkohlte Erde in der Lichtung um das Monster herum ansehen, um zu wissen, was diese Aura bewirkt. Mit Ausnahme der Pflanzen, die in der extremen Hitze florieren, befindet sich dort nur aufgewühlte Erde und Asche. Ich frage mich, ob der Dämon an einer Stelle bleibt, oder herumwandert. Und wie würde dann die Vegetation überleben? Andererseits sind die Pflanzen hier besonders feuerfest. Vielleicht können sie der Aura kurzfristig widerstehen.

„Ali?"

„Du musst ihn angreifen und einfach nicht nachlassen. Wenn du ihm eine Atempause gibst, wird seine Heroische Regeneration seine Gesundheit auffüllen. Deine Durchdringung Fertigkeiten werden auch weniger nützlich sein. Die Fähigkeit Schmerz zu Blut verwandelt Schaden in Gesundheit, statt den Schaden völlig aufzuhalten." Ali sieht Mikitos Naginata an und fragt dann zögernd: „Ihr habt keinen Skill zur Blockierung der Regeneration gekauft, oder?"

„Gift", antwortet Mikito knapp.

„Nein. Ich habe Frostklinge, was hier etwas effektiver sein dürfte. Ich könnte es mit mehreren Einzelkämpfer-Armeen angreifen." Egal wie hoch seine Regeneration ist, kann ich garantieren, dass einige meiner Klassen-Fertigkeiten es erledigen würden. Wenn alle meine Klingen treffen. Was nicht unmöglich ist.

„Ich wäre da lieber vorsichtig", sagt Ali und starrt auf einen Bildschirm vor ihm. „Der Dämon hat eine Wutfähigkeit, durch die er eine Weile lang jeglichen Schaden ignorieren kann. Und noch eine, mit der er Schaden aus einem Skill oder einer Zauberquelle blockieren kann."

Ich bin total baff. „Was? Wie zum Teufel ist so etwas fair?"

„Es ist ein Monster mit einem Level über 100", sagt Ali und rollt mit den Augen. „Sie haben alle ihre eigenen Tricks."

„Kann ich so einen Skill-Neutralisator kaufen?", fragt Mikito.

„Selbstverständlich. Neutralisatoren sind relativ billig. Man kann sogar welche wählen, die nur bestimmte Skillklassen betreffen", meint Ali. „Oh, und Harry? Du solltest dich etwas zurückziehen. Das Monster hat eine Menge Angriffe mit Flächenwirkung."

„Na gut, wenn wir das schon tun ..." Ich sehe mir nochmals an, was wir wissen.

Die Gruppe rückt näher zusammen und wir besprechen unseren Angriffsplan. Es ist beinahe ein Luxus, einen Kampf so planen zu können. Dadurch verstehe ich, warum einige der Galaktiker, die ich bekämpft habe, sich so langsam angepasst haben. Wenn das ihre Erfahrung im Kampf mit Monstern ist, dann sind sie wirklich nicht an plötzliche Änderungen oder Überraschungsangriffe gewöhnt.

***

Als ich vor dem Monster in die Hocke gehe, muss ich über meinen „Plan“ lachen. So kompliziert ist es gar nicht – meistens besprechen wir nur die verschiedenen Skills, die das Monster unseren Informationen nach besitzt, sowie die Anzeichen dafür und unsere Reaktionen auf sie. Die eigentliche Taktik besteht aus einem einfachen flankierenden Angriff, den ich starten werde. Nichts wie meine verrückten Pläne, Monster in Fallen zu locken, mich in ihre Kehle zu stecken oder sie in dauernd teleportierenden Portalen gefangenzuhalten. Nur ein einfacher Schlagabtausch. Ich sollte das eigentlich bedauern, aber inzwischen weiß ich, dass meine Neigung zu unkonventionellen Lösungen vor allem daher kommt, dass es mir an Kampfkraft fehlt.

Wenn man den Gegner verprügeln kann, warum sollte man sich solche Mühe geben?

„Fertig.“

„Noch acht Minuten und ich bin mit meiner Episode fertig. Ich möchte wirklich wissen, ob sie genug Gold finden.“

„Kamera ist eingerichtet.“

Offensichtlich ignoriere ich Alis und Harrys alberne und nutzlose Bemerkungen.

Ich rufe das Leuchtfeuer der Engel auf und lasse das ganze Ding so hoch oben beginnen, wie es will. Das hat auch den Vorteil, dass der Angriff aus einem Bereich außerhalb der Sichtweite des Dämons kommt.

Und daher bemerkt dieser den Angriff erst, als ein Strahl aus weißblauem Licht ihn und seine Umgebung trifft, die Vegetation zerstört und seine Haut und Muskeln verbrennt. Der Schaden steigt, aber ich kann sehen, wie sich seine Gesundheit sofort regeneriert. Ich springe aus meinem Versteck und renne auf den Feind zu, während ich meinen nächsten Angriff aufrufe.

Einzelkämpfer-Armee erzeugt einen Wirbel aus Schwertern um mich, die zum Angriff bereit sind. Ich habe nicht direkt mit diesem Skill angefangen, weil er eine gewisse Verzögerung hat. Außerdem ist es nicht gerade subtil, wenn man von einem Dutzend Schwertern umgeben wird.

Als das Leuchtfeuer der Engel beendet ist, faucht mich der kauernde Dämon an, dessen Körper dampft. Bögen aus komprimierter Energie schießen nach außen, an deren Kanten das helle Blau meiner Manaklinge zu sehen ist. Einer nach dem anderen trifft den Körper der Kreatur. Leider bewegt sich ihre Gesundheitsanzeige nicht, egal wie oft ich sie treffe. Ich starre in die glühenden Augen des Größeren Dämons und bemerke, wie seine Fähigkeit den ganzen Schaden neutralisiert. Selbst als mein Skill abklingt, ist die Erde um das Monster herum noch glühend und geschmolzen. Die Gesundheit des Wesens steigt weiterhin an. Zum Glück hat mich Ali davor gewarnt. Deshalb zögere ich nicht und schleudere zwei Granaten.

Statt sich auf meine Angriffe zu konzentrieren, legt das Monster den Kopf zurück und heult. Ali geht weiter oben in Stellung und wartet auf die Diener, die sicher kommen werden. Er – und ich daher auch – hat die perfekte Geisterperspektive, um zu sehen, wie Mikito durch die Luft fliegt und ihre Naginata auf den Rücken des Monsters richtet. Dabei wächst die Naginata über ihre ursprüngliche Größe hinaus und glüht rot auf. Die vergrößerte Klinge bohrt sich in den Rücken des Dämons und zerschneidet Haut und Knochen, bevor die echte Waffe durch Mikitos Gewicht und Wucht nachfolgt. Ein Statusupdate über dem Kopf der Kreatur zeigt, dass sie vergiftet wurde. Es ist lediglich ein geringer Schwächungszauber, um die bizarre Regenerationsrate des verdammten Dings zu verlangsamen, aber es ist besser als nichts.

Der Dämon brüllt, wirbelt herum und wirft Mikito hinunter. Sie macht einen Salto rückwärts und entgeht dabei dem Arm der Kreatur um Haaresbreite. Die übergroße Klinge schrumpft bereits auf eine nützlichere Größe. Ich lasse auch nicht nach und renne vorwärts, als die Granaten endlich explodieren und Splitter aus gefrorenem Metall und Elementareis auf das Monster schleudern. Ich aktiviere beim Laufen den QSM und lasse die Explosion durch mich hindurchfliegen.

Da ich durch den QSM von seiner Dimension abgespalten werde, habe ich nur eine geringe Präsenz und bin für den Dämon völlig unsichtbar. Ich stimme mein erneutes Erscheinen auf den Moment ab, als das Monster gerade Mikito angreift, und packe mein Schwert mit beiden Händen, während ich in seine Kniesehne schlage. Gleichzeitig beschwöre ich den Rest meiner Klingen, so dass sie dem Hieb folgen.

In das Dämonenfleisch zu schlagen, ist als ob man in einen dicken Baum hackt, der einen verbrennt. Selbst wenn ich meinen Körper einsetze und meine Hüfte verdrehe, bleibt meine Klinge halbwegs im Monsterkörper stecken, während sie Schichten aus Haut, Fett und Muskeln durchtrennt. Der Zauber Frostklinge, den ich mehrmals eingesetzt habe, zeigt seine Wirkung und verlangsamt den Dämon etwas. Flammen schießen aus dem Fleisch der Kreatur und wickeln sich um meine Klinge, während ich versuche, sie herauszuziehen. Ich springe los und drehe mich in der Luft, so dass ich auf dem Rücken der Kreatur lande und mich nach hinten und rückwärts abstoße, um die Klinge herauszuziehen. Ich könnte die Waffe aufgeben, aber dann müsste ich meinen Zauber Frostklinge auf die neue Waffe wirken, was Zeit und Mana verschwenden würde.

„Hey! Halt die Klappe“, sagt Ali und schleudert ein Dutzend Manapfeile in das immer noch schreiende Gesicht des Dämons. Es ist mehr eine Ablenkung und ein Ärgernis, als dass es Schaden bewirkt, aber jedes bisschen hilft. „*Was euch betrifft ... Feind im Angriff. Ich übernehme den Osten.*“

Ich rolle mich ab, springe wieder auf die Beine und richte mich gegen Westen aus. In diesem Moment sehe ich die ersten hüpfenden Sklaven. Ihre trabende Bewegung lässt sie erscheinen und verschwinden. Jedes dieser Monster ist eine Miniversion des Größeren Dämons, mit kleineren, gekrümmten Hörnern und längeren, affenartigen Armen.

Kleinerer Wald-Dämon (Level 47)
HP: 987/987
MP: 302//321
Zustand: Versklavt, Kleinere Brennende Aura, Flammenhaut

Während ich das Monster anstarre, sehe ich aus dem Augenwinkel, wie die Hitzewellen herumrollen und versuchen, meinen Seelenschild zu verbrennen. Ich ignoriere sie und zähle kurz die angreifenden Dämonen, während ich losrenne und mit der freien Hand meinen Zauber auflade.

„Krepiert, ihr ekelhaften Affen!“ Ich hebe meine linke Hand und schleuderte den Verbesserten Blitzschlag, als das erste Monster bis auf zehn Meter herankommt. Blitze zucken nach außen und springen von einem Geringeren Dämon zum nächsten, während ich einen Teil meiner

Konzentration und Affinität dazu nutze, die Dämonen und den Raum zwischen ihnen aufzuladen. Ich bin erstaunt, wie ich das hinbekomme, während mein Zauber die Kreaturen verbrutzelt und mein Mana rapide sinkt.

„*Duck dich!*“, ruft Mikito.

Ich ducke mich und gehe die Sichtoptionen in meinem Helm durch. Nette Option, auch wenn ich sie normalerweise ausblende. In einem Kampf kann das sehr ablenkend wirken. Auf jeden Fall sehe ich, wie der Größere Wald-Dämon von einer zierlichen Samurai-Kriegerin per Schulterwurf auf Ali geschleudert wird, der dadurch über den Haufen geworfen wird. Der Geist, der nicht daran gewöhnt ist, voll materialisiert zu sein, reagiert zu langsam. Daher wird er zusammen mit den Sklaven des Monsters umgeworfen, die er per Zauber gefesselt hatte.

„Sag mir, dass du das aufgenommen hast“, sage ich.

„Aufgezeichnet“, sagt Harry und versucht, sein Lachen zu unterdrücken.

Ich grinse und lenke meine Aufmerksamkeit wieder auf die zuckenden Monster. Ich löse den Rest des Verbesserten Blitzschlags auf. Die Kreaturen erholen sich langsam, bis ich meinen nächsten Zauber schleudere – Eissturm. Wie ich erwartet hatte, sind diese Wesen durch den Kältezauber verwundbar, und ihre rauchenden Körper erleiden mehr Schaden. Das führende Trio bricht unter diesem Angriff zusammen, während ich den Rest der Horde mit Klingenhieben und gelegentlichen Zaubersprüchen erledige.

Gleichzeitig höre ich das Knirschen und Klatschen, das dumpfe Geräusch einer Klinge auf Fleisch und das raue, keuchende Brüllen des Größeren Wald-Dämons hinter mir. Ich konzentriere mich darauf, meine Seite möglichst schnell zu eliminieren, da sich diese Kreaturen sonst bald wieder erholen würden.

Sekunden vergehen, während ich hinter mir den Schlachtenlärm wahrnehme. In meinem aseptischen, gefilterten Helm muss ich mich auf den Lärm, die Vibration des Bodens und den gelegentlichen Windstoß verlassen, um zu merken, was passiert. Ein Klingenhieb zerschneidet das letzte Monster. Ich wirble herum, um meiner Freundin zu helfen und wirke einen weiteren Seelenschild auf mich, um die flammende Aura fernzuhalten.

Mikito kommt gut zurecht, da sie für diese Art von Schlacht perfekt geeignet ist. Ein einzelner humanoider Gegner, der zwar größer und stärker als sie ist, aber keinesfalls schneller. Ihre Stangenwaffe gibt ihr die Reichweite, um die Angriffe der Kreatur fernzuhalten. Wenn der Feind doch näherkommt, erlauben es ihre Nahkampfkünste, eine Reihe von Treffern zu landen, bevor sie sich wieder absetzt.

Über den ganzen Körper des Monsters verteilt tropft roter Eiter aus offenen Wunden, das gelbe Blut der Kreatur verteilt sich mit dem Eiter zusammen auf dem Boden. Selbst seine massive Regeneration scheint unter den mehrfachen Gifteffekten zu leiden, die Mikito auf das Monster gewirkt hat. Aber weil es noch zwei Drittel seiner Gesundheit besitzt, wäre es anstrengend für sie, das Wesen allein zu besiegen.

Da Ali sich um seine Seite der Sklaven kümmert, stürze ich mich ins Gefecht. Ich renne los, weiche einem ausgestreckten Bein aus und hacke nach oben, so dass ich in den Hintern des Wesens treffe und eine Eisspur hinterlasse. Ich komme rutschend zum Stehen und schlage seitwärts, bevor ich mit einem Rückwärtssalto einem hämmernden Arm ausweiche. Ich stolpere, da der Hieb auf die Erde gerichtet war und Risse im Boden erscheinen lässt – aus denen Flammen schießen. Mein Seelenschild löst sich unter dem plötzlichen Angriff auf, und die Hitze verbrennt meine Haut.

„Ach du Goblinscheiße“, rufe ich und komme wieder auf die Beine.

Ich aktiviere meine Aura und die Fähigkeit Vorhut der Apokalypse, um die Fähigkeiten aller zu verbessern. Meine Aktionen erregen die Aufmerksamkeit des Monsters und ich löse kurz Netz der Gesellschaft aus. Zahlreiche Fäden verlaufen vom Monster zu seinen diversen Sklaven. Ich beobachte, wie diese Fäden springen und sich verdrehen, als diese Wesen näherkommen.

„Ich übernehme die Rolle des Tanks!", informiere ich die Gruppe, während ich mich auf das Monster stürze.

Das wird ein langer Kampf werden. Die Widerstände und Skills des Feindes zwingen uns, den Kampf langsam anzugehen und ihn allmählich zu schwächen, statt in einem Angriff zu erledigen. Und je länger wir kämpfen, umso mehr Kleinere Dämonen kommen hierher.

Zeit, den Schaden zu erhöhen.

***

Wer nie ein Duell oder Gefecht hinter sich gebracht hat, hält das wohl für eine langwierige Sache. Das liegt an der Art, wie Kämpfer darüber reden und jeden Schlag und Tritt beschreiben. In der Hitze des Gefechts scheint das ewig zu dauern. Wenn man erfahren ist, denkt man über jeden Hieb, Schnitt oder Schlag nach und setzt sie bewusst ein. Ansonsten dauert das alles auch eine Ewigkeit – aber aus ganz anderen, schmerzhaften Gründen. Wenn man um sein Leben kämpft, scheint jeder Moment im Gefecht länger zu dauern. Aber danach, wenn es vorbei ist, hat diese Ewigkeit vielleicht nur eine Minute gedauert. Oder fünf. Fast nie mehr als das. Fast.

Der Größere Wald-Dämon fällt schließlich, mit Mikitos Naginata im Herzen und drei meiner Klingen im Körper. Über die Hälfte seines Körpers ist durch Frostklinge eingefroren, und der rote Eiter strömt aus seinen

Nüstern und Ohren. Die Kleineren Dämonen halten stolpernd an, als der Boss fällt. Ihre Hände hängen fast am Boden, als sie miteinander zu plappern beginnen. Ich starre das verblassende Licht in den Augen des Größeren Dämons an, und sehe, wie der grüne Schein verschwindet, der den Körper umgeben hat.

Das Monster kippt langsam um, und das Licht seiner Intelligenz erlischt wie eine Taschenlampe. Einen Moment lang spüre ich im Herzen eine lang verlorene und vergessene Emotion. Mitleid. Für das Monster. Wo genau verläuft die Grenze zwischen Notwendigkeit und überflüssiger Grausamkeit? Der Größere Wald-Dämon lebte friedlich in diesem Dungeon, als Herrscher seiner Umgebung. Dann kommen wir Invasoren, schlachten seine Freunde und seine Familie ab und zerstören das Ökosystem, bis wir ihn finden. Danach haben wir ihn durch Frost, Stromschläge und Gift getötet. Weshalb?

Eine Menge Erfahrung, die Beute und seine Leiche? Als ich vor seiner Leiche stehe, frage ich mich welchen Unterschied es zwischen mir und den Monstern gibt, gegen die ich kämpfe. Welches Recht habe ich, mich als besser zu betrachten und wütend auf ihre Aktionen zu reagieren?

Ich nehme die Beute, indem ich meine Hand auf die überraschend glatte Haut der Kreatur lege. Ich zögere, stecke die Leiche dann aber seufzend in meinen Veränderten Raum. Vielleicht bin ich nicht besser als er. Vielleicht bin ich nur ein elender Heuchler.

Das macht das System aus uns allen. Grausame Mörder, Schlächter, die im Blut waten. Nur ein weiterer verdammter Bürger des Systems. Der grausame Massaker verübt. Ich atme tief ein, als ich dort stehe und das Bedauern meine Wut anfechte.

„John?", unterbricht Mikitos Stimme meine Gedanken.

Ich sehe sie an werfe ihr ein trauriges Lächeln zu. „Schon gut. Machen wir weiter.“

Sie nickt, und wir laufen los, immer tiefer hinein. Zum nächsten Kampf. Zum nächsten Tod. Wie die Heuchler, die wir eben sind. Der ich bin.

Erlöser der Toten – von wegen.

Kapitel 8

„Der Erlöser der Toten. Ich hatte dich mir größer vorgestellt."

„Tut mir leid, enttäuschen zu müssen", sage ich und neige meinen Kopf leicht zu Seite, während ich nervös in Rührt-Euch-Stellung stehe. Ich bin nervös, weil dieses Treffen mit der verdammten Vertreterin der Herzogin Kangana nicht gerade etwas ist, auf das ich mich freue. Vor allem, da ich nicht Priya treffe, sondern aus irgendeinem Grund Hondo den Waffenmeister, der sich noch hier befindet. Hier, wo er mich mit kaum verhüllter Wut anstarrt.

„Es ist nicht deine Schuld. Ich bin nur überrascht, dass eine so ... kleine Person ... den berühmten Meister der Klingen und Gewehre weggeschleudert hat." Die Botschafterin der Truinnar verzieht dabei keine Miene. Die dunkle Haut, die spitzen Ohren und das blassweiße Haar verleihen der Frau eine imposante Eleganz. Ihre Kleidung bietet einen gewissen Kontrast – ein Ballkleid, das mit seinen Rüschen, dem Reifrock und dem Korsett eher in einen Film über den amerikanischen Bürgerkrieg passen würde.

Ich kneife die Augen zusammen und blicke Hondo an. Aber der Waffenmeister ist zu professionell, um sich etwas anmerken zu lassen. Andererseits erkenne ich mit meinem Netz der Gesellschaft seinen aufwallenden Zorn und die wachsende Verbitterung. Ein Großteil der Wut ist auf mich gerichtet, die Botschafterin und viele andere Fäden. Das ist etwas demütigend. Ich sehe mich oft als einen Ozean der Wut, aber im Vergleich zu ihm bin ich nur ein Binnenmeer.

„Wenn du da bist, um den Waffenmeister zu ärgern, bin ich hier überflüssig. Wenn du mich ärgern willst, will ich nicht hier sein. Also sage, was du vorhast, oder ich gehe."

„Jonathan!", sagt Katherine empört.

Ich zucke mit den Achseln, da ich keinen Kompromiss eingehen will.

„So ungehobelt wie dein Ruf", meint die Gesandte.

Ich seufze und sehe mir ihren Status an, während sie weiterhin herablassend zu mir spricht.

Vicomtesse Oria Weekamu, Vertreterin der Herzogin Kangana, Gesandte der Herzogin Kangana, Schöne von L'mu, Dreimal gewählte Tänzerin der Blätter, … (Level 38 ???)

HP: ??/??

MP: ??/??

Zustand: ???

Wie typisch. Ich frage mich, ob das ein Skill ist, oder auf einen verzauberten Gegenstand zurückzuführen ist.

„Ich spreche mit euch beiden, weil ich herausfinden wollte, warum mein Cousin so viel von unserem Einfluss und seiner persönlichen Aufmerksamkeit auf einen derart mickrigen Planeten gerichtet hat. Auch wenn es sich um eine Dungeonwelt handelt, scheint unsere Rendite für den investierten Einfluss einfach nicht zu passen. Trotzdem."

„Trotzdem?", sagt Katherine leise.

„Trotzdem werde ich euch voll nutzen." Oria lehnt sich vor und blickt uns in die Augen. „Eure Dienste werden benötigt. Wenn ihr die Aufgabe annehmt, werdet ihr entsprechend entlohnt. Und selbstverständlich werden eure Leute Zugang zu den Orten erhalten, an denen sie Interesse gezeigt haben."

Katherine lächelt, weil sie das offensichtlich etwas ermutigt. Ich bin immer noch etwas skeptisch, da die Frau so lange braucht, um zur Sache zu kommen.

„Wir wollen mit der Bevölkerung der äußeren Ringe von Irvina sprechen. Wir werden derartige Gruppenversammlungen arrangieren. Ihr werdet die Entwicklung eurer Welt anbieten, die Möglichkeiten, die sich dort allen eröffnen, die sich bemühen“, sagt Oria.

„Wie bitte?“, sage ich und mir steht der Mund offen. Als sie von einer Aufgabe sprach, dachte ich an Quests zum Töten von Monstern, vielleicht eine Sammelquest oder sogar einen Arenakampf. Reden zu halten ist das Letzte, was ich tun will.

Oria schnieft und bewegt eine behandschuhte Hand, so dass ein Benachrichtigungsbildschirm vor mir erscheint.

Quest angeboten: Anzahl der Immigranten aus Irvina steigern

Besuche die Bezirke von Irvina ab dem fünften Ring. Sprich mit den Bürgern in diesen Gebieten. Präsentiere ihnen die Vorteile einer Auswanderung in die neu eröffnete Dungeonwelt Erde.

Ziel: 50.000 neue Immigranten über der allgemeinen Trendlinie.

„Das ist eine interessante Quest“, sagt Katherine, während sie sich die Informationen ansieht. „Aber ich verstehe nicht, warum du sie uns anbietest.“

„Politik.“

Wir starren Oria an, die uns einen gelangweilten Blick zuwirft. Katherine lächelt etwas und nippt lässig und geduldig an ihrem Tee. Ich bin von Natur aus weniger geduldig, habe aber gelernt, diesen Aspekt meines Charakters zu kontrollieren. Zudem bietet mein neuer Skill jede Menge interessanter Verbindungen, die ich beobachten kann. Auch wenn ich inzwischen mit einem Blick auf ein Individuum all diese Fäden wahrnehmen und einen generellen Eindruck erhalten kann, dauert es eine Weile, die Details zu sehen. Und in den Details findet man die Feinheiten.

Die offensichtlich wichtige Verbindung verläuft zwischen Oria und der Herzogin. Dort bemerke ich fast fanatische Loyalität, Liebe und Vertrauen. Auch etwas Neid, aber dieser wird vom tiefen, langfristigen Vertrag und den gegenseitigen Verpflichtungen der beiden überschattet. Verpflichtungen. Ich runzle die Stirn und starre den Faden an, um ihn weiter zu analysieren. Zu meiner Überraschung scheinen die Verpflichtungen und der Vertrag auf beiden Seiten verankert zu sein, was bei vielen Arbeitgeber-Arbeitnehmerbeziehungen sonst nicht der Fall ist.

So interessant diese Verbindung auch ist, gibt es noch andere, die ich mir ansehen will. Die zwischen ihr und dem Waffenmeister ist voller komplexer Emotionen. Verpflichtungen und Bindungen, Verachtung und Neid. Es ist sehr vielschichtig, aber auch offensichtlich, dass Hondo in dieser Beziehung der Diener ist. Ohne seine Selbstkontrolle würde er ihr wahrscheinlich an die Gurgel springen.

Aber das sind nicht die einzigen Antworten, die ich finde. Die einzigen Hinweise. Ich sehe Linien der Verpflichtung, die zu Individuen, Gruppen und Organisationen führen, von denen ich noch nie gehört habe. Und zu vielen, die ich kenne. Ich beurteile, wie sie an Oria ziehen und welche Verpflichtungen sie fesseln.

„Es ist unhöflich, die Geheimnisse anderer so anzusehen, Erlöser“, sagt Oria.

„Wenn du nicht redest, muss ich meine eigenen Antworten finden.“

„Antworten.“ Orias Stimme klingt emotionslos, aber Hondo reagiert und starrt mich direkt an. „Und was für Antworten hast du gefunden?“

„Na ja–“

„Es soll die Probleme beheben, die wir mit der Faust haben, nicht wahr?“, sagt Katherine nun leise. „Ihr wollt gleichzeitig die Position des Galaktischen Rands stärken. Ihr wollt den Eindruck erwecken, dass Dungeonwelten gut sind, und dass die Ziele der Faust nützlich sind. Das sind Positionen, die sowohl vom Galaktischen Rand als auch von der Faust vertreten werden.“

„Du bist ja ein echter Schlauberger“, sagt Oria. „Aber eine so vereinfachte Analyse wird dir in der Arena, in der du dich befindest, nur wenig nutzen.“

Katherine neigt den Kopf und lächelt höflich. „Selbstverständlich. Ich muss mich noch mit den Details der politischen Lage vertraut machen. Aber wenn ich das richtig verstehe, schuldet ihr auch dem Stadtrat Uss einen Gefallen, dessen Hauptrivale für die kommende Stadtratswahl von den Unzufriedenen in den niedrigeren Ringen unterstützt wird. Allerdings wären 50.000 wohl nur ein Tropfen auf den heißen Stein.“

Oria lächelt Katherine an und bietet ihr nicht den geringsten Hinweis. Aber da ich Namen und Details habe, ergibt es etwas mehr Sinn. Ich benötige viel mehr Kontext, aber ich habe das Gefühl, dass Oria ein doppeltes Spiel spielt, oder vielleicht ein sechsfaches. Sie erfüllt hier eine kleine Verpflichtung, erhält dort einen kleinen Gefallen von uns, macht den Gegner von uns weniger glaubwürdig, und so weiter.

„Hast du was zu sagen?“

„Nicht direkt. Die galaktische Politik geht mir auf die Nerven. Das letzte Mal, als ich ein Begleiter eines Wesens in der Politik war, ist über vierhundert Jahre her. Und als es starb, war es nicht mehr relevant. War schon achtzig Jahre lange nicht mehr so gewesen. Allianzen und Freundschaften ändern sich jede verdammte Woche. Aber ich würde sagen, dass Katherine hier nur an der Oberfläche kratzt.“

„Hört sich wie ein Angebot an, das wir akzeptieren können“, sage ich und bestätige die Quest telepathisch. Zur Hölle, wenn ich niemanden töten muss, ist das sicher machbar. Das wird sogar eine ganz nette Abwechslung.

„Gut. Ihr werdet die Details erhalten“, sagt Oria zum Abschluss, nachdem Katherine die Quest ebenfalls bestätigt hat.

Kurz darauf gehen wir, wobei ich mich noch nicht einmal hingesetzt habe. Selbst ein Sekundenbruchteil hätte meinen Tod bedeuten können, falls der mich wütend anstarrende Hondo angegriffen hätte.

Draußen, in unserem transparenten Fahrzeug, stelle ich Katherine Fragen.

„Ich weiß nicht, John“, sagt Katherine verärgert. „Ich bin erst eine Woche hier. Es ist unmöglich, die Feinheiten der Allianzen und der Politik in dieser Stadt so schnell herauszufinden. Eigentlich sind wir schon froh, wenn wir im kommenden Jahr nicht zu sehr übers Ohr gehauen werden.“

„Ein Jahr?“

„Ja, ein Jahr“, sagt Katherine eisig. „Was? Glaubst du, es hat so viel bedeutet, eine Stimme im Rat zu erhalten? Natürlich kontrollieren wir jetzt die Erde und können dort Gesetze verabschieden, aber die Politik ist komplex. Es gibt Tausende Sitze im Galaktischen Rat, und jeden Monat Hunderte von Abstimmungen. Die Erde hat sich dabei bisher stets enthalten, aber selbst die Texte zu lesen stellt für meine Leute eine große Belastung dar. Und die Allianzen und Abmachungen zwischen ihnen?“ Katherine deutet auf die enorme Wolkenkratzerstadt mit ihren unzähligen Türmen, schwebenden Plätzen und Flugschiffen. „Wir müssen das irgendwie schaffen.“

„Entschuldige.“ Ich lehne meinen Kopf zurück. Schließlich wusste ich bereits, wie schwierig es werden würde. Aber Theorie und Praxis sind zwei unterschiedliche Dinge. „Ich hasse es einfach, im Dunkeln zu tappen.“

„Na ja, meistens dürfte es ohne Gewalt ablaufen“, meint Katherine.

Ich pruste laut, da meine zynische Seite das bezweifelt. Aber wirklich, ich muss ja nur einige Reden halten. Wie schwer kann das schon sein?

***

„Nein. Kommt nicht in Frage“, betont Mikito.

„Komm schon, wenigstens für einige der ersten Treffen?“ Ich versuche, es nicht wie ein Betteln klingen zu lassen, auch wenn es das ist. Ein bisschen.

„Erwartest du, dass ein Kampf ausbricht?“

„Ich erwarte immer, dass ein Kampf ausbricht.“

„Erstens stimmt das nicht. Zweitens ist das ein erbärmlicher Versuch einer Lüge. Drittens, würdest du mit diesen Leuten nicht fertig?“

Ich huste und sehe etwas verlegen aus. Na schön. Ich werde mit einigen Mitgliedern der Basisklassen reden. Selbst falls sie sich alle auf mich stürzen, würde ich das wahrscheinlich überleben. „Komm schon. Sie wollen, dass ich über die Erde spreche. In der Öffentlichkeit.“

„Und wieso ist das mein Problem?“, fragt Mikito.

„Weil du meine Freundin bist?“

„Nein“, sagt Mikito. „Wenn das alles ist, dann muss ich die Gilde erreichen, bevor alle offenen Gruppen gefüllt sind. Ihr braucht mich hier nicht. Und ich will nicht hier sein.“

„Ich brauche dich wirklich!“, protestiere ich. „Zur ... moralischen Unterstützung.“

Mikito würdigt das keiner Antwort und verlässt unsere Wohnung. Ich stöhne und lehne mich im Sessel zurück, bevor ich realisiere, dass ich ja nicht allein bin.

„Wie lange bist du schon hier?", sage ich stirnrunzelnd. Ich versuche immer noch herauszufinden, wie Harry es geschafft hat, sich ein Zimmer in der Wohnung zu schnappen, auch wenn ich ihn nicht direkt frage. Ich lasse mir nur den Gedanken durch den Kopf gehen. Der Reporter ist wie ein Befall von Fußpilz. Immer wenn man denkt, man ist ihn los, kommt er zurück.

„Seit Beginn der Unterhaltung", sagt Harry. „Warum willst du Mikito dabeihaben?"

„Warum nicht?" Ich sehe mir die Liste der Vortragsorte an, die dieses Gespräch ausgelöst hat. Oria hat schnell gehandelt und uns diese Liste einen Tag nach unserem ersten Treffen gesendet. Die erste meiner geplanten Reden soll etwas später am heutigen Tag stattfinden. „Wenn ich schon leiden muss, wäre es nett, den Schmerz zu verteilen."

Nachdem ich das sage, folgt ein langes Schweigen, bevor Harry lächelt. „Du musst mich nicht überzeugen. Ich will den sechsten Ring sowieso sehen."

„Okay."

„Und was soll dieser frostige Empfang?", sagt Harry und verschränkt die Arme.

„Äh, du zeichnest alles auf, stimmt's? Der Junge hier mag so etwas nicht", wirft Ali ein und streckt sich. „Außerdem bist du nicht sein Typ."

„Ich muss zugeben, ich bin nicht so muskulös oder attraktiv wie Lord Roxley, aber … Moment mal. Warum diskutiere ich überhaupt darüber? Ich stehe doch gar nicht auf Männer?", raunzt Harry.

„Nicht einmal ein bisschen?", sagt Ali spöttisch.

„Nicht einmal ein bisschen. Journalistische Integrität ermöglicht es mir, geistige und auf Charisma basierende Einflüsse zu ignorieren. Ich habe das mit Ruhiger Geist kombiniert“, sagt Harry. „Aber rein aus Neugier, was ist denn Johns Typ?“

„Ich bin hier, weißt du?“ Ich starre beide an. Meine Kommentare werden sie wohl nicht zum Schweigen bringen, aber man kann ja hoffen.

„Größer. Außerdem muss man ihm einen Adrenalinschub versetzen, weißt du? John ist ein Adrenalinjunkie. Er steht auf die bösen Buben–“

„Mir reicht‘s“, fauche ich und verlasse den Raum.

Ja, ich könnte Ali wegschicken. Aber so wie ich den gemeinen Geist kenne, würde er etwas noch Vertraulicheres enthüllen, wenn ich ihn schließlich zurückhole. Und ich vertraue Harry auch, dass er seine Artikel auf die relevanten Teile beschränkt. Der Mann ist berühmt für seine Berichte über wirkliche Kriege und Kämpfe, echten Enthüllungsjournalismus. Kein Klatsch und Tratsch.

***

Die beiden Idioten erwischen mich, als ich das private Kugelfahrzeug verlasse, das mich in die Außenbezirke gebracht hat. Zum Glück passt das System gut zu den technischen Fortschritten in Irvina, so dass ich die Adresse leicht über das System an das Fahrzeug senden kann. Danach verläuft die Fahrt ohne Zwischenfälle.

Sobald ich aussteige und von der Haltestelle für dieses spezielle Hochhaus weggehe, ändert sich die Umgebung im Vergleich zum zweiten und dritten Ring deutlich. Zunächst fallen mir die Levels auf. In einer anderen Welt und einer anderen Zeit hätte ich im heruntergekommenen Teil der Stadt zuerst den Müll, das allgegenwärtige Graffiti und den Gestank nach Urin, Scheiße, verfaultem Essen und ungewaschenen Körpern bemerkt. Hier haben alle bis auf die total Deprimierten Zugriff auf den Reinigungszauber.

Das System reinigt jedes Gebäude, das bereit ist, einen kleinen Teil seiner regelmäßigen Mana-Instandhaltung dafür zu zahlen. Da die meisten Gebäude wenig mit diesem Mana anfangen können, bedeutet das, dass alle Gebäude sauber und ordentlich sind. Selbst weggeworfener Müll wird ins System absorbiert.

In diesem System liegt der Unterschied bei den Leuten. Levels sind der erste Hinweis – alle, die ich sehe, gehören zu einer Basisklasse. Viele von ihnen sind keine Kämpfer. Und da der Kampf, bei dem man in Dungeons und der Wildnis sein Leben riskiert, der schnellste und einfachste Weg zum Levelaufstieg darstellt, wird eine Gesellschaft mit vielen Nichtkämpfern immer niedrigstufig sein. Davon abgesehen benötigt man einen guten Anteil von Kämpfern in jeder Gesellschaft, da sie in einer Systemwelt die primären Erzeuger von Ressourcen sind.

Wird Nahrung benötigt? Dann schickt man einfach einen Kämpfer, der ein Monster tötet. Monsterfleisch ist sowohl schmackhafter wie auch nahrhafter als das Fleisch von Nutztieren. Braucht man Materialien für das Handwerk? Dann schickt man einfach einen Kämpfer, der ein Monster tötet. Man könnte auch mit Metall arbeiten, aber das würde sich bald nicht mehr lohnen. Braucht man Geld? Dann schickt man einfach einen Kämpfer, der ein Monster tötet.

Levels und Klassen geben einen guten Hinweis auf den Zustand einer Gruppe, aber es gibt auch andere Anzeichen. Im dritten Ring trägt jeder verdammte Abenteurer hochwertige Kampfausrüstung. Mit den richtigen Skills könnte man ihre jeweiligen Ausrüstungswerte aufrufen und sehen, dass jedes Teil im System registriert ist. Meine Güte, viele der erfolgreicheren Abenteurer laufen sogar mit handgefertigter und voll verzauberter Ausrüstung herum. Ihre Kleidung und ihre Ausrüstung repräsentieren ihren Erfolg, genau wie ihre Werkzeuge.

Aber hier draußen sind die meisten Kleidungsstücke massengefertigt und meistens überhaupt nicht im System registriert. Keine Ausrüstung bietet Werte oder mehr als ein Feigenblatt zum Schutz. Und wenn man bedenkt, wie sich manche Feigenbäume entwickelt haben, verfügt die Ausrüstung hier in manchen Fällen über eine geringere Schutzwirkung. Nein, die Leute im siebten Ring haben weder die Zeit noch den Wunsch „gute" Ausrüstung zu kaufen.

„Was für ein Drecksloch", sagt Ali, als er zu mir schwebt. Seine laute und unhöfliche Erklärung führt zu einigen bösen Blicken, aber niemand legt sich mit dem schwebenden Geist an.

Ein sehr aufgeregter Gnom – winzig und echt niedlich – hüpft sogar auf und ab und deutet auf den fliegenden Geist. „Mama. Mama. Schau mal! Ein Geist. Wie auf den Bildschirmen!"

„Ach du grüne Neune. Zeige nicht auf Leute. Er ist wahrscheinlich ein Kopfgeldjäger. Wir wollen nicht, dass sie uns verfolgen."

Ich verziehe das Gesicht, als ich diese Worte höre, ignoriere sie dann aber. Ich kann lediglich weitergehen und die arme Familie sich selbst überlassen.

Während ich weitergehe, rennt Harry zu mir und murmelt: „Sie haben Angst vor dir."

„Vor uns", sage ich und neige den Kopf.

Wie erwartet stehen einige Schlägertypen in der Nähe und beobachten uns genau. Sie stellen sich uns nicht in den Weg – vermutlich weil der hochstufigste von ihnen nur in den hohen 30ern ist.

„Verdammt, warum sind ihre Levels so niedrig?", sage ich leise zu Ali und Harry. Mein Gott! Ich kenne Faulenzer auf der Erde, die ähnliche Levels haben! Und wir sind erst seit fünf Jahren im System.

„Mangel an Motivation und Gelegenheit“, meint Ali. „Der erste Faktor ist offensichtlich. Der zweite ist einer der Gründe dafür, weshalb wir hier sind. Wie du ja weißt, kann man als Mitglied einer Kampfklasse nicht in Dungeons gehen, ohne einer Gilde anzugehören, und die meisten Gilden haben mehr Bewerber der Basisklassen, als sie brauchen. Wenn man also weder eine gute Klasse noch hervorragende Attribute hat, muss man Ungeziefer jagen.“

„Ungeziefer?“, fragt Harry.

„Mutierte Kakerlaken, Ratten und solche Sachen – natürlich die außerirdischen Versionen“, erklärt Ali. „Damit die Stadt weiter expandiert und der von der Stadtkugel kontrollierte Bereich stabilisiert wird, hat Irvina die Mindestschwelle für Manafluktuationen erhöht. Das ermöglicht es der Stadt, die Grenzen schneller zu erweitern, aber das bedeutet auch, dass niedrigstufige Wesen immer noch in öffentlichen Bereichen spawnen. Etwa alle hundert Jahre beschließt die Stadt, Roboter zu konstruieren, um das Problem zu beheben, aber diese Roboter werden schwer beschädigt.“

„Von den Einwohnern, oder?“ Harry nickt, als ob das für ihn ganz logisch wäre.

„Also kämpft jeder um das Recht, in die Gilden zu kommen. Und was dann? Kauft die Mittelschicht ihren Kindern bessere Skills?“, sage ich und versuche, all das zu verstehen.

„Auf jeden Fall. Du hast das etwa bei den Hakarta und den Yerrick gesehen. Allerdings sind sie mehr auf die Gemeinschaft ausgerichtet“, sagt Ali. „Es gibt auch Ausnahmen für die Dungeonregeln, so dass die niedrigeren Schichten Zugang erhalten. Einige der niedrigsten Dungeons haben Schultage und Dungeonereignisse für Kinder, damit diese im Level aufsteigen können. Dann gibt es private Dungeonläufer. Ihr Angebot ist nicht so umfangreich oder gut, aber ...“

„Aber sie sind verfügbar und bieten Leuten Kampferfahrung“, sage ich und erkenne, was für einen Unterschied einige Credits bieten können. „Wie sehen diese privaten Dungeons aus?“

„Kommt darauf an. Es gibt alles Mögliche, von einer einzelnen Gummizelle mit einem Monster, das man für eine Gebühr bekämpfen und töten kann, bis zu etwas wie den Trainingsräumen der Gilde, in denen man Szenarien durchspielt. Man erhält keine Erfahrung, aber Tipps von Trainern und Lehrern. Die größten sind mehrstöckige Bauwerke, die eine Reihe gefangener Monster enthalten. Es gibt sogar Monsterzüchter, die für sie arbeiten“, sagt Ali.

„Seltsam. Und dann? Können die Leute nicht die Monster töten und mehr Erfahrung erhalten? Wäre das nicht eine Methode, sich Levels zu kaufen?“, sagt Harry.

Ich habe ein Déjà-vu-Gefühl und frage mich, ob ich dieses Gespräch schon einmal erlebt habe, bevor Ali antwortet: „So ungefähr. Echte Monster sammeln mehr ungefiltertes Mana, was einem mehr Erfahrung bietet, wenn man sie tötet. Und denke daran, dass das System sicheren Kämpfen einen Malus verleiht. Private Dungeons sind das Maximum der Sicherheit, was Dungeons betrifft. Es gibt einen Punkt, an dem die Erfahrungsabzüge und die Erfahrungsanforderungen ein Wachstum praktisch unmöglich machen.

„Und wie der Junge dir sagen wird, kann man seine Skills nur dadurch wirklich optimieren, dass man tatsächlich sein Leben riskiert. Das Kämpfen und Leveln in einer netten, sicheren Umgebung wird deine Skills nicht besonders ansteigen lassen. Es fehlt einem ein gewisser Vorteil, der auf den höchsten Levels wichtig wird.“

Harry nickt und murmelt vor sich hin, während er sich Notizen macht.

Dann gehen wir nach links und folgen den langen Korridoren hinab, die durch das Gebäude führen. An beiden Seiten eines Korridors befinden sich

Geschäfte, deren Schaufenster Kunden anlocken wollen. Das erinnert mich an einen Spaziergang durch ein sehr großes Einkaufszentrum auf der Erde. Die Läden sind abwechslungsreich und vertraut – Kleidung, Waffen, Spielzeug, mehr Kleidung, ein Schmied, ein Trankhersteller, ein Massagesalon, Gefechtsjacken und ein Kampfsportzentrum. Natürlich gibt es auch exotischere Geschäfte – Friseure für volles Körperhaar, mit preisgekrönter Schuppenpolitur, ein Tierladen mit exotischen Haustieren, wie Schleime, gezüchtete Mini-Mantikoren und kleinen zweischwänzigen Katzenmonstern. So viele Läden, die die Leute betreten und aus denen sie kommen, während sie ihrem Alltag nachgehen.

„Wo sind die Mitglieder der Kampfklassen?“, sagt Harry und schaut sich die Umgebung an.

„Draußen. Meistens beim Grinding. Oder beim Training“, sagt Ali leise. „Selbst wenn die Konkurrenz intensiv ist, muss man dort draußen sein, um etwas zu finden.“

„Und wenn man es nicht schafft?“, sage ich und neige den Kopf zur Seite. Auf der Erde dauert es dank unserer verstärkten Konstitution eine Weile, bis man verhungert. Ich nehme an, dass es hier ähnlich ist. Die Welt dreht sich um Credits, und wenn man zu einer Kampfklasse gehört, verdient man sich durch das Töten sein Geld. Wenn man nicht jagt, hat man nichts zu essen. Und wenn man die hohen Mieten bedenkt, frage ich mich, wie sie über die Runden kommen.

„Der Rat hat keinen Platz für nutzlose Leute. Wer nicht für sich selbst zahlen kann, wird zum Leibeigenen gemacht, und Zaubereide sorgen dafür, dass sie nicht Selbstmord begehen. Dann werden sie umerzogen, damit sie produktive Diener werden“, sagt Ali, dessen Stimme nun viel zu ernst klingt.

„Das ist ein verrücktes System“, sagt Harry.

„Oh? Wäre es besser, wenn sie sich allein auf der Straße durchschlagen müssten? Wenigstens eliminieren wir erst ihre Statuskrankheiten und stellen ihr geistiges oder hormonelles Gleichgewicht wieder her, damit sie stabiler werden“, sagt Ali. „Das ist nicht permanent, aber solange es regelmäßig wiederholt wird, können diese Leute produktiv sein.“

„Du verwendest dieses Wort immer wieder“, sagt Harry. „Es ist nicht richtig, Leute einer Gehirnwäsche zu unterziehen.“

„Vielleicht nicht, aber der Junge hier kann dir erklären, dass das letztlich die beste Option darstellt“, meint Ali.

„Was? Lass mich da lieber raus“, sage ich und höre mit meinem Schaufensterbummel auf. Ich brauche wirklich kein Hoverboard. Egal wie cool es aussieht. Oder Schwebestiefel. Na ja, vielleicht wären diese Schwebe-Luftgleitstiefel ganz nützlich. Eine Gefahr des Versetzungsschritts in die Luft ist, dass man seine Richtung nicht ändern kann. Ich habe meinen Zauber Fliegen, aber der braucht leider Mana und muss kanalisiert werden. Es ist schwer, den mitten im Gefecht einzusetzen.

„John!“

„Ich möchte gern wissen, was an der Zwangssklaverei so gut sein soll“, sagt Harry und tappt mit dem Fuß, während ich weiter die Stiefel anstarre.

„Was? Oh, das hängt mit dem System zusammen. Je mehr Leute es gibt, umso mehr Mana wird durch die Umgebung verarbeitet. Je besser die Verarbeitung, umso weniger wird das Ökosystem und das System selbst belastet. Intelligente Wesen dienen als Filter, Manaspeicher und Motoren. Das Mana wird von uns aufgenommen, verarbeitet und ständig wieder ins System gefiltert. Deshalb hat man eine passive Regeneration, weil alles, das überläuft, direkt ins System fließt.“

Harry steht mit offenem Mund da.

„Was?“, frage ich.

„Woher weißt du das? Und weshalb erhalte ich so viele Erfahrungspunkte?“

„Systemquest“, sagen Ali und ich gleichzeitig, und dann muss ich über Harrys Gesichtsausdruck lachen. „Und weil ich lese. Und zwar sehr viel. Es ist außerdem nicht so schwer, das zu erkennen, wenn man die Dinge verfolgt. Atmosphärisches Mana muss verarbeitet werden. Intelligente Wesen tun das deutlicherweise am besten. Je mehr intelligente Wesen, desto besser die Verarbeitung. Weniger atmosphärisches Mana, weniger zufällige Mutationen und seltsame Zeit- und Dimensionsverzerrungen.“

„Zeit- und Dimensionsverzerrungen?“

„Zufällige Teleportation von Monstern, das Spawnen und Erzeugung von Schlupfwinkeln“, antwortet Ali für mich.

Ich treffe eine Entscheidung, sehe mir die Uhr auf meinem Statusmonitor an, um sicherzustellen, dass ich genug Zeit habe, und gehe in den Laden.

Harry folgt mir eilig, während er weiterhin mit Ali spricht. „Warum hört sich das wie eine Dungeonwelt an?“

„Was glaubst du denn, was Dungeonwelten sind? Der Rat wählt einen Planeten und überflutet ihn mit Mana, das eigentlich an andere Stellen fließen sollte. Das erzwingt solche Änderungen. Es stabilisiert den Manastrom an anderen Orten und erzeugt ein Druckventil, wenn der Manastrom zunimmt. Aber leider werden alle Welten zu Dungeonwelten, falls der Galaktische Rat die Grenzen oder die Bevölkerung nicht schnell genug expandiert“, sagt Ali. „Das sind dann letztlich die Verbotenen Zonen. Welten, auf denen das Mananiveau der Umgebung einen Punkt erreicht, bei dem sie im Grunde als Dungeonwelt betrachtet werden. Nur schlimmer.“

„Schlimmer?“ sagt Harry und runzelt die Stirn. „Und warum erweitern sie dann nicht einfach die Grenzen des Systems?“

„Weil wir den Manastrom nicht unbedingt kontrollieren können. Wir kontrollieren die Systemgrenzen, aber nicht die Managrenzen. Es muss eine ausreichende Manadichte vorliegen, bevor wir dort das System erweitern können. Manchmal gibt es nicht genug Welten. Darüber hinaus sind zwar intelligente Wesen besser, aber eine Dungeonwelt stellt technisch gesehen die beste Option dar. Aber wenn man eine Dungeonwelt nicht unter Kontrolle hat, wird sie zu einem Riss im System. Daher sind sowohl intelligente Wesen als auch eine Dungeonwelt nötig. Na ja, nicht nötig, aber empfehlenswert."

Harry nickt und blickt Ali konzentriert an – inzwischen weiß ich, dass er eine Aufnahme macht.

Ich ignoriere die Unterhaltung und spreche stattdessen mit dem Besitzer des Ladens. Bald darauf teste ich eine Reihe von Schwebestiefeln in Bezug auf Stil und Passform. Schließlich kaufe ich etwas, das schwarz und langweilig ist und wie die Mischung aus den Lederstiefeln eines Motorrad-Rennfahrers und Cowboystiefeln aussieht. Andererseits sind sie schlank, können die Farbe auf Befehl ändern und sind vor allem die besten Stiefel, die der Laden hat.

Simalax-Schwebestiefel (Stufe II)

Mit ihrer Kombination aus handgefertigtem Material und massengefertigten Komponenten, stellen die Simalax-Schwebestiefel das Gesellenstück des Magie-Technikers Lok von Irvina dar. In den Simalax-Schwebestiefeln vereinen sich Verzauberungen und Technologie, so dass ihr Träger kurz auf der Luft gehen und somit gegen die Schwerkraft und den gesunden Menschenverstand verstoßen kann.

Wirkung: Benutzer reduziert Schwerkrafteffekte um 0,218 SIG. Nach der Aktivierung können Anwender während normaler und leicht turbulenter atmosphärischer Bedingungen schweben und gleiten. Benutzer können mit den

Simalax-Schwebestiefeln auch einen Dreifachsprung in die Luft durchführen, indem sie den Antigrav- und Schwebeaspekt gleichzeitig nutzen.

Dauer: 1,98 SI-Stunden.

„Danke", sagte ich, ziehe die Stiefel an und stecke meine alten ins Inventar. Ich winke ab, als mir der Verkäufer dankt und zeige mein Missfallen erst nach dem Verlassen des Ladens. „Ali, warum hat er mir so überschwänglich gedankt? So schlecht scheint es dem Geschäft doch nicht zu gehen."

„Weil du seine beste Arbeit gekauft hast", sagt Ali. Als Harry und ich Ali verständnislos anstarren, seufzt der Geist dramatisch. „Er ist ein Handwerker im siebten Ring. Du hast seine beste Arbeit gekauft. Er hatte das wahrscheinlich seit Monaten im Laden und musste sich vorher damit abmühen, das Geld für die Werkstoffe zusammenzukratzen. Nachdem er jetzt die Stiefel verkauft hat, kann er Material für ein weiteres Paar kaufen, oder für ein neues Projekt und durch die Herstellung an Erfahrung gewinnen. Außerdem hast du es gekauft, ohne zu feilschen."

„Ich hätte feilschen sollen?", frage ich stirnrunzelnd und drehe mich um. „Aber die waren so billig."

„Nein. Du hat etwa zwölf Prozent zu viel bezahlt", sagt Ali. „Wir sind im siebten Ring, nicht auf der Erde. Es gibt keine Kosten für den Langstreckentransport, keine Teleportergebühren. Keine zusätzliche Risikoversicherung. Alles ist hier billiger."

„Was?", sage ich und zucke dann mit den Schultern. Über zehntausend Credits ist teuer, aber das entspricht dem, was ich für Quests erhalte, die ich im Dungeon mit Mikito abschließe. Und das enthält nicht die Tausenden von Credits, die ich für diverse Beutestücke und Leichen erhalte. Deshalb ist es kein großer Verlust, wenn man mich übers Ohr gehauen hat. Und wenn es das Leben dieser Leute besser macht, na schön. „Komm schon. Wir werden uns verspäten."

„Ja, wer ist daran schuld?", fragt Ali.

Ich ignoriere den grummelnden Geist und laufe schneller. Es ist besser, pünktlich zu sein. Oder gar zu früh.

***

Die erste Überraschung besteht darin, dass der Ort in einem kleinen Korridor ist, der von der Hauptstraße abzweigt. Zweitens ist es ein Konferenzraum, den jemand in einem Coworking-Zentrum gemietet hat. Es amüsiert mich, dass dieser Coworking-Raum meist auf Handwerker ausgelegt ist, mit verschiedenen Tischen und Arbeitsbereichen, die durch Verzauberungen voneinander getrennt sind, statt aus einer Gruppe willkürlich verteilter Computer zu bestehen. Trotzdem ...

„Erlöser der Toten, John Lee? Ja. Konferenzraum Drei. Erste Abzweigung rechts, zweite Tür auf der linken Seite", sagt die schwebende Fischkreatur, die den Tisch bemannt (oder eher befischt?) durch das elektronische Übersetzermodul.

Ich bin etwas überrascht, folge aber den Anweisungen. Ali kichert, während Harry sich im Raum umblickt und seine Neugier mit der Entscheidung kämpft, meine Geschichte zu verfolgen. Oder die Geschichte der Erde. Ich weiß nicht einmal, woran er jetzt arbeitet.

Als ich die Tür zum Konferenzraum öffne, bin ich etwas irritiert, wie klein dieser ist. Kaum größer als ein Klassenzimmer, vielleicht sechs auf viereinhalb Meter. Zahlreiche Stühle stehen herum, und ein einfaches Podium wurde für meine Rede aufgestellt. Aber vor allem fehlt hier das Wichtigste.

„Wo sind alle?“, sage ich und sehe auf die Uhr. Wir haben noch etwa fünf Minuten, bis mein Vortrag beginnen soll. aber sieben Personen stellen keine besonders beeindruckende Zahl dar. „Verspäten sich Galaktiker oft?“

Ich weiß noch, dass ich in Whitehorse immer fünfzehn zusätzliche Minuten einberechnen musste. Auch wenn man Witze über die Yukon-Zeit macht, schaffte ich es nie, auch nur ein Treffen rechtzeitig zu beginnen.

„Nicht direkt. Vielleicht um fünf Minuten? Galaktiker sind eigentlich sehr pünktlich. Schließlich haben sie eine HUD-Uhr“, sagt Ali.

Ich seufze und lasse mich auf den Stuhl fallen, während ich meine Augen nach unten senke. Na schön. Ich kann warten. Fünf Minuten sind nicht so lang, vor allem, da die galaktischen 5 Minuten etwas kürzer als unsere sind – genauer gesagt 3,8 Sekunden. Meistens macht das keinen echten Unterschied, da Ali hilfreich ist und alles für mich übersetzt und aufrundet. Schließlich bin ich kein Ingenieur oder so etwas.

Ich habe vielleicht die Augen halb geschlossen, aber in Wirklichkeit sehe ich mir die wenigen Anwesenden genauer an. Ich erkenne schnell, dass es drei Gruppen gibt. Diejenigen, die offensichtlich zum Spaß und wegen des Essens hier sind. Anfangs gab es nur eine derartige Person, aber bald kamen einige andere, die nun bei den kostenlosen Snacks an der Seite herumstehen. Die Mitglieder der zweiten Gruppe wirken unsicher, und diese Individuen haben einige starke Fäden, die von ihnen weg führen. Familie, Freunde, Verpflichtungen, Verträge. Ich nehme an, dass sie sich umsehen und mehr erfahren wollen – aber sie zögern, weil ihre Leben mit denen anderer verflochten sind.

Im Gegensatz zur dritten Gruppe. Sie beobachten Harry und mich unverblümt und sehen sich unsere Statuswerte an. Diese Gruppe ist die größte und umfasst etwa zwei Drittel der Anwesenden. Als dann alle anderen hereinkommen – die meisten pünktlich, oder nahe daran – haben wir insgesamt 15 Zuhörer.

„Na ja. Das sind wohl alle“, sage ich und lehne mich zurück.

Ich stehe auf und gehe zum Podium. Statt mich dahinter zu stellen, lehne ich mich mit dem Ellbogen an die Seite und blicke das Publikum an. Ein zusammengewürfelter Haufen – männlich und weiblich und Dinge dazwischen, oder seltsam genug, dass ich es nicht einmal erraten will. Meistens gehören sie nicht zu den Kampfklassen, obwohl eine Vierergruppe in einer Ecke Kämpfer darstellt. Starke Verbindungen zueinander, aber sonst nicht sehr viel. Ich sehe keine Hakarta oder Yerrick hier, nur einige Gnome, Truinnar, Movana, Eidechsenwesen, ein Dullahan und einige noch seltsamere Gattungen. Die einzige Person, die nicht hierher zu passen scheint, ist der Kobold in einem Zweiteiler, der bei der Tür steht. Dennoch spüre ich keine Feindseligkeit.

„Ihr seid alle hier, weil ihr etwas über die Erde erfahren wollt, die neueste Dungeonwelt. Ich heiße John Lee. Ich bin ein Mensch, ein Einheimischer dieser Dungeonwelt. Außerdem bin ich ein Erethra-Paladin. Falls jemand das nicht weiß, es ist eine Meisterklasse. Ich habe sie durch fünf Jahre des Kämpfens auf der Erde erreicht.“ Letztere Aussage ist nicht ganz richtig, obwohl der Großteil meiner Erfahrung auf der Erde gewonnen wurde. Und in der Verbotenen Zone stieg ich nicht um einen einzigen Level auf.

„Wenn ihr etwas anderes sucht, eine Chance, im Level aufzusteigen, bietet die Erde zahlreiche Möglichkeiten. Selbst für jene, die nicht einer Kampfklasse angehören.“ Ich lasse meinen Blick über die Gruppe schweifen und bemerke, dass einige interessiert wirken. Ich entspanne meine Kontrolle über meine Aura, so dass sie aktiviert wird, und lächle alle an. Danach ärgere ich mich, als ich sehe, wie einer der Galaktiker vor meiner nackten Aggression zurückschreckt. Verdammt. „Gehen wir jetzt mal ins Detail ...“

Ich rede über die Veränderungen auf der Erde, die zahlreichen Monster und Dungeons und die weiten offenen Gebiete. Ich erwähne Sprachen und Kulturen, Nahrung und die verschiedenen Gruppen in der Welt. Ich versuche, den letzten Teil etwas allgemeiner zu behandeln, da es so viele Variationen gibt, doch der Vortrag dauert länger als ich erwartet habe. Danach kommen die Fragen, von denen viele Themen betreffen, die ich vergessen habe. Größtenteils fallen mir die Antworten ziemlich leicht. Dann gibt es andere Fragen, die zunächst einfach erscheinen, aber kompliziert werden.

„Welche Stadt sollten wir deiner Meinung nach als unseren Stützpunkt wählen?" Diese Frage kommt von zwei Nicht-Kämpfern, einem Alchemisten und einem Abfallentsorger.

„Wo soll man landen?" Ich runzle die Stirn und trommle mit meinen Fingern auf den Beinen herum. „Das hängt davon ab–"

„Eigentlich, Erlöser, sollte ich diese Frage wohl beantworten. Wiza von der Einwanderungsorganisation Third Pors. Wir haben diesen Raum gebucht", sagt Wiza der Kobold und grinst alle breit an. „Wenn ihr einen Vertrag mit Third Pors abschließt, werden wir den gesamten Transport, den Kauf der Sprache und der kulturellen Informationen übernehmen, die für eine sichere und letztlich fruchtbare Einwanderung erforderlich sind. Selbstverständlich werden wir auch dabei helfen, euch den passenden Orten auf der Erde zuzuweisen. Wir haben sogar Abmachungen mit zahlreichen örtlichen Behörden ..."

„Ich dachte, dass Oria den Raum gebucht hätte. Und was meint er mit Verträgen?", frage ich Ali telepathisch, während ich Wizas Vortrag halb zuhöre.

„Normale Einwanderungsregeln für alle, die es sich sonst nicht leisten könnten. Sie richten ein Programm der Leibeigenschaft ein, kümmern sich um den Kauf von Arbeits-

und anderen Skills. Die meisten Leute, mit denen du sprechen wirst, können sich die Reise zur Erde nicht leisten", *sagt Ali.*

„Keine Kredite?"

„Für die Reise zu einer Dungeonwelt? Haha! Kein respektables Kreditinstitut wird jemandem Geld leihen, der eine Stunde nach der Landung tot sein könnte. Die wenigen Banken, die das tun, verlangen einen sehr hohen Zinssatz", sagt Ali. *„Mit einem Vertrag über die Leibeigenschaft können sie wenigstens bestimmen, wo und wie ihre Leibeigenen leben. Um das Risiko zu reduzieren."*

Ich verziehe das Gesicht, unterbreche Wiza aber nicht. Das gefällt mir ganz und gar nicht, aber schließlich zwingt er niemanden, etwas zu unterschreiben. Doch, wenn man ein elendes Leben führt, mit wenig Hoffnung auf Verbesserung, stellt dann die einzige angebotene Option überhaupt eine Wahl dar?

„Wie viele Credits kann eine Gruppe von Leuten auf Level 10 pro Woche verdienen? Ohne, dass es zu gefährlich wird?", fragt der Anführer der Kämpfer. Einen Moment kommt es mir seltsam vor, dass er das nicht in gebrochenem Englisch sagt – schließlich hat er große, lange Ohren, ist knapp einen Meter groß und grün.

„Äh ...", sage ich und überlege, wie ich das beantworten kann. Da ich schon ewig und drei Tage nicht mehr auf diesem Level war, ist es mir unklar.

„Das hängt davon ab. Wie sehr werdet ihr euch anstrengen? In welcher Stadt seid ihr? Du weißt schon, das Übliche", unterbricht mich Harry. „Aber mit einer gut trainierten Fünfergruppe könntet ihr 200 bis 300 Credits pro Person verdienen." Angesichts der geringen Summe ist ein Gemurmel zu hören, aber Harry redet unverzagt weiter. „Aber ihr dürft nicht vergessen, dass auf der Erde eure Nahrungskosten praktisch null sind. Was die Miete betrifft, kostet ein freistehendes Einfamilienhaus in der Vorstadt vielleicht je 100 Credits."

Das führt natürlich zu einer langen Diskussion darüber was ein freistehendes Einfamilienhaus ist. Wir lassen sogar Ali Bilder von der Erde zeigen. Ich könnte schwören, dass zwei Drittel der Anwesenden vor allem an den Bildern der großen Grundstücke und freistehenden Häuser interessiert sind. Und das andere Drittel verliert beinahe das Interesse.

Die Gespräche gehen immer weiter, und am Ende bemerke ich, wie Wiza seine Kontaktinformationen austeilt. Aus reiner Neugier bleibe ich im Raum, bis er fertig ist, und ich beantworte noch einige an mich gerichtete Fragen. In einigen Fällen muss ich zugeben, dass ich keine Ahnung habe. Woher soll ich denn wissen, ob es auf der Erde schon Unterschuppenreiniger gibt??

Als Wiza endlich mit seinen Unterhaltungen fertig ist, beende ich meine Gespräche, indem ich einfach Harry und Ali ins Rampenlicht schiebe.

„Erlöser, du wolltest mit mir sprechen?“, sagte Wiza respektvoll und neigt seinen hundeartigen Kopf zur Seite.

„Ein bisschen. Ich möchte gern den Leibeigenen-Vertrag sehen, den du herumreichst.“

„Tut mir leid, aber das verstößt gegen die Firmenrichtlinien. Aufgrund der Unterschiede bei Klassen, Levels und Skills werden Verträge an den jeweiligen Vertragspartner angepasst“, sagt Wiza mit einem breiten Lächeln. „Selbst wenn wir das dürften, gibt es keinen Standardvertrag, den wir zeigen könnten.“

„Ja, den Spruch habe ich schon gehört.“ Bei den Göttern, Arbeitgeber im ganzen Universum behaupten, dass es keinen Standardvertrag gibt und dass jeder Bewerber anders ist. Und wenn man dann Druck macht, sieht man, dass es natürlich einen Standardtext gibt, den jeder unterschreibt – mit kleinen Zugeständnissen und einem geringen Verhandlungsspielraum für das Gehalt. „Versuchen wir das noch einmal.“

„Das geht nicht, Erlöser", sagt Wiza, richtet sich auf und blickt mir direkt in die Augen.

„Okay." Wiza entspannt sich etwas, daher lasse ich meine nächste Frage los. „Kannst du auf diesem Terminkalender die Vorträge markieren, die du gesponsert hast?"

„Ich habe nichts direkt gesponsert, Erlöser. Third Pors ist der Sponsor, aber ich kann unser Sponsoring markieren", sagt Wiza. Er bewegt seine Finger und die Informationen werden hervorgehoben.

„Danke." Während der Kalender noch geteilt ist, send ich einen telepathischen Befehl, der alle meine Vorträge löscht.

„Erlöser? Was?"

„Ich arbeite nicht mit Leuten zusammen, die mir nicht vertrauen", sage ich ausdruckslos, drehe mich um und gehe weg.

„Erlöser! Bitte. Moment. Ich muss mit meinem Vorgesetzten reden ..."

„Schicke mir den Vertrag. Dann reden wir", sage ich über meine Schulter und schlendere davon.

Ja, es ist nicht nett, einen Angestellten so zu behandeln. Aber sie machen Leute zu Leibeigenen. Selbst wenn das hier so üblich ist, kann ich die ganze Sache mit der freiwilligen Sklaverei einfach nicht akzeptieren.

Kapitel 9

Am Ende des Abends erhalte ich den mehrere Seiten langen Vertrag. Ehrlich gesagt bin ich bei jedem Vertrag skeptisch, für dessen Verständnis man einen Abschluss in Jura braucht, aber der hier ist eine echte Qual. Ich muss mehrmals das Systemäquivalent einer Suchmaschine einsetzen, um zu verstehen, was das alles bedeutet. Zumindest für Laien. Es hilft nicht gerade, dass ich dabei durch den sechsten und siebten Ring wandere. Ich besuche kurz den Shop und löse das Problem, zu viel Aufmerksamkeit zu erwecken.

Isekais Maske des Unbekannten (Stufe V)

Ein Ausrüstungsteil, das allen, die ihre Taten verbergen wollen, eine gewisse Privatsphäre bietet. Das ist die einfachste Maske im Angebot und ist bei intensiver Prüfung nicht wirksam.

Wirkung: Verbirgt Statusinformationen vor niedrigstufigen Fertigkeiten der Basisklasse.

Preis: 500 Credits

Selbstverständlich hätte ich mehr Geld ausgeben können, aber das hätte nichts gebracht. Ich werde doch nicht eine Menge Credits ausgeben, um den Schurken oder Assassinen zu spielen. Meine Feinde werden Leute mit den entsprechenden Fertigkeiten schicken, um so einen Zufallseinkauf zu durchbrechen, und mein Skill Geschrumpfte Fußspuren erschwert es anderen bereits, mich zu verfolgen. Einen weiteren Skill damit zu kombinieren, selbst einen aktiven, wäre eine Verschwendung von Credits und Mana.

Nein, die Maske ist eher eine gesellschaftliche Konvention. Damit sage ich „ich bin hier privat unterwegs", statt Leute fernzuhalten, die wirklich interessiert sind. Das hat auch den Vorteil, meine ethnische Herkunft zu verbergen – oder zumindest meine Gesichtszüge. Auch wenn ich mit meiner

Maske ein bisschen Aufmerksamkeit errege, lassen uns die meisten Leute in Ruhe, da Ali unsichtbar ist. Das ist alles, was ich brauche.

„Harry, hast du andere Verträge gesehen?“, frage ich. Ich weiß, dass ich selbst als Verwalter meiner Siedlungen Leute eine Strafe absitzen ließ, aber die meisten unserer Verträge sind ziemlich direkt. Schließlich wollen wir nicht, dass Leute ewig Sklaven bleiben. In mancher Hinsicht ist es besser, ihnen einen Beruf, einen Weg und ein Ziel im Leben zu geben.

Oder vielleicht sage ich das nur, weil ich ein schlechtes Gewissen habe.

Harry presst die Lippen zusammen. „Ja. Der hier ist nicht so anders. Vor etwa drei Jahren haben das einige Unternehmen auf der Erde versucht. Sie kamen zu diversen Großstädten. Die meisten von ihnen wurden schnellstmöglich stillgelegt.“

„Stillgelegt?“, frage ich stirnrunzelnd.

„Steuern. Vielen Eigentümern der Siedlungen gefiel es nicht, wenn ihre Bevölkerung weggebracht wurde, daher besteuerten sie diese Unternehmen oder schränkten ihre Aktionen anderweitig ein. Heutzutage gibt es noch einige, aber du weißt schon. Dungeonwelt.“

Ich nicke, obwohl es mit nicht gefällt, dass Harry recht hat. Da die Erde eine Dungeonwelt ist, passieren dort viele schlimme Dinge. Aber es bietet etwas, das eine Welt wie Irvina nicht liefern kann – eine Menge Chancen. Mitglieder der Kampfklassen werden ermutigt, sich ins Gefecht zu stürzen, um möglichst schnell im Level aufzusteigen. Die Nicht-Kämpfer – vor allem aus den Basisklassen – schwimmen förmlich in der Beute und anderem Material, die aus ununterbrochenen Kämpfen stammen. Man benötigt nur ein bisschen Motivation, um in einer Dungeonwelt zu leben. Aber mehr haben die meisten Leute ja nicht. Das Endergebnis mag etwas höher sein, aber die meisten Leute stagnierten nach einer Weile im Levelaufstieg.

Es hilft auch nicht, dass der ständige Kampf eine geistige Belastung darstellt.

Daher haben so viele der überlebenden Menschen in die nichtkämpfenden Klassen gewechselt. Die meisten von ihnen können nur eine begrenzte Menge an Blutvergießen und Gefahr tolerieren. Das hat emotionale und geistige Auswirkungen, auch auf die Seele. Aufgrund der langsam zunehmenden Anzahl von Galaktikern hat die Menschheit begonnen, Quests und Ratschläge anzubieten, Neuankömmlinge zu leiten und Läden einzurichten. Ich verstehe durchaus, warum sie uns als NPCs bezeichnen – Non-Participating Classers.

Wir nehmen nicht am größeren Spiel teil. Wir nehmen nicht an der harten Arbeit des Levelaufstiegs teil. Irgendwann nimmt der Aufwand für viele Leute zu, und obwohl sie noch weiter aufsteigen, tun sie das behutsam und langsam. Eine langsame Schinderei, statt des rasanten Aufstiegs der Motivierten und Verzweifelten. Wenn die Wahl getroffen wird, nicht im Level aufzusteigen.

„Also. Das ist nicht ungewöhnlich, aber es kommt mir immer noch ziemlich schrecklich vor. So wie ich das sehe, ist es kein endloser Kreis aus Schulden und Strafen, aber es ist eine verdammte Spirale“, sage ich. „Oder irre ich mich da?“

„Eigentlich nicht“, antwortet Ali. „Diese Typen sind nicht die Schlimmsten, aber so toll sind sie auch nicht. Seriöse Firmen haben bessere Verträge, aber da die Verträge besser sind ...“

„Können sie sich aussuchen, wen sie nehmen“, sage ich. Natürlich bedeutete das, dass die Abgelehnten zu noch schlimmeren Gruppen gegangen sind. Daher mussten Firmen wie Wizas mehr ausgeben, um ihre neuen Leibeigenen richtig auszustatten. Das bedeutet, dass sie aus jedem einzelnen Leibeigenen mehr Profit herausquetschen mussten, was zu strengeren Verträgen und längeren Laufzeiten führte. Es ist ein Teufelskreis, aus dem die Unterschicht nicht herauskommt.

„Sie sind dubiose Wucherer. Da fehlt nur noch eine Pfandleihe ...", sagt Harry und schweigt dann, als Ali eine neue Karte erscheinen lässt und dann ein halbes Dutzend Standorte in der Nähe markiert. „Es bleibt doch immer das Gleiche ..."

„Schließlich gibt es nicht sehr viele Methoden, ein Wirtschaftssystem einzurichten", sagt Ali. „Vor allem, wenn das System die Regeln festlegt."

Ich nicke und schließe den Vertrag schließlich. Letztlich kann ich es nicht ändern. Allerdings mache ich mir Sorgen darüber, wie klein unser Publikum heute war. Wenn bei jedem Vortrag 15 Leute auftauchen, ist die Zahl von 50.000 sehr, sehr weit entfernt. „Hey, Ali, können wir die Besucherzahlen irgendwie erhöhen?"

„Warum fragst du mich?", schnaubt Ali. „Sehe ich wie ein Eventplaner aus?"

Ich blicke meinen treuen und robusten Begleiter an, der wie ein bärtiger Footballspieler in einem orangefarbigen Jumpsuit aussieht. „Ja, schon gut. Sorry. Harry?"

Der Reporter lächelt wehmütig und ich seufze.

Na schön. Danach wandern wir den Rest des Tags im sechsten Ring herum, um ein Gefühl für diesen Sektor zu bekommen. Ich lasse mein Netz der Gesellschaft aktiviert und nehme die Szenen wahr, während ich gleichzeitig die Frage durchgehe.

***

„Dungeon?", fragt Mikito am nächsten Morgen und stützt ein Bein auf einen Stuhl, während sie Streckübungen macht.

„Auf jeden Fall. Diesmal sollten wir tiefer reingehen“, sage ich und reibe mir übers Kinn.

Gestern Abend war ... interessant. Nach einer Sauftour mit den Jungs besuchten wir das galaktische Äquivalent einer Kaschemme – nicht zu empfehlen – sowie eine Pod-Racing-Show (unterhaltsam, aber teuer) und schließlich einen galaktische Strip-Club, worauf Ali bestanden hatte. Und wir besuchten den Strip-Club nur deshalb, weil Harry und ich den Vorschlag, das Bordell nebenan zu besuchen, energisch ablehnten.

„Okay“, sagt Mikito. „Wie ging‘s denn gestern?“

„Äh ...“ Ich bleibe stehen und versuche, meinen plötzlichen Anfall von Paranoia abzuschütteln und die lebhafte Erinnerung an ein Katzen-Mädchen, das sich an mir rieb, während zwei männliche Trunnar auf der Bühne knutschten. „Langweilig. Ich erzähle dir unterwegs vom Vortrag.“

„Okay.“ Mikito klingt nicht gerade begeistert, aber sie folgt mir aus der Hotelsuite. „Wir lassen Harry zurück?“

Ich huste und bin froh, dass ich nicht so leicht erröte. „Ja. Er sagte, dass er ... gestern Abend noch einiges untersuchen musste.“

„Also. Wiederholen wir die gleichen Quests?“

„Warum nicht?“

***

Später am Abend sind wir mit unserer Beute wieder bei der Gilde. Der Diener kategorisiert alles und berechnet unsere Einkünfte. Das wird nur durch die Geschwindigkeit beschränkt, mit der ich alles aus meinem Veränderten Raum ziehen kann. Seltsamerweise ist Draco auch hier.

„Nicht schlecht für zwei Personen“, sagt Draco und sieht sich den Bildschirm vor ihm an. „Dein dimensionsübergeifendes Inventar ist sehr praktisch. Viele der neueren Teams denken nicht daran, wie viel Platz sie brauchen werden."

„Danke. Aber ich bin überrascht, dass der Vize-Gildenmeister persönlich hier ist", sage ich und sehe den Eidechsenmann genau an. Meine Intuition sagt mir, dass das kein zufälliger Besuch ist.

„Das sollte dich nicht überraschen. Ich bin hier, um dir eine Quest anzubieten."

Dracos linkes Auge blinzelt und plötzlich sehe ich eine neue Benachrichtigung vor mir.

Quest angeboten: Trainiere mit Teufelsflöte und den Unsterblichen Joes

Teufelsflöte und die Unsterblichen Joes wurden vor kurzem aus den Überresten von vier früheren Abenteurer-Teams gebildet. Der Vize-Gildenmeister ist der Ansicht, dass sie weiteres Training benötigen, um einen B-Rang zu erreichen. Es ist deine Aufgabe, sie windelweich zu schlagen, bis sie lernen, besser zusammenzuarbeiten.

Belohnung: +5.000 Credits pro Trainingssitzung, Kampferfahrung

Sanktionen: Verlust an Ruf. Verlust an Ruhm bei Ablehnen der Quest.

„Interessant." Ich starre Draco an, nachdem ich mir das durchlese. „Aber habt ihr keine anderen Leute, die das übernehmen könnten?"

„Die haben wir. Aber ich habe dir auch Trainingsmöglichkeiten versprochen", sagt Draco. „Das ist es. Beide Teams sind sehr unterschiedlich aufgebaut. Es wird zudem höchste Zeit, dass du gegen andere intelligente Wesen trainierst."

Ich brumme, bin aber nicht überzeugt.

„Außerdem werde ich genehmigen, dass ihr gildeneigene Wohnungen benutzen könnt", sagt er.

Mikito macht große Augen, und sie stupst mich demonstrativ mit dem Ellbogen an. „Du hast mit mir dein Trainingslimit erreicht, John. Ein Kampfsportler braucht Abwechslung bei den Trainingspartnern, um das Maximum aus dem Training herauszuholen."

„Ich bin kein Kämpfer", knurre ich.

„Doch, das bist du, Paladin. Oder soll ich dich Duellant nennen?", sagt Draco. „Ich möchte auch erwähnen, dass du zwar gegen viele auf der Erde gewonnen hast, sie aber wie du spezialisierte Monsterkiller waren. Auf Irvina gibt es viele, die sich auf das Töten von intelligenten Wesen spezialisieren."

„Ihr lasst einfach nicht locker, oder?", seufze ich und lasse meine Schultern resigniert sinken. „Gut."

Draco lächelt, während mein neuer Terminplan vor mir erscheint. „Das sind die aktuell offenen Zeiten im Trainingsraum. Und die anderen Pläne sind die der Teams. Hier sind ihre Kontaktinformationen. Ich würde empfehlen, dass du so bald wie möglich mit dem Training beginnst."

„So bald wie möglich, aha?", sage ich und sehe mir den Terminplan an. *„Kannst du mir helfen?"*

„Ach, nee. Du bist so verdammt faul. Ich wünschte, KIM wäre noch hier. Das war voll sein Ding", antwortet Ali telepathisch.

Ich muss einfach grinsen. Innerhalb von Sekunden sind alle drei Kalender mit meinem synchronisiert.

„Wie oft willst du das tun?", fragt Ali.

„Wie oft willst du in den Dungeon?", frage ich stattdessen Mikito.

Draco geht, als er sieht, dass ich alles ernst nehme. Dann treten wir vom Tisch des Dieners weg, um anderen den Zutritt zu gewähren.

„Ich gehe jeden Tag", sagt Mikito. „Mit Ausnahme der Zeiten, in denen ich in der Arena kämpfe. Aber dort ist viel los, und ich muss mich in der Rangordnung hocharbeiten."

„Rangordnung?", sage ich und reiße die Augen auf. „Das ist doch nicht gefährlich, oder?"

„Nein, *oyaji*!" Mikito rollt mit den Augen. „Bei weitem nicht so gefährlich wie ein Kampf gegen einen Waffenmeister. Oder einen Drachen. Oder Monster anzugreifen, die dreißig Level höher sind. Oder ..."

„Ich verstehe, ich verstehe!" Ich halte die Hände hoch und kapituliere. „Tut mir leid. Du zeigst ihnen, wozu wir Menschen fähig sind, was?"

„Selbstverständlich" Mikito wirkt grimmig. „Es ist echt gutes Training. Aber manchmal ist die Abwechslung fast zu viel ..."

„Nur ... ja." Ich schüttle den Kopf und beschließe, sie nicht noch länger zu warnen. Die Frau kann mich in einem Zweikampf schlagen, wenn ich nicht meine ganzen Fähigkeiten einsetze, und sie wird immer besser. Sobald sie ihre Meisterklasse erreicht, dürfte sie mich im Nahkampf zur Schnecke machen. „Sagen wir mal jeden dritten Tag? Für den Dungeon?"

„Das passt mir", sagt Mikito.

Kurz danach habe ich meinen neuen Terminplan eingerichtet. Es gibt offensichtlich Zeiten, in denen ich nicht einen ganzen Tag mit Mikito einplanen kann, und andere, in denen ich Vorträge halten muss. Und natürlich will ich noch Zeit im Gebäude der Questoren verbringen. Ich zucke etwas zusammen und starre meinen plötzlich gefüllten Kalender an, aber ich will nicht zögern. Wirklich, der Levelaufstieg ist wichtig.

Es erfordert nur eine Nachricht, um die Räume zu buchen und die Gruppen der Abenteurer zu informieren.

„Abendessen?", fragt Mikito und blickt mich an.

„Nein. Auf mich wartet noch ein Kampf."

„Jetzt schon?"

Ich zucke mit den Achseln. Zufall und seltsames Timing haben das alles möglich gemacht. Das, und einige Tricks von Ali. Aber der Geist kennt mich wohl gut genug. Nach meinem miserablen Abschneiden gegen ein fortgeschrittenes Team neulich, will ich mich unbedingt revanchieren.

***

„Der erste Kampf sollte möglichst einfach bleiben", sage ich, als sie schließlich hereinkommen. Um das zu betonen, aktiviere ich den Befehl, und jedes Hindernis und Geländemerkmal verschwindet im Boden oder den Wänden, so dass der blanke Raum sichtbar wird.

Die Teufelsflöte stellt sich vor mir auf und wirkt ihre letzten Stärkungszauber auf sich, bevor der Kampf beginnt.

„Geht in Ordnung. Dann mal los", sagt ihr Anführer, ein Hakarta.

Ich sehe mir die Gruppe an, während Ali ihre Klassen mit dem ungefähren menschlichen Äquivalent darstellt. Der führende Hakarta ist ihr Krieger-Tank, der Schaden absorbieren kann. Neben ihm steht ein männlicher Hakarta, der ein Soldat mit einem übergroßen Scharfschützengewehr ist. Eine große, hagere, graue Kreatur mit Knollennase ist ein Beschwörer, während der Pooskeen neben ihm ein Zauberschwertkämpfer ist. Und ihr letztes Mitglied ist ein verdammter Heiler, von dessen Fingern seltsamerweise Fäden zu den anderen verlaufen. Noch grotesker ist, dass der Heiler wie eine verfluchte Marionette aussieht.

„Wenn ihr bereit seid."

„Bereit."

Ali macht diesmal weitgehend nicht mit und bleibt unsichtbar und hoch über uns allen. Ich schicke einen telepathischen Befehl an das System des Raums, worauf eine große Benachrichtigung vor uns erscheint. Der Countdown startet bei drei Sekunden. Ich beobachte, wie sie sich nervös umsehen, während ihr Anführer Befehle erteilt. Ich kann sie nicht hören, und der Hakarta ist schlau genug, das Visier seines Helms zu senken, so dass ich nichts von den Lippen ablesen kann.

Aber ich verstehe ihrer Körpersprache, die Art wie sie sich bewegen. Ich sehe, was sie suchen und vorhaben. Und als der Countdown die Null erreicht, habe ich meinen eigenen Plan. Statt Zeit auf die Verteidigung zu verschwenden, greife ich sie direkt über ein Leuchtfeuer der Engel an.

Ich bin echt überrascht, als der Skill verblasst und gelöscht wird, da der Zauberschwertkämpfer nach oben springt und den sich bildenden Kreis der Macht durchschneidet. Ich bemerke, dass sein Mana rapide absinkt, aber bereits im Fallen schluckt er einen neuen Manatrank. Ich verziehe das Gesicht.

Doch während ich abgelenkt bin, breitet sich die Gruppe aus, um meine Angriffe weniger effektiv zu machen. Der Soldat feuert im Laufen auf mich, und seine erste Kugel eliminiert fast die Hälfte meiner Schildwirkung. Der Krieger-Tank bewegt sich direkt auf mich zu. Der Heiler tut momentan nichts, während der Beschwörer hinter dem Tank steht und Monster herbeiruft.

„Igitt!“, sage ich, als die riesigen Tausendfüßler des Beschwörers aus dem Boden strömen. Ich erkenne sofort, dass der Beschwörer Quantität statt Qualität gewählt hat. Und das bedeutet …

„Eissturm“, sage ich leise, hauptsächlich, weil ich es kann, als ich den Zauberspruch einsetze.

Der Zauber fliegt aus meiner Hand, aber bevor er den Beschwörer erreichen kann, kurvt er weg und landet in den offenen Händen des Kriegers. Dort wirbelt er herum und pulsiert, wird aber vom Krieger an der Ausdehnung gehindert. Dennoch kann ich sehen, wie die Gesundheit und das Mana des Kriegers sinken.

„Na schön. Dann kriegt ihr zwei davon. Nein. Drei“, fauche ich und wische die Hand nach vorn, um den Zauber mehrfach zu wirken.

Ein Zischen und Knirschen ertönt, als die Schallmauer durchbrochen wird und mein Seelenschild unter dem zweiten Treffer des Scharfschützen zerbricht. Langsam. Mächtige Angriffe, aber langsam. Zu langsam. Ich werfe einen weiteren Zauber und muss dann meine Hand zurückziehen, damit sie nicht abgehackt wird, da der Zauberschwertkämpfer direkt vor mir erscheint und auf meinen Zauber einschlägt.

„Dich habe ich ganz vergessen.“ Ich grinse. Na schön. Er will mit dem Schwert tanzen? Dann tanzen wir mit dem Schwert.

Ich beschwöre mein eigenes, und unsere Klingen treffen aufeinander, während ich mit meiner freien Hand einen Zauber forme. Das schränkt meinen Kampfstil beträchtlich ein, vor allem, seit ich die Hände auch tausche. Einhändig zu kämpfen ist echt nervig, aber zum Glück ist der Zauberschwertkämpfer es nicht gewohnt, wenn zusätzliche Schwerter in den Kampf eingreifen. Die Tatsache, dass ich meine Waffe gelegentlich werfe und verschwinden lasse, stört seinen Rhythmus. Er muss immer versuchen zu erraten, was ich nun tun werde.

„Halte den Zauber auf!“, schreit der Tank, als ich das Schwert von unten auf ihn schleudere.

Es fliegt, wird dann aber von einem enormen Schwarm Tausendfüßler blockiert, die den Bereich vor dem Krieger blockieren. Die dadurch erzeugte Explosion erwischt sowohl den Zauberschwertkämpfer als auch mich, obwohl unsere Widerstände den Frosteffekt zu neutralisieren scheinen. Andererseits werden die Tausendfüßler in gefrorene Statuen verwandelt, und als ihre dünnen, eingefrorenen Beine brechen, fallen die Krabbelwesen.

Der Wurf des Zaubers lässt mich einen Sekundenbruchteil anhalten – lange genug, damit der verdammte Scharfschütze erneut feuern kann. Die

Kugel bohrt sich in meinen Körper, und der Schmerz durchzuckt meine Seite. Ich ignoriere es, ebenso wie die Weise, wie mein Körper versucht, die Kugel hinauszudrücken. Stattdessen beschwöre ich ein weiteres Schwert und schlage nach dem Zauberschwertkämpfer.

Ich habe zwei Schwerter in den Händen und weitere wirbeln um uns herum. Unsere Klingen krachen und klirren, Funken sprühen, während der Schwertkämpfer versucht, sich zu schützen. Als ich im Kampf die Oberhand gewinne, erscheint der verdammte Krieger und schlägt mir mit einer Eisfaust an den Kopf. Wenige Sekunden danach werde ich durch die vereinte Kraft der beiden Feinde zurückgedrängt. Ich weiche zurück und schwinge meine Schwerter, um den heraneilenden Schwarm Tausendfüßler von mir fernzuhalten. Immer wenn ich die Oberhand zu gewinnen scheine, feuert der Scharfschütze erneut.

„So stark ist er gar nicht. Ich dachte, er wäre eine Meisterklasse“, sagt der Heiler, bewegt seine Hand und neutralisiert den Schaden, den ich dem Tank zugefügt habe. Ich schneide die Hände des Tanks, wenn er mich schlägt oder blockiert, aber der Heiler behebt es innerhalb von Sekunden, wobei diese Fäden vor verborgener Energie leuchten.

„Hey, Junge, falls du ihn zermürben willst, solltest du daran denken, dass das Mana des Heilers kaum gesunken ist.“

Ich stöhne laut und wirble vom Hieb des Zauberschwertkämpfers weg, um den Tank zu umgehen. Der Tank zieht sich zurück, während der Zauberschwertkämpfer sich duckt und zu mir kriecht. Es ist nicht das erste Mal, dass sie etwas Unnötiges getan haben, und ich kenne den Grund dafür genau. Diese Fäden ermöglichen es dem Heiler, sein Mana an sie zu übertragen, was seine Manakosten reduziert. Aber das schränkt ihre Bewegung etwas ein. Da sie mir eine Gelegenheit eröffnen, springe ich mehrmals zurück und zerschneide die nächste anfliegende Kugel. Als die

Kugel zerspringt, bekommt mein Schwert einen Kratzer ab. Ich wirke einen weiteren Seelenschild auf meinen Körper und grinse dann die Gruppe an.

„Okay. Jetzt fangen wir mal richtig an", sage ich. „*Zeit zu Spielen.*"

Als ich mit einer Hand einen Zauber wirke, steht der Krieger bereit, um dem neuen Problem zu begegnen. Der Zauberschwertkämpfer läuft mit der Horde von Tausendfüßlern nach vorn, zögert aber, mich allein anzugreifen. Inzwischen kriechen weitere Tausendfüßler aus dem Loch im Boden und verbreiten sich durch den Raum, um meinen Rückzugsweg abzuschneiden. Ihre Artgenossen, die nicht vom ersten Eissturm erwischt wurden, gehen nach hinten, um mich zu umzingeln.

Eine Hand wirkt den neuen Zauber, während die andere etwas Einfacheres tut. Ich werfe Handgranaten. Eine fliegt direkt auf den Zauberschwertkämpfer zu, der den Sprengkörper wegschlägt. Ärgerlich, aber das ist egal. Aus der Rauchgranate strömt farbiger Rauch. Mit einem Zucken des Handgelenks schleudere ich meinen Zauber zum Himmel und beobachte, wie der Zaubercontainer zum Krieger gezogen wird.

Es war aber zu spät. Ich hatte vorgesehen, dass es etwa einen Meter über meinem Kopf ausgelöst wird, und der Krieger zieht das ganze Ding lediglich zu sich in die Mitte des Raums. Genau wie ich geplant hatte. Polarzone wird aktiviert, senkt die Temperatur enorm und verlangsamt alle.

Weitere Granaten werden geschleudert, um über die Chitinpanzer zum Beschwörer zu prallen. Aber sie kommen nicht weit, da sie von den Tausendfüßlern verschluckt werden. Im wahrsten Sinne des Wortes. Schade, spielt aber keine Rolle mehr.

F'Merc Nanoschwarm-Managranaten (Stufe II)

Die F'Merc Nanoschwarm-Granaten werden die Sammlung von Mana auf dem Gefechtsfeld garantiert stören, so dass die Mana-Regeneration für alle innerhalb des Schwarms reduziert wird. Empfohlen vom Militär der I'um, den Sondereinsatzkräften der Torra und populärste Mana-Granate aus der Abstimmung des Boom, Boom, Boom! *Magazins.*

Wirkung: Reduziert Mana-Regenerationsraten und die Zauberformation im betroffenen Bereich um 37 % (mehr in geschlossenen Bereichen)

Radius: 10 m x 10 m

Was dann passiert, hätte ich nicht erwartet. Die Tausendfüßler, die sich auf die Granaten geworfen haben, zucken und schreien, als ihre Körper durch den Nanoschwarm aufgelöst werden. Sie haben Löcher im Körper und Blut, Eingeweide und Chitin lösen sich so schnell auf, dass man es deutlich beobachten kann.

„Was zum Teufel?" Ich weiche zurück und schleudere einige Klingenhiebe, um die Zauberschwertkämpfer zu beschäftigen.

„Beschworene Kreaturen bestehen aus Mana. So ähnlich wie ich. Der Nanoschwarm frisst sie einfach auf, um seine Replizierung zu ermöglichen."

„Halte ihn auf!", brüllt der Beschwörer und dreht seine Hände, um zwei weitere Beschwörungskreise neben mir zu erzeugen. Diese sehen verdammt viel größer aus.

Noch ein Schuss, der nun meinen Seelenschild trifft. Ich werfe eine Nanoschwarmgranate nach unten, sowie eine Rauchgranate und gehe dann erneut mit dem Zauberschwertkämpfer in den Nahkampf. Als die Tausendfüßler zurückweichen und mir Platz machen, grinse ich. Isolieren und besiegen. Der Beschwörer ist einige kostbare Sekunden kampfunfähig, während der Scharfschütze mich nur schwer sehen kann. Was den Tank betrifft ...

Er knallt in mich hinein, durchschlägt meinen Seelenschild mit einem Angriff und lässt meinen Kopf nach hinten schnellen. Ich pralle an der Wand ab, verbiege den Stahl und breche meinen Helm, als ich vor der nun eingebeulten Zwischenwand zusammensacke. Ich spucke Blut aus, da meine Lippe aufgeplatzt ist. Dann ziehe und werfe ich meine Messer auf den Tank, so dass die Klingen in seinen Körper sinken. Natürlich wird er in Sekundenschnelle geheilt, aber darum geht es gar nicht.

Während Rauch das Gebiet umhüllt, lasse ich das Paar näher kommen, bevor ich den Versetzungsschritt auslöse. Inzwischen steckt die erste vielköpfige Chimäre einen Kopf aus dem verdammten Beschwörungskreis. Glücklicherweise werde ich mit dem Beschwörer leicht fertig. Ich erscheine hinter dem Beschwörer, da Ali nach unten geflogen ist und sich in der Nähe platziert hat, damit ich direkt per Versetzungsschritt heranspringen kann.

Der erste Angriff schneidet den Faden des Heilers durch. Der zweite hackt ein Bein ab, und der dritte trifft seinen Oberkörper. Der Beschwörer stolpert rückwärts und verschwindet in einem Blitz, da das Sicherungssystem des Raums ihn wegteleportiert, sobald seine Gesundheit auf 30 Prozent fällt. Eine plötzliche Gewichtszunahme an meiner Seite sagt mir, dass meine Messer zurück sind.

„*Los.*" Ali flitzt davon, zum zweiten vorbestimmten Ziel.

Etwas haut wie ein Baseballschläger auf mein rechtes Knie und zwingt mich, zur Seite zu kippen, während der Scharfschütze weiterhin durch den verdammten Rauch feuert. Ich knurre, aktiviere einen weiteren Seelenschild und beobachte meine Gesundheitsanzeige. Immer noch gut bei mehr als zwei Drittel. Als der Tank und der Zauberschwertkämpfer mich angreifen, hebe ich die Hände und aktiviere ein Leuchtfeuer der Engel. Die beschworenen Wesen verschwinden bereits, da sie gemäß der Kampfregeln von ihrem Beschwörer aus unserer Realität gezwungen werden.

Weißes Feuer leuchtet auf, und diesmal merkt der Zauberschwertkämpfer es erst zu spät. Aber der Krieger sieht es und hebt die Hand, um den Schaden zu absorbieren, indem er den Strahl zwingt, sich auf ihn zu konzentrieren. Seine Gesundheit bewegt sich wild auf und ab, da der Heiler verzweifelt versucht, sie aufrecht zu erhalten. Das wird dadurch erschwert, dass der Krieger die kombinierte Kraft meines Leuchtfeuers schlucken muss. Normalerweise wirkt es 750 Punkte Schaden, aber das ist über einen breiten Bereich hinweg. Konzentriert ...

Ich ignoriere den Krieger für den Moment und wende mich dem Zauberschwertkämpfer zu, der bis auf etwa zwei Meter an mich herangekommen ist. Er ist schnell, aber meine Messer blitzen hinter meinen Klingenhieben auf und überqueren die Distanz im Nu. Der auffälligere, stärkere Skill verbirgt die dunklen Klingen, bis sie den Zauberschwertkämpfer im Oberkörper und im Arm verwunden. Das dritte Messer verfehlt ihn ganz, aber das macht nichts. Der Schwertkämpfer greift bereits nach einem Heiltrank, da er weiß, dass er keine Unterstützung erhält.

„Jetzt bist du dran." Ich grinse, als der Zauberschwertkämpfer rückwärts springt.

Mein Körper verschwindet, sobald ich Versetzungsschritt auslöse. Hoch über ihm erscheine ich erneut und starre auf mein Ziel hinab. Ich beschwöre meine Schwerter erneut und schlage beim Landen auf die Gestalt unter mir ein.

Der Scharfschütze wirbelt herum und blockt einen meiner Schläge mit seinem Gewehr. Der zweite erwischt ihn am Arm und durchschneidet Rüstung, Haut und Muskeln. Der Schütze faucht und verschwindet, worauf er wieder an einem seiner vorbestimmten Wegpunkte erscheint. Ich entdecke ihn auf meiner Minikarte, aber er befindet sich nicht in meinem Blickfeld.

„*Der Nächste*", befehle ich Ali, der über die telepathische Verbindung verächtlich prustet.

Der Geist ist bereits unterwegs und flitzt unsichtbar nach vorn.

Meine Hand hebt sich und formt Energie, als ich erneut Polarzone wirke und eine weitere Schicht des Frostzaubers einsetze. Der Krieger ist verschwunden, da ihn der Schaden, den er aufhalten wollte, überwältigt hat. Der Heiler ist damit beschäftigt, seine Freunde zusammenzuflicken, aber sein Mana ist fast vollständig erschöpft. Ohne passive Regeneration ist es bei uns allen niedrig. Aber ich habe noch mehr als genug im Tank, um das zu beenden.

***

„Du bist brutal", beschwert sich der Beschwörer und reibt sich über das wieder befestigte Bein. Die halbtransparente Bandage ist mit einer blauen Flüssigkeit gefüllt, die blubbert und zischt, während sie sich bemüht, das Bein wieder anwachsen zu lassen. Das ist eine interessante Technologie, und ich nehme mir vor, so eine Bandage zu kaufen. Wahrscheinlich ist das schneller und weniger schmerzhaft, als ein verdammtes Bein selbst zu regenerieren.

„So habe ich eben das Kämpfen gelernt", sage ich.

„Warum benutzt du denn Polarzone?", sagt der Heiler, während er Holunder-Manawein trinkt. Im Gegensatz zu normalen Manatränken wirkt dieser langsam, hat aber den Vorteil, dass er selbst dann benutzt werden kann, wenn man sein Manalimit erreicht hat.

„Ablenkung. Außerdem war ich mir nicht sicher, ob es deine Fäden brechen würde“, sage ich.

„Haha. Es ist nicht so leicht, meine Fäden des Schicksals zu durchschneiden“, sagt der Heiler stolz und bewegt seine verschränkten Finger. „Sie bilden sich sogar erneut, wenn ich genug Mana reinstecke.

„Schön, das zu wissen“, sage ich. „*Hast du die Aufzeichnung?*“

„*Jawohl.*“

„Na gut. Bis zum nächsten Mal“, sage ich und nicke der Gruppe zu.

Einige bitten mich, zu bleiben und noch etwas zu plaudern, aber ich habe schon lange genug über den Kampf gesprochen. Jetzt müssen sie herausfinden, wie sie mich besiegen können. Und ich sie.

Ich muss zugeben, dass Draco vielleicht recht hat. Die Tatsache, dass sie Skills haben, die gegen meine wirken, und dass sie so reibungslos zusammenarbeiten, verwirrt mich. Ich muss mich an andere Arten des Kämpfens gewöhnen und siegen, ohne ausschließlich hart zuzuschlagen. Und ich muss auch daran denken, weitere Spielsachen zu besorgen. Wie meine Schwebestiefel.

Zeit. Ich brauche lediglich Zeit.

Kapitel 10

Bald schon finde ich mich in einem Leben wieder, das nur noch nach Terminplan läuft. Auf meine Reden vor wenigen potenziellen Rekruten folgen Trainings in der Gilde und Zeit in der Bibliothek der Questoren und in Dungeons. Ich beginne, meine Freunde zu ignorieren und verbringe die Fahrtzeit damit, zu lesen und meinem echten Ziel zu folgen. Zum Glück findet Harry es langweilig, mir zu den Vorträgen zu folgen und er verschwindet, um seinen eigenen Interessen zu folgen. Was Mikito betrifft, waren wir beide nie besonders redselig, und daher werden unsere Interaktionen von einem angenehmen Schweigen geprägt.

Die Tage werden zu Wochen, während wir uns abmühen. Sparring. Dungeon. Reden. Lesen. Immer und immer wieder. Es ist eine seltsam friedliche Existenz, eine Pause in einem sonst so hektischen Leben, bei dem ich manchmal kaum glaube, dass es mein Leben ist. Gelegentlich komme ich um eine Ecke und beschwöre ein Schwert, weil ich einen besonders monströsen Fußgänger sehe – oder ich rolle mich ab und wirke reflexartig einen Seelenschild auf mich, wenn jemand zu laut kreischt. Der Frieden, den alle zu erwarten scheinen, geht mir manchmal auf die Nerven. Es zwingt mich jedes Mal, bei meinen Büchern und in der Gewalt des Dungeons Zuflucht zu suchen.

Als ich eines schönen Abends auf dem Rückweg vom Dungeon in die Passage vor mir blicke, muss ich die Stirn runzeln. Es geht um eine laufende Diskussion über Skills, die ich im Rahmen meiner Forschung verfolge.

„Skill-Evolutionen sind weiterhin ein komplexes Forschungsthema. Zahlreiche Versuche wurden durchgeführt, aber bisher war noch keiner davon statistisch überzeugend und vollständig. Während Grunter & Ross (Dokument 1.82.5719.11) den Standard bei derartigen Versuchen darstellen, ist ihr Datensatz viel zu unausgewogen. Darüber hinaus sind diese Daten, wie viele wissen, nur für Basisklassen zutreffend. Bisher wurde

noch keine Untersuchung für fortgeschrittene oder höhere Klassen abgeschlossen. Forscher haben auf die Schwierigkeiten verwiesen, die Zustimmung der Teilnehmer für die Verwendung ihrer Klassen-Fertigkeitspunkte auf eine Weise zu erhalten, die als unseriös betrachtet werden könnte.

Nur durch Institutionen wie die erethranische Armee und andere haben wir Forscher einen relativ konsistenten und statistisch relevanten Datensatz erhalten können. Allerdings gibt es offensichtliche Bedenken, aus derart spezifischen Datensätzen Folgerungen zu ziehen, darunter unausgewogene Daten sowie kulturelle und institutionelle Einflüsse auf das System.

Dennoch kann man annehmen, dass Skill-Evolutionen sich ereignen, wenn eine beträchtliche Anzahl durch den Level gelieferter Skillpunkte für eine einzige Klassen-Fertigkeit ausgegeben wird. Die Anzahl der erforderlichen Skillpunkte scheint sich zwischen acht und zehn Punkten zu befinden, je nach Rate und Investition derartiger Punkte.

Dieser Forscher ist der Ansicht, dass die Anzahl der Punkte und die Anforderung, vom Level geliefert zu werden, kein Artefakt des Systems darstellt, sondern eine Anforderung des Individuums. Man geht davon aus, dass die Hingabe des Individuums zur Fertigkeit, deren Entwicklung und die Akzeptanz der Fertigkeit als Teil der Identität die Skill-Evolution auslösen. Daher lösen Skill-Einkäufe im Shop nicht die gleiche Evolution aus – da diese Einkäufe durch ihre Herkunft einen externen Bonus darstellen.

Inzwischen ist klar geworden, dass bestimmte Klassen, wie der Shopper und das Gierschwein, diese persönlichen Voraussetzungen ignorieren können, da die Grundlage dieser Klassen im Erwerb von Skills und Gruppen liegt. Nach Ansichten dieses Forschers bestätigen diese Klassen zudem seine Hypothesen.

Die Untersuchungen widersprechen der vorherrschenden Meinung, dass die jetzige Blockade der Skill-Evolution darauf zurückzuführen ist, dass ein System-Edikt Chancengleichheit herstellen will. Dieser Forscher ist überzeugt, ein derartiges Edikt des

Systems könnte je nach Fall für interessierte und mächtige Parteien aufgehoben werden. Die Tatsache, dass wir keine derartigen Edikte sehen, ist kein Beweis, dass unsere Ratsmitglieder über solche miesen Tricks erhaben sind, sondern dass es keine derartigen Edikte gibt.

Was die durch eine Skill-Evolution erzeugte Machtsteigerung betrifft, ist weitere Forschungsarbeit nötig. Aber die verfügbaren Datensätze machen klar, dass eine Zunahme des Skills um mindestens das Zweifache und höchstens das Zehnfache beobachtet werden kann. Die Zahl und Vielfalt dieser Skill-Evolutionen kann als . .“

Ich brumme und lasse das Buch verschwinden. Manchmal nervt mich der Schreibstil dieser Wissenschaftler, aber derartige Informationen sind wichtig. Und wenn ich meinen Erfahrungszuwachs ansehe, wird klar, dass dieser Forscher in mancher Hinsicht recht hat. Natürlich ist meine Erfahrung auch das letzte Mal angestiegen, als ich ein Dokument gelesen habe, welches das Gegenteil behauptet hatte. Also weiß ich nicht, ob der Artikel im Ganzen wahr ist.

Aber ich unterdrücke den Gedanken und sehe mir die Nachricht an, die gerade erschienen ist. Toll. Noch ein neuer Eintrag in der Liste von Einwanderern. Ich mache mir Sorgen, weil meine Questzahlen so langsam ansteigen. Obwohl Oria Katherine Zugang zu den Gebäuden gewährt hat – damit sie Räume mieten, aber nicht kaufen kann – befürchte ich immer noch, dass sie diese Einladung aufheben wird, wenn wir nicht mehr Einwanderer finden. Unser Problem liegt nicht darin, die Leute zu überzeugen, die erscheinen, sondern mehr Leute anzulocken. Ganz gleich, wie viele Vorträge ich halte, scheint es keinen Unterschied zu machen. Es gibt einfach nicht genug Leute, die zu diesen Vorträgen erschienen.

Andererseits komme ich nicht darum herum, Dracos Quest zu bewundern. Das Training mit den beiden Abenteurer-Teams hat sich als extrem nützlich erwiesen. Obwohl ich das zweite Team bei unserem ersten Kampf zu Brei geschlagen habe, hat es sich meinen Taktiken schnell angepasst.

Die Unsterblichen Joes sind ein reines Fernkämpfer-Team, dessen Mitglieder alle Gewehre, Bögen oder Magie einsetzen. Gemeinsam haben sie so viel Feuerkraft, dass sie die meisten Bedrohungen eliminieren können, bevor sie sich annähern können. Natürlich hilft die Reihe von Skills, die sie erworben haben, wie Dimensionssperre, Klebriger Boden, Senkung der Oberflächenspannung und Netz. In unserem ersten Gefecht war ihre Taktik total einfach. Sie haben versucht, mich fernzuhalten, während sie hinter improvisierten Feldstellungen in Deckung gegangen sind. Aber sie hatten es wohl nicht von mir erwartet, sauer zu werden, als ich zum zweiten Mal auf dem Arsch landete und deshalb immer wieder Leuchtfeuer der Engel einsetzte, bis alle ihre Abwehrmaßnahmen versagten. Seither haben wir die Dinge etwas geändert und auch Terrain einbezogen. Danach wurde es deutlich schwieriger, an die Joes heranzukommen.

Beide Teams haben ihre Fähigkeiten bei der Dimensionssperre so verbessert, dass ich deutlich mehr Mana und Gesundheit ausgeben muss, um sie per Versetzungsschritt oder Portal zu erreichen. Bestenfalls kann ich einen dieser Bewegungszauber vielleicht zweimal einsetzen, bevor alles vorbei ist. Sie reagieren jetzt auch auf meine Granaten und aktivieren gezielte Kraftfelder oder setzen tragbare Schleimfresser ein, um meine Spielsachen zu entfernen.

Insgesamt gehen unsere Kämpfe hin und her. Wir finden neue Methoden, um mit dem Gegner fertig zu werden, setzen diese ein und sind im Vorteil, bis die andere Seite eine Abwehrmethode findet oder eine neue Strategie entwickelt. Natürlich können sich solche Änderungen mehrmals in einem Gefecht ereignen, so dass es für mich bald problematisch wird, auf der Siegerstraße zu bleiben.

Der Gedanke beunruhigt mich, auch wenn der Nutzen all des Trainings in meinen Dungeons deutlich wird. Da ich gelernt habe, meine Taktik zu wechseln und Zauber wie Fliegen oder meine neuen Schwebestiefel einzusetzen, habe ich ein anderes Gefühl für das Terrain und das dreidimensionale Kämpfen. Während meiner letzten Dungeonmission hatte ich mir vorgenommen, in der Luft zu bleiben und berührte daher die Erde kaum. Mikito wiederum feuerte mit einem Gewehr auf ihre Angreifer. Insgesamt war das eine amüsante Nutzung unserer Zeit im Dungeon, auch wenn es länger als normal dauerte, unsere Quests abzuschließen.

Statt das heute zu erledigen, beschließe ich, morgen bei der Gilde vorbeizuschauen. Und mich auch um mein momentanes Problem mit den Abenteurer-Teams zu kümmern.

***

„Der Vize-Gildenmeister wird Sie jetzt empfangen“, sagt die Sekretärin und schickt mich hinein.

Die Dame mit großer Oberweite ist auf menschliche Weise überraschend attraktiv. Wenn man das zusätzliche Paar Arme ignoriert, ist sie sogar hinreißend. Selbst angesichts des weiteren Armpaars – und des etwas längeren Oberkörpers als bei Menschen – muss ich ihr einfach ein einladendes Lächeln zuwerfen. Allerdings bemerkt sie das nicht. Ich muss zugeben, ich beherrsche das Flirten wirklich nicht.

„Draco“, begrüße ich ihn. „Danke, dass du dir Zeit für mich genommen hast.“

„Aber gerne, Erlöser. Du und der Speer, ihr habt euer Wort gehalten. Deine neuesten Kill-Zahlen sind gerade angekommen, und wir haben in der Stadt eine neue Manaschwelle erreicht. Um was geht es in diesem Treffen?"

„Training. Genauer gesagt, mein Training mit den Teams." Ich streiche mir mit der Hand durch mein Haar, bevor ich sie fallen lasse und meine plötzliche Nervosität unterdrücke. „Ich versuche, ihre Taktik zu neutralisieren, aber es fällt mir schwer."

„Was hast du versucht?", sagt Draco.

„Also ... ihre Sicht behindert, sie mit Schlamm- und Metallwällen aufzuspalten versucht, mit Chaosgranaten oder Zauberstürmen Verwirrung gestiftet, umfangreiche Flächenangriffe auf sie gewirkt, den Heiler eliminiert, plötzliche Angriffe, ihr Mana heruntergebracht, Wegwerfgeräte genutzt, um Angriffe zu unterdrücken, Direktangriffe ..."

„Und sie haben Methoden gegen all diese Taktiken entwickelt?"

Ich nicke. „Jawohl. Beim letzten Match gegen die Joes griff ich die ganze Gruppe an und schleuderte möglichst schnell eine Menge Feuerbälle. Das bot mir die Gelegenheit, mehrere Minen zu werfen. Nach der Flucht der Joes zog ich mich über die Minen zurück, so dass sie sich mit dem Schaden und den Netzen herumschlagen mussten, aber das hielt nicht lange an. Selbst als ich in Deckung ging und sie mit Klingenhieben und meinen Messern angriff, hat das nicht sehr gut geklappt. Diesmal habe ich nur mit Mühe gewonnen – vor allem, weil sie vergessen haben, dass ich fliegen kann."

„Wenn du so weit gekommen bist, hast du vermutlich deine Grenzen erreicht", sagt Draco. „Ich werde heute Abend bei einigen deiner Kämpfe zusehen, aber ich habe keine großen Hoffnungen auf signifikante Verbesserungen."

„Was? Komm schon. Ich bin in der Meisterklasse, und diese Typen sind ... was? Level 40 bestenfalls“, sage ich und verschränke die Arme. „Ich sollte in der Lage sein, meistens zu gewinnen.“

„Es stimmt, dass man gegen die meisten Mitglieder der Meisterklasse zwei oder drei Teams der fortgeschrittenen Klasse benötigt“, sagt Draco. „Aber du bist kein normales Mitglied der Meisterklasse, oder?“

„Genau!“ Als Dracos Augen meinen empörten Blick mit geschlitzten Pupillen ruhig erwidern, zügle ich meinen Stolz und überlege, was er gesagt hat. „Na schön. Mir fehlt eine ganze Basisklasse.“

„Genau“, meint Draco. „Abgesehen vom beträchtlichen Verlust an Skills, die sich meistens auf die Verbesserung der grundlegenden Kampffähigkeit eines Individuums konzentrieren, fehlen dir die Attribute.“

„Aber ich besitze eine Prestigeklasse.“

„Und die hat dir die Vorteile geliefert, die du zum Sieg gegen die Gruppen benötigst. Aber sie lernen jetzt deine Tricks und identifizieren deine Fähigkeiten, um Gegenmaßnahmen zu entwickeln. Eine derart konzentrierte Bemühung wird einer Meisterklasse immer Probleme bereiten. Dir fehlt die Vielseitigkeit eines Beschwörers oder Technomanten der Meisterklasse, die dir erlauben würde, deine Drohnen oder Beschwörungen an ihre Taktiken anzupassen. Darüber hinaus hast du zwei weitere Nachteile“, sagt Draco.

„Ach ja?“

„Statistik. Ihr zwei kämpft gegen fünf oder sechs. Auch wenn jeder einzelne Gegner dir nicht ebenbürtig ist, ist die Fähigkeit, deine Angriffe selektiv abzuwehren sehr wichtig“, sagt Draco. „Einige der von dir erwähnten Methoden sollen die Optionen deiner Feinde reduzieren oder eliminieren, aber sie reichen nicht aus.“

Ich muss zustimmend nicken. Es stimmt, dass es schwierig ist, mit der Überzahl fertig zu werden. Auch wenn einer meiner Angriffe stärker ist, auch wenn sie zwei Personen benötigen, um meine Angriffe zu neutralisieren, stehe ich dem Rest des Teams immer noch unbewaffnet gegenüber. Es gibt Methoden, um das zu umgehen, aber die Teams erkennen inzwischen den Vorteil der Überzahl und gehen zur Raumdeckung über. Das ist ein Teil des Grunds dafür, dass die Gefechte immer schwieriger werden.

„Zweitens, und noch wichtiger, ist deine Klasse nicht für solche Kämpfe ausgerüstet“, erklärt Draco.

„Wie bitte?“

„Die Klasse der Ehrengarde sollte nie ohne Unterstützung eingesetzt werden. Sieh dir die Erethraner an. Sie arbeiten in Teams zusammen, und oft werden Individuen spezifische Rollen zugewiesen. Schaden wirken. Unterstützung und Logistik. Leibwachen und Abwehr. Das ist einer der Gründe dafür, weshalb man sie so fürchtet. Eine spezialisierte Logistiktruppe mit fortgeschrittenen Portal-Skills kann eine Kampfgruppe an einem beliebigen Ort in der Galaxis absetzen. Ein Leibwächter der Portal-Spezialisten kann den auf sie gerichteten Schaden absorbieren und im Notfall ein unzerstörbares Sanktum erstellen. Eine mobile Artillerie mit dem Skill Einzelkämpfer-Armee. Und das allein in einer Fünfergruppe. Stattdessen verzettelst du dich mit deinen Klassen-Fertigkeiten.“ Als ich protestieren will, schnaubt Draco, und mein neuer Skill informiert mich darüber, dass seine Körpersprache ausdrückt, was ein Mensch sagen will, wenn er eine Hand hebt. „Ich weiß, du hast Credits ausgegeben, um es abzumildern, aber deine Gegner tun das auch. Die Spezialisierung funktioniert, weil Credits nur begrenzt wirksam sind. Selbst deine Paladinklasse ist nicht konzentriert genug. Du hast Punkte für alles Mögliche investiert und bist ein Generalist, statt dich auf einen bestimmten Aspekt zu konzentrieren. Das bietet dir eine Flexibilität, die du gut eingesetzt hast, aber dadurch bist du auch speziellen Killertrupps gegenüber verwundbar.“

Ich presse die Lippen zusammen, kann ihm aber nicht widersprechen. Selbst ich weiß, dass man sich als Gamer nicht allzu sehr verzetteln sollte. Das Min-Maxing kann deutliche Vorteile bringen. Darunter Skill-Upgrades und Skill-Evolution. Daher würde ein verbesserter Portal-Skill mich über die ganze Galaxis transportieren, während mein eigener mich bestenfalls auf die andere Seite des Planeten bringt.

„Das stimmt. Aber ..." Ich überlege, wie ich meine Ansichten darlegen soll.

„Du reagierst auf deine Situation. Und es ist nicht so schlecht, ein Generalist zu sein. Es ist wichtig, in vielen Situationen flexibel zu reagieren, vor allem auf Dungeonwelten oder in Verbotenen Zonen. Die Garde ist gefährlich, weil ihre Mitglieder sich gegenseitig unterstützen. Aber du solltest deine Skills und deine Klassen verstehen – sie sind nicht für den isolierten Einsatz gedacht", sagt Draco und deutet auf mich. „Bis du das akzeptierst und mit diesen Beschränkungen umgehst, befindest du dich immer im Nachteil. Geh jetzt. Ich habe noch mehr Arbeit. Später sende ich dir ein paar Vorschläge für dein Training."

Ich atme tief ein, um meinen Ärger zu unterdrücken, stehe auf und verbeuge mich kurz vor ihm. „Danke. Für alles."

Draco spricht erst wieder, als ich fast die Tür erreicht habe. „Wir haben alle Freunde verloren. An die Zeit und die Klinge. Aber wenn du dich weigerst, weitere Mitglieder in deine Gruppe aufzunehmen, gefährdest du die anderen."

Ich stehe dort, mit einer Hand zur Tür hin ausgestreckt und bleibe einen Moment dort, bis ich nicke, ohne mich umzudrehen. Die Tür öffnet sich mit einem Zischen und ich gehe hinaus, während mir die Diskussion noch durch den Kopf geht.

***

Der gelbe Shop sieht wie immer aus. Foxy, mein persönlicher Verkäufer scheint froh darüber, mich zu sehen und dankbar, dass ich mir die Zeit genommen habe, zu seinem interdimensionalen Standort zu springen, statt den physischen Shop in Irvina zu benutzen. Es gibt einige Gründe dafür, aber einer davon ist der großgewachsene Kerl, der im Wartezimmer auf einem Stuhl sitzt.

„John", sagt Roxley und steht auf. Sein langes Haar ist jetzt lila, mit hellblauen Strähnchen. Das passt wunderbar zu seiner mahagonibraunen Haut.

Ich blicke die kräftige, athletische Gestalt des Truinnar an und lecke mir unwillkürlich die Lippen. Ein Kopfschütteln unterdrückt weitere Gedanken. Das ist nicht der richtige Moment. Oder Ort.

„Roxley", sage ich vorwärtslaufend. Der verdammte, schamlose Adonis umarmt mich und gibt mir einen Kuss, den ich genieße, bevor ich ihn wegschiebe. „Hey! Hör auf, mich zu begrapschen. Wir machen das nicht mehr. Weißt du noch?"

„In der Truinnar-Kultur ist es Tradition, einen ehemaligen Liebhaber so zu begrüßen."

Ich kneife die Augen zusammen, während Roxley mich ausdrucklos anblickt. Ich pruste, weil ich das absolut nicht glaube. Wenn ich keine Hintergrundinformationen über Oria bräuchte, hätte ich ihn nicht hierher gerufen. Es war besser, unsere Beziehung einfach abzubrechen da ... na ja, wir nun Galaxien voneinander entfernt leben.

„Also. Ich brauche einige Informationen. Was den Hintergrund von Oria betrifft", sage ich.

„Die Gesandte in Irvina. Ich habe gehört, dass sie mit dir gesprochen hat“, sagt Roxley und lehnt sich vorwärts. „Du weißt aber, dass du mich in eine sehr knifflige Lage bringst? Ich könnte in Schwierigkeiten geraten, weil ich mit dir geredet habe.“

„Ich würde dich doch niemals in zu große Schwierigkeiten bringen wollen“, sage ich mit zuckersüßer Stimme.

Roxley rollt mit den Augen, aber ich weiß, dass er weiß, dass ich es ernst meine. Und ich darauf vertraue, dass er darauf achtet, wie viel er mir erzählt.

„In Ordnung. Erstes solltest du wissen, dass die Gesandte die Herzogin vertritt. Sie nimmt eine beispiellose Vertrauensposition innerhalb der Organisation ein.“

„Warum?“

Roxley überlegt sich offensichtlich, was er nun sagen soll. „Es gibt mehrere Gründe dafür. Aber der berühmteste geht daraus hervor, was Herzogin Kangana für Lady Oria getan hat. Es war vor etwa achtzig Jahren, bald nachdem Lady Oria auf Irvina in den Dienst getreten war. Ihr Mann und ihre Erstgeborene waren von einer Expedition in eine Verbotene Zone nicht zurückgekehrt. Die Lady besuchte die Herzogin und flehte um Hilfe. Die Herzogin wiederum startete eine umfangreiche Expedition, die ihre eigene Leibgarde einschloss und rettete ihren Mann und ihre Tochter.“

„Ah. Das ist ... ziemlich cool“, sage ich.

„Viele bezeichneten es als töricht.“ Roxleys Lippen verziehen sich zu einem angespannten Lächeln. „Die Verluste der Rettungsmission waren deutlich höher als die Zahl der Geretteten.“

„Ah ...“, sage ich und zucke zusammen. Ich verstehe, warum Roxley diese Geschichte erwähnt hat. Dadurch erscheint die ferne Herrscherin, die uns erst schikanierte und dann der Erde half, in einem viel besseren Licht. Ich bin mir immer noch nicht sicher, was ich von der Herzogin halten soll. Aber das ist nicht so wichtig. Es ist unwahrscheinlich, ihr je zu begegnen. So mächtig sie auch ist, ist sie doch nur eine der vielen mächtigen Gestalten in der Galaxis.

„Daraufhin schwor Lady Oria der Herzogin ewige Treue, und sie ist daher die dienstälteste Vertreterin der Herzogin auf Irvina", sagt Roxley. Ich bemerke ein Zögern, so schnell und unauffällig, dass ich es übersehen hätte, wenn ich nicht auf so intime Weise mit ihm vertraut wäre.

„Was?"

„Nichts Relevantes."

„Lass mich das entscheiden."

„Lady Orias Mann war wütend, hatte sie andere geschickt, um ihn zu retten. Er war so erbost, dass er sich von ihr trennte, sich zwei Liebhaber nahm und schließlich jeden Kontakt mit ihr abbrach", sagt Roxley. „Er starb zwei Jahrzehnte später auf einer anderen Expedition."

„Oh." Ich werfe Roxley ein zögerndes Lächeln zu. „Tut mir leid. Du hast recht. Nicht wirklich relevant. Sie ist also die Stimme der Herzogin. Was will Oria von uns?"

Roxley prustet und schüttelte den Kopf. „Von der Erde? Das solltest du doch wissen. Mehr Kontrolle, besseren Zugang. Credits und Trainingsgelände. Die Ressourcen und Gebiete, die man braucht, um überlastete Bevölkerungen umzusiedeln. Alles, was die Herzogin wünscht."

„Und von mir?"

„Eine Schnur an dich binden", sagt Roxley und deutet auf meinen Brustkorb, „Dich und ähnliche Leute, die besonderen Typen, die das System brechen. Ihr bietet viel Potenzial."

Ich knurre nur. Im Laufe der Zeit habe ich bemerkt, dass ich nicht so besonders bin, wie ich gedacht hatte. Oh, ich bin ein Schummler – aber unter der Bevölkerung der Galaxis bin ich nicht der einzige. Auf der Erde gibt es zwei weitere, die die Säuberung überlebt haben, soweit ich weiß. Sie sind beide Champions der Erde. Es gibt vermutlich weitere Individuen, die ihre Stärke verborgen haben oder einfach nicht sehr auffällig sind. Dabei muss ich an einen gewissen Meister aus Hongkong denken.

Auch anderswo in der Galaxis gibt es Individuen, die versucht haben, das System zu betrügen. Sie werden in hochstufigen Zonen geboren und verbringen ihre ganze Kindheit dort. Damit wird sichergestellt, dass sie normalerweise unerreichbare Boni erhalten, sobald sie auf ihre Bildschirme zugreifen können. Alle von ihnen gehen Risiken ein und erreichen gefährliche Positionen, die Reichtum und Boni bringen, wie ich sie erhalten habe. Oder, in einigen Fällen, indem sie einfach den Rat bestechen. Allerdings ist Letzteres wohl eher ein Gerücht als eine Tatsache. Manche Antworten sind zu teuer, als dass man sie kaufen könnte.

Und die in dieser Hinsicht „speziellen" Individuen werden sowohl gelobt als auch gefürchtet. Kleinere Boni sind etwas, das die meisten Reichen erwerben können. Selbst einige ärmere Individuen erreichten das durch Glück oder Zufall, Schicksal oder Planung. Aber, wie auf der Erde, ist der Erfolg keine reine Glückssache. Zu viele begabte Athleten haben sich verletzt, zu wenig Disziplin gezeigt oder einfach keinen Ehrgeiz gehabt, Profis zu werden. In einer Welt, in der der schnellste Weg zur Macht über den Kampf führt, sind die Verluste enorm.

„Hah. Ist das alles?", sage ich.

„Vorerst", sagt Roxley und öffnet die Hand. „Nicht jeder ist nützlich. Nicht jeder kann manipuliert werden. Nicht jeder ist vertrauenswürdig. Eine einfache Aufgabe, wie die dir übergebene, hilft dabei, einen Präzedenzfall zu schaffen."

Ich knurre nur und verschränke die Arme. Klar. Wie wenn man einem Programmierer zunächst einen kleinen Auftrag gibt und dann den Code oder das Endergebnis überprüft. Wenn er zu lange braucht, unsauber programmiert oder keine Kommentare einfügt, weiß man das anschließend. Und es kostet wenig. Es ist egal, wie talentiert Programmierer sind – wenn sie den Code nicht kommentieren, will man sie lieber nicht anheuern. Vor allem nicht für große, komplexe Projekte.

„Danke. Also. Wie geht es den anderen?"

„Ziemlich gut. Constable Amelia will, dass ich die berittene Polizei auf eurer Welt reformiere. Sie ist sehr an Lanas Greif interessiert. Wir bewerten die Idee und haben ein Testprogramm gestartet", sagt Roxley. „Aiden hat in Kamloops eine Magierakademie aufgebaut. Die Zahl der Schüler ist so stark angestiegen, dass sie weitere Lehrer anstellen müssen. Die Akademie zahlt für sich selbst über Dungeonmissionen und magische Experimente an Monstern.

„Deine Freunde Rachel und Jason? Sie erwarten einen vierten Abkömmling", sagt Roxley und verzieht das Gesicht,

Ich muss lachen, als ich mich erinnere, wie er bei einem überraschenden Besuch in Carcross ihr erstes Baby halten musste. Was für ein Anblick.

Ich lehne mich vor und stelle Fragen. Manchmal über Leute, die ich kenne, wie Colonel Weir und die Champions. Aber auch über die Politik auf der Erde. Und eine Weile lang vergesse ich den Druck meiner Quest und genieße nur die Gesellschaft des Truinnar.

Aber allzu bald müssen wir unser Gespräch beenden. Der Shop ist nicht für lange Treffen gedacht, und je länger wir bleiben, desto teurer wird es. Aber als ich mich wieder nach Irvina teleportiere, erscheint ein Lächeln auf meinem Gesicht. Trotz allem findet das Leben seinen Weg und geht einfach weiter.

***

Draco schickt mir, wie versprochen, ein Dokument mit einer Liste meiner Schwächen und eine Analyse der Gefechtsvideos. Auch wenn er die Fortschritte herunterspielt, die ich machen konnte, listet er eine beträchtliche Anzahl von Fehlern auf. Manche sind so gering, dass ich nicht sicher bin, wie ich sie je beheben soll – hier bewege ich mich etwas zu früh, dort weiche ich aus, wenn ich mich abrollen sollte – während andere hilfreicher und weniger präzis sind.

In den nächsten Tagen verfalle ich in eine bekannte Routine, aber das Problem der mangelnden Zahl von Einwanderern macht mir immer noch Sorgen. Schließlich treffe ich Katherine in ihren neuen Büroräumen.

Die neuen diplomatischen Büros befinden sich im zweiten Ring und sind Teile eines Gebäudekomplexes, der eine seltene Oase von Grünpflanzen umgibt. Na ja, zumindest Vegetation. Die Büros für die Erde nehmen einen Teil eines Hochhauses ein, in dessen obersten Stockwerken sich Wohnungen befinden. Sie sind teuer, elegant, und – meiner Ansicht nach – nicht besser als die einfachen Gildenquartiere, in denen wir uns befinden. Nach einem gewissen Punkt werden die Unterschiede beim Komfort zu gering, als dass sie wirklich zählen würden.

„Katherine." Ich sehe mir die zierliche Dame hinter dem großen Eichenschreibtisch an. Ich bin etwas amüsiert, will sie den Stil der Erde nachahmen, aber der Schreibtisch scheint Teil eines Versuchs zu sein, dem ganzen Bereich eine menschliche Atmosphäre zu verleihen Aber ... *Der Schrei*? Ich mache eine Kopfbewegung zu dem berühmten Gemälde hin.

„Mein Lieblingsgemälde", sagt Katherine mit einem traurigen Grinsen. „Der Shop hat sich mitten im Museum in Oslo gebildet und ließ die Kunstwerke intakt. Es hat einige Verhandlungen erfordert, aber wir haben es schließlich von den Movana erhalten."

„Ach sooo“, antworte ich, da ich nicht weiß, was ich eigentlich sagen sollte. Unsere Verluste an Kulturgütern, an Menschen, schmerzen immer noch.

Ich muss zugeben, ich bin im Vergleich zu Katherine ein Kulturbanause. Meine bevorzugten Kulturgüter wurden größtenteils vom System bewahrt. Filme, Animes, Texte von Romanen. Aber ich verstehe, wie schmerzlich der Verlust kostbarer Gemälde, Statuen und sogar Gebäude ist. Es ist nett, haben es wenigstens einige Objekte überlebt. Und vielleicht werden wir später weitere zurückbekommen. Oder neue Kunstformen erschaffen.

„Aber du bist sicher nicht hierhergekommen, um über Kunst zu sprechen“, meint Katherine.

Ich lächle sie dankbar an und sie bringt unser Treffen auf sein eigentliches Thema zurück. „Ja“ Ich setze mich ohne Aufforderung hin. „Hast du unsere Zahlen verfolgt?“

„Bezüglich der Quest? Ja. Enttäuschend.“

„Ich tue, was ich kann“, sage ich mürrisch.

„Selbstverständlich. Das sollte keine Beleidigung sein. Aber selbst die Erde will jetzt mehr Abenteurer. Vor allem, wenn wir sie in die richtigen Städte bringen können.“

Ich schniefe etwas. Wie sich die Lage doch geändert hat. Wir haben darum gekämpft, sie fernzuhalten, und jetzt suchen wir verzweifelt nach mehr, um mit den Dungeons fertig zu werden, der Bevölkerung wieder etwas Normalität zu bieten, und weil mehr Galaktiker mehr Geld einbringen.

„Ich nehme an, du hast Ideen?“, sage ich.

„Die habe ich. Ich muss unser Budget und einige andere Dinge bestätigen, aber ich schlage Folgendes vor ...“, sagt Katherine und lehnt sich vorwärts.

Stunden später ist unser Gespräch beendet. Meistens hatte Katherine das Wort, aber ich habe auch versucht, Feedback bezüglich der Planung zu geben. Im Laufe der Zeit präzisierten wir unsere anfänglichen Idee, deren Implementierung und schließlich unsere Reaktion auf das, was wahrscheinlich danach passieren wird.

Am Ende stehe ich auf und reiche Katherine die Hand. „Du weißt aber, dass das die Leute total sauer machen wird, oder?"

Katherine starrt meine ausgestreckte Hand an und hebt eine elegante Augenbraue, bis ich verlegen den Arm senke. „Selbstverständlich. Aber deshalb hast du dich ja so bemüht, uns einen Ratssitz zu verschaffen, nicht wahr? Und um auf unserem eigenen Planeten etwas bewirken zu können."

„Ja ..." ich spüre, wie Emotionen in mir aufwallen. Dankbarkeit, Glück und etwas Angst. Denn das, das wir jetzt tun wollen ...

„Das ist unsere Wahl, John."

„Ich weiß." Ich bestätige ihre Worte mit einem Nicken. „Wie lange?"

„Gib mir einen Tag."

„Ausgezeichnet."

Ich winke Katherine zum Abschied zu, als ich den Raum verlasse, wobei ich meine Bedenken unterdrücke. Wie Draco erwähnt hat, kann ich nicht alles allein tun. Und Leute abzuschrecken, die sich mir anschließen wollen ... na ja, das ist wenig sinnvoll. Also werde ich Hilfe annehmen und den Mund halten, da wir ja alle Erwachsene sind.

***

Einen Tag später stehe ich vor einer plötzlich größeren Menge. Es ist kein enormer Unterschied, aber es sind fast vierzig Leute im Raum – so viele, dass uns die Stühle ausgegangen sind und einige Leute hinten stehen müssen.

Auch die Mischung der Außerirdischen ist anders, und es gibt mehr niedrigstufige Mitglieder der Kampfklassen. Wiza, der meine wichtigste Kontaktperson darstellt, sieht begeistert aus, obwohl er Harry einen skeptischen Blick zuwirft, der zum ersten Mal seit langer Zeit wieder aufgetaucht ist. Aber der Kobold verzieht seine Lippen zu einem breiten Grinsen. Er ist zufrieden. Zumindest vorläufig.

Zuerst läuft alles glatt – die gut eingeübte Rede und das Vorzeigen klappen wie immer. Ich höre Lachen und Schreckensrufe, als ich einige der vorhandenen Monster zeige, ein verächtliches Schnauben und Momente der Überraschung, als wir die Städte aus der Luft präsentieren. Meine Rede konzentriert sich auf die am häufigsten gestellten Fragen, was unseren Vortrag effektiver macht. Aber nach dem Standardvertrag heizt sich die Atmosphäre auf.

„Ich habe eine Systemwerbung erhalten, die besagt, dass wir vor dem Abflug in Irvina unterstützte Dungeonmissionen durchführen, falls wir uns beim Rat der Erde anmelden. Stimmt das?“ Die Frage stellt ein Mitglied der Kampfklassen, ein Insektenwesen, das in einer unwillkürlichen Geste der Nervosität und Hoffnung zwei seiner vier Arme aneinander reibt.

„Ja. Ich bin bereits Mitglied von Tigs Gilde, daher werden wir meine Zeiten für die Dungeonmissionen verwenden. Im schlimmsten Fall zahlen wir für die Dungeonnutzung, falls das nicht klappen sollte. Und sobald ihr auf die Erde kommt, werdet ihr Teil einer unserer regelmäßigen Stadtpatrouillen, wenn ihr das wollt. Das erlaubt es euch, gleichzeitig Erfahrung und Credits zu erhalten“, sage ich.

„Was?“, sagt Wiza, dessen Mund offensteht, so dass die Zunge heraushängt. „Was für ein Rat der Erde? Was für eine Werbung?“

Wizas Worte rufen einige mitleidige und verächtliche Blicke hervor. Ich bedauere den Kobold etwas, da es nicht seine Schuld ist, dass er von uns nichts erfahren hat.

„Und keine Leibeigenenverträge?", fragt ein anderer.

„Nein, keine. Ali?"

Einen Moment später erhalten alle im Raum neue Benachrichtigungen, die sie sich ansehen können. Sie listen die Details des Vertrags auf, den Katherine mühsam ausgearbeitet hat, wobei sie die Sprache und die notwendigen Schutzmaßnahmen optimiert hat. Da der Text relativ kurz ist, kann unser Publikum ihn schnell lesen.

„Ihr werdet uns Unterkunft, Essen, ein Taschengeld sowie Material für unsere Produktion bieten?" Das stammt von einem Lederbearbeiter, dessen spitze Finger es anscheinend erleichtern, Löcher in Leder zu stanzen, damit man die Teile vernähen kann. Ich frage mich, ob er mehrere Fingerhüte trägt, wenn er sorgfältig arbeiten muss.

„Ja. Aber erst nach eurer Ankunft auf der Erde. Und wir werden euch daran hindern, an Dungeonmissionen teilzunehmen, zumindest bis ihr das Ticket für das Flugzeug abbezahlt habt. Für die Raumfähre. Das Raumschiff", korrigiere ich mich schnell. „Offensichtlich ist das bei Mitgliedern der Kampfklassen etwas anders. Aber nachdem ihr die ursprünglichen Kosten abbezahlt habt, könnt ihr gerne bei unterstützten Missionen oder Patrouillen mitmachen."

„Was macht ihr da?", faucht Wiza, stellt sich vor mir hin und fletscht die Zähne. Er bäumt sich auf und versucht, mich einzuschüchtern

Aber dann aktiviere ich meine Aura und blicke ihm in die Augen, bis er nachgibt.

Er schrumpft etwas und wimmert unwillkürlich. „Warum macht ihr das?"

„Weil wir Menschen sind. Und eine Dungeonwelt“, sage ich. „Also. Nächste Frage?“

„Ich bin ein Technomant, der sich auf Schwerkraftfelder konzentriert. Werdet ihr mir die Technologie geben, die ich benötige?“

„Äh ... Ali?“ Ich sehe den Geist verzweifelt an.

Ali prustet vor Lachen und erscheint vor allen, was einige Überraschungsrufe erzeugt, bevor er dann die Fragen beantwortet. Wiza, der nun ignoriert wird, blickt zwischen uns hin und her, bis er sich davonschleicht, um es seinen Vorgesetzten zu melden.

Ja. Der Shitstorm ist unterwegs.

„*Du siehst zufrieden aus*“, sagt Harry über den Gruppenchat.

Da kann ich nur mit den Schultern zucken. Aber das? Das fühlt sich richtig an.

***

„Guten Abend, VG“, sage ich und nicke Draco zu. Ich bin ein bisschen überrascht, ihn hier unten am Eingang zu unseren Wohnungen zu sehen, aber nur ein bisschen.

„Wir müssen uns unterhalten, Erlöser“, sagt Draco.

„Meine Wohnung?“

„Nein. Ich habe einen Konferenzraum besorgt.“

Draco führt mich zu einem Teil des Gildengebäudes, den ich schon besucht habe – eine Art kompaktes Geschäftszentrum. Im Raum aktiviert Draco eine Reihe von Sicherheitsmaßnahmen, um die Kommunikation mit der Außenweilt und die Sicht in den Raum abzuschneiden, bevor er ein kleines Gerät herauszieht und damit herumwedelt. Ich höre mehrmals ein

Knistern und Zischen – sogar einmal bei mir – bis die Überwachungswanzen in unserer Umgebung eliminiert sind.

„Igitt. Bei mir?“, fauche ich.

Mein Skills und das Brumwell Halsband der Schattenabsicht erschweren es zwar, meine Aktionen zu verfolgen, aber wenn ich verwanzt war ... ich seufze und nehme mir vor, ein Spielzeug wie Dracos zu kaufen. Es bringt nichts, sich vor Skills zu verbergen, wenn alles einfach auf eine ganz andere Weise aufgezeichnet wird. Zum Glück muss nichts, was ich getan habe, als streng geheim betrachtet werden. Aber dennoch nervt es.

„Du hast noch viel zu lernen.“ Draco lehnt sich vor und blickt mich aus den geschlitzten Pupillen an, in denen der Zorn flackert. „Außerdem solltest du zuerst um Erlaubnis bitten.“

„Erlaubnis?“

„Ich habe zahlreiche Beschwerden erhalten, dass du es Individuen aus dem siebten Ring angeboten hast, sie in den Dungeon zu bringen. Im Namen der Gilde“, sagt Draco.

„Ich sagte, falls ich deine Genehmigung erhalte“, protestiere ich leise. Natürlich verstehe ich, dass Gerüchte und die selektive Wahrnehmung von Individuen meine Nachricht verzerren könnten. Und ich muss zugeben, wir hatten das in Betracht gezogen.

„Und hättest du es nicht für weise gehalten, mit mir darüber zu sprechen, bevor du es dem ganzen Planeten verkündet hast?“, knurrt Draco.

„Ich habe darüber nachgedacht. Aber sobald wir uns entschieden haben, lief alles so schnell. Und wir waren uns nicht sicher, wie attraktiv das ganze Angebot wäre.“

„Dafür sollte ich dich aus der Gilde werfen“, sagt Draco. „Wieso glaubst du denn, kannst du so etwas tun?“

„Gildenregel, ähhh ...“

„137. Im Abschnitt Abenteurergruppen und Gäste. Teil 4“, schlägt Ali hilfreich vor.

„Richtig. Ich kann mich nach eigenem Ermessen mit Gruppen aus angeschlossenen Gilden zusammentun, solange ich bereit bin, volle Verantwortung für eine Gruppenbildung außerhalb der Gilde zu übernehmen. Das umfasst auch das Betreten von Dungeons. Die einzige Ausnahme betrifft nicht registrierte Individuen“, sage ich. „Und da wir sie alle dazu bringen werden, sich vorläufig bei NAGA zu registrieren, mit mir als Sponsor, dürfte das kein Problem darstellen.“

Natürlich ist das nur ein Provisorium. Die Einwanderer werden als die niedrigstufigsten Abenteurer markiert, die es gibt – G – und selbst das nur zeitweilig. Ich bin verpflichtet, für sie ein beträchtliches Pfand zu hinterlegen, aber solange ich ihre Levels und Kampffähigkeit auf F bringe, erhalte ich die Credits zurück. In vielen Fällen würde ein einziger Dungeon genügen, um zu beweisen, dass sie eine Fähigkeit der Stufe F besitzen.

Die Mitglieder der Kampfklassen aus dem siebten Ring haben das noch nie in großer Zahl erreicht, was eher an den Kosten der Mitgliedschaft bei NAGA – oder den Einschränkungen anderer Gilden – liegt, als an ihrer mangelnden Vorstellungskraft. Es hilft auch nicht, dass NAGA keine offenen Termine für die Dungeons hat, so dass NAGA-Mitglieder entweder selbst einen Termin finden oder sich einer anderen Gilde anschließen müssten. Das ist für mich, ein Mitglied der Meisterklasse mit Freunden, kein großes Problem, aber für einen Außenseiter aus dem sechsten oder siebten Ring schon.

„Oh. Natürlich“, sagt Draco. „Ich wusste nicht, dass du so ein Paragraphenreiter bist. Du weißt aber, dass die Gilde sich nicht in die Streitigkeiten zwischen Gruppen einmischt, oder? Oder große Teile unseres potenziellen Kundenstamms verärgert?“

„So schlimm ist das auch nicht", sage ich und verziehe das Gesicht.

Neben mir prustet Ali, während er im Kreis herumwirbelt. Auf meiner Minikarte sehe ich, wie Harry im Korridor hin und her läuft. Offenbar ärgert es ihn, dass er aus dieser Unterhaltung ausgeschlossen wurde. Aber das ist eine Angelegenheit der Gilde, und er ist kein Mitglied.

„Ich bezweifle, dass mehr als hundert Leute dieses Angebot annehmen werden", sage ich.

„Du bezweifelst das", meint Draco sarkastisch. „Bist du total naiv? Du forderst die etablierten Vorgehensweisen direkt heraus. Du bietest nicht nur den niedrigsten Levels ein Training an, sondern du hast Leuten auf Level 15 und höher Flüge zur Erde angeboten, ohne viel von ihnen zu verlangen.

„Das stimmt nicht. Wir lassen sie ein Jahr lang für unsere Stadtpatrouillen arbeiten, oder bis sie ihre Reise plus entsprechende Zinsen abbezahlt haben", sage ich.

„Genau!", faucht Draco. „Dein Angebot ist nicht nur fair, es ist überaus großzügig. Es erlaubt keine Fehler. Euer Vertrag hat keine Versicherung, die einspringen würde, wenn sie sterben! Ihr habt nicht einmal einen Bürgenden, und damit ist all euer Geld verloren, wenn diese Leute sterben."

„Das wäre unwahrscheinlich. Wir wissen inzwischen, wie wir unsere Leute von wirklich gefährlichen Sachen fernhalten. Es ist nicht mehr wie in den ersten Jahren. Jetzt haben wir schnelle Eingreifgruppen und erfahrene Anführer in unseren Städten. Meine Güte, einige der Teams haben sogar Portalspezialisten wie mich."

„Dennoch gibt es Todesfälle."

„Dann würde ich sagen, haben sie schon genug gezahlt, oder?", sage ich und lehne mich vorwärts. „Wenn sie sterben, während sie unsere Städte beschützen, können wir wenigstens einen kleinen Schuldenerlass durchführen. Und warum ist dir das wichtig?"

„Das ist es nicht. Aber alle beschweren sich bei mir darüber. Was du tust, stört jede kleine bis mittelgroße Gilde oder Leibeigenenfirma, die diese höherstufigen Kämpfer gebrauchen kann", sagt Draco. „Unserer Gilde ist das eher egal. Schließlich suchen wir Eliten, und wir bieten Dienste und Vorteile, um sie anzuziehen. Aber die kleinen und mittelgroßen Gilden? Sie leben von diesen niedrigstufigen Leuten. So verdienen sie Geld und gewinnen Mitglieder. Und jetzt bietest du an, all diese Leute zur Erde zu bringen."

„Überhaupt nicht. Ich bin mir ziemlich sicher, dass wir maximal zehn Prozent von denen bekommen." Ich muss lächeln und breite die Hände aus. „Aber ja, darum geht es letztlich."

„Ich wiederhole. Warum sollte ich dich nicht rauswerfen und mir monströse Kopfschmerzen ersparen?", sagt Draco.

Seltsam. Ich starre Draco an, wie er dasitzt, das Vibrieren der Fäden, und ich erkenne, dass das keine Standardfrage ist. Er fragt, weil er von mir eine gute Ausrede geliefert haben will. Weil ... „Dir gefällt das, was ich tue."

„Das ist egal. Wichtig ist nur deine Auswirkung auf die Gilde", sagt Draco. „Wenn wir nicht aktiv werden, verlieren wir mindestens einen Fünftel unserer aktiven Verträge auf Irvina."

„Einen Fünftel?" Ich runzle die Stirn und überlege, wieviel die wohl wert sind. Einen Moment später gebe ich es auf. Es ist einfach irrelevant. „Das stimmt. Aber willst du sie wirklich wissen lassen, dass die Gilde beim kleinsten Druck nachgibt?"

„Und das wegen jemandem, mit dem wir nur eine oberflächliche Beziehung haben?" Draco zuckt mit den Schultern. „Ich würde sagen, es würde uns noch mehr schaden, dich zu behalten."

„Na gut", sage ich. *„Hast du eine Idee?"*

„Rein oder raus. Heiß oder kalt ..."

„*Du bringst deine Metaphern durcheinander.*“ Ich blicke Draco entschlossen an und finde meine Antwort. „Du hast recht. Es wäre eine schlechte Entscheidung, mich in der Gilde zu behalten. “ Ich sehe, wie Draco sich etwas ausrichtet und ernst wirkt, aber ich rede weiter. „Aber das trifft nur zu, wenn ihr uns nicht unterstützt.“

„Euch unterstützt?“ Draco schnaubt zischend.

„Ja. Momentan seid ihr ein Kollateralschaden. Ihr müsst also entweder ganz aus der Schusslinie, indem ihr mich gehen lasst – oder mit uns in den Bunker kommen“, sage ich.

„In den Bunker?“

„Sorry. Ein Ort, wo–“

„Ich weiß, was ein Bunker ist. Ich will eine Erklärung, worum es bei diesem Bunker geht.“

„Es ist ein metaphorischer Bunker ...“ Draco zischt mich an, und ich höre auf, den Vize-Gildenmeister zu ärgern. „Ganz einfach. Ihr helft uns. Die Erde wird Quests erstellen. Ihr helft, die Rekruten an den Terminen, die die Gilde bereits hat, durch die Dungeons zu bringen. Ihr habt die zusätzlichen Termine, seit wir die Manaschwelle überschritten haben.“ Ich wedle mit den Händen herum und werde immer aufgeregter. „Das kompensiert euch nicht nur für den Verlust an Quests, sondern bietet euch auch Informationen aus erster Hand über potenzielle Rekruten.

„Darüber hinaus wird Katherine sicher bereit sein, weitere Rabatte für die Gilde auf der Erde auszuhandeln. Ich wette, wir könnten euch einige neue Gildengebäude verschaffen. Tolle Rekruten finden, vielleicht sogar einige Quests, um die neuen Rekruten zu den richtigen Städten zu eskortieren. Ihr könnt eure neuen Rekruten direkt auf der Erde integrieren und dadurch langfristig mehr Geld verdienen und euren Ruf hier auf Irvina verbessern. Ihr könnt dank der tollen Publicity auch unter unseren

Einwanderern und den Menschen rekrutieren. „Glaub mir, die Menschen unterstützen Außenseiter gerne."

„Und du glaubst, das würde ausreichen, um den Ärger zu kompensieren, den wir dadurch verursachen?", sagt Draco.

„Vielleicht nicht den von den Konzernen. Aber wie viele Abenteurer sind aus Bereichen jenseits des fünften Kreises gekommen? Wie viele von ihnen würden euch zustimmen?"

Draco verschränkt die Arme und lehnt sich zurück. „Man sollte meinen, wir könnten uns auch einige höherstufige Abenteurer schnappen."

„Vielleicht. Im schlimmsten Fall müssten einige der anderen Gilden erklären, warum sie das nicht auch anbieten."

„Vorausgesetzt, das alles klappt."

„Stimmt."

Draco schweigt. Nach einer Weile steht der Eidechsenmensch auf und geht zur Tür. Er verlässt mich mit einem etwas ominösen Satz. „Ich lasse dich wissen, wofür wir uns entscheiden."

„Was meinst du, Ali?"

„Ich glaube, wir sollten herausfinden, wie man eine Gilde gründet."

„Ist das nicht teuer? Und sind Dungeontermine nicht schwer zu kriegen?

„Doch."

Scheiße. Ich hole mir einen Schokoriegel heraus, wickle die zarte Leckerei heraus und werfe sie in meinen Mund. Dabei starre ich den Ausgang an und gehe meine Optionen durch. Am Ende pruste ich leise, als Harry den Kopf hereinsteckte und auf meinem Gesicht nach einer Antwort sucht. Eine, die ich ihm nicht geben kann.

Kapitel 11

„Das ist nicht skalierbar“, sagt Mikito und verschränkt die Arme, während sie die elf Mitglieder der Kampfklassen vor uns ansieht.

Es überrascht nicht, dass die meisten dieser Individuen normale Klassen statt Prestige-Klassen besitzen, meistens im Nahkampf und in direkten Kampfmethoden. Das ist bei vielen dieser Typen ein deutlicher Nachteil – auch wenn ihre Eltern sie unterstützen, sind ihre Chancen, die Voraussetzungen für eine Prestigeklasse zu erreichen, praktisch null. Darüber hinaus ist es, von einfachen Langstreckenwaffen abgesehen, sehr schwer, mit den miserablen Tech-Waffen viel Schaden anzurichten. Höherwertige Technologie erfordert viel mehr Geld, Zugang zu den richtigen Leuten, die diese Waffen oder Geräte anfertigen und noch mehr Credits für Ersatzteile. Daher dominieren Nahkampf und Magie weiterhin, mit Ausnahme einiger Gruppen wie den Erethranern. Wenigstens haben wir zwei Heiler. Aber selbstverständlich beschwert sich Mikito nicht deshalb.

„Nein, das ist es nicht“, stimme ich der Samurai-Kriegerin zu. Wir sind nur zu zweit, daher können wir nur eine bestimmte Menge von Leuten mitnehmen, angesichts der Termine, die wir haben. „Aber trotzdem Danke für dein Erscheinen.“

„Ähhh ...“ Eine kurzgewachsene, üppige Frau, deren Ohren gekrümmt und übergroß sind, kommt zu mir. Sie ist eine „Elfin“ wie in japanischen Mangas, nicht wie die Elben in den *Herr der Ringe*-Filmen. Da sie deutlich kleiner als ich ist und einen viel zu tiefen Ausschnitt hat, sehe ich ziemlich viel. Seltsam, gibt es so viele Variationen der Elfen-Idee, von den Truinnar zu den Movana bis zu dem, was sie ist. „Werden wir wirklich in diesen Dungeon gehen?“

„Jawohl. Ihr Leute braucht Levels dringender als Kampferfahrung“, sage ich und schaue mir die Gruppe erneut an. Etwas heruntergeladenes Wissen erlaubt es mir, ihr Alter zu schätzen. So wie ich das sehe, sind sie alle um die zwanzig. Was ihre einstelligen Levels ziemlich erbärmlich macht. „Wir werden euch also diese Levels besorgen."

„Aber, äh ..." Die Frau blickt wieder zum Dungeoneingang hinüber. „Das ist ein Level-20-Dungeon."

„Zwanzig bis dreißig, genau." Ich grinse sie an, was die Frau nicht wirklich beruhigt. Aber das macht nichts. „Na gut, hört mal zu. Es ist mir egal, wie ihr euch aufteilt, mit Ausnahme von euch Heilern. Von denen geht einer mit mir und einer mit Mikito. Wir gehen in fünf rein."

„Fünf Sekunden!", schreit einer der Heiler.

„Minuten!", korrigiert ihn Ali.

Als die Gruppe sich bewegt, und Leute einander schubsen, um zwei ungefähr gleich große Gruppen zu bilden, bin ich von den Ergebnissen überrascht. Alle wollen mit Mikito gehen, was eine etwas peinliche Enthüllung darstellt. Ich verziehe das Gesicht und will gar nicht an die Völkerballmannschaft in der zehnten Klasse denken, als ich plötzlich Schritte höre. Ich drehe den Kopf um und sehe eine interessante Gruppe aus einem halben Dutzend Abenteurern, die mit verschränkten Armen auf uns zukommt.

„Und wer sagt, dass ihr da rein geht?" Der Sprecher ist ein rundes, knollenförmiges Wesen – wie ein Käfer auf seinen Hinterbeinen. Ich hebe eine Augenbraue, als ich sehe, dass neben ihm ein Frostriese steht.

„Ich bin mir ziemlich sicher, es ist die Irvina Dungeon-Kontrolle", sage ich. „Das ist unsere gebuchte Zeit. Wir haben alles geregelt."

„Mit diesem Gesindel? Du wirst dieses Ungeziefer durch den Dungeon führen?" Der schrille Tonfall des Käfers tut in meinen Ohren weh. Ich ignoriere den Status der bizarren Kreatur, da ich mir das sowieso nicht merken werde.

„Jawohl. Mikito, ihr geht zuerst rein", sage ich.

Die Samurai-Kriegerin blickt mich nicht einmal an und winkt ihre Gruppe vorwärts. Als die Störenfriede versuchen, sie aufzuhalten, wirkt Ali schweigend Metallwall und platziert das Metallhindernis vor ihnen.

„Was macht ihr da?", klickt das Käferwesen, während seine Freunde ihren Anführer ansehen. Es wäre leicht für sie, die Mauer einzureißen, aber sie zögern, die Lage gewaltsam eskalieren zu lassen.

„Nun, ich stehe hier vor euch. Sie geht rein", sage ich. „Und in etwa fünf Minuten gehen wir auch rein."

„Wagt das bloß nicht!"

„Oder was?" Ich grinse, als ich merke, dass sie mit ihren Drohungen nur bluffen. Sie würden es nicht wagen, die Behörden zu verärgern. Wenn das in Gewalt ausufert, verlieren sie – da sie nur eine Gruppe Fortgeschrittener Klassen der mittleren Stufe sind – und ansonsten sind ihre Optionen begrenzt.

„Du–"

„Ach, halt die Klappe", unterbricht eine mir bekannte Stimme das Zwitschern des Käfers. Wiza trabt aus seinem Versteck vorwärts und der Tarnskill fließt von seinem Körper ab, als er für alle sichtbar wird. „Ich kümmere mich darum."

„Entschuldige", sagt das Käferwesen und weicht zurück.

„Wurde auch Zeit, dass du erscheinst." Natürlich hatte ich ihn bemerkt, aber es überrascht mich, dass er seine Anwesenheit enthüllt hat.

Mikito ist am Tor stehengeblieben und eine Hand ruht auf ihrer Stangenwaffe, während sie die Neuankömmlinge beobachtet. Die hinter ihr Stehenden rücken zusammen und wirken nervös.

„Jeder von euch, der den Dungeon betritt, wird von meiner Firma und anderen bestraft werden. Falls ihr Schulden habt, kaufen wir sie auf. Falls ihr eine Familie mit Schulden habt, kaufen wir sie auf. Wenn ihr Freunde habt, kaufen wir auch deren Schulden. Und dann werden wir alle sofort einfordern“, faucht Wiza bösartig. „Wenn ihr etwas gemietet habt, werden wir es kaufen. Eure Jobs, die eurer Familien und Freunde. Die sind dann alle verloren.“

„Das könnt ihr nicht tun!“, sagt die kleine Elfin und hüpft nervös auf und ab. „Das ist illegal!“

„Nicht auf unsere Weise. Das wird alles legal und korrekt ablaufen. Glaubst du, eure Verträge können nicht verkauft werden? Da habt ihr euch aber geschnitten. Wir werden sie aufkaufen und dann alles für euch konsolidieren“, sagt Wiza und grinst noch breiter. „Natürlich wird es zusätzliche Gebühren dafür geben, und Strafen, falls ihr eine Zahlung versäumt. Wir werden euch sogar alle notwendigen Warnungen schicken, damit ihr eure Schulden begleichen könnt. Und zwar korrekt.“

„Wir können es uns nicht leisten, unsere Schulden abzubezahlen. Ansonsten wären wir doch nicht hier“, sagt ein Kobold mit weit aufgerissenen Augen, ein verdrehtes Metallstück in der Hand, welches er als Streitkolben bezeichnet.

„Genau. Verschwindet, und wir werden all das vergessen“, sagt Wiza.

„Sir ...“ Die Elfin blickt mich mit ihren großen, flehenden Augen an.

Ich blicke ihr einen Moment in die Augen und sehe mir dann die Gruppe an, um deren Entschlossenheit abzuschätzen. Einige wirken gelangweilt, als ob sie sich nichts daraus machen würden. Aber auf den Gesichtern der meisten erkenne ich Sorgen und Angst.

„Und wenn ihr glaubt, dass wir euch nicht daran hindern können, zur Erde zu reisen, dann habt ihr euch getäuscht“, sagt Wiza mit einem Lächeln. „Jeder, dessen Schulden die Primärschwelle überschreitet, wird herausfinden, dass wir durchaus bereit sind, die Safe-Harbor-Prinzipien durchzusetzen.

„Ali?"

„Die Primärschwelle variiert, je nach Wert und Einkommen des Individuums. Das ist eine berechnete Schwelle. Aber ich würde sie auf etwa 50.000 Credits abschätzen. Das erlaubt es den Kreditgebern zu bestimmen, dass die Schuldner in ‚sicheren Bereichen' bleiben, um die geschuldete Summe zu schützen."

Ich brumme, um anzuzeigen, dass ich alles verstanden habe. Das hatte ich nicht erwartet, und es stellt ein großes Problem dar. Ich bin mir nicht so sicher, wie viele Leute so hohe Schulden haben – und der Betrag kommt mir hoch vor – aber das würde wohl beträchtliche Probleme erzeugen. Trotzdem …

„Wenn einige von euch gehen wollen, können sie das gerne tun. Teilt mir auch mit, ob ihr eure Verträge kündigen wollt", sage ich. Wiza grinst, da er sich als Sieger sieht, aber ich ignoriere den Kobold. „Aber denkt daran, diese Arschlöcher ... Die werden nie aufhören, euch unter Druck zu setzen. Nicht jetzt und überhaupt nie. Momentan steht ihr ganz vorn in der Schlange und könnt euer Leben ändern. Wenn ihr geht, werden andere euren Platz einnehmen, die weniger Schulden und weniger Verpflichtungen hier haben. Und ihr werdet eure Chance verlieren. Vielleicht für immer."

Das ist keine St.-Crispins-Tag-Rede, aber einige Gesichter in meinem Publikum wirken nun entschlossener. Andere Zuhörer zögern noch, während einige kopfschüttelnd den Raum verlassen. Ich verstehe. Es ist eine Sache, sein eigenes Leben zu riskieren – aber Freunde und Familie? Das erfordert eine andere Art von Entschlossenheit und Tapferkeit. Vielleicht sogar einen Mangel an Weisheit.

„Kontaktiere einige der anderen, die sich angemeldet haben, vor allem jene der nächsten Dungeonmission. Sage ihnen, was passieren wird und lasse sie jetzt kommen, wenn sie bei uns bleiben wollen. Die Leute, die zuerst kommen, dürfen zwei Dungeonmissionen hinter sich bringen, wenn sie in der nächsten Gruppe sind."

„Bin schon dabei, Junge."

Wir verlieren etwa die Hälfte unserer Leute und haben anschließend nur noch sechs. Ich schicke Mikito mit dem Rest der Gruppe hinein und verziehe das Gesicht, als Wiza sich die Leute ansieht, die hineingehen. Ich bin mir sicher, dass er ihr Leben zur Hölle machen will. Dann kommt mir eine Idee und ich berühre das Band, aus dem sich mein Helm hervorschiebt, damit ich mich unbelauscht unterhalten kann.

„Katherine." Sobald ich sie erreiche, erkläre ich ihr die Lage.

Sie verzieht das Gesicht. Diese Art der Überredungskunst hatten wir nicht erwartet. Ich muss zugeben, unsere mangelnde Kenntnis der direkten Methoden aus der galaktischen Politik hilft uns nicht gerade.

„Gib mir so viel Zeit wie möglich. Ich werde mir etwas einfallen lassen", meint Katherine.

Auch wenn das für unsere Kämpfer der mittleren Stufe kein großes Problem darstellen dürfte, würde es unsere Rekrutierung von Handwerkern schwer beeinträchtigen. Die Handwerker sind oft am höchsten verschuldet, da sie immer bessere Gegenstände herstellen müssen, um im Level aufzusteigen. Es überrascht nicht, häufen sie dadurch so große Schulden an. Man kann sie bewältigen, wenn man wohl überlegt damit umgeht, aber es sind dennoch Schulden. Und auch wenn Kämpfer ganz nett sind, gibt es einfach viel mehr Handwerker.

„Wird gemacht. Aber übertreibe es nicht", sage ich.

Wir sind immer noch ein neuer Planet mit vielen Programmen, die finanziert werden müssen. Allein die Tickets für die Raumschiffe werden unser Budget schwer belasten. Obwohl die neuen Bewohner unserer Dungeonwelt Steuern, Sicherheit und neue Skills auf unseren Planeten bringen, werden diese positiven Faktoren erst allmählich erscheinen. Wie haben unzählige Programme, die unsere knappen Ressourcen beanspruchen, so dass wir nicht zu viele Credits auf das hier verwenden können. Auch wenn die Einwanderung insgesamt positiv wirkt, könnte es Jahre dauern, bis wir Ergebnisse sehen.

„Das sagst du so leicht“, murmelt Katherine. „Ich höre schon jede Menge Kritik wegen der Transportkosten.“

„Problem?“, murmle ich und bewege mich von Wiza weg.

„Nur eine Menge Beschwerden. Einige sind begründet – unsere Ressourcen sind wirklich knapp – und einige sind einfach fremdenfeindlich“, sagt Katherine. „Und natürlich wird nach dem Sankt-Florians-Prinzip gehandelt.“

„Du klingst ganz schön gestresst“, sage ich.

Katherine verzieht das Gesicht. „Altbekannt, wobei hier alles von Angst und Hass getrieben wird. Als es um Öl-Pipelines und Staudämme ging, gab es wenigstens Argumente auf beiden Seiten. Hier entsteht alles meistens aus reinem Hass auf die Galaktiker. Schließlich haben wir ja Hunderte, wenn nicht Tausende leerer Städte. Ganz abgesehen von den Millionen von Gebäuden und Vorstädten, die wir zurückerobern müssen.“

Ich weiß gar nicht, was ich dazu sagen soll. Es gibt noch viel Zorn und Empörung über die Ereignisse, und ein Großteil des Zorns ist auf alles gerichtet, was nicht menschlich ist. Es gibt nicht viel offenen Hass für fremde Gattungen, aber der Unterton des Misstrauens und der Abneigung ist eindeutig. Das ist durchaus verständlich, aber auch nicht besonders nützlich. Wir brauchen Leute, um die Dungeonwelt einzudämmen. Auch wenn es jetzt viel seltener passiert, verlieren wir immer noch Siedlungen an Monsterschwärme und sich ausdehnende, unkontrollierte Dungeons. Schließlich hatten die meisten, die angekommen waren, nichts mit der Entscheidung zu tun, uns in eine Dungeonwelt zu verwandeln. Sie waren nur Einwanderer, die nach der Zerstörung erschienen. Bestenfalls noch Opportunisten.

Aber der Zorn und die Empörung, die Weigerung, die Vergangenheit loszulassen, infizieren uns alle. Wir haben so viel verloren, und ein Teil davon wird nie mehr zurückkehren. Kulturgüter, Sprachen, Fertigkeiten. All das wurde durch das System und die Galaktiker ersetzt. Ist es daher verwunderlich, sind selbst die Vernünftigsten wütend auf die Galaktiker ? Vor allem wenn sie voller unbewusster Arroganz durch unsere Straßen stolzieren und uns manche von ihnen ganz offen als Barbaren bezeichnen?

Selbst wenn wir sie für unsere Zwecke nutzen wollen, können wir nicht vergessen, dass ja die Galaktiker die Entscheidung trafen, neunzig Prozent der Menschheit zu töten. Dass diese außerirdischen Gattungen zusahen und auf das Ergebnis wetteten, über unsere Tragödien und Triumphe lachten und jubelten. Vernünftig oder nicht – es ist schwer, unseren Schmerz zu vergessen. Selbst wenn wir wissen, dass einige nicht alle bedeuten, selbst wenn der Galaktiker, mit dem du gerade redest, wahrscheinlich in Ordnung ist. Und sogar einige von uns sind nicht so vernünftig.

„Sag Lana, ich sei bereit, meine Investitionen dafür einzusetzen“, sage ich.

Andere können sich darauf konzentrieren, die Bevölkerung für sich zu gewinnen. Und ehrlich gesagt bin ich selbst nicht so vernünftig. Ich habe nur etwas Größeres gefunden, auf das ich meinen Hass richten kann. Momentan tue ich einfach, was ich kann. Jetzt baue ich unsere Welt so schnell wie möglich auf – als meine Art, den Verantwortlichen einen Daumen ins Auge zu drücken. Aktuell ist der Wiederaufbau die beste Methode, unsere Welt zu schützen.

„Danke, John.“

„Ja, ja.“

Ich beende den Anruf, da die nächste Gruppe von Rekruten der Kampfklasse bereits ankommt. Als ich die hilflosen Anfänger hereinstolpern sehe, von denen einige aufgeregt, andere besorgt sind, werde ich an eine nicht so lange zurückliegende Zeit erinnert, in der ich eine Gruppe von Menschen hinausgeschleppt habe. Als ich die Kreaturen aus Haut und Chitin, in Blau und Braun anschaue, verstehe ich plötzlich etwas. Vielleicht sind wir letztlich doch alle gleich.

Wir werden alle gleichermaßen vom System zermahlen.

***

„Also los", sage ich und lasse mein Schwert lässig auf der Schulter liegen, als ich in Richtung eines walartigen Monsters mit zahlreichen Tentakeln nicke, das im Wasser schwimmt. Mit aggressiven Schwanzschlägen schwimmt das Monster auf uns zu und wedelt mit den Tentakeln, als es unsere Position angreift.

Nima-Wal (Level 23)

HP: 472/493

MP: 231/256

Zustand: Meeressäuger, Unvergleichlicher Angriff

Der Dungeon ist semiaquatisch, was ein Grund dafür ist, weshalb wir ihn so kurzfristig bekommen konnten. Aquatische Dungeons sind weniger beliebt, da die meisten Abenteurer nicht für sie ausgerüstet sind. Einige aquatische Rassen im System beanspruchen meistens die aquatischen Dungeons für sich. Aufgrund ihrer Fähigkeit, aquatische Dungeons schneller abzuschließen als die meisten anderen Gattungen haben aquatische Rassen sogar einen höheren Anteil an hochstufigen Abenteurern als landbasierte Wesen. Zum Glück kommen sie meistens gut mit uns Nichtaquatikern aus, da wir uns auf verschiedene Terrains konzentrieren und daher nicht konkurrieren. Es hilft dabei, dass sich das System um ärgerliche Dinge kümmert, wie eine landbasierte Umweltverschmutzung, da es viele der größeren Konflikte über diversen Gebieten minimiert.

Es gibt zwei primäre Methoden um Dungeon 6-8 abzuschließen. Der schwere Modus, den Mikito und ihre Gruppe gerade angehen, erfordert, dass man ins Wasser eintaucht und die zahlreichen Monster in ihrer eigenen Umgebung bekämpft. Das ist ein gutes Training und bietet Erfahrung in ungewöhnlichen Umgebungen, weshalb diese Stadt mehrere aquatische Dungeons besitzt. Ich habe sogar von einem Frostdungeon gehört.

Der andere Pfad ist der, den wir wählen – der Normalmodus. Dabei durchquert man den Dungeon über im Wasser verstreute schwimmende Plattformen. Diese sind etwas instabil, da sie sich im Wasser auf und ab bewegen, und sie sind nicht immer miteinander verbunden. Gelegentlich müssen Abenteurer entweder warten, bis eine Plattform wieder an die richtige Stelle kommt, oder schnell zur nächsten Plattform schwimmen. Oder fliegen. Alles davon fügt definitiv Spaß hinzu.

„Schießt doch!", befiehlt Ali, der nun die Tarnuniform eines Soldaten trägt. „Ihr alle. Ja, du da. Der Typ mit der Schleuder. Was sagst du – du hast keine Fernkampfwaffe? Was hast du dir denn vorgestellt? Dass du ihn anpisst?"

Unter der Leitung des Geists greift die Gruppe an. Ich sehe amüsiert zu, wie alles, von Pistolen über Schleudern zu Pfeilen, abgefeuert wird. Die Gruppe hat sogar zwei Strahlengewehre, die aber von niedriger Qualität zu sein scheinen. Waffen brennen und treffen, so dass der Wal unter Wasser ausweicht.

„Du. Nimm das." Ali erscheint und drückt mein Strahlengewehr in die Hände eines der Nahkämpfer. „Und du nimmst das." Nun kommt meine Pistole.

Ich verziehe das Gesicht und nehme mir vor, sie zurückzufordern.

„Du. Tank. Bereite dich auf das Schlangenzeug vor", befiehlt Ali.

Unter Wasser nähert sich der Wal und springt im letzten Moment hoch, wobei lange Tentakel hervorschießen, um Menschen von der Plattform zu ziehen. Der Tank bewegt sich, blockiert zwei Tentakel mit seinem Körper und zerschneidet einen weiteren Fangarm mit seiner doppelklingigen Stangenwaffe. Ein weiterer Tentakel schnellt hervor und wickelt sich um einen Körper. Da dies das erste Gefecht im Dungeon darstellt, wäre es etwas zu früh, einen von ihnen ins Wasser ziehen zu lassen. Ich greife mit einem einfachen Klingenhieb an und schneide den Tentakel ab, lasse das Monster aber sonst unverletzt.

„Du, Heiler. Was machst du denn? Heile sie!", befiehlt Ali.

Ich trete zurück, nachdem ich meinen Teil getan habe, und nehme wieder meine Beobachterposition ein. Die Gruppe ist im Level deutlich zu schwach, aber da Ali und ich helfen und etwas Ausrüstung verteilen, dürfte es keine Probleme geben.

„Warum weinst du? Du hast nur die Hälfte deiner Gesundheit verloren. Auf die Beine!", brüllt Ali. „Jetzt töte das Ding!"

***

„Ping?", sage ich und lehne mich über die Schulter des Tanks, der wie ein großer Bigfoot aussieht und starre auf den leeren Bereich, den er sich ansieht. Natürlich kann ich nichts erkennen.

„Ping?"

„Menschlicher Begriff für einen Signalton", erkläre ich dem verwirrten Bigfoot. „Bist du im Level aufgestiegen?"

„Ja!" Der Bigfoot nickt. „Ich habe überlegt, wo ich meine Attribute und meinen Skillpunkt investieren soll."

„Nett. Das macht immer Spaß. Mit Ausnahme von zwei Sachen", sage ich.

„Zwei Sachen?"

„Erstens. Wir sind in der Mitte eines Dungeons, auf einer Plattform, wo Monster erscheinen. Du stehst Wache. Und hast dich ablenken lassen."

Bigfoot zeigt das pelzige Äquivalent des Errötens – seine blauen Augen werden rot und rosa – bevor er schnell blinzelt und sich verzweifelt umsieht.

„Und zweitens. Du solltest deine verfügbaren Ressourcen voll einsetzen."

„Ressourcen?"

„Mich und Ali", sage ich und deute auf uns. „Na ja, meistens der Geist. Er hat Jahrhunderte an Erfahrung hinter sich."

„Aber er ist dein Begleiter", protestiert Bigfoot.

Ich starre Bigfoot einen Moment an, bevor ich lauter spreche, damit alle meine verdammte Ankündigung hören können. „Hört mal her, Leute. Wenn ihr im Level aufsteigt, dürft ihr eure Punkte noch nicht zuweisen. Wartet, bis wir eine sichere Zone erreichen. Oder bis genug von euch bereit sind, denn dann können Ali und ich Wache stehen. Außerdem solltet ihr wirklich mit dem Geist und mir reden. Wir sind vielleicht nicht so gut wie echte Gildenberater, aber wir haben schon viel erlebt."

„Und überlebt", knurrt Ali.

„Da hat er recht", sage ich und nicke Ali zu. „Lasst euch von uns helfen."

„Warum sollen wir euch diese Informationen anvertrauen?“, sagt ein hagerer Zwerg, der herüberstampft und uns anstarrt. „Vielleicht wollt ihr uns betrügen, damit eure Gilde davon profitiert. Oder euer Planet.“

„Das wäre möglich. Und ihr müsst es nicht tun. Das ist eure Entscheidung. Aber überlegt mal, was wir davon hätten, euch zu betrügen. Schließlich ist das Schicksal einer Gruppe von Leuten der Basisklasse ohne Prestigeklasse für mich total irrelevant. Oder für ihn.“ Es überrascht mich nicht, dass manche auf meine Worte zornig reagieren, aber ich rede unverzagt weiter. „Andererseits kann ich meine Quest schneller abschließen, wenn ich euch und die Übrigen rasch auf eine bessere Stufe bringe. Also. Macht, was ihr wollt.“

Sie sehen einander an, während sie meine Aussage verarbeiten. In der Zwischenzeit nicke ich Ali zu, der sich aufrichtet. Ich sehe bereits, wie einige der Leute im Voraus zusammenzucken.

Er brüllt: „VORWÄRTS, MARSCH!“

***

„Also. Äh ... was meinen Levelaufstieg betrifft. Meine Levelaufstiege“, sagt Bigfoot und blickt mich nervös an.

„Du spielst einen Tank, ja? Und du bist ein Kriegertyp?“

Nachdem wir inzwischen eine ziemlich feste Insel gefunden und den Miniboss eliminiert haben, ist das ein recht sicherer Wartebereich. Der Miniboss – den man außerhalb eines Dungeons als ein Alpha klassifizieren würde – war ein seltsames Schalentier mit langen, spitzen Armen und einer Körperkonfiguration, aus der ich nicht schlau wurde. Ich habe gerade eine kurze Pause zum Leveln angekündigt, bevor ich den Manakristall aufhob und Bigfoot zu mir kam.

„Ich bin der Verteidiger, ja“, sagt er. Ich kann hören, wie stolz er darauf ist.

„Dann solltest du vor allem deine Konstitution aufbauen, gefolgt von Stärke und Beweglichkeit. Wenn du primär ein Verteidiger bist, wirst du eine Menge Schläge absorbieren“, sage ich. „Irgendwelche Schmerzwiderstände?“

„Nein, aber meine Gattung ist von Natur aus sehr gegen Schmerz resistent. Wir erhalten auch in kälteren Klimazonen einen kleinen Bonus für unsere Gesundheits- und Mana-Regeneration.“

„Nett. Ich muss dir mal von Kanada erzählen. Aber du solltest in Schmerzwiderstände investieren, wenn du kannst. Chemische Hilfen sind ganz nett, aber im System halten sie nicht lange mit. Je mehr du kämpfst, umso schmerzhafter wird es. Und langfristig sind chemische Hilfsmittel auch teurer. Also. Hast du eine passive oder eine aktive Konfiguration?“

„Meine Klasse – Schnee nach der Sonnwende – betont langfristige Ausdauer, da der Winter ja lang ist“, antwortet Bigfoot.

Meine Lippen verziehen sich amüsiert, und ich bin meinem sonst so nervigen Geist dankbar, dass er das als „Krieger-Tank“ übersetzt hat.

„Der erste Zweig meiner Klasse bietet eine Steigerung meiner Attribute und Widerstände“, sagt er. „Der zweite bietet eine bei der passiven Regeneration. Der dritte betrifft die Schadenswirkung, vor allem durch Schadensreflexion und eine passive Schadenssammelaura für Verbündete.“

Ich muss blinzeln, da ich noch nie von so etwas gehört habe. Es hört sich nützlich an – eine Aura, die Schaden von Freunden sammelt, anstatt zu ihnen gehen zu müssen. Leider gibt es zwischen den meisten Auren Konflikte.

„Schon gut. Hier sind meine Vorschläge. Erstens, hast du schon eine regelmäßige Gruppe?“ Als Bigfoot den Kopf schüttelt, fahre ich fort. „Dann solltest du vielleicht eine bilden. Anscheinend kannst du ohne Ausrüstung nicht viel Schaden erzeugen. Daher würde ich die Verstärkung deiner schadensrelevanten Skills völlig zugunsten von guten Freunden und guter Ausrüstung ignorieren, sobald du sie dir leisten kannst.

Zweitens solltest du dich wahrscheinlich spezialisieren. Deine Klasse ist vielleicht gattungsspezifisch, aber sie ist keine Prestigeklasse, oder? Daher werden deine Attribute insgesamt bestenfalls mittelmäßig ausfallen. Das geht zwar in Ordnung, bedeutet aber, dass du Freunde benötigst. Die beste Methode, zuverlässige Teamkameraden zu finden, ist selbst einer zu werden." Ich bemerke ein telepathisches Kichern, als Ali das hört, aber zum Glück ist er zu beschäftigt, um mich direkt auszulachen. „Also. Spezialisierung. Finde heraus, auf welchen Zweig du dich konzentrieren willst, und verbessere diesen so gut wie möglich. Ich persönlich würde den wählen, der dir die Aura verleiht und deine passiven Regenerationen verstärkt. Vor allem, wenn diese auf Prozentwerten basieren."

„Aber sie sind nicht so stark wie eine Attributsverbesserung."

„Momentan nicht, das stimmt. Aber du wurdest nicht auf einer Dungeonwelt geboren. Du kannst es dir erlauben, langfristig zu planen. Und ein auf Prozentwerten basierender Skill wird sich lohnen, wenn du die Fortgeschrittene Klasse erreichst. Selbst nachdem du auf die Erde kommst, werden wir dich bei Routinepatrouillen einsetzen, damit du es dir leisten kannst, auf Nummer Sicher zu gehen", sage ich.

Bigfoot wirkt etwas überrascht, und ich rufe mir in Erinnerung, dass die Idee, die Fortgeschrittene Klasse erreichen zu können, für sie so fremd sein muss, wie es für uns die Vorstellung war, das erste Jahr zu überleben. Das war etwas, auf das wir nicht einmal hoffen konnten. Nicht wirklich.

„Ich ... ja."

„Du hast doch von Skill-Evolutionen gehört, oder?"

Als Bigfoot seinen Kopf schüttelt, seufze ich. Manchmal frage ich mich, was das öffentliche Schulsystem der Galaktiker bringt. Und manchmal weiß ich es. Andererseits – sollte mich das wirklich überraschen? Selbst als wir vor der Ankunft des Systems das Wissen der Welt per Tastendruck abrufbar hatten, machten sich so viele Leute nie die Mühe, Details über Wahlen oder Finanzen oder etwas Einfaches wie einen Mietvertrag nachzusehen. Warum sollte das bei anderen Gattungen anders sein? Auf einer anderen Welt?

„Na schön. Lass uns darüber reden ..."

***

„Keinsiedlerkrebs?"

„Einsiedler", korrigiere ich Ali, als ich die riesige, kegelförmige Kreatur anstarre, die aus dem Wasser auftaucht. Ein Großteil des Körpers ist verborgen, und sie paddelt vor uns hin und her. Die beigefarbene Spirale des Körpers wird durch einen flüssigen, smaragdfarbenen Panzer bedeckt.

Hus-Krebs (Level 38 Boss)
HP: 947/947
MP: 478/478
Zustand: Wasserpanzer, Reflexive Hydrostrahlen

„Müssen wir dagegen kämpfen?", sagt der hagere Zwerg, in dessen Stimme Frucht mitschwingt.

Ich kann es ihm nicht vorwerfen. Selbst wenn die ganze Gruppe in diesem Dungeon ein oder zwei Level gewonnen hat, sind ihre Mitglieder noch weit davon entfernt, einen Level-38-Boss zu besiegen. Eigentlich bin ich auf die Gruppe sogar etwas stolz. Sie haben es geschafft, die wachsenden

Monster immer besser zu bekämpfen, und nur drei von ihnen wurden dabei ins Wasser gezogen. Nachdem ich sie eine Weile verwöhnt hatte, schickte ich dann nur noch Ali nach unten, damit er den untergetauchten Idioten im Auge behielt, als Lektion für die anderen. Es ist keine Überraschung, dass sie den Tentakeln danach viel besser ausgewichen sind. Aber trotz all dieser Verbesserungen kann man kaum von ihnen erwarten, den Boss zu besiegen.

„Nee, ich erledige das schon." Ich hebe meine Hand und beschwöre ein Leuchtfeuer der Engel direkt auf das Monster hinab.

Der Nachteil einer derart großen Kreatur ist, dass sie einen größeren Teil der Energie schluckt und daher mehr Schaden als normal absorbiert. Normalerweise würde ihre Panzerung die Schadenswirkung reduzieren, aber meine Durchstechangriffe lösen das im Nu.

Als der Strahl schließlich verblasst, nehmen die Gruppenmitglieder ihre Hände von den Augen und sehen, wie der Einsiedlerkrebs auf der Seite im Wasser treibt, mit zerbrochenem Panzer und rauchendem Fleisch. Er treibt im kochenden Wasser, eindeutig tot.

„Verdammt. Ich habe dafür kaum Erfahrung erhalten", knurrt der hagere Zwerg.

Ich pruste laut. „Sei froh, dass dir das System überhaupt etwas gegeben hat."

Ali fliegt nach vorn, um die Monsterbeute einzusammeln und verzieht das Gesicht, als er die große Leiche ansieht. „Was willst du damit anfangen, Junge? Das passt nicht in den Veränderten Raum."

„Lass es hier", sage ich. Es lohnt sich nicht, die Leiche eines Level-38-Bosses herumzuschleppen.

Aber die Gruppe ist nicht meiner Meinung und widerspricht mir laut. Ich zucke zusammen und bringe sie schließlich zum Schweigen, indem ich das Problem erkläre.

Schließlich kommen wir aus dem Dungeon und zerren die Leiche eines enormen Einsiedlerkrebses hinter uns her, was uns verblüffte Blicke der nächsten Gruppe einbringt.

Ali flitzt zur neuen Gruppe und streckt sich. „Hört her, ihr verdammten Gremlinärsche. Packt eure Sachen und bereitet euch vor. Wir marschieren in zwei Minuten ab!“

„Bist du dir sicher, dass du keine Credits dafür willst?“, sagt Bigfoot und macht große Augen. „Da drin stecken mindestens 3000 bis 4000 Credits für das Fleisch allein ...“

„Nein. Und Ali wird deinen Anteil am Kill später auszahlen“, sage ich und winke ab, als er protestieren will. Für mich ist das nicht viel, aber bei diesen Leuten wird das einen enormen Unterschied bei der Ausrüstung machen.

„Danke. Erlöser.“

Bigfoot läuft zu seinem Teil des Seils und zieht daran, während er gleichzeitig die Fragen der anderen beantwortet. Ich sehe, wie der Zwerg schnaubt und einige andere mir skeptische Blicke zuwerfen, aber ich ignoriere sie. Es ist mir egal, ob sie mich für jemanden halten, der sich leicht überlisten lässt. Ich habe wichtigere Ziele.

„Also los.“

***

Mehrere Stunden später habe ich unsere Gruppen durch den zugewiesenen Bereich gebracht. Zum Glück haben genug Leute von unserem Angebot gehört und sind bereit, den Konzernen und Sekten zu trotzen, um die Gruppen zu füllen. Nachdem wir sie wegschicken, um die Leichen verarbeiten zu lassen, treffe ich Mikito, und auch Harry erscheint.

„Gab es Probleme beim Schlachthaus?“, frage ich Harry. Nur zur Sicherheit hatte ich den Reporter die Schlachthöfe untersuchen lassen. Da die Kämpfer, mit denen wir arbeiten, alle vorläufige NAGA-Mitglieder sind, haben sie keine bevorzugten Käufer. Das bedeutet, sie können mit allen arbeiten, es birgt aber auch das Risiko eines Boykotts.

„Ein paar“, sagt Harry. „Glücklicherweise haben sie mir aber zugehört.“

„Gut.“ Dann wende ich mich Mikito zu. „Gab es bei dir Probleme?“

„Nein. Sie sind besser ausgebildet, als viele der Menschen, mit denen wir Dungeons abgeschlossen haben. Das einzige Problem war ihre Angst.“

„Das verstehe ich“, sage ich und zucke mit den Achseln. Die Tatsache, dass sie an Gefahr nur im Kontext von Dungeons gewöhnt sind, bedeutet auch, dass sie erwarten, den Gefahrengrad kontrollieren zu können. Dadurch sind sie nicht daran gewöhnt, bis an ihre Grenzen zu gehen. Für uns, die die Apokalypse überlebt haben, gehen diese Leute zu stark auf Nummer Sicher. „Da kann man wohl nichts machen. Glaubst du, wir können zu Phase 2 übergehen?“

„Die Wächter dürften mit ihnen fertigwerden“, sagt Mikito.

„Wunderbar.“ Ich lächle und sende Katherine eine Nachricht. Eine der wenigen Maßnahmen, die wir treffen können, um den Prozess zu beschleunigen, besteht darin, Katherines Leibwächter einzuschließen. Das ist nicht die beste Lösung, aber sie funktioniert. Je mehr Leute wir haben, die den Rekruten in den Dungeons helfen, desto schneller werden diese im Level aufsteigen. Zumindest momentan. „Also ...“

„Noch ein Dungeon?“, sagt Mikito, die inzwischen wirklich begeistert wirkt. „Ich habe eine Einladung für 3-2.“

„Ist das nicht ein Dungeon ausschließlich für Meisterklassen?“, sagt Ali und runzelt die Stirn.

Mikito lächelt den Geist an und wendet sich dann mir zu.

„Schön, schön. Gehen wir.“ Die Kampfwütige sollte wohl belohnt werden. Ich muss aber zugeben, dass ich auch etwas neugierig bin.

Kapitel 12

Amüsanterweise erwies es sich sogar als gut, dass Wiza und die meisten anderen Firmen, die unsere Vorträge gesponsert hatten, alle unsere Termine kündigten. Sobald bekannt wurde, dass wir es ernst meinen und unsere Versprechen halten, schossen die Teilnehmerzahlen bei unseren Veranstaltungen in die Höhe. Katherines Assistentin war damit beschäftigt, immer größere Konferenzräume und mehr Zeit zu buchen. Was Katherine betrifft, haben sie und Peter Beschwerden von einem halben Dutzend Unternehmen erhalten, die alle mit uns arbeiten würden, wenn wir das gefährliche und zerstörerische Verhalten aufgeben würden, dass die Erde an den Tag legt.

Als ich vor einer Menge mehrerer hundert Bewohner des sechsten Rings stehe, spüre ich plötzlich einen Anfall von Lampenfieber. Ich unterdrückte das Gefühl aufgrund meiner Erfahrung, meiner geistigen Widerstände und der Erinnerung daran, dass es viel schlimmer ist, von Monstern verschluckt zu werden. Langsame, tiefe Atemzüge beseitigen den Rest meiner Nervosität.

„Weißt du, wenn jetzt jemand ‚Feuer' schreit, würde das eine Massenpanik auslösen", sage ich zu Ali, als wir neben der Bühne stehen.

„Warum?", sagt Ali und sieht die Menge stirnrunzelnd an. Die Tatsache, dass zwei Feuerelementare in der Nähe der ersten Reihe sitzen und alle anzischen, die in die Nähe kommen, führt dazu, dass mein Witzversuch eine Bruchlandung hinlegt.

„Sagt man doch so. Weißt du, wenn man in der Öffentlichkeit ‚Feuer' ruft, um Panik auszulösen?" Ali blickt mich wieder verwirrt an. Ich gebe den Versuch auf, es dem Geist zu erklären, der keine große Erfahrung mit nicht vom System generierten Gebäuden und verwundbaren Menschen hat. „Schon gut. Also. Was meinst du, werden sie als Nächstes tun?"

„Die Konzerne?“, sagt Ali und lächelt dann grimmig. „Vermutlich die übliche Methode.“

„Was für eine?“

„Gewalt.“

„Gegen die Leute oder mich?“, sage ich mit besorgter Stimme. Wenn ich mich an die Erde erinnere, stelle ich mir Gruppen von Streikbrechern vor, die Leute daran hindern, zu unseren Vorträgen zu kommen. Dabei werden diese Informationen auch auf andere Weise verbreitet.

„Wahrscheinlich haben sie es auf dich und Katherine abgesehen“, sagt Ali grimmig. „Und jeden Ort, an den du persönlich Rekruten bringst.“

„Also hier?“

„Unwahrscheinlich“, sagt Harry und lächelt. „Es bringt nichts, den Informationsfluss zu behindern, wenn man die ganze Geschichte für fünf Credits kaufen kann.“

„Fünf Credits?“ Mir steht der Mund offen.

„Ja. Anscheinend hat ein vorausschauender Reporter zukünftige Konflikte vermeiden wollen, indem er eine detaillierte Analyse – mit Video- und Audiodateien früherer Vorträge und Veranstaltungen – dieses noch nie dagewesenen Angebots für die Masse veröffentlicht. Einige Nachrichtenagenturen haben es verbreitet“, sagt Harry sehr selbstzufrieden.

„Warum ist das so neuartig?“, sage ich. „Ich meine nur, wir können doch nicht die einzigen sein, die darin Vorteile erkannt haben.“

„Ich habe vielleicht etwas übertrieben“, sagt Harry und zuckt leicht mit den Schultern. „Aber nicht viel. Es gab Organisationen – meist Stiftungen und gemeinnützige Vereine – die ähnliche Angebote hatten, aber die meisten von ihnen hatten beträchtliche Probleme.“

Ich brumme, damit Harry sich beeilt, da die Menge inzwischen ungeduldig wird.

„Credits. Oder genauer gesagt der Kapitalfluss. Wiza hatte schon recht, als er sagte, dass unsere Pläne einen finanziellen Verlust garantieren. Wenn man noch Verluste durch Tod und langsame Levelaufstiege einberechnet, ist die Rendite miserabel, vor allem im Vergleich zu anderen Optionen. In den meisten Fällen ist die Rückzahlungsfrist viel zu lange, um praktikabel zu sein", sagt Harry. „Regierungen, die sich diese Programme angesehen haben, sind nicht daran interessiert, ihre Bevölkerung zu vergrößern. Selbst Grenzplaneten haben oft Probleme, alle zu ernähren und zu trainieren, während die Welt einem Terraforming unterzogen wird. Sie haben bessere Dinge zu tun, als niedrigstufige Individuen zu importieren."

„Wir sind aber eine Dungeonwelt", meint Ali. „Die meisten Planeten werden von mehr Mitgliedern der kämpfenden Klassen überschwemmt, als ihre Dungeons aufnehmen können. Jeder kommt auf eine Warteliste, so dass es eine schlechte Idee wäre, mehr Leute zu importieren. Aber die Erde? Wir gehen nur mal aus der Stadt raus, und wumm! Jede Menge Monster!"

„Richtig. Da wir im Grunde die einzige Planetenregierung mit vielen Monstern sind, können wir das anbieten und potenziell Profit daraus schlagen." Ich erinnere mich daran, dass wir zu Beginn relativ wenige Aliens auf der Erde gesehen haben. Kosten, Bürokratie und die Möglichkeit, andere Standorte zu nutzen führte dazu, dass viele Gruppen zögerten – es sei denn, sie hatten ein etabliertes Interesse am Planeten, wie die Truinnar und Movana. Aber während der vier Jahre meiner Abwesenheit stieg die Zahl der Außerirdischen. Im Laufe der Zeit, wenn mehr und mehr Handelsrouten zur Erde führen und die Reisekosten sinken, werden weitere Aliens ankommen.

Ich sehe, wie die Uhr sich vor meinem geistigen Auge ändert.

Es ist Zeit.

Ich trete auf die Bühne, aktiviere meine Aura und bringe die Menge zum Schweigen. „Danke, dass ihr alle gekommen seid. Meine Damen und Herren und alles dazwischen, und alle, die über unsere seltsamen Gender-Probleme nur lachen ..."

Eine kleine Gruppe im Publikum lacht und ich beginne mit meiner routinemäßigen Rede. Wenn unsere Welt überflutet wird, ist es besser, wir kontrollieren die Flut.

***

Harry und ich sitzen in dem kugelförmigen kleinen Fahrzeug, das einen Teil des Verkehrsnetzes hier darstellt. Es rast mit einem Tempo an Wolkenkratzern vorbei, bei dem man die Arschbacken zusammenkneifen muss. Dann bricht die Hölle los. Zuerst bemerke ich eine kleine Veränderung in der Geschwindigkeit eines auf uns zurasenden Fahrzeugs. Aber diese geringe Änderung reicht, wenn Fahrzeuge einander im Abstand von einigen Zentimetern passieren.

Ich wirke reflexhaft Zwei sind Eins auf Harry, und danach Seelenschild. Zu mehr habe ich keine Zeit, bevor die beiden Fahrzeuge kollidieren. Metall knirscht, Plastik zerbricht und das kugelförmige Fahrzeug verdreht sich, so dass scharfe Kanten aus extrem hartem Metall nach innen gedrückt werden. Die Trägheitskompensatoren fallen aus und wir werden gegen das Metall geschleudert, gerade als Harry von meinem Seelenschild-Skill umhüllt wird. Mein Notfall-Ring wird ebenfalls aktiviert und schützt meinen Körper, während das Metall uns aufspießt und wir zerquetscht werden.

Das Fahrzeug direkt hinter uns hält nicht an. Erneut kreischen versagendes Metall und Kunststoff, und Harrys abrupter Schrei der Überraschung endet, als er herumgeschleudert wird. Die Schilde geben unter dem Aufprall massiver Kräfte nach. Überraschenderweise aktiviert sich kein einziger Sicherheitsmechanismus in unserem Fahrzeug, so dass wir den

Schaden direkt aushalten müssen. Ich spüre bereits, wie Schmerz durch meine Brust, meine Arme und Füße zuckt, da Zwei sind Eins Harrys Schaden mit mir teilt. Ich weiß gar nicht, wo seine Verletzungen aufhören und meine anfangen.

Dann geben die magnetischen Verriegelungen des Kugelfahrzeugs nach. Die zusammengequetschten Überreste unseres Fahrzeugs werden von hinten von einem anderen Vehikel getroffen, so dass der Rest der Kabine zerbricht und die Schwerkraft uns nach unten zieht.

Während wir herumwirbeln, gelingt es mir, meinen Skill Abhärten einzusetzen, wodurch mein Körper widerstandsfähiger wird. Danach wirke ich erneut Seelenschild auf Harry und biete ihm weiteren Schutz, während ich zufällig mitbekomme, wie er schon begonnen hat, sich selbst zu heilen. Auch ich erhalte Seelenschild. All das wird durch die Verwendung von Wille und Mana in wenigen Sekunden erreicht. Der Schaden sammelt sich selbst durch den Schild an, während Harry blutige Wunden aufweist, da das Metall sich aus seinem Körper herausarbeitet. Ich teile den Schmerz und die Verletzungen durch meinen Skill und absorbiere sie, während ich mich auf wichtigere Dinge konzentriere.

„*Status?*“

„*Eindeutig ein Angriff. Bei allen Goblinärschen! Stütz dich ab!*“

Ich weiß nicht einmal, warum Ali so viel sagt, da ich in dem verdammten Fahrzeug eingequetscht bin. Aber einen Moment später wird der Grund dieses plötzlichen Abbremsens klar, als eine Rakete sich in das Wrack bohrt und explodiert. Ich sehe, wie alles abläuft, und schätze die Wucht der verstärkten Waffe ab, bevor die Explosion das zerquetschte Vehikel zerfetzt. Ich sehe noch, wie der Reporter durch eine Wand in eines der Hochhäuser geschleudert wird und mit den geschmolzenen und brennenden Teilen des Fahrzeugs hüpft.

Sekunden. Alles ist innerhalb von Sekunden passiert.

Dimensionssperre!

Die Realität wurde in der unmittelbaren Umgebung stabilisiert. Du kannst keine andere Dimension betreten oder den Raum durchqueren, solange dieser Status wirksam ist.

Hinweis: Die Dimensionssperre kann mit einem Skill der Meisterklasse (4) durchbrochen werden.

Ich werde in die Luft geschleudert, wo weitere Raketen auf mich zufliegen. Ich aktiviere einen weiteren Seelenschild und meine Schwebestiefel werden gezündet, so dass ich durch die Luft springe und eine Rakete zerschneide. Ich weiche einer aus, werde aber von einer anderen getroffen. Schockwellen der Rakete, die mich getroffen hat und der anderen, der ich ausgewichen bin, schleudern mich herum. Weitere Raketen erfüllen die Luft, zusammen mit Schüssen aus starken Strahlengewehren. Ich falle immer noch, und mein ganzer Körper wird von Schrapnell und kontinuierlichen Explosionen geschüttelt. Ich schneide, drehe mich und versuche, den Gefahren im Fallen so gut wie möglich auszuweichen.

„*Freigeschaltet. Los!*“

Ich fletsche die Zähne, als ich Versetzungsschritt aktiviere und außerhalb der Explosionszone und höher oben erscheine. Ich drehe mich, aktiviere meine Schwebestiefel und kicke mich höher. Sekunden später erscheint der Dimensionssperre-Status wieder, und feurige Strahlen suchen nach mir, aber ich bin jetzt direkt neben einem meiner Angreifer.

Eine hybride Spinnen-Menschkreatur, eine Uttu, steht neben einer Strahlenkanone am Rand eines Wolkenkratzers, und die Waffe ist auf die Stelle gerichtet, an der ich mich gerade noch befunden habe. Im Fallen sehe ich, wie der Lauf der Waffe sich nach oben bewegt, als die Kanone versucht, mich wieder anzuvisieren. Die Uttu trägt eine silbergraue gepanzerte Jacke, die ihren Körper und die Facettenaugen schützt, während ein tragbares Kraftfeld Teile der Waffe selbst abdeckt. Aber das ist jetzt irrelevant.

Ein Klingenhieb zerschlägt den Lauf und trifft teilweise das Kraftfeld, das vibriert. Ich werfe mich zur Seite, und die Schwebestiefel heulen auf, da die Düsen von den zahlreichen Explosionen schwer beschädigt wurden. Aber noch funktionieren sie, und ich kann einem Strahlenangriff ausweichen. Ein weiterer Klingenhieb zerschlägt das Kraftfeld. Dann treffen mich die verbleibenden Strahlen.

Meine Haut wirft Blasen, die Panzerung schmilzt und die Wunden werden durch den Angriff ausgebrannt. Während ich zu fliehen versuche, erwischt mich eine weitere Explosion, da mich ein Pfeil, den ich nicht habe kommen sehen, trifft und in grüne Flammen und Säure einhüllt. Als ich falle, geben meine Schwebestiefel schließlich auf und ich stürze noch schneller zu Boden. Meine Wurfmesser zischen vorwärts und erwischen die Uttu, während die Assassine sich vorwärts lehnt, um die Angriffe fortzusetzen.

Ich falle weiter hinab, drehe und wende mich, um meinen Körper stromlinienförmiger zu machen und den anfliegenden Raketen und der Gebietssperre zu entkommen. Ich konzentriere mich gleichzeitig auf zwei Dinge – die Verfolgung der Angriffe und das schnelle Wirken des Zaubers Verbesserter Flug, auch wenn ich gerade nur ungern Mana verschwende.

„Ach du Scheiße. Sie haben auch das Gebiet direkt unter dir gesperrt, Junge.“

Ich mache große Augen. Meine Gesundheit ist bereits auf die Hälfte des Werts gefallen, den sie haben sollte. Selbst das wiederholte Wirken von Seelenschild verlangsamt die Anhäufung des Schadens kaum, da mehr und mehr Angriffe meine fallende Gestalt treffen. Meine Panzerung ist zerfetzt und mein Körper von ätzender Säure bedeckt. Die Abhärtung nützt nichts, da meine Abwehr fast so schnell zerfällt, wie ich sie stärken kann. Sie haben mich in die Ecke getrieben, und ich falle zu schnell, um Dinge wie Rauchgranaten einzusetzen.

Schließlich kann ich besser sehen, was mich von oben angreift. Ein schwebendes Kanonenboot, das durch ganz normale Rotoren, Antigrav-Kufen und Magie am Himmel gehalten wird. Unter seinen Stummelflügeln spucken Raketenröhren eine Feuerkraft aus, die physikalisch unmöglich sein sollte. Und am Bug befinden sich zielverfolgende Strahlenwaffen. Es gibt kein Fenster, das mir meine Angreifer zeigt, aber laut Minikarte befinden sich drei im Boot.

Ich nutze den plötzlich erhöhten Schub durch meinen Zauber, um meinen Körper zu einem Loch in einem Hochhaus in der Nähe fliegen zu lassen. Eine weitere Explosion hinter mir zerstört meinen Seelenschild wieder und schleudert mich schneller als erwartet durch das Loch. Meine Hand greift verzweifelt den Boden, während ich rutsche, und dann beschwöre ich ein Schwert und stoße es nach unten, um mich zu verlangsamen. Als ich wiederholt aufpralle, setze ich meine Elementar-Affinität ein, um die Verbindungen des Bodens zu lockern, damit ich beim nächsten und übernächsten Hüpfer den Boden durchbreche. Das erhöht den Abstand und erschwert meinen Angreifern die Sicht.

Schließlich komme ich neben einer verstärkten Wand zum Stillstand. Meine Gesundheit ist trotz meiner Regeneration auf einen Fünftel gesunken. Ich richte mich auf und stöhne leise, als das Gewölbe des Waffenladens bedrohlich knirscht. Mit großer Willensanstrengung aktiviere ich meine Zaubersprüche, damit mein Mana seine langsame Regeneration beginnen kann. Ich verwende noch mehr Mana und wirke einen weiteren Seelenschild und andere Stärkungszauber, bevor ich eilig einen Gesundheitstrank herausziehe.

„Ihr solltet euch besser verziehen“, sagt Ali und wird sichtbar, als er hereinflitzt. „Ihr wollt sicher nicht in die Schusslinie geraten.“

Die Angestellten benötigen keine weitere Warnung. Sie rennen so schnell wie möglich davon.

Eine Sekunde später wird der Motorenlärm lauter. Explosionen und Strahlenwaffen bohren sich durch das Gebäude und zwingen mich zur Flucht.

„Sind die wahnsinnig?“, fauche ich und frage mich, wie viele Leute inzwischen ihr Leben verloren haben. Wie viel Zerstörung haben sie verursacht, nur um mich zu erwischen? Ich frage mich, wo die Sicherheitskräfte von Irvina sind. Oder wer bestochen wurde, um nicht hier aufzutauchen. „Ali, kannst du das Kanonenboot eliminieren?“

„Unmöglich“, sagt Ali und neben mir schwebend. „Die Mensch-Maschine, die das Boot steuert, absorbiert jeden zugefügten Schaden. Und der Kämpfer der Meisterklasse daneben würde mir den Arsch aufreißen, wenn ich angreife.“

Ein Strahl schießt vor uns durch die Luft, schneidet sich durch den Korridor und verbrennt einen Zivilisten, der sich hinter einer Wand versteckt. Ich fauche und schlage auf den Boden ein, um durch das so erzeugte Loch zu fallen und damit ich mehr Wände zwischen mich und die Angreifer bringen kann. „Verdammt. Sicherheitskräfte?“

„Sind unterwegs. Sechs Minuten bis sie wirksam werden können.“

Wirksam ist das entscheidende Wort. Während des Laufens überfliege ich die Informationen, die mir Ali über die Ereignisse draußen sendet. Die automatischen Verteidigungssysteme, Roboter und anderen Wachen haben bereits das Feuer auf das Boot eröffnet. Aber es ist zu gut gepanzert und verteidigt, als dass Systeme, die für Störenfriede der Basisklasse gedacht sind, es wirklich behindern könnten. Was das betrifft ...

„Kannst du das Leuchtfeuer kanalisieren?", sage ich, als ich mit dem Schneiden aufhöre und weiter ins Gebäude vordringe.

Ich bin in Sicherheit, zumindest vorläufig, da ich mehr Mauerwerk zwischen mich und die Angreifer bringe. Ich keuche, sehe die Minikarte an und verziehe das Gesicht. Zu viele Punkte, von denen die meisten grau sind; für das Unbekannte. Momentan könnte der Ärger aus jeder Richtung kommen, und ich weiß nicht, wohin ich laufen soll, selbst nachdem die Dimensionssperre aufgehoben wurde.

„Möglicherweise. Aber du musst den Kollateralschaden der Abwehrkämpfe einberechnen", sagt Ali. „Da sind… eine Menge Leute."

„Ja", sage ich, atme aus, laufe langsamer und leere einen Heiltrank. Ich beobachte, wie Fleisch und Haut heilen, und sich Wunden langsam schließen, da mein Körper einen Teil des Schadens behebt.

Ich hasse es, zu fliehen. Aber momentan ist ein Rückzug die beste Idee. Ich öffne ein Portal, wähle einen weit entfernten Zielort und akzeptiere, dass ich später eine Strafe für die Portalnutzung in der Stadt zahle.

„Und sie verziehen sich", unterbricht mich Ali.

Ich blinzle und starre die Minikarte an, wo sich die roten Punkte zurückziehen. Die Uttu verschwindet ganz von der Karte, während die drei im Kanonenboot Gas geben und die Minikarte verlassen.

„Das ist alles?", murmle ich und komme stolpernd zum Stehen.

Aber es ist eigentlich logisch. Sie könnten sich zwar wieder durch das Gebäude arbeiten, aber ich könnte mühelos fliehen. Jeder Richtungsänderung zwingt sie, noch mehr Bereiche zu sprengen. Und da die Sicherheitskräfte unterwegs sind, haben sie nicht genug Zeit. Sie hatten wohl damit gerechnet, mich schnell erledigen zu können und waren überrascht, dass meine Abwehr sie so lange hinhalten konnte.

Oder es war vielleicht nur eine Warnung. Eine komplexe und zerstörerische Warnung.

***

„Sollten wir nicht lieber woanders hingehen?“, sage ich und blicke den über mir kreisenden Ali an, der ungewöhnlich ernst wirkt.

„Wohin denn?“, schnaubt Ali. „Du bist das Opfer, nicht der Täter. Noch hast du versucht, deine Identität zu verbergen.“

„Ja ...“, sage ich und rufe nochmals die Benachrichtigung auf, die ich bei der Uttu erhielt.

??? ????, ???? ???? (???? Level ???)

HP: ????

MP: ????

Zustand: Maskiert, ????, ????

Das hat mir einige Dinge mitgeteilt. Zum einen war entweder das Wesen oder jemand in seiner Gruppe aus der Meisterklasse in der Lage, den Status vor mir zu verbergen. Augen der Einsicht mag zuerst nicht besonders leistungsfähig aussehen, aber die Fähigkeit, Tarnfähigkeiten der niedrigeren Stufe zu durchdringen, macht Überraschungsangriffe viel schwerer. Daher habe ich es mit mindestens zwei Gegnern der Meisterklasse zu tun – einem, der Räume sperren kann und einem, der Fähigkeiten verhüllen kann. Es könnte auch nur einer sein, aber das würde mich überraschen.

„Die Mensch-Maschine, wie hast du das gewusst?“, sage ich, da mir etwas klar wird.

„Sie haben vergessen, das Fahrzeug selbst abzuschirmen“, sagt Ali. „Und ich weiß, welche Fähigkeit der Feind der Meisterklasse verwendet hat. Es ist eine Meister-Fähigkeit.“

„Klar“, sage ich und reibe mir über das Gesicht. „Die Uttu?“

„Keine Ahnung. Sie hat dich mit verstärkten Angriffen getroffen, aber ich hatte keine Gelegenheit, mir die Details anzusehen.“

„John?“, höre ich Katherines Stimme in meinem Ohr.

Es ist eine Notfallverbindung direkt in meinem Helm, und ich mache große Augen. Scheiße. Hat man sie angegriffen? „Gibt es Ärger?“

„Ja“, sage ich und hebe die Hand, um ein Portal zu formen, während ich auf der Karte nach ihrem Standort suche. „Aber es ist schon vorbei.“

Ich senke die Hand und atme aus.

„Sie haben eine Warnung am Eingang zur Botschaft hinterlassen“, sagt sie. „Und sie haben Kylie und Meo getötet.“

„Wie denn das?“, knurre ich und balle meine Hand zur Faust.

„Sie wurden in ihrer Freizeit angegriffen. Ich habe alle zurückgerufen und vorläufig eine Urlaubssperre angeordnet. Ist alles in Ordnung?“

„Uns geht es gut. Harry hat seinen Skill aktiviert und ist verschwunden, nachdem das Fahrzeug zerbrach, daher haben sie ihn nicht verfolgt“, sage ich und rufe die Gruppenbenachrichtigung auf, die ich im Eifer des Gefechts ignoriert hatte. „Wir haben keinen Kontakt zu Mikito, aber sie befindet sich mit anderen Mitglieder von Tigs Gilde in einem Dungeon. Es dürfte ihr gut gehen.“ Ich bezweifle, dass sie die Gilde in derartige Angriffe verwickeln wollen. „Das hoffe ich.“

„Pass auf dich auf, John.“

„Mache ich.“

Wir beenden die Verbindung, als ich das Trampeln von Stiefeln höre, die sich mir nähern. Ali markiert sogar netterweise die Sicherheitskräfte auf meiner Karte in Blau. Ich lasse mein Schwert verschwinden und wirke einen weiteren Seelenschild, bevor ich sie begrüße.

***

Stunden später kann ich den Tatort endlich verlassen und zu meiner Wohnung zurückkehren. Es war schon komisch, dass die Ermittler es nötig fanden, die Methode guter Polizist /böser Polizist einzusetzen, obwohl Skills und Technologie genau gezeigt haben, was passiert ist. Ich frage mich, ob sie damit mehr Informationen aus mir herausquetschen wollten. Oder müssen sie das tun, weil es genug Leute gibt, die Angriffe vortäuschen? Das ist ein sehr beunruhigender Gedanke. Auf jeden Fall verbrachte ich viel Zeit damit, immer wieder die gleichen Fragen zu beantworten, auch wenn sie alle etwas anders formuliert wurden. Erst als ich drohte, einfach abzuhauen, ließen sie mich endlich gehen.

Harry findet mich bald danach. Er hält einen Flachmann in der Hand und blickt etwas benebelt. Nicht betrunken, sondern „beschwipst", wie sein Status anzeigt. Ich finde das amüsant, ebenso wie die umfangreichen Sicherheitskräfte, die uns schließlich nach Hause bringen.

Als wir im Flugwagen sitzen, wende ich mich dem Reporter zu. „Wie geht's dir?"

„Ganz gut. Ich lasse mich durch ein paar übereifrige Arschlöcher nicht aufhalten, die mich abschießen wollen. Das war nicht das erste Mal", sagt Harry. „Habe ich dir je erzählt, wie die ISIS auf den Armee-Hubschrauber geschossen hat, in dem ich saß? Die haben den Heckrotor zerstört. Wumm! Viel Geschrei. Der Pilot musste eine Landung mit Autorotation hinlegen. Ich musste damals kotzen wie ein Reiher."

„Und der Alkohol?"

„Beruhigt meine Nerven“, sagt Harry und bietet mir den Flachmann an.

„Nein, danke. Ich warte, bis wir wieder in Sicherheit sind“, sage ich.

„Traust du den Sicherheitskräften nicht?“. Er schwenkt die Hand und deutet auf die uns umgebenden Fahrzeuge und den Beamten hinter uns.

„Ich vertraue unseren Angreifern nicht“, sage ich.

Eine heruntergeladene Erinnerung erscheint in meinem Bewusstsein und erwähnt, dass oft auf einen fehlgeschlagenen Angriff ein zweiter folgt. Die untrainierten Zivilisten würden wie Harry annehmen, dass der Angriff vorüber ist. Der zweite Hinterhalt überrascht sie dann und beendet den Kampf. Selbstverständlich frage ich mich, wie untrainiert er wirklich ist. Möglicherweise weiß er das, aber er ist ihm egal.

Doch unter dem System müsste der zweite Hinterhalt viel schneller stattfinden. Ansonsten wird neben der psychologischen Wirkung und einem geringen Absinken der Verbrauchsgüter die Wirkung eines zweiten Angriffs abgeschwächt. Schließlich hätten sich innerhalb von zehn Minuten alle Wunden geschlossen und das Mana voll regeneriert. Und das bedeutet, ein weiterer Angriff wäre unwahrscheinlich. Aber vielleicht rechnen sie mit dieser Einstellung.

„Feigling!“ Harry nimmt einen weiteren Schluck. „Warte nur, bis ich ein Video über sie veröffentliche.“

„Du hast einen Hinweis?“, sage ich und hebe eine Augenbraue.

Leider war ich zu beschäftigt, um die Fäden zu analysieren, die von den Feinden ausgegangen sind. Selbst die Uttu hat nur eine Andeutung ihrer Verbindungen hinterlassen, was aber sichergestellt hat, dass ich sie immer wiedererkennen würde. Aber es hat nicht gereicht, um sie zu verfolgen.

„Hinweis, von wegen“, sagt Harry. „Ich bin ein Reporter. Ich finde Quellen und untersuche sie.“

Der Wächter im Fahrzeug schnieft durch seine große Ferkelnase, sagt sonst aber nichts.

Harry bemerkt es dennoch und richtet sich voll auf. Er starrt den Außerirdischen mit einem ernsten Ausdruck an, der nur durch die Blässe um seine Augen abgeschwächt wird. „Wartet nur ab."

„Sicher. Sicher. Es ist ja nicht so, als hätten wir nicht selbst Hunderte von Ermittlern. Aus der Meisterklasse", sagt der Halbmensch.

Ich seufze und versuche, diesen Wortwechsel zu ignorieren. „Na schön. Dann mach das doch." Ich lehne mich zurück und schließe halb meine Augen. „*Kannst du alle Leute kontaktieren, die sich bei uns angemeldet haben? Sag ihnen, sie sollen besonders vorsichtig sein. Und wir sollten versuchen, ihre Abreise vom Planeten vorzuverlegen.*"

„*Was passiert, wenn sie unterwegs angegriffen werden?*"

Ich weiß nicht, was ich sagen soll. Eine Versicherung hilft, aber es kann sein, dass die Piraten die verdammte Versicherung ignorieren und dennoch angreifen. Vor allem, wenn sie mehr für den Angriff erhalten, als die Versicherung auszahlen würde. „*Findet besser bewaffnete Transportschiffe.*"

„*Natürlich. Ich klicke nur meine kleinen roten Schuhe zusammen und wünsche mir das.*"

„*Ali ...*", warne ich ihn telepathisch.

Der Geist schnieft. „*Du wirst immer so nervös, wenn du keine Chance hast, zurückzuschlagen.*"

Ich ignoriere den Geist, schließe die Augen und setze meinen Skill ein, um die Fäden zu überprüfen, die von mir ausgehen. Mal sehen, ob ich jemanden finden kann, der es auf mich abgesehen hat. Und ihm vielleicht das Leben schwer machen.

Kapitel 13

Etwa eine Stunde später stehe ich vor Katherine, da ich ein Portal direkt in ihr Büro geöffnet habe. Aufgrund der Ausnahme, die von der Botschafterin gewährt wurde und jener, die von den Sicherheitskräften angeboten wurde, kann ich jetzt einfacher zwischen den Orten springen. Auch wenn die Nutzung von Portalen nicht direkt verboten ist, wird sie durch die nötige Lizenz erschwert. Und bis vor kurzem habe ich keine erhalten. Es ist erstaunlich, was die Zerstörung eines großen Teils der Nachbarschaft und über hundert tote Zivilisten erreichen, um die Bürokratie zu beschleunigen.

Interessanterweise ist auch Oria hier, die gegenüber von Katherine sitzt, als ich das Büro betrete. Hondo verschränkt die Hände hinter dem Rücken und blickt mich wütend an, als ich durch das schimmernde schwarze Portal trete. Ich merke, wie seine Hände zucken und zwei Messer wegstecken, sobald er erkannt hat, wer ich bin.

„Gesandte Oria. Perfekt“, sage ich und lächle ihr leicht zu. „Ich möchte gern mit Ihnen reden.“

„Und ich mit Ihnen“, sagt Oria und wirft mir einen missbilligenden Blick zu. „Wieso ist eine einfache Anfrage plötzlich zum Stadtgespräch geworden?“

„Talent.“

„Finden Sie das etwas komisch?“, sagt Oria und starrt mich wütend an. „Es gab Todesfälle, Sachschaden, und Rufschädigung. Nur weil Sie eine einfache Aufgabe nicht erfüllen können, ohne gleich alles kompliziert zu machen.“

Ich verziehe meinen Mund, als ihre Worte mein schuldiges Gewissen aufwühlen. „Sie wollten eine Dungeonwelt. Sie haben jetzt eine. Was bringt eine Dungeonwelt am galaktischen Rand, wenn man sie nicht voll ausnutzt? Wir könnten leicht Hunderttausende von Leuten nehmen, sie gegen unsere Monster antreten lassen und danach als produktive Mitglieder in die

Gesellschaft integrieren. Aber Sie haben zu viel Angst, das zu tun, weil die Konservativen und die Konzerne dagegen sind, die von diesen unfairen Institutionen profitieren. Na und? Es ist an der Zeit, den Tiger zu reiten."

„Den was zu ... aha. Stimmt." Orias Augen leuchten auf, als diese Informationen injiziert oder nachgeschlagen werden. Sie blickt mich eiskalt an, während ein Finger auf der Armlehne langsam einen Kreis beschreibt. „Anscheinend war Graxans Warnung, Sie seien ein leichtfertiger Störenfried, sogar eine Untertreibung."

Katherine sieht uns beide ahn, lehnt sich dann vor und hüstelt, um die Aufmerksamkeit auf sich zu ziehen. „Ganz gleich, ob die Aktionen klug waren oder nicht, wäre es jetzt ein Zugeständnis der Niederlage, sie rückgängig zu machen. Meine Regierung ist dazu weder bereit, noch dürften Ihre Herzogin oder die anderen Mitglieder des Galaktischen Rands sich das wünschen. Wir würden viel von unserem Ruf verlieren, ohne etwas dafür zu erhalten."

Oria blickt Katherine an, bevor sie schließlich den Kopf leicht neigt. „Nein. Wir wollen nicht, dass Sie Ihr Angebot einfach rückgängig machen."

„Ja!", jubelt Ali.

„Das heißt aber nicht, dass wir über Ihre Entscheidungen sehr glücklich sind", sagt Oria. „Dennoch werden wir das ad acta legen und später über eine angemessene Vergütung sprechen."

Ich brumme etwas, aber Katherine wirft mir einen Blick zu, der mich zum Schweigen auffordert. Ich verschränkte die Arme und presse die Lippen zusammen. Ich werde Oria später sagen, was sie mit ihrer Idee anfangen kann.

„In der Zwischenzeit müssen wir uns um diese Angriffe kümmern", sagt Oria. „Stimmt es, dass seit diesen Zwischenfällen die Zahl Ihrer Rekruten gesunken ist?"

„Das stimmt. Es gibt auch einzelne Berichte darüber, dass Handwerker angegriffen werden. Bei einigen wurden ihre Werkstätten und Waren zerstört. Andere wurden gefeuert. Und natürlich haben die Firmen, wie angekündigt, auch Schulden aufgekauft“, sagt Katherine. „Dazu kommt noch die geringere Anzahl von Rekruten der kämpfenden Klassen nach dem letzten Zwischenfall – wir haben nun etwa 38 Prozent weniger.“

„Dann ist es nicht so schlimm, wie wir befürchtet hatten“, meint Oria. „Wir haben dafür gesorgt, dass einige unserer Truppentransporter bald ankommen. Diese Transporter werden alle Ihre Rekruten direkt zur Erde bringen. Die Erde wiederum wird einen Aufpreis für den Flug zahlen, da wir im Weltraum Gefahren erwarten. Darüber hinaus hat die Herzogin arrangiert, dass Ihre rekrutierten Handwerker auf ein zeitweiliges Kreditprogramm zugreifen können, um Kostenerhöhungen oder Rückzahlungen abzudecken. Wenn die Irvina uns so gute Kunden geben wollen, dann nehmen wir sie. Was die Mitglieder der Kampfklassen betrifft–“

Das haifischartige Grinsen der Frau erinnert mich daran, dass ich sie mir lieber nicht zum Feind machen sollte. Sie besitzt einen Killerinstinkt, der nichts mit Klingen oder Zaubern zu tun hat, aber genauso tödlich ist.

Dennoch muss ich mich zu Wort melden. „Wir sollten die Typen gehen lassen, die gehen wollen.“

„Wie bitte?“

„Wir wollen keine Mitglieder der kämpfenden Klassen, die sich von etwas Blut im OP-Raum abschrecken lassen. Auf der Erde werden sie nämlich noch verdammt viel mehr davon sehen. Wenn sie es jetzt nicht schaffen, werden sie auch auf der Erde versagen. Wenn Sie mir nicht glauben, fragen Sie Hondo.“ Ich nicke dem wütend dreinblickenden Waffenmeister zu, der zögernd nickt, um meine Worte zu bestätigen.

„In Ordnung. Das dürfte einige Credits einsparen. Die Botschafterin und ich werden die Details besprechen, wie wir den Handwerkern zusätzlichen Schutz bieten können, aber es gibt noch ein Problem“, sagt Oria.

„Die Angreifer der Meisterklasse.“

„Ja. Bisherige Untersuchungen und Analysen weisen darauf hin, dass Sie von mindestens drei Feinden der Meisterklasse angegriffen wurden“, erklärt Oria. „Ich muss sagen, Sie hatten Glück, dass diese Gegner nicht mit voller Wucht angegriffen haben.“

Ich knurre, muss aber zugeben, dass sie recht hat. Wenn sie Zugriff auf hohe Schadens-Skills wie meine hatten, haben sie diese offensichtlich nicht eingesetzt. Andererseits sind nicht alle Meisterklassen auf den Kampf spezialisiert. Die Tatsache, dass sie diese Fakten erwähnt, bedeutet ... „Sie wissen mehr über die Angreifer.“

„Ja.“ Eine Sekunde lang presst Oria die Lippen zusammen. Sie blickt Hondo an, der mit der Hand wedelt und eine Reihe von Benachrichtigungen zu mir schickt.

„Die Angreifer sind ein bekanntes Söldnerteam, das aktuell für die Opposition arbeitet. Obwohl wir ihre Identität und ihre Skills kennen, ist ihr Aufenthaltsort unbekannt. Momentan würde es über 50 Millionen Credits kosten, das Team der Wölfe der Luft zu lokalisieren“, sagt Hondo. „Es gab bereits zwei Versuche, sie zu neutralisieren. Beide sind gescheitert.“

„Ach du Scheiße. Den Namen kenne ich. Eine Sekunde ... bei allen Goblins! Das erklärt eine Menge.“

„Warum?“

„Du kannst aufhören, es von deinem Geist untersuchen zu lassen“, knurrt Hondo. „Ich war ein Mitglied des zweiten Teams. Wir wussten nicht, dass sie ebenfalls einen Hinterhalt gelegt hatten. Unser Team wurde vernichtet, und nur ich habe überlebt.“

„Wie ...?"

„Ich wurde am Leben gelassen, um als Warnung zu dienen", sagt Hondo und ballt die Fäuste. „Als niedrigstufigstes Mitglied des Teams wurde ich als ... unbedeutend betrachtet."

„Das erklärt, warum du in Ungnade gefallen bist", sage ich und nicke langsam. „Und deine schlechte Laune."

„Für Abschaum wie dich ..."

Ich winke ab, ignoriere den Mann und sehe mir die Teamdetails an, die er mir geschickt hat. Er knurrt erneut, aber Oria bringt ihn zum Schweigen.

Evanline Brae, Geißel, Lady der Vielen Räume, Monsterjägerin (Goblins, Hakarta, Truinnar, ...), mehr... (Raum-Herrscherin Level 14) (M)

HP: 1280/1280

MP: 5280/5280

Wichtige Fertigkeiten: Raumsperre, Aura der Realität, Räumliches Gefängnis, An der Seite, Dimensionssplitter, Kopfquetschung. Illus Segen der Mana-Regeneration

„Kannst du das mal erklären? Da gibt es einige Wiederholungen."

„Raum-Herrscherin: Meisterklasse-Version der Spezialisierung Raum-Magier. Konzentriert sich auf die Veränderung und Formung des Raums selbst, und in gewissem Umfang auf die Dimensionen, die in diesen Raum eindringen. Raumsperre ist die normale Dimensionssperre, nur leicht variiert. An der Seite ist ein Flächenzauber, der einen Ort vor äußeren Einwirkungen isoliert, indem sie ihn etwas von anderen Orten wegverschiebt. So hat sie dich während des Angriffs isoliert. Sie hat das Gebiet in einem Kilometer Umkreis aus der Realität geschoben, so dass keine Verstärkungen per Portal oder Teleporter hereinkommen konnten", erklärt Ali und wirft dadurch Licht auf eine

Tatsache, die ich nicht einmal in Frage gestellt hatte. Alte Ideen darüber, wie lange es braucht, bis die Polizei kommt, stehen in Konflikt mit meiner Erfahrung, dass man von Ort zu Ort springen kann.

„*Wieso habe ich nie eine Benachrichtigung darüber gekriegt?*“, sage ich.

„*Das hat nicht dich direkt betroffen, sondern nur das Gebiet. Es ist so großflächig, dass du erst eine Warnung erhältst, wenn du an den Rand stößt. Es verschiebt den gesamten Raum, aber die Regeln ändern sich nicht. Das war teilweise der Grund dafür, weshalb sie die Raumsperre auch verwenden musste*“, sagt Ali.

Ich brumme und merke mir das. „*Ist es deshalb so teuer, sie zu finden?*“

„*Teilweise. Ich bin mir ziemlich sicher, dass auch das ganze Team bis ans Maximum mit Skills zur Tarnung ausgerüstet ist. Wenn ihr Aufenthaltsort sich außerhalb der normalen Realität befindet, dann würden viele normale Zauber und Skills zur Entdeckung nicht funktionieren.*“

Plötzlich kommt mir eine Idee, und ich frage: „Hat der Preis von 50 Millionen Credits auch etwas mit der Politik zu tun?“

„Ja. Die Gruppierungen, die sie nutzen haben eine Menge Geld investiert, um das Überleben der Söldner zu garantieren“, sagt Oria.

„Verstanden.“ Ich wende mich den Informationen zu, während Ali fortfährt.

„*Die Aura der Realität zwingt Leute in die normalen Dimensionen zurückzukehren und lässt auch getarnte Angreifer erscheinen. Räumliches Gefängnis ist ein Zauber, dem man nur schwer entkommen kann, da er jemanden in einen verdrehten Raum schiebt. Sie hat das sehr wirkungsvoll gegen Hondos Team eingesetzt. Die anderen beiden sind Flächen- und Einzelangriffe.*“

„Evanline ist anscheinend eine harte Nuss“, sage ich.

„Das ist sie wirklich“, meint Hondo. „Mächtig und intelligent. Sie hat mein Team gespalten und unsere Front durchbrochen, und dann war es zu spät.“

„Verdammt", sage ich und reibe mir übers Kinn. „Was schlägst du vor?",

„Deine Widerstände werden gegen ihre direkten Angriffe helfen. Das wird aber ihr Gefängnis nicht verhindern, und daher wird sie es wohl gegen dich verwenden, um dich noch mehr zu isolieren", sagt Hondo. „Lass das nicht zu."

Ich starre den nicht gerade hilfreichen Waffenmeister an und pruste. Na schön. Zeit zum Einkaufen. Nun kommt der Maschinen-Lord dran.

S'Baxu, Exploit 3-x-189, Monsterjäger (Goblins, X-23, Schleime, …), Der Lumierre-Preis für Handwerkskunst, Großmeister-Brauer, mehr … (Maschinen-Lord Level 21) (M)

HP: 1830/1830

MP: 3210/3210

Wichtige Fertigkeiten: Mensch-Maschine, Overdrive, Gesteigerte Leistung, Geschenk der Intelligenz, Netzwerk, Magie-Tech-Regeln (3)

„Das ist der Pilot des Kanonenboots, oder?"

„Jawohl. Er ist sehr flexibel, da er seine Ausrüstung je nach Situation anpassen kann. Mit dem Kanonenboot kann er Schaden austeilen und dann fliehen. Er hat auch die Kugelfahrzeuge gehackt und deinen Unfall verursacht."

Ich erinnere mich an die Schadensbenachrichtigungen und das Volumen an Feuer, das diese Raketen erzeugten. Ich nehme an, dass dabei Dinge wie die Magie-Tech-Regeln eine Rolle spielen. *„Eine Menge Feuerkraft, aber nicht sehr viel Schaden."*

„Haha. Das liegt daran, dass du genug Abhärtung und deine Schadenswiderstände hattest, sowie an deiner Ausrüstung. Ohne das hätte es ganz anders ausgesehen. Aber ja, sein maximaler Schaden ist insgesamt nicht so hoch. Er ist mehr ein Typ mit hoher Feuerrate. Weniger wirksam gegen dich, aber besser im Kampf gegen weichere Ziele oder

Beschwörer. Insgesamt ist er wahrscheinlich der am wenigsten gefährliche Feind, da er technisch gesehen keiner Kampfklasse angehört.“

„*Wie Sam.*“

„*Wie Sam es war.*“

Ich lasse diese Statusinformationen verschwinden. Wenn er Sam wirklich ähnelt, erwarte ich bei unserem nächsten Kampf ein total anderes Fahrzeug und unterschiedliche Waffen. Es frustriert, dass die Zerstörung seines Fahrzeugs schwieriger als normal wäre, aber darüber sollte ich mich nicht aufregen.

Hurquji Sani, Sohn von Ze'us, Monstertöter (Hydra, Goblins, Kobolde, Bullen, Harpien, …), Blutbespritzt, Duellant, Gewinner der vier Efeublätter, mehr … (Titanenabkömmling Level 13) (M)

HP: 7830/7830

MP: 3810/3810

Spezielle Fertigkeiten: Halbgott-Körper, Schmerzwiderstand, Segen des Vaters, Geschenkte Stärke, Halbgott-Regeneration, Segen des Ares

„*Titan?*“, sage ich und mache große Augen.

„*Eine der ältesten Rassen. Es gibt nicht mehr viele davon, da ihr Planet zerstört wurde.*“

„*Das System?*“

„*Nee. Ze'us, Poseidon und Hades hatten einen Streit und vernichteten schließlich den Planeten. Das passiert, wenn man drei ähnlich starke heroische Kämpfer hat*“, sagt Ali.

„*Stellt Zeus ein Problem dar?*“

„*Ze'us. Und nein. Er ist ein ziemlich berühmter nachlässiger Vater. So wie er handelt, muss er das auch sein. Wenn man Zehntausende Abkömmlinge hat–*“

„*Ich dachte du hättest gesagt, diese Rasse sterbe aus.*“

„Natürlich. Von einigen Milliarden zu weniger als hunderttausend. Das ist ein enormer Rückgang.“

Ich höre auf, mit Ali zu argumentieren und wende meine Aufmerksamkeit wieder dem Raum zu. „Hurquji ist im Grunde ein einfacher Kämpfer, oder?“ Das würde seine mangelnde Interaktion im letzten Gefecht erklären. Kein Ort für einen Typen, der beim Kampf in der Luft um sich boxt.

„Wenn man einen Titanen als ‚einfach‘ bezeichnen will“, sagt Oria.

„Unterschätze den Titanen nicht“, meint Hondo. „Seine Fähigkeiten verleihen ihm endlose Ausdauer und einen unglaublich hohen Schadenswiderstand. Auch wenn er den Verlauf einer Schlacht nicht im Handumdrehen wenden kann, ist der Titan in der Lage, die ganze Schlacht allein auszufechten, wenn er nicht daran gehindert wird.“

„Schlägt hart zu und kann sogar noch besser Schaden absorbieren. Verstehe.“

Auf meine Worte hin starrt mich Hondo noch wütender an, was ich durchaus beabsichtigt hatte. Danach sehe ich mir die Daten der Wölfe weiter an.

Trols Vroldrons, Netzweber, Monstertöter (Kobolde, Ussma-Fliegen, Samak-Vipern), Einzelschuss, mehr… (Ryou-ri-rr Level 48) (F)

HP: 3870/3870

MP: 2840/2840

Wichtige Fertigkeiten: Zielaufschluss, Geladener Schuss, Netzlaurer, Spinnentarnung, Waffe der Wahl, Ausdauer zu Macht, Mana zu Macht, Dreifach-Abzapfung

„Die Uttu?“, sage ich. „*Der Einzelschuss-Titel gefällt mir nicht.*“

„*Immer mit der Ruhe. Sie hat es bereits versucht und war erfolglos. Sie hat den Titel wahrscheinlich früher erhalten. Es ist einer von diesen konditionellen Titeln – töte hundert Leute, die zwanzig Levels über dir sind mit einem Angriff. Nicht sehr beeindruckend.*“ Ich will ihm widersprechen, dass das durchaus beeindruckend ist, aber Ali fährt fort. „*Ich bin mehr am Skill Waffe der Wahl interessiert. Dadurch wird sie deutlich gefährlicher, wenn sie eine spezifische Waffe verwendet, und es ist auch etwas flexibler als deine seelengebundene Waffe. Solange sie die Waffe vorher wählt und genug Trainingszeit hat, steigert dies die Schadenswirkung um 18 Prozent. Aber sie sind nicht unzerstörbar. Das bedeutet, wenn du die Waffe zerstörst ...*“

„Bumm.“ Einige der Umstehenden reagieren überrascht und ich lächle sie an. „Sorry. Ich lese. Ich habe jetzt eine Ahnung, was wir da vor uns haben. Kein separater Heiler, aber es scheint kein Problem für sie darzustellen.“

„Sie sind ein Attentats-Team. Sie schlagen hart und schnell zu. Und dann verwenden sie die Fähigkeiten von Evanline und S’Baxu zur Flucht. Es ist extrem schwer, eine Raum-Herrscherin festzuhalten.“ Hondo grinst etwas. „Das begrenzt unsere taktischen Optionen, da wir sie eliminieren müssen.“

„Warum?“, sage ich. „Sie sind Söldner, oder? Wäre die bessere Lösung nicht, es einfach viel zu teuer zu machen, uns zu besiegen?“

„Was meinst du damit?“, sagt Oria, während Hondo wütend wird.

„Das Feuer auf das schwächste Mitglied konzentrieren. Sie das nächste Mal erledigen, wenn die Gelegenheit kommt. Wenn sie bei jedem Angriff Leute verlieren, werden sie den Vertrag wohl kaum einhalten“, sage ich.

„Der Verlust eines Kämpfers der Fortgeschrittenen Klasse bedeutet für sie gar nichts“, erwidert Hondo. „Der Verlust des Netzwebers ist unbedeutend. Sie haben zahlreiche andere verloren, seit ich in Ungnade gefallen bin.“

„Aber das widerlegt mein Argument nicht“, sage ich. „Deine Methode hat zu keinen Siegen geführt. Und was soll denn das ‚wir‘ bedeuten?“

„Die Gesandte hat mich beauftragt, euch beim Kampf gegen sie zu helfen“, antwortet Hondo. „Von jetzt an begleite ich euch.“

„Absolut nicht.“

„John!“ Katherines Stimme wird lauter und sie schlägt auf den Tisch, um meine Aufmerksamkeit zu erregen. „Du wirst die angebotene Hilfe annehmen.“

„Glaubst du, ich kann diesem Kerl vertrauen, dass er mir nicht in den Rücken fällt?“, sage ich und ignoriere Hondos wütende Blicke.

„Der Waffenmeister wird nicht unehrenhaft handeln. Er hat nie unehrenhaft gehandelt“, sagt Oria, deren Stimme so kalt ist wie der Wind über einem See im Yukon mitten im Winter. „Selbst der geringste Zweifel an seiner Ehre versetzt Hondo in einen Wirbel aus Wut und Vorwürfen. Es ist seine Aufgabe, Sie zu schützen und Ihre Feinde zu töten. Er wird Ihnen nichts antun.“

„*Akzeptiere den Waffenmeister, Junge. Es sind drei trainierte Killer der Meisterklasse hinter dir her. Ohne Hilfe schaffst du das nicht*“, sagt Ali. „*Vergiss nicht, wir sind auch nur davon gerannt wie der Teufel.*“

Ich will ihm widersprechen, aber der Geist hat schon recht. Ich habe der Uttu kaum Schaden zugefügt und hatte keine Chance, den anderen auch nur einen Kratzer zu versetzen. Meine beste Option war die Flucht, und wie Oria erwähnt hat, wollten sie mich vermutlich gar nicht töten. Sie wollten mir nur klar machen, dass ich mich zurückziehen muss. Eigentlich ist das ziemlich albern. Wenn meine Gegner etwas nachgeforscht hätten. wüssten sie, dass ich nicht zurückweiche.

Ich atme tief ein und blicke Hondo an. Ich sehe in seinem Blick einen brennenden Zorn, eine Verachtung, die er nicht einmal verbergen will. Aber dahinter steckt auch ein solider Charakter. Eine knochentiefe Sturheit, die auf bestimmte Art auch beruhigend ist. Er wird nicht fliehen, wird nicht nachgeben. Er hegt einen persönlichen Groll, der über seine Wut auf mich hinausgeht. Er ist außerdem fähig genug, es mit mindestens einem der Feinde der Meisterklasse aufzunehmen.

Und das bedeutet …

„Na schön. Aber wie finden wir sie?“, frage ich.

Das darauffolgende Schweigen sagt alles.

***

Per Portal zu unserer Wohnung zurückzukehren erfordert nur einen Sekundenbruchteil. Mikito schlendert aus dem Badezimmer und spielt mit der Klammer ihres nanogeformten Helmkragens herum. Sie wirft mir ein Lächeln zu, das dann allerdings einfriert, bevor sie rasend schnell aktiv wird. Die Geisterrüstung bildet sich, als sie sich seitwärts bewegt, und sie richtet die in ihrer Hand erschienene Stangenwaffe auf eine Stelle hinter mir. Ich zucke und drehe mich um, während sich ein Schwert in meiner Hand formt, bevor meine Gedanken meine instinktive Reaktion einholen.

„Halt!“, brülle ich und lasse mein Schwert verschwinden.

Hondo schnieft und hebt eine Hand leicht hoch, um sicherzustellen, dass ein Ausfallschritt ihn nicht total unvorbereitet treffen würde. Aber ansonsten scheint der Waffenmeister nicht besonders von Mikito und ihren Aktionen beeindruckt zu sein.

„Was macht der denn hier?“, sagt Mikito und senkt ihre Naginata. Aber sie lässt weder ihre Rüstung noch Hitoshi verschwinden.

„Er ist unser neuester Kumpel.“ Ich gehe zur Küche und stöbere im galaktischen Äquivalent eines Kühlschranks nach etwas Essbarem. Auf dem ersten Regal befinden sich einige flache, folienverpackte Fertiggerichte, die meiner Erinnerung nach sehr lecker sind. Ein Vorteil der vorherrschenden SF-Technologie und der Systemklassen besteht darin, dass Köche hier wirklich sehr talentiert sind. Ich ziehe drei der Fertiggerichte heraus und gehe zum Esszimmer, während ich die schweigende Konfrontation der beiden beobachte. „Wenn jemand die Drinks aus dem Kühlschrank holen möchte, können wir essen und uns unterhalten."

„Mit ihm?" Mikito faucht beinahe.

„Oh, hab dich nicht so. Ich habe es akzeptiert, und ich bin hier schließlich der kindische Typ", sage ich.

„Das ist er wirklich." Der mürrische Geist starrt mich an und schwebt zum Kühlschrank, wo er noch zwei Fertiggerichte und eine Kiste Bier herausholt. „Mikito, Hondo hat sein Ehrenwort gegeben, dass er John nichts antun wird. Und jetzt wird Hondo versprechen, weder dir noch anderen in der Gruppe etwas anzutun. Stimmt's?"

Hondo zögert und neigt dann seinen Kopf. „Das verspreche ich. Solange wir einen gemeinsamen Feind haben, und bis wir persönlich bei unseren jeweiligen Meistern Bericht erstatten, werde ich keine feindseligen Aktionen gegen dich oder Mitglieder deiner Gruppe durchführen."

„Siehst du? Alles in Ordnung." Ich schiebe die Fertiggerichte über den Tisch. „Jetzt setzt euch hin, esst, und dann können wir reden."

Ich tippe die Folie meiner Mahlzeit an, lehne mich zurück und verschränke die Arme, während ich warte, bis alles heiß wird. Währenddessen erzähle ich Mikito, was sich beim Treffen abgespielt hat. Die Samurai-Kriegerin wirkt nicht gerade glücklich, als sie von den Wölfen hört, aber dann beruhigt sie sich, setzt sich hin und isst.

„Wo ist Harry?", frage ich und blicke mich um. Ich will schließlich nicht, dass der Reporter plötzlich erscheint und Dinge hört, die ihn nichts angehen.

„Weg."

„Ist das denn sicher?", sage ich stirnrunzelnd. Dann wird mir klar, mit wem ich rede, und ich halte den Mund. Wenn jemand in unserer Gruppe sicher ist, wäre das Harry. Seine Skills schützen ihn schon relativ gut vor einer Entdeckung. Zudem mag es seine Gilde gar nicht, wenn ihre Mitglieder angegriffen werden, und sie hat gelegentlich Schritte unternommen, um in solchen Fällen ihren Ärger auszudrücken. Wenn er allerdings aktiv nach den Wölfen der Luft sucht und uns Informationen liefert, wäre das ein Problem für seine angebliche Neutralität.

„Er hat das gesagt. Er will sie interviewen, hat er erwähnt", sagt Mikito und blickt mich an. Ich sehe die Sorge in ihren Augen, die Beunruhigung über unseren neuen Freund. Aber seine Arbeit ist immer gefährlich, egal, was wir entscheiden.

„Das ist der Reporter?", fragt Hondo.

Ich nicke. Der Waffenmeister prustet laut und tippt das fertige Gericht an, so dass die Folie sich zurückrollt und Fleisch und Kohlehydrate zeigt. Es gibt sogar eine Mischung seltsam gefärbter Gemüsesorten, die fein geschnitten sind. Und natürlich die Hauptattraktion – eine Nachspeise aus drei Schichten.

„Hast du ein Problem mit Harry?"

„Ich habe versprochen, keine Probleme zu verursachen."

„Das habe ich nicht gefragt. Was hast du gegen Harry?", frage ich.

„Nichts. Aber ich kann solche Kreaturen nicht ausstehen."

„Kreaturen?" Ich runzle die Stirn.

„Reporter, John", sagt Ali, der sich gerade den Nachtisch in den Mund stopft. Wie immer hat der Geist mit den süßen Sachen angefangen. Er hat sogar beide Fertiggericht geöffnet und die Desserts aus beiden vor sich.

„Was hast du denn gegen Reporter?"

„Sie sind die nutzloseste Klasse. Noch nutzloser als Schleimtrainer", sagt Hondo. „Sie verbreiten Schmutz, so schlimm wie ein Müllauto mit einem Leck, und sie hetzen die Bevölkerung ständig auf. Sie provozieren die Kämpfer, täuschen die Handwerker und blamieren unsere angestammten Herrscher. Na ja. Vielleicht sind sie nicht ganz so schlimm."

Auf seine letzten Worte folgt eisiges Schweigen, bevor uns dämmert, dass der Waffenmeister einen Witz gemacht hat. Inzwischen ist es zum Lachen zu spät, daher starren wir ihn alle verlegen an. Mikito und ich senken gleichzeitig den Kopf und kauen Monsterfleisch.

Einige Minuten später, nachdem ich wieder nach Luft schnappe, sehe ich mir die seltsame Gruppe an, die mit mir um den Esstisch sitzt. Ich muss bei diesem Anblick kurz blinzeln, unterdrücke meine Gedanken dann allerdings und trinke Apocalypse Ale. „Und was wissen wir über die Wölfe?"

„Unsere Kontaktpersonen suchen nach ihnen, aber ...", sagt Hondo und zuckt mit den Achseln.

Ich muss zugeben, ich verstehe seine Reaktion. Schließlich haben sie schon die ganze Zeit nach dieser Gruppe gesucht. Etwas intensiver zu suchen dürfte auch jetzt keinen Unterschied machen. Wahrscheinlich nicht.

„Hondo, waren sie vorher schon so frech?", sage ich.

„Bei ihren Angriffen? Nein, aber du unterschätzt den Zorn, den du erzeugt hast. Die örtlichen Polizeikräfte wollen sie zwar erwischen, aber ihnen fehlen die Skills dafür und die Geldmittel, solange bestimmte Interessengruppen sie behindern. Was Kopfgeldjäger der Meisterklasse betrifft, so werden nur wenige einen Auftrag für so ein mächtiges Team übernehmen."

„Wie wäre es mit heroischen Kämpfern?", fragt Mikito.

Hondo zuckt mit den Schultern.

Als er keine weitere Antwort bietet, mischt sich Ali ein. „Heroische Kämpfer tun meist, was sie wollen. Oder was auch immer die Organisation, an die sie sich gebunden haben, von ihnen verlangt. Irvina hat zwar drei heroische Kämpfer, aber sie kümmern sich meistens um andere Probleme. Solange der Rat ihnen nicht den Befehl erteilt, werden sie nicht eingreifen."

„Die Irvina haben die Wölfe bereits an der Angel. Ich vermute, dass der galaktische Rand seine eigenen heroischen Kämpfer besitzt. Und dann? Ein kalter Krieg, in dem die Heroischen nie eingesetzt werden?", sage ich.

Hondo neigt den Kopf leicht und ich seufze. Super.

„Köder?", sagt Mikito und versucht, unsere sinnlose Unterhaltung in eine andere Richtung zu bringen.

„Wahrscheinlich." Ich lehne mich zurück, trinke Bier und hole einige whiskygefüllte Pralinen aus meinem Inventar. Ich biete den anderen welche an, bevor ich eine in den Mund stecke. „Offensichtlich, aber ..."

„Aber wenn sie sie nicht annehmen, können sie ihre Mission nicht abschließen", sagt Hondo.

„Wissen wir, ob sie einen Vertrag haben, um John weiter anzugreifen?", sagt Ali und hebt eine Augenbraue. „Ich meine, ihre Angriffe und sonstigen Aktionen beeinträchtigen die Rekrutierungszahlen bereits."

„Das wissen wir nicht", meint Hondo, „aber wir müssen davon ausgehen, dass der Vertrag weiterhin in Kraft bleibt. Die Rekrutierung zu verlangsamen genügt ihnen nicht. Sie müssen das Programm zerstören und ein Exempel statuieren."

„Katherine? Falls die Feinde sie angreifen–"

„Unwahrscheinlich, aber wir haben die von euren Leuten eingerichteten Verteidigungssysteme verstärkt", sagt Hondo. „Ein Angriff auf eine Botschafterin in Irvina würde beträchtliche Strafen nach sich ziehen. Das würde zumindest das Kopfgeld auf die Wölfe so sehr erhöhen, dass sich andere Gruppen auf die Jagd machen. In so einem Fall würde es mich nicht überraschen, wenn einige der proaktiven heroischen Kämpfer sie auf ihrer Liste höher setzen. Der Rat würde sogar den Einsatz einiger der örtlichen Heroischen autorisieren."

„Moment mal. Heroische Kämpfer haben eine Liste?", fragt Mikito und zieht eine Augenbraue nach oben.

„Es gibt ... Individuen, die der Ansicht sind, dass ihre Stellung es ihnen erlaubt, Unrecht wiedergutzumachen", sagt Hondo und rümpft die Nase.

„Möchtegern-Superhelden", sagt Ali, um seinen Senf dazuzugeben.

„Das ist erstaunlich", sage ich.

„Ach komm schon. Paladin." Ali deutet mit seinem Wrap auf mich. „Als ob du dich nicht zu einem von ihnen entwickelst."

„Hey! Bevor mir diese Leute auf die Nerven gingen, habe ich friedlich gelesen", sage ich.

„Das stimmt. Er war sehr langweilig." Mikito nickt vielsagend.

„Genau. Warte." Ich starre die zierliche Japanerin an, aber sie lächelt mit nur zu, bevor ich das Thema wechsle. „Katherine ist also relativ sicher. Der Rest des diplomatischen Korps ist im Lockdown. Was ist mit den Kampfgruppen?"

„Portal."

Ich nicke, als ich Mikitos knappen und überaus vernünftigen Vorschlag höre. „Gute Idee. Na gut, dann haben wir einen Spielplan, oder? Oder wenigstens die Grundrisse einer Strategie?"

„Das ist kein Spiel. Aber ja, ich glaube schon", meint Hondo. „Ich werde dich in jeden Dungeon begleiten."

„Bis zum Eingang des Dungeons. Du wirst aber dein eigenes Team durch den Dungeon führen." Als er etwas sagen will, schüttle ich den Kopf. „Wir verwenden Dungeons mit klaren Grenzen, damit wir nicht angegriffen werden können, wenn wir uns darin befinden. Inzwischen hilfst du dabei, möglichst viele Leute durch die Dungeons zu bringen."

„Das ist nicht meine Aufgabe", faucht Hondo.

„Vielleicht. Aber dadurch werden wir schneller fertig. Je höher wir diese Rekruten in den Levels bringen, desto besser für die Kampagne. Und das bedeutet, dass die Wölfe unter größerem Druck stehen, das zu beenden."

Hondo schweigt einen Moment und spricht dann langsam. „Na gut."

Danach unterhalten wir uns über die Details. Sowohl wo und wann wir einen Angriff erwarten können, als auch wie wir damit umgehen sollen. Wir sprechen über unsere Stärken und die der Wölfe, sowie über potenzielle Schwachstellen. Es ist beinahe schön, mit Hondo zu arbeiten. Er hat viel mehr Erfahrung und macht einige hervorragende Vorschläge. Aber mir geht der Gedanke durch den Kopf, dass er in naher Zukunft Ärger machen wird.

Was soll's ... Was ist, das ist. Und wir brauchen ihn einfach. Und er uns.

Zumindest vorläufig.

Kapitel 14

Als ich am folgenden Tag aus meinem Shop komme, sehe ich, dass Hondo ungeduldig davor wartet. Ich war amüsiert, als ich den Shop erreichte und herausfand, dass der Waffenmeister kein Zutrittsrecht hat. Statt ihm einen Gästepass zu verschaffen, ließ ich ihn draußen schmoren.

„Hast du gefunden, was du brauchst?", sagt Hondo, und ich nicke ihm zu. „Dann gehen wir."

„Bin schon dabei". sage ich, hebe eine Hand und öffne ein Portal zum Dungeon.

Sekunden nachdem wir durchgelaufen sind, öffne ich ein weiteres Portal für die anderen Mitglieder der Sicherheitskräfte. Hondo organisiert die Rekruten der Kampfklasse, die unter den wachsamen Augen der örtlichen Sicherheitskräfte gewartet haben. Aufgrund des Konfliktpotenzials zwischen den Gilden und des Diebstahls von Beute, herrschen um die Dungeoneingänge herum immer strenge Sicherheitsmaßnahmen. Seit den Angriffen sind die Sicherheitskräfte sogar verdoppelt worden.

„Wird auch Zeit", brummt Mikito, als mein letztes Portal sie von unserem Gildeneingang zieht.

Überraschenderweise steigt auch Draco aus dem Portal und sieht sich die Menge an. „Erlöser. Ich muss mit dir reden."

„Gut. Kann ich die anderen zuerst rausschicken?", sage ich und nicke den Gruppen zu, die sich größtenteils selbst organisiert haben.

Draco stimmt zu, und bald stehen alle in einer Schlange und gehen in den Dungeon.

„Danke. Also, was ist los?", frage ich.

„Ich habe von Tig selbst etwas gehört", sagt Draco, dessen Augen leicht glänzen. Ich bin mir nicht sicher, ob er amüsiert oder interessiert ist. „Bald wird eine Ankündigung in der ganzen Stadt gemacht werden. Tig und seine

Gruppe werden direkt auf alle Angriffe auf Dungeongruppen reagieren, in denen sich Mitglieder unserer Gilde befinden.

„Dungeongruppen?" Ich runzle die Stirn.

„Ja. Was das betrifft ..." Draco neigt den Kopf und ich folge seinem Blick zu einer ankommenden Gruppe weiterer Aliens. Zu meiner Überraschung wird in ihren Statusinformationen unsere Gilde öffentlich angezeigt. „Begrüße unsere neuen freiwilligen Dungeongruppen-Anführer."

„Warum?" Ich sehe Draco verwirrt an, besorgt über diese plötzliche Änderung.

„Aus drei Gründen. Erstens werden wir direkt unter euren Leuten rekrutieren. Soweit ich weiß, hat Tig bereits eine Erweiterung unserer Gildenhäuser auf der Erde diskutiert. Zweitens ist es eine schlechte Idee, Angriffe auf Dungeongruppen – aus welchem Grund auch immer – zuzulassen. Daher ist unsere Gilde nicht die einzige, die in dieser Hinsicht ihre Einstellung klar macht. Die Zweiten und Siebten Gildenkriege sind etwas, das sich nicht wiederholen soll. Letztlich ist noch etwas, das Tig besonders betont hat. Draco schweigt und das Schweigen dehnt sich aus. „Du stehst in unserer Schuld."

Ich stoße ein überraschtes Gelächter aus, als ich die Worte höre und den zu ernsten Blick auf Dracos Gesicht sehe. Als der Eidechsenmensch seinen Gesichtsausdruck nicht ändert, blicke ich ihn ernüchtert an. „Selbstverständlich."

„Gut. Versuche, das hier zu überleben. Wir haben viel in dein Experiment investiert."

„Ihr wisst schon, dass ich einen weiteren Kämpfer der Meisterklasse gebrauchen könnte ..."

„Ausgeschlossen", sagt Draco und schüttelt den Kopf. „Schon unsere jetzige Unterstützung für dich stellt eine Belastung dar. Dir direkt individuelle Hilfe zu bieten wäre ... na ja ... ein Skill zu viel."

„Schon gut", sage ich, winke Draco weg und signalisiere der wartenden Rekrutengruppe, zu mir zu kommen.

Inzwischen hat Ali unsere Helfer sortiert und Nachrichten an die Leibwächter und unsere Rekruten geschickt.

Ich will gerade den Dungeon betreten, als Draco ruft „Aber es war keine schlechte Idee."

„Was?", sage ich verwirrt, da ich gerade noch die optimale Formation für die Rekruten analysiert habe.

Draco antwortet nicht, sondern wandert davon und unterhält sich mit seinen Leuten.

Ich starre den Schwanz des Eidechsenmenschen kurz an, bevor ich die Hände hebe und auf einen Nachzügler unter den Rekruten deute. „Komm schon, wir haben nicht den ganzen Tag Zeit. Glaubt mir, den Monstern ist es egal, welche Farbe euer Skinsuit hat. Innen seid ihr alle rot."

„Eigentlich sind die Oeonae-Muskeln gelb und unser Blut ist grün", sagt ein pedantischer Humanoide mit einem harten Auswuchs auf den Kopf und einem übergroßen Kiefer.

„Rein!", brülle ich.

***

„Hey! Hübscher Junge", sage ich und deute auf den Oeonae. „Bringe deinen Arsch wieder in die Frontlinie."

„Aber ich muss sie erst heilen, damit–"

„Los! In die Linie!", schreie ich, packe seine Schultern und werfe ihn nach vorn. Ich zucke zusammen, als ich zu viel Kraft aufwende und den armen Kerl in eine Gruppe robotischer Monster schleudere, die auf die Gruppe zustürmt.

Das Abenteurerteam schweigt schockiert, als die Roboter sich drehen und die geänderte Lage voll ausnutzen, wie die robotischen Monstrositäten, die sie sind.

„Seid ihr eingeschlafen und wurdet von den Feen mit Wechselbälgen ausgetauscht? Bewegt euch gefälligst, ihr Goblinärsche. Helft eurem Freund!", sagt Ali und gestikuliert wild herum.

Die Gruppe der unerfahrenen Abenteuer rennt schließlich los und stürzt sich wild auf die Roboter. Der führende Krieger schlägt mit seiner Hellebarde zwei Roboter zur Seite, während ein rothäutiger Teufel verschwindet und neben dem am Boden liegenden Oeonae erscheint, worauf er elektrifizierte Panzerhandschuhe in einen angreifenden Roboter stößt.

„Und du!" Ali dreht sich um und deutet auf mich. „Hör auf, ihnen zu helfen."

„Na schön", knurre ich und verschränke die Arme. Beelzebub springt über das kurzgeschlossene Monster und fegt mit seinem Schwanz einen weiteren Roboter von den Beinen. „Ganz gute Talente hier."

„Wenn du sie nicht umbringst", erwidert Ali.

Ich knurre und trete zurück, so dass der Geist die Rekruten anschreien und trainieren kann, während ich an der Front entlanggehe und zusehe, wie sie gegen Monster mit Level 20+ kämpfen. Das ist einer der seltsamsten Dungeons, die ich je erlebt habe. Hier betritt man einen Raum, der sich dreht und selbständig bewegt. Monster strömen heraus, während Hindernisse und andere Objekte erscheinen und neue Terrainmerkmale bilden. Die gesamte Anordnung bewegt sich auf, ab und seitwärts durch einen verdrehten Raum, verbindet sich auf der Grundlage eines mysteriösen Puzzle-Mechanismus mit verschiedenen Korridoren, und es ist nötig, Monster in der richtigen Reihenfolge zu töten, um das Ende des Labyrinths zu erreichen. Oder man kann, wie wir das tun, alles auf dem Weg wegräumen, da es pro Sitzung eine maximale Anzahl an Variationen gibt.

„John. Sie sind erschöpft“, ruft Ali.

Ich beschwöre mein Schwert und sehe mir die Gruppe an. Die Unterstützer haben fast kein Mana mehr. Die Frontkämpfer keuchen und stöhnen, da sie zahlreiche Wunden haben und ihre Ausdauer und teilweise ihr Mana fast aufgebraucht ist. Ich sehe, wie der in Lila gekleidete Oeonae wieder von zahlreichen Robotern angegriffen wird, die auf ihn einschlagen und mit ihren Bohrern stechen, während Beelzebub zu Boden geworfen wird.

„John?“

„Erlöser!“

Ich schwinge mein Schwert dreimal, und Klingenhiebe fliegen heraus, die reißen und zerfetzen, schneiden und zerhacken. Und dann ist es vorbei. Ich hätte es mit einem Hieb geschafft, aber dann hätte ich das Team zerschnitten.

„Was im Namen des Systems war das denn?“ Der Oeonae richtet sich auf und spuckt Säuretropfen aus dem Mund.

„Ich glaube, ich habe dich gerettet. Euch alle“, sage ich.

„Du hättest das früher tun können. Der Geist hat dich aufgefordert, schneller zu handeln“, sagt eine weibliche Yerrick, die sich vorbeugt und tief einatmet. Ihr Druckanzug ist zerfetzt und am Bauch ist ihr Fell zu sehen. Anscheinend hat die Yerrick aber eine selbstreparierende Ausrüstung, so dass alles langsam wieder zusammenfindet.

„Das ist der dritte Kampf. Keiner von euch hat darauf geachtet, Ausdauer oder Mana aufzusparen.“ Während ich spreche, verschwinden die Überreste der Roboter in den Boden, da sie von den im Raum selbst lebenden Naniten zerlegt werden. Ein leichtes Beben durchläuft den Raum, dann bewegen wir uns wieder und werden zu einem neuen Ort gebracht. „Wir beginnen bald das vierte Gefecht. Wie wollt ihr das denn überleben?“

„Mit dir“, sagt Beelzebub und bandagiert sein Bein. „Habt ihr das nicht versprochen?“

„Das haben wir. Aber was bringt es, wenn ich die ganze Arbeit übernehme? Wie viel Erfahrung würdet ihr erhalten, wenn ich das tue?“

Es herrscht ein langes Schweigen, als sie es sich überlegen. Sobald der Raum klappernd anhält und metallische Säulen hochfahren, hebe ich die Hand und wirke Metallwall. Die neu gebildete Barrikade blockiert ankommende Wesen und bietet unseren Leuten eine Ruhepause.

Der Oeonae blickt mich an und seine Haltung wirkt entschlossener. „Aber was können wir tun? Die Feinde sind uns im Level deutlich überlegen.“

Als ich die Gruppe anblicke, sehe ich, dass alle nicken. Sobald sie dann wirklich zuhören, deute ich eine Person nach der anderen an. „Haltet euch an eure Rollen. Ihr dürft nicht zurücklaufen und Leute heilen, selbst wenn ihr das könnt. Verwendet eure Heilfähigkeit nötigenfalls auf euch selbst.“ Dann spreche ich den Oeonae an.

„Verwende deine Zauber, um den Feind zu behindern und zu binden, statt Schaden zu wirken.“ Und dann wende ich mich dem Gnom zu, der rot wird, was seine niedliche Nase mit den Sommersprossen hervorhebt.

„Und um Himmelswillen, verlasse die Kampflinie nicht.“ Die Yerrick schnaubt zustimmend.

„Außerdem“, sage ich und wirke einen zweiten Metallwall, um die Monster fernzuhalten, „helft ihr einander nicht. Ihr sollt doch ein Team sein. Benehmt euch wie eines. Ja, ich weiß, dass wir eine Gruppe jeweils rein zufällig zusammengestellt haben. Aber das heißt nicht, dass ihr alle unabhängig agieren sollt.

Noch etwas. Übereilt das nicht. Wir wechseln Räume, nachdem wir den vorherigen abgeschlossen haben. Warum habt ihr es mit dem Kampf so eilig, vor allem mit dem letzten Duell?“

„Bei den Eutern der Großen Mutter“, ruft die Yerrick und bricht das Schweigen.

Ich werfe der Gruppe einen strengen Blick zu und hebe den Finger. „Und der letzte Punkt, Leute. Geratet nicht in Panik. Ihr reist zur Erde. Es wird schwer werden. Es wird hart auf hart kommen. Ihr müsst ständig bereit sein, auf den Zehenspitzen bleiben. Oder Hufen. Was ihr eben habt. Ja, das ist euer erster Besuch in diesem Dungeon. Aber wenn ihr aufhört, neue Ideen zu entwickeln, werdet ihr sterben.“

Als ich sehe, dass meine Worte Wirkung zeigen, grinse ich Ali an. Es ist seltsam, in dieser Beziehung den guten Polizisten zu spielen, aber der strenge Ausbilder Ali ist nicht die richtige Person, um ihnen das zu sagen. Nicht, wenn ich will, dass sie sich beeilen und kämpfen, wenn die Wände verschwinden. Also bin ich hier und bringe einem Haufen blutiger Anfänger bei, wie man kämpft. Schon wieder.

***

Sechs Räume später fangen die Rekruten an, es langsam zu kapieren. Sie haben den neuesten Roboter am Boden und versuchen, ihn zu zerlegen. Der Roboter versucht, seine Akkordeon-Arme zu regenerieren, um seinen wie eine Untertasse geformten Körper aufzurichten. Doch immer, wenn er einen zweiten Arm bildet, zerstören entweder die Yerrick oder Beelzebub den anderen Arm, so dass der Robot wieder zu Boden fällt. Der Rest der Gruppe trinkt Wasser, kaut Regenerierungsnahrung oder ruht sich aus.

„Und was ist mit dir, Eezoo? Warum gehst du zur Erde?“, fragte der Oeonae den kleinen Gnom.

„Credits, was sonst? Meine Gruppenfamilie wurde vor vier Jahren von der Iuwil -Seuche heimgesucht. Bei fast allen wurden die Manakanäle beschädigt. Wir haben genug zusammengekratzt, um meine zweite Mutter heilen zu lassen, aber meine erste Mama und mein dritter Papa leiden noch mehr darunter“, sagt der Gnom. „Auf der Erde kann ich mehr Credits verdienen, um ihre gründliche Behandlung zu bezahlen. Ansonsten sind wir dazu verdammt, dauernd die Looma-Auffrischer zu kaufen.“

„Ja, die Auffrischer sind der letzte Wurmscheiß.“ Der Oeonae spuckt zur Seite. „Die helfen ein paar Monate, aber dann musst du sie wieder kaufen.“

„Ja. Aber wenigstens sind sie billig. Was ist mit dir?“

„Kein so edler Grund“, sagt Oeonae. „Ich habe eben geheiratet und wir haben schon einen Wurf. Wir müssen genug fürs Essen verdienen, weißt du? Mit den paar Krümeln, die man hier verdient, ist das nicht machbar.“

„Gehört sie auch zur kämpfenden Klasse?“

„Ja. Wir haben entschieden, dass wir besser nicht im gleichen Team sein sollten. Dadurch würde nur noch einer von uns für den Wurf da sein. Die kleinen Schleimbälle sind jetzt bei unseren Eltern. Hoffentlich verdienen wir genug, damit sie zu uns kommen können, bevor sie die Larvenstufe hinter sich gebracht haben.“

Bei dieser Vorstellung schüttle ich mich in Gedanken und höre deshalb nicht mehr zu. Sie sprechen bereits mit der nächsten Person in der Schlange, doch ich beschließe, dass selbst meine Neugier nicht endlos ist. Ich bin unvoreingenommen und respektiere unsere neuen außerirdischen Brüder, aber es gibt doch Grenzen. Und daher ignoriere ich diese Diskussion, während ich mich auf den nächsten Schritt unserer Dungeonmission konzentriere.

***

Der Raum wackelt erneut und kommt dann knirschend zum Stehen. Der Eingang zuckt und fließt und wird größer, während die Naniten, die den Raum bilden, die Metallmauern zerfressen und sie durch größere explosionsgeschützte Türen ersetzt. Zu Beginn hat das seltsam gewirkt, aber inzwischen haben wir uns daran gewöhnt. Selbst wenn diese Tür deutlich größer als alle ist, die wir bisher gesehen haben.

„Also, Leute, bereitet eure Fernangriffe vor. Ladet eure Waffen auf, falls möglich, da ihr nur einen Schuss haben werdet. Dann wird der Junge hier den Rest erledigen“, sagt Ali.

„Wirklich? Wir halten auch länger durch“, knurrt die Yerrick und hebt ihre Axt.

„Ihr habt das sehr gut gemacht. Aber es wäre sinnlos, jetzt zu riskieren, dass jemand stirbt“, sage ich und trete vor. „Bossmonster haben oft brutale Angriffe, die mit einem Schuss töten, also wäre es für euch besser, nur die Erfahrung zu erhalten. Außerdem teilt ihr euch seine Beute.“

„Wirklich?“, sagt Beelzebub. „Ich meine, die anderen haben erwähnt ...“

„Ja“, sage ich. Es wäre sinnlos, auf der Wahrheit zu bestehen. Es ist besser, wenn sie es selbst erleben.

Die Gruppe bereitet sich vor, während ich mich den gepanzerten Türen zuwende. Sie gleiten auf und enthüllen ein Robotermonster, das man als die missglückte Kreuzung eines Müllautos und eines Mechs beschreiben müsste.

Sobald das Monster erscheint, wird es von zahlreichen Angriffen getroffen, von Strahlengewehren bis zu Zaubersprüchen. Beelzebub verschwindet und taucht dann in einer Rauchwolke direkt über dem Monster auf, worauf seine Dolche sich tief in den Boss bohren. Der Boss leuchtet auf, elektrifiziert seinen Körper und versetzt Beelzebub in Zuckungen, bis dessen Gesundheit rapide absinkt.

„Neiiin!“, schreit der freundliche Gnom, als er sieht, wie Beelzebub fällt.

Ein Versetzungsschritt bringt mich zum Boss, wo ich den fallenden Körper auffange und werfe. Leider bin ich dadurch dem Boss viel zu nah. Elektrizität springt auf mich über, durchströmt meinen Körper und lässt meine Muskeln zucken.

Aber der Boss weiß nicht, dass ich einen extrem hohen Widerstand gegen Blitze habe. Es ist also lästig, aber nicht gefährlich. Wenigstens noch nicht. Meine Lippen verziehen sich zu einem Grinsen, als ich mein Schwert beschwöre und es in den Kopf des Monsters ramme, wobei es die gepanzerte Haut mühelos durchschneidet. Der Boss wirft sich von Seite zu Seite, um mich loszuwerden, aber es ist zu spät. Ich aktiviere einen Klingenhieb nach dem anderen, während mein Schwert in ihm steckt. Meine andere Hand hält sich irgendwo fest, um mein Gleichgewicht zu bewahren.

Der gesamte Kampf ist nach maximal einer halben Minute vorbei. Klingenhiebe zerstören sein Inneres und schalten den Strom ab, so dass der Boss-Mech fällt und seine Lichter erlöschen. Einen Moment später habe ich seine Beute, während alle anderen sich sammeln und über den idiotischen Teufel meckern, der den anderen die Erfahrung stiehlt. Die Tatsache, dass Beelzebub mehr Schaden gewirkt hat als die übrigen Nahkämpfer, bedeutet, dass er einen Großteil der Erfahrung erhält. Vor allem, weil er sein Leben riskiert hat.

„Das hätte besser laufen können“, sage ich.

„Wie geht's dir?", fragt Ali, der zu mir schwebt.

„Nur müde", antworte ich und winke ab, damit Ali sich keine Sorgen macht.

Es gibt nicht viel zu erzählen. Es war dumm von Beelzebub, dieses Risiko einzugehen, aber das System belohnt solch ein Verhalten. Vermutlich wird er das also erneut tun. Aber früher oder später wird er dabei umkommen. Manchmal frage ich mich, wer das verdammte System entwickelt hat. Idiotische, saudumme und nicht erklärbare Belohnungen und Vorteile.

„Also, Kinder, Zeit zu Gehen. Ihr könnt dem roten Teufel später die Hölle heiß machen", ruft Ali und winkt die Gruppe zum neu gebildeten Eingang.

Ich folge ihm, während das Bossmonster sich bereits in den Boden senkt. Diesmal können wir keine Bossleiche looten.

Während ich hinausgehe, strecke ich mich und bereite mich darauf vor, das alles zu wiederholen.

Kapitel 15

Stunden später sind unsere Termine vorbei, und wir haben jeden durch einen Dungeon gebracht, bei dem es möglich war. Glücklicherweise konnten wir mit Hilfe der Gilde viel mehr Leute als sonst betreuen, und oft stiegen die Leute dabei um einen oder zwei Level auf. Da wir so viele Personen durch die Dungeons bringen und einige der Helfer auch niederstufig sind, gab es leider einige Unfälle mit Todesfolge. Die Nachricht darüber war ein harter Schlag, aber die meisten steckten das weg. Unsere Jobs, unsere Leben als Mitglieder der kämpfenden Klassen sind eben gefährlich.

„Sind wir endlich fertig?“, fragt Hondo und verschränkt wütend die Arme.

Obwohl der Waffenmeister sich beschwert, sind die Mitglieder der von ihm angeführten Gruppe um zwei oder drei Level angestiegen. Anscheinend verbessern einige der passiven Fähigkeiten des Waffenmeisters nicht nur die Werte der Mitglieder seiner Gruppe, sondern auch das Tempo ihres Levelaufstiegs, indem er einen Teil seiner Erfahrung an sie verteilt.

„Fast. Wir warten nur, bis sie daheim sind.“ Ich schließe das Portal, nachdem der letzte Rekrut hindurchgegangen ist. „Das war‘s.“

„Ich bin mir ziemlich sicher, sie haben nicht daran gedacht, dass du das Portal für andere verwenden würdest, als sie dir die Genehmigung für dessen Nutzung gaben“, sagt Ali.

„Dann hätten sie das klarmachen sollen“, sage ich und schniefe. Als ob ich Leute zwingen würde, einen Hinterhalt zu riskieren, wenn es nicht nötig ist.

„In Ordnung. Öffne eines deiner Portale zum Primär-Dungeon“, befiehlt Hondo.

„Natürlich ... Moment mal. Das geht nicht. Ich war noch nicht dort“, sage ich.

„Dann zu einem Punkt in der Nähe.“

„Okay ..." Ich rufe die Karte auf und sehe mich um. Es gibt mehrere Bereiche, wobei sich aber einige an Stellen mit hohem Verkehrsaufkommen befinden. Dann fällt mir ein, dass ich ja noch eine andere Option habe. „Oder ich könnte die Fähigkeit Sehen verwenden. Eine Sekunde ..."

Hondo prustet los und verschränkt die Arme, während er darauf wartet, dass ich den Zauber wirke. Es dauert eine Weile, aber schließlich finde ich nicht nur den Eingang zum riesigen Loch in der Erde, das in den Primär-Dungeon führt, sondern auch die Stelle, zu der man teleportieren soll. In Gedanken lache ich, als ich den Ort sehe, da die galaktische Gesellschaft wieder einmal zwei verschiedene Regeln hat.

„Warum gehen wir dorthin?", sage ich, als wir durch das nichtssagende Oval in den relativ ruhigen Dungeon gehen.

Weiter weg sehen wir mehrere Mitglieder der Fortgeschrittenen Klasse, Rucksäcke, Grav-Züge und zwei mechanoide Drohnen. Näher befindet sich ein Trupp bewaffneter und gepanzerter Soldaten, alle mit der gleichen Uniform und Bewaffnung, die zuhören, wie ihr Offizier den Angriffsplan erklärt. Das sind auch schon alle Dungeongruppen. Im Gegensatz zu vielen anderen wird der Primär-Dungeon oben sehr wenig benutzt.

„Training", meint Hondo. „Wir benötigen mehr Level."

Auf Hondos Worte hin sehe ich mir den Mann näher an und lese seinen Status. Es ist fast fünf Jahre her, seit wir einander gesehen haben, plus oder minus einiger Monate. In diesem Zeitraum muss Hondo wie ein Wahnsinniger trainiert haben, um den jetzigen Level zu erreichen.

Hondo Ehrish (Waffenmeister Level 48, Meister der Klingen und Gewehre, Töter der Orcs, Goblins und Unika, Zerstörer der Monster, Der Unbesiegte Krieger)

HP: 4510/4510

MP: 2070/2070

Zustand: Waffe der Wahl, Körper des Meisters, Schlachtverlauf, Größere Regeneration, Größere Mana-Regeneration

„Willst du an Klasse gewinnen?", sage ich.

Ali kichert, während Hondo und Mikito den Geist ausdrucklos anstarren. Offensichtlich ist er der einzige, der den Witz kapiert. Na ja, ich denke eben auf Englisch, spreche aber Galaktisch.

„Deine Freundin auch", sagt Hondo und neigt den Kopf in Richtung Mikito.

Ich blicke ihren Statusmonitor an und bin völlig baff.

Mikito Sato, Speer der Menschheit, Blutwächterin, Junior-Arena-Champion von Irvina (Mittel-Samurai Level 48)

HP: 2030/2030

MP: 1440/1440

Zustand: Isoide, Jin, Rei, Meiyo, Ishiki, Ryoyo

Galaktischer Ruf: 15

Galaktischer Ruhm: 6.323

„Moment mal. Du bist zwei Levels aufgestiegen?", sage ich, als ich wieder reden kann. „Und was ist mit dem Titel Champion?"

Mikito rollt mit den Augen, während Ali sich einmischt. „Du hast ganz schön lange gebraucht. Sie hat den Titel schon seit zwei Wochen. Wenn du das noch zwei weitere Wochen übersehen hättest, hätte ich meine Wette gewonnen.“

„Ich habe ihn vor einer Weile erhalten. Während du in der Questoren-Bibliothek beschäftigt warst“, sagt Mikito. „Der Champion-Titel bot einen sehr schönen Erfahrungsbonus.“

„Oh. Wow“, sage ich und kratze mich am Kopf. Verdammt. Jetzt komme ich mir wie ein totaler Faulpelz vor. „Herzlichen Glückwunsch.“

„Das ist nicht nötig“, sagt Mikito und winkt ab. „Es war lediglich der Teil der Fortgeschrittenen Klasse auf der Junior-Stufe.“

„Dennoch eine tolle Leistung.“

Hondo hüstelt, um meine Aufmerksamkeit auf sich zu ziehen. „Wir haben eine Frist einzuhalten. Unser Zugang gilt nur für eine begrenzte Zeit. In fünf Stunden werden wir hierher zurück teleportiert. Ich möchte diese Zeit wirklich nutzen.“

„Gut, du gehst voran, Honcho.“

„Hondo.“

„Ja, ja. Sorry“, sage ich und werfe Mikito ein leichtes Lächeln zu.

Sie rümpft die Nase und ich werde schuldbewusst rot. Okay, vielleicht ärgere ich den Waffenmeister zu viel. *Ich sollte mich wirklich nicht so kindisch benehmen.*

Hondo führt uns zu einer Reihe von Lastenaufzügen und streicht mit einem Pass über die Konsole. Eine Sekunde später beleuchten uns Lichtstrahlen, und dann erscheint unser neuer Status. Ein limitierter Zugang zum Primär-Dungeon, zusammen mit einem Verfolgungs- und Teleportierzauber. Sobald die Türen aufgleiten, betreten wir die Lastenaufzüge und fahren so schnell hinab, dass man den Druck auf den Trommelfellen spürt.

„Na ... Details über den Dungeon?“, sage ich. Schließlich habe ich ihn nie recherchiert. Außer der Tatsache, dass dies der erste und daher mächtigste Dungeon von Irvina ist, weiß ich sehr wenig darüber.

„Der Primär-Dungeon war der erste je auf Irvina geschaffene Dungeon. Anfänglich befand er sich außerhalb der Stadt und folgte einem klassischen Dungeonformat. Daher reicht er tief nach unten“, erklärt Hondo. „Das Loch, das ihr seht, ermöglicht einen Luftstrom in die tiefsten Teile des Dungeons. Wenn ihr die Raummanipulation beherrscht, könnt ihr spüren, wie der Raum im Dungeon verzerrt wird, so dass dieser wachsen kann, ohne die Stadt zu beeinträchtigen. Ihr solltet daran denken, dass der Dungeon um ein Mehrfaches größer als Irvina ist.“

„Er ist größer als Irvina?“, sage ich und mir steht der Mund offen. Es ist schwer vorstellbar, dass Irvina etwas ist, was wir armen Menschen als Mega-Metropole bezeichnen würden.

„Ja“, antwortet Hondo. „Wenn ihr euch bei der Dungeonmission je verirrt, solltet ihr zu den Lüftungsöffnungen gehen. Diese führen zum Ausgang und zum Weg nach oben. Das trifft auf alle Bereiche mit Ausnahme der Labyrinthebenen zu. Wir werden diese Ebenen nicht besuchen. Wie bei jedem guten Dungeon wird auch dieser mit zunehmender Tiefe gefährlicher. Daher betreten wir ihn auf einer auf halbem Weg nach unten gelegenen Ebene. Ebene 67. Wenn alles klappt, gehen wir zu Ebene 68 und 69. Ungefähr alle zehn Levels gibt es einen wichtigen Boss, aber im Gegensatz zu statischen Dungeons wandern diese Zonenbosse herum. Daher müssen wir im Kampf vorsichtig sein.“

„In Ordnung, große böse Monster wandern herum. Und von was für Levels sprechen wir?“, sage ich und wirke den Stärkungszauber auf mich. Ich sehe mir die langsam sinkende Anzeige der Ebenen an und bin überrascht, dass wir immer noch nach unten fahren. Jede Ebene muss enorm groß sein.

„Level 90 bis 100. Der Zonenboss dürfte so um Level 110 haben“, sagt Hondo.

„Dürfte?“

„Sie entwickeln sich weiter“, antwortet Hondo. „Deshalb werden regelmäßig Quests zur Reinigung des Dungeons ausgegeben. Wenn man den Primär-Dungeon zu lange allein lässt, wird er noch gefährlicher.“

„Interessant. Ich frage mich, ob das in Vancouver passiert ist.“ Leider hatte ich nie genug Zeit, mehr über Dungeons zu erfahren. Ich habe grundlegende Kenntnisse, aber Details wie ihre fortlaufende Evolution sind mir nicht vertraut. Die meisten Details der Systemquest waren leicht zu finden, da viele Forscher diesen Bereich bereits ausgeschöpft haben. Für die Systemquest gibt es praktisch keine einfachen Forschungsprojekte mehr. Dungeons sind zwar ein Artefakt des Systems, aber soweit wir wissen, stellen sie keinen zentralen Faktor beim Rätsel des Systems selbst dar.

„Monstertypen?“, fragt Mikito, als der Aufzug ruckend anhält.

Hondo berührt sich an der Halsseite und ein Helm bildet sich um sein Gesicht herum.

Die Türen gleiten auf und enthüllen die bizarrste Szene, die ich seit langem gesehen habe. Man nimmt ein Pferd, zieht ihm die Haut ab und bringt einen humanoiden Torso an der Stelle an, wo sich normalerweise der Reiter befindet. Dem Reiter gibt man lange Arme mit schwarzen Klauen, aus denen Säure tropft und die bis über den augenlosen Schädel des Pferds hinabhängen. Das Ganze kombiniert man mit einem Gestank, der einen Würgereflex auslöst. Mikito bildet instinktiv ihre Geisterrüstung, die sie schützt, während meine Augen tränen.

Sobald ich meinen Helm aktiviert habe, um meine Sternhöhlen zu schützen, sehe ich mir die Details über die Kreatur an.

Nuckelavee (Level 87)

HP: 2140/2140

MP: 390/390

Zustand: Geruch des Leidens, Aura der Verwesung, Körper des Grabs

Aura der Verwesung

In Anwesenheit eines Individuums mit der Aura der Verwesung geben alle nach. Dem Tod folgt die Verwesung. Der Verwesung folgt der Frieden. Ruhe sanft, Sterblicher, da dein Niedergang unvermeidlich ist.

Wirkung: -20 % für alle Widerstände. Negative Widerstände führen zu Schaden im Laufe der Zeit.

Hondo zögert nicht, da er diese Kreatur offensichtlich erwartet hat. Er rast vorwärts auf den Nuckelavee zu, und die von ihm verwendete Stangenwaffe erscheint in seiner Hand. Mikito folgt ihm, und die beiden hacken und schneiden das Monster in Stücke. Ich halte mich zurück und blicke mein Schwert und dann die langen Waffen der beiden an. Irgendwie bin ich hier fehl am Platz. Aber ...

„Ich erledige dann das Nächste", sage ich, vor allem zu mir selbst.

Ich katalogisiere Hondos Skills und beobachte, zu was er fähig ist. Wie Mikito hat er einen Skill, der die Klinge seiner Waffe erweitert und sie größer und schärfer macht. Es gibt eindeutig einen Durchdringungs-Skill oder zwei in seinem Repertoire, was erklärt, wie er bei unserem letzten Aufeinandertreffen meinen Schild und Sabres Panzerung zerfetzte. Ich sehe aber den Tempobeschleuniger nicht, den er letztes Mal verwendet hat. Dennoch ist es erschreckend, wie schnell der verdammte Truinnar von Natur aus ist. Aber ich sehe nichts von seinen fortgeschrittenen Fertigkeiten, keine garantiert tödlichen Angriffe der dritten oder vierten Stufe.

„Heb die Leiche auf“, sagt Hondo und blickt mich über die Schulter an. „Und halte dich nicht zurück. Du musst auch im Level aufsteigen.“

Ich knurre, schlendere vorwärts und schiebe die Leiche in meinen Veränderten Raum. Ob er recht hat oder nicht, es gefällt mir nicht besonders, dass der Waffenmeister mich herumkommandiert. Dennoch komme ich mit, bis wir die nächste Kurve im unterirdischen Korridor erreichen, die zu einer großen Höhle führt. Dort warten ein halbes Dutzend Monster auf uns.

Die nächsten Sekunden werden von hellen Lichtern erfüllt, als wir unsere Fernangriffe einsetzen. Klingenhiebe oder die klassenspezifischen Äquivalente zucken aus unseren Waffen. Die von Mikito und mir bewegen sich in Kurven aus Energie, während Hondo seine Stangenwaffe unter den Arm nimmt und einen konzentrierten Strahl direkt aus der Spitze seiner Waffe abfeuert.

Zwei der Nuckelavee stürzen, bevor sie uns erreichen. Dann erleben wir völlig neue Unannehmlichkeiten, da die überlappenden Auren der Monster aktiv zusammenwirken. Dabei signalisieren auch weitere Aasmonster ihre Anwesenheit. Kleine, kriechende Insektenwesen beißen in Fersen, schnappen nach Leichen und leuchten vor Macht.

„Bei allen tausend Teufeln“, fauche ich, springe mit Versetzungsschritten von der Gruppe weg und werfe dann Klingenhiebe.

Ich erscheine zu nahe an einem pilzförmigen Objekt, das explodiert und mich mit einer Art von Pollen besprüht, die sich in meinen Schild bohrt und diesen schwächt. Ich kreische, springe hoch und aktiviere meine neuen Schwebestiefel. Hoch über dem Kampf greife ich Monster an, steche wiederholt in die Rücken der Gruppe und halte mich von dem überlappenden Bereich der Verwesung fern.

Mikito und Hondo trennen sich so weit, dass sie genug Platz haben, um ihre Stangenwaffen effektiv einzusetzen. Mikitos Geisterrüstung bricht und verblasst, bevor sie vibriert und erneuert wird – ein ständiger Kampf gegen die Auren. Die Japanerin ignoriert das Gerede, ihre Naginata schlägt zu und hackt im Kampf Arme und Beine ab. Es überrascht nicht, dass die Aura der Verwesung kaum Auswirkungen auf Hitoshi hat.

Hondo duckt sich unter einem Schlag, erwischt den zweiten mit dem Griff seiner Stangenwaffe und dreht sich dann, um einem der Monster gegen die Brust zu treten. Er setzt eine unglaubliche Stärke ein. Während der Boden, auf dem Hondo steht, unzerstört bleibt, schleudert er Monster bis zur anderen Seite der Höhle, wo sie gegen die Wand klatschen. Der Mann hört nie damit auf, sich zu ducken und zu hacken, und er steckt Streifhiebe weg, während er den Monstern tödliche Wunden zufügt. Als seine Stangenwaffe bricht, stößt er den zersplitterten Stiel in ein Bein in der Nähe und zieht eine weitere heraus. Die Waffe leuchtet mit dem Glanz der Macht, der auch seine erste Waffe bedeckt hat.

Ich kneife die Augen etwas zusammen, als die Augen der Einsicht auf etwas hindeuten ...

„*Er hat einen Zielerfassungs-Skill*", rufe ich Ali telepathisch zu.

„*Vertreibung der Schwäche. Eine Fortgeschrittene Klassenfertigkeit der ersten Stufe für einen Waffenmeister. Stärker als der entsprechende Trainer-Skill. Ermöglicht es einem Waffenmeister, den Gefechtsfluss zu sehen, und wo sein Gegner Schwachstellen hat.*"

Meine Hände zucken und ich schleudere meine Messer vorwärts, wo sie sich in den Pferdeschädel eines Nuckelavee bohren. Das Wesen schlägt um sich und gräbt mit langen Fingern in seinen Schädel, um die Dolche herauszureißen. Während das Monster sich mit dieser Ablenkung beschäftigt, setze ich meine Unterhaltung fort.

„*Traditionelles Training.*"

„*Genau wie das Mädel hier.*"

Als mich Ali daran erinnert, muss ich zusammenzucken. Mikito wuchs unter einem strengen Erziehungsmodell auf, das betonte, auf eine Schwäche zu schlagen, bis die Person die Lücke in ihrer Abwehr schloss. Und da ich zahllose Stunden mit der Frau trainiert hatte, hatte sie auch auf mich eingehämmert. Noch ein Treffer mit meinem Klingen-Skill und ich schicke den angreifenden Nuckelavee zu seinen toten Kameraden. Mit einer Geste schleudere ich eine Gruppe von Mana-Pfeilen auf den gleichen Kurs wie die von Ali, um die letzte Sporenfalle zu eliminieren. Sobald der Raum leer ist, knie ich nieder und hebe die Leichen auf.

„Warum hast du die Frontlinie verlassen?", faucht Hondo.

„Gestapelte Auren. Außerdem habe ich zwischen euch beiden wenig Platz zum Kämpfen", sage ich. „Und auf diese Weise konnte ich etwas beitragen, ohne angegriffen zu werden.

„Feige."

„Effektiv", erwidere ich.

Hondo starrt mich an, aber ich zucke nur mit den Achseln und warte. Schließlich führt uns Hondo durch den Korridor, während Ali die letzten Leichen wegräumt. Ich muss lachen, aber ich nehme mir die Zeit, meinen guten Jumpsuit gegen eine billigere Version auszutauschen. Wenn er schon zerfetzt wird, will ich sicherstellen, dass es nicht zu kostspielig wird.

***

In den nächsten drei Stunden kämpfen wir uns in einem flotten Tempo durch den Dungeon. Schließlich finden wir unsere Kampfroutine und ich schließe mich den beiden an der Front an und teile Schaden aus. Da wir alle Nahkämpfer sind, passiert das nur in den größten Räumen, wo die beiden mit ihren Stangenwaffen und mir in einer Linie stehen können. Der gestapelte Schaden der Aura ist schlimm genug, so dass ich meine Schwebestiefel und alles wegstecke, was ich nicht brauche, um meine Blöße zu bedecken. Selbst mein seelengebundenes Schwert zerfällt im Laufe der Zeit, so dass ich es mehrmals neu beschwören muss.

Die anderen beiden werden damit auf ihre eigene Weise fertig. Mikitos Geisterrüstungs-Skill scheint einen Großteil der Effekte der Aura zu absorbieren, so dass ihre Kleidung intakt bleibt. Natürlich ist ihre Naginata, Hitoshi, etwas ganz Besonderes. Hondo hingegen wirft seine zerbrochene Waffe weg, wenn sie nicht mehr brauchbar ist und zieht eine ähnliche aus seinem Inventar. Zudem scheint seine Kleidung einen passiven Widerstand zu besitzen, der die Aura abwehrt.

Sobald wir den Tunnel nach unten finden, laufen wir hinein, um in schwierigere Gebiete vorzustoßen. Neben den Ungeziefermonstern, die Ali besonders hasst und den Sporenpilzen sind die Nuckelavee hier die Hauptgegner. Aber der Kampf gegen höherstufige Nuckelavee und Varianten der verdammten Sporen hat uns immer noch nicht ans Limit getrieben. Ich gebe es nicht gerne zu, aber ich langweile mich.

Bis wir in eine große, leere Höhle kommen, wo eine einzige Kristallsäule steht. Eine schmale Kante führt zur Säule und einigen Stalagmiten am Boden, aber hauptsächlich ist es nur eine große Höhle. Wir gehen vorsichtig in die Höhe, finden aber nichts Ungewöhnliches, bis wir die Kristallsäule selbst erreichen.

„Was ist denn das?“, sage ich und klopfe mit der bloßen Hand auf den Kristall. Das Zischen von Mikito und Hondo kommt etwas zu spät. Der Kristall vibriert und erzeugt ein lauter werdendes Geräusch, das den ganzen Raum füllt und uns bis in die Knochen schüttelt. Es ist nicht schmerzhaft, nur etwas unangenehm. „So was.“

„Was bist du? Ein Kind?", faucht Hondo. „Man darf in einem Dungeon nie seltsame Objekte berühren."

„Oh, hab dich nicht so. Schlimmstenfalls bestrahlt uns das Ding oder spritzt Säure. Damit werden wir schon fertig", sage ich mürrisch.

Mikito knurrt mich an, und die zierliche Japanerin dreht ihren Kopf erst zu den zahlreichen Ausgängen und dann zur erklingenden Säule hin.

„Hast du eine Idee, Speer?", fragt Hondo.

„Falle." Mikito deutet auf die Eingänge.

Ich öffne den Mund, um zu sagen, dass ich auf meiner Karte nichts sehe, schließe ihn dann aber, als Dutzende von Punkten erscheinen.

„Ach du Goblinscheiße", sagt Ali.

„Ja." Mikito bewegt ihre Hände und holt Sachen aus ihrem Inventar. Unterhandwürfe schleudern Netzgranaten in einige kleinere Eingänge und blockieren diese.

Hondo tut das auch auf seiner Seite des Kristalls. Ich ziehe mich zurück und sehe in meinem Inventar nach.

„Ali, nach oben, bitte", sage ich.

Also. Mal sehen. Netzgranaten und sich schnell bildende Schaumwände sind für die kleineren Eingänge ideal. Ich habe drei tragbare Schildgeneratoren, aber sie sind zu niedrigstufig, als dass sie den Nuckelavee mehr als ein paar Sekunden Ärger bereiten könnten. Es ist besser, sie aufzuheben.

Toll. Minen.

Ali rast hoch und fliegt zu den wenigen Eingängen über dem Bodenniveau, wo er Schaumbarrieren und Netzgranaten abwirft. Ich tue das auch und teile vor mir zudem einige tragbare Minen aus. Aber ich stelle die Minen so ein, dass sie nur auf Befehl detonieren.

Allerdings habe ich für all das nicht sehr viel Zeit. Als ich eine dürftige Abwehrlinie erstellt habe, stürzen sich die Nuckelavee bereits auf uns. Nun kanalisiere ich Schlammwall und konzentriere mich auf die zwei größten sichtbaren Eingänge. Diese wurden bisher nicht gesperrt. Als die Nuckelavee angreifen, aktiviere ich meinen Zauber und Erde baut sich vor den Eingängen auf und umhüllt die Pferdedämonen.

Gebrüll und unterdrückte Schreie erfüllen den Raum, aber ich habe zu viel damit zu tun, auf meine Seite zu achten. Ich forme die Wände und überschwemme so gut ich kann die Eingänge mit der beschworenen Materie. Dennoch hat sich die Vorhut der Nuckelavee aus den Netzgranaten und sonstigen Blockaden an den anderen Eingängen befreit.

Ich beende den Zauber und lasse die Schlammwälle zurück. Dann trete ich vorwärts, mit dem Schwert in einer Hand und den Wurfmessern in der anderen. Sekunden später haben die Monster mich erreicht und ich tanze, wobei Tausend Klingen und mein ursprüngliches Schwert gegen die Klauen der Nuckelavee schlagen. Scharfe Krallen graben sich in nackte Haut und zerreißen verfaulende Kleidung, während mein Körper versucht, der Fäulnis zu widerstehen. Die gestapelten Auren der Verwesung greifen von innen an, schädigen Organe, schwächen Knochen und lassen Adern platzen, wenn ich mich bewege. Blut tropft aus meiner Nase, blockiert meine Atemwege und hinterlässt einen salzigen Geschmack. Sie drängen mich immer weiter zurück.

„Genug!“, brüllt Hondo.

Der Befehl fegt durch den Raum und lässt die Nuckelavee einige Sekunden lang erstarren. Ich löse die Minen aus und merke, dass zwei Drittel von ihnen nicht mehr funktionieren, da die dämonische Aura ihre Mechanismen zerstört hat. Die kümmerlichen Explosionen bewirken wenig, außer die durch Hondos Skill gelähmten Monster aufzuwecken. Mikito nutzt diese Pause besser und bildet eine sechs Meter lange Klinge mit ihrer Waffe und schwingt die verlängerte Schneide über mehrere Köpfe. Blut spritzt und der Gestank nach Verwesung und Krankheit verstärkt sich.

„Was soll der Scheiß? Leuchtfeuer der Engel“, sage ich und hebe meine Hand zum Himmel.

Ich wiederhole den Angriff mehrmals, da seine Wirkung in diesen engen unterirdischen Räumen begrenzt ist. Aber der Schaden verbreitet sich über die Gruppe und die stark geschwächten Feinde kippen um. Als die hellen Strahlen und die goldenen Glyphen verschwinden, ist ein lautes Geräusch zu hören.

Eine Kreatur, eine verzerrte Masse aus gehäuteten Menschen und Tieren, kriecht aus dem größten Tunnel. Mehrere Köpfe ragen heraus, die meisten ohne Augen – nur klaffende Wunden, aus denen Eiter und Blut tropft. Aus einigen dieser Wunden kriechen fremdartige Insekten hervor, strömen über das Monster und bohren sich dann wieder in sein rotes, bizarres Fleisch.

„Bei allen Goblinärschen.“ Ali fliegt hinunter und hält neben mir an, während er einen Blitz schleudert. „Boss.“

Mutter-Nuckelavee (Zonen-Boss Level 113)

HP: 11830/11830

MP: 3218/3218

Zustand: Schwanger, Aura der Größeren Verwesung, Krankheitsvektoren

„Arsenal des Volkes“, sagt Hondo und hebt seine Hand. Goldene und silberne Ritualkreise mit seltsamen Glyphen erscheinen, und Hunderte davon rotieren über dem Truinnar. Aus jedem Kreis erscheint eine Waffe. Manchmal sind es Schwerter, Äxte oder Stangenwaffen. Aber es gibt auch modernere Waffen, darunter Raketen, Granatwerfer, Strahler, Pistolen und mehr. Mit einer Handbewegung lässt er die volle, donnernde Gewalt der Waffen auf den Zonen-Boss los.

Die plötzlich komprimierte Luft aus Hunderten von feuernden Waffen lässt mich zurückstolpern und belastet meine bereits geschwächten Trommelfelle. Sie platzen und eine wunderbare Stille umgibt mich, während die vom Rande des Angriffs erwischten Nuckelavee zerfetzt werden. Schwerter prallen an ihnen ab, Pfeile bohren sich hinein und Raketen explodieren, während Hondo seinen Angriff auf sie schleudert. Die Feinde direkt an der Explosionskante werden nicht nur zerfetzt, sondern in einen blutigen Nebel verwandelt.

Aber aus der Wolke voller Blut und Dreck stolpert die Nuckelavee-Mutter hervor. Die Kreatur hat fast zwei Drittel ihrer Hitpoints verloren, ist aber noch am Leben. Sie gestikuliert mit mehreren Händen, und ihre Finger folgen geheimnisvollen Mustern. Die Luft wirbelt ihr entgegen und saugt dabei schwebende Teile ihres eigenen Körpers und andere Nuckelavee heran. Als diese die Mutter erreichen, verbessert sich die Gesundheit der Kreatur etwas.

„Erlöser!“, faucht Hondo.

Ich brumme ihn an und strecke mein Schwert vorwärts. Aber Mikito reagiert zuerst, und ihre mit Hast beschleunigte Gestalt verschwimmt, als sie mit ausgestreckter Stangenwaffe durch die Menge rast.

„Gut. Dann liefere ich wohl Rückendeckung. Fastball, Ali“, sage ich und lade den Zauber Verbesserter Blitzschlag auf.

Ich muss grinsen, als der Geist mit seinem leuchtenden Körper nahe bei mir schwebt. Während ich die Verbindung zwischen dem Geist und mir selbst bilde, schleudere ich den Zauber und verwandle rohes Mana in elektrisches Potenzial. Der Strahl trifft Ali, der die kanalisierte Energie nimmt und die Blitze auf die verbleibenden Nuckelavee und vor allem auf die großen, schwebenden Fleischmassen richtet, welche die Mutter in ihren Körper zurückzieht.

Während ich mich mit dem Kleinzeug beschäftige, tanzt Mikito durch die Blitze, und ihre Klinge hinterlässt Spuren aus Blut und Licht, wenn sie die Mutter trifft. Manchmal sieht es aus, als ob Mikito wirklich Blitzen ausweichen würde, so schnell und flüssig sind ihre Bewegungen. Es ist ein Ballett des Todes, das damit endet, dass die Samurai-Kriegerin ihre Stangenwaffe tief in die Brust der Mutter rammt. Dann vergrößert sich die Waffe in der Kreatur und stößt aus deren Rücken hinaus.

Die Mutter kreischt und hämmert auf den Boden, um eine weitere Welle der Erschöpfung und der Schwindelgefühle durch uns zu schicken, während sie stirbt. Ich keuche, spucke Blut aus und sehe mir Mikitos Gesundheitsanzeige an. Von uns allen hat sie den niedrigsten Wert. Mit einer Handbewegung wirke ich Größere Heilung auf sie. Ihre Gesundheit steigt leicht an, bevor sie sich stabilisiert, da die verbleibenden Effekte der Aura noch mit Mikitos natürlicher Regeneration konkurrieren.

„Das hat ja echt Spaß gemacht", sage ich.

Mikito lässt ihre Klinge schrumpfen und streift die Leiche von ihrer Stangenwaffe ab. Dann wirbelt sie ihre Waffe herum, um Bluttropfen und verwestes Fleisch abzuschütteln. Ali wirft einen Manapfeil, um ein herumrollendes Monster zu erledigen, das alle Gliedmaßen verloren hat. Dann sieht er sich die über uns herumflitzenden Fledermauskreaturen an. Aber die Kreaturen kommen nicht herunter und fliehen stattdessen aus dem Raum.

Hondo starrt mich wütend an und stapft von der Falle der Kristallsäule weg, um alle Eingänge zu überprüfen. Ich seufze und lehne mich gegen die jetzt deaktivierte Säule, wobei ich Ali telepathisch bitte, sich um die Leichen zu kümmern. Während er das tut, sehe ich mir die Benachrichtigung an, die ich erhalten habe.

Levelaufstieg!

Du hast Level 26 als Erethra-Paladin erreicht. Wertepunkte werden automatisch verteilt. Du kannst 14 Gratis-Attributspunkte und 1 Klassen-Fertigkeit verteilen.

Ich spüre den Dopaminschub, den ich mit jedem neuen Level erhalte und lächle. Eine gute Erinnerung daran, dass ich eine Klassen-Fertigkeit zuweisen muss. Außerdem noch die Attributspunkte. Ehrlich gesagt will ich mit der Klassen-Fertigkeit warten, bis ich die dritte Stufe erreicht habe. Oder bis ich mich zumindest für eine gründlichere Konfiguration entschieden habe. Das Lesen in der Questorenbibliothek sollte mir dabei etwas helfen.

Aber nun erwarte ich, gegen drei Feinde der Meisterklasse zu kämpfen, was bedeutet, ich brauche jeden Vorteil, den ich kriegen kann. Eigentlich würde ich meinen Portal-Skill der Fortgeschrittenen Klasse gerne verbessern. Oder vielleicht den Skill Einzelkämpfer-Armee. Das ist ein brutaler Angriff, der Gegner garantiert erledigt. Aber es wäre eine Verschwendung, meine Paladin-Klassen-Fertigkeit dafür einzusetzen. Besser, ich konzentriere mich auf meine Paladin-Skills.

Deshalb sehe ich mir meinen Fähigkeitenbaum an. Der dritte Zweig enthält die Skills, die mit Richtsprüchen zu tun haben, und deren Upgrade wäre sinnlos. Na ja, vielleicht Augen der Einsicht. Ein Upgrade dort würde mir eine Chance geben, die Tarnfähigkeiten meiner Feinde zu durchbrechen. Aber ich glaube, das wäre eher unwahrscheinlich.

Meine Aura und die Fähigkeit Auge des Sturms sind ausgezeichnet, aber sie sind eher für große Gefechte gedacht. Paladine sollten eigentlich mitten auf dem Schlachtfeld stehen und ihre Seite anfeuern. Vorhut der Apokalypse könnte aber nützlich sein – der zusätzliche Schaden und die Verbesserung der physischen Werte könnten bald einen enormen Unterschied darstellen. Aufgrund der Manakosten verwende ich ihn selten, aber im Zweikampf mit dem Titan wäre der Skill vielleicht sinnvoll.

Durchdringung ist verdammt nützlich, aber ich habe bereits zahlreiche Punkte in diese Fertigkeit investiert. Weitere Punkte würden den bereits brauchbaren Zauber nur gering verbessern. Andererseits ist Leuchtfeuer der Engel mein standardmäßiger Flächen-Skill. Eigentlich mein einziger Flächen-Skill. Im Gegensatz zu Zaubersprüchen erfolgt die Aktivierung fast augenblicklich. Selbst wenn es eine geringe Verzögerung gibt, ist das besser, als herumzustehen und zu versuchen, einen Zauber zu wirken. Mit einem weiteren Level könnte der Skill stark genug werden, um ernsthaften Schaden zuzufügen.

Augen der Einsicht oder Leuchtfeuer der Engel. Beide haben ihre Stärken. Augen der Einsicht sind vielleicht langfristig in mehr Situationen nützlich, aber Leuchtfeuer der Engel scheint ein brauchbarer Skill zu sein, um meinen Schwachpunkt zu verbessern – Flächenschaden. Ich investierte daher den Punkt für diesen Skill und sehe mir die neuen Informationen an.

Leuchtfeuer der Engel (Level 2)

Der Benutzer zieht einen Atmosphärenangriff aus dem Himmel und fügt über einen großen Bereich hinweg allen Feinden im Leuchtfeuer Schaden zu. Es dauert eine Weile, bis sich der Angriff formt, aber nach der Aktivierung muss man sich nicht mehr darauf konzentrieren.

Wirkung: 1000 Manaschaden bei allen Feinden, Strukturen und Fahrzeugen innerhalb der 25-Meter-Angriffssäule

Manakosten: 500 Mana

Das ist eine beeindruckende Erhöhung des Schadens.

Danach ist das Zuweisen von Attributen ganz einfach. Ich verteile sie gleichmäßig unter meinen üblichen Kampfattributen. Nachdem ich auch das erledigt habe, rufe ich den neuen Statusmonitor auf und betrachte die Details.

Statusmonitor			
Name	John Lee	Klasse	Erethra-Paladin
Volk	Mensch (M)	Level	26
Titel			
Monsterschreck, Erlöser der Toten, Duellant. Entdecker, Lehrlings-Questor			
Gesundheit	3650	Ausdauer	3650
Mana	3440	Mana-Regeneration	287 (+5) / Minute
Attribute			
Stärke	249	Beweglichkeit	329
Konstitution	365	Wahrnehmung	186
Intelligenz	344	Willenskraft	372
Charisma	124	Glück	74
Klassen-Fertigkeiten			
Mana-Erfüllung	3*	Klingenhieb*	3
Tausend Schritte	1	Veränderter Raum	2
Zwei sind Eins	1	Entschlossenheit des Körpers	3
Größere Entdeckung	1	Tausend Klingen*	3
Seelenschild	2	Versetzungsschritt	2
Portal*	5	Einzelkämpfer-Armee	2

Sanktum	2	Sofort-Inventar*	1
Spalten*	2	Raserei*	1
Elementarhieb*	1 (Eis)	Geschrumpfte Fußspuren*	1
Tech-Verbindung*	2	Durchdringung	3
Aura der Ritterlichkeit	1	Augen der Einsicht	1
Analysieren*	2	Abhärten*	2
Quanten-Sperre*	3	Elastische Haut*	3
Leuchtfeuer der Engel	2	Auge des Sturms	1
Vorhut der Apokalypse	2	Netz der Gesellschaft	1
Kampfzauber			
Verbesserter schwacher Heilzauber (IV)		Größere Regeneration (II)	
Größere Heilung (II)		Manatropfen (II)	
Verbesserte Manarakete (IV)		Verbesserter Blitzschlag (III)	
Feuersturm		Polarzone	
Frostklinge		Verbesserter Infernostrahl (II)	
Elementarwälle (Feuer, Eis, Erde, etc.)		Frostschlag	
Froststurm		Verbesserte Unsichtbarkeit	
Verbesserter Manakäfig		Verbesserter Flug	
Hast			

Als ich meinen Statusmonitor durchgehe, fallen mir meine Fähigkeiten Aura und Auge des Sturms auf. Ich verwende sie nicht oft – vor allem, da bisher meine Feinde entweder zu stark oder zu schwach waren, als es sich gelohnt hätte. Aber vielleicht wäre es an der Zeit, sie als Stärkungen für meine Freunde zu betrachten. Auch wenn die beiden sie nicht unbedingt benötigen. Aber wenn ich an Hondos Erfahrung denke, wie er diese

Anfänger – und auch uns – angeführt hat, sollte ich mir überlegen, wie sich meine Kampfweise verändert, wenn ich in einem Team bin. Vor allem mit meinen neuen Skills.

Mikito stützt sich neben dem Zonen-Boss auf ihre Stangenwaffe. Ich blicke sie an und bemerke, dass sie leicht lächelt. Ich erwidere das Lächeln und genieße das gemeinsame Erfolgsgefühl durch den Levelaufstieg. Ein Zonen-Boss ist erledigt. Nächstes Mal müssen wir tiefer hinab.

Kapitel 16

Trotz unserer Sorgen und unserer Vorsicht verlaufen die nächsten Wochen recht ruhig. Natürlich setzen die Konzerne und Sekten unsere Rekruten unter Druck, kaufen ihre Schulden auf und verprügeln sie gelegentlich. Aber einige gutplatzierte Quests und die Verlegung vieler unserer Rekruten in Zwischenlager haben die Anzahl der Angriffe reduziert. Die Menge unserer Rekruten steigt, so dass wir die in der anfänglichen Quest geforderten Zahlen leicht erreichen werden, sobald sie auf der Erde ankommen.

Es gibt einige stressigere Tage, als die Raumschiffe ankommen und alle eingeladen werden. Eigentlich sollten wir nicht so gestresst sein, da das Risiko eines Angriffs auf die Station oder den Weltraumaufzug selbst gering ist. Irvinas System-Kommandeur ist als einer der sehr aktiven heroischen Kämpfer des Planeten berüchtigt. Das Auge des Himmels. Der Beobachter der Beobachter. Sein Allsehendes Auge der heroischen Klasse zeigt ihm alles, was auf seiner Station passiert, und wenn er sich darum bemüht, sogar das gesamte Sonnensystem. Wenn man noch seine Fähigkeit hinzufügt, sich nach Belieben an jede Stelle in seiner Domäne zu teleportieren – wobei er aktive Dimensionssperren umgeht – wagt es niemand, an den von ihm überwachten Stationen Ärger zu machen. Es wäre viel, viel besser zu warten, bis alle auf den Schiffen sind.

Sorgen machen wir uns trotzdem. Deshalb transportieren wir die Leute vorsichtig zum Aufzug, begutachten alle und überprüfen die Ladung der Schiffe dreifach auf Abhörgeräte und eingeschmuggelte Bomben.

Am Ende verlassen die Schiffe das Sonnensystem ohne Zwischenfall. Danach folgt eine mehrwöchige Reise, während der die Schiffe mit Zufallssprüngen zur Erde gelangen. Ohne eine verzeichnete oder geplante Route ist es unmöglich die Routeninformationen im Voraus zu kaufen. Dadurch gibt es noch einige Optionen für einen Angriff – am ehesten durch

Vorhersage- und Hellseher-Skills – aber es erschwert das alles. Und mehr können wir schlußendlich nicht hoffen.

Anschließend starten wir die ganze Routine erneut. Wir trainieren uns selbst und die neuen Rekruten. Wir bringen sie an gesponserte und bewachte Orte. Bieten ihnen, falls nötig, Kredite an. Wir warten ab. Wir wissen nur, dass immer noch ein Kopfgeld auf mich und Katherine ausgesetzt ist. Aber wann und wie die Feinde zuschlagen werden, bleibt ungewiss. Schon der Kauf dieser umfangreichen Informationen im Shop war teuer. Deshalb warten wir ab.

Wochen vergehen. Eines Morgens starre ich die Grütze an, mit dem ich mich aus irgendeinem Grund beim Frühstück bestrafe. Ich weiß einfach nicht, warum ich dieses Zeug für eine gute Idee hielt. Porridge ist ja in Ordnung. Reis-Porridge ist sogar lecker. Perfekt für ein Frühstück, am besten zusammen mit frittierten Brotstangen. Aber die gibt es hier noch nicht. Über kurz oder lang werden sie erhältlich sein, da bin ich mir sicher. Aber Grütze? Zumindest die galaktische Version davon. Als ich sie sah, dachte ich, ich sollte sie probieren. Irgendwie.

Die Türen gleiten auf und ich sehe, wie Harry hereinschlendert. Der Reporter grinst mich erschöpft an, lässt sich in den Stuhl neben mich fallen und nimmt meine Breischüssel, worauf er wortlos mein Essen in seinen Mund schaufelt. Ich sehe dem Reporter verwirrt zu, als er alles schluckt, bevor er sich zurücklehnt und leise rülpst. Er hebt eine Hand und wischt seine dunkle Haut sauber.

„Schön, dich zu sehen“, sage ich.

„Danke.“

„Wie geht es dir? Was hast du gemacht?“, sage ich.

„Meine Arbeit eben. Ich habe gerade die Wölfe der Luft interviewt“, sagt Harry. „Faszinierende Gruppe.“

„Ach wirklich?“, sage ich betont locker.

„Oh, ja. Es hat Wochen gedauert, bis ich ihr Vertrauen gewonnen habe und das planen konnte. Ich muss die Episode noch schneiden und bearbeiten, aber es ist echt faszinierend“, sagt Harry. „Absolut faszinierend. Die Welt, in der diese Auftragsmörder leben, ist so anders. Weißt du, dass sie sehr aufpassen müssen? Sie können nicht zu viel Aufsehen erregen, da sonst die heroischen Klasen wütend werden. Aber sie können auch nicht zu viele Aufträge ablehnen, denn was wäre sonst der Sinn eines derartigen Teams? Und sie sind echt höflich. Sie haben sich ausführlich für den Angriff auf mich entschuldigt.“

Ich muss blinzeln und frage mich, worauf Harry hinaus will. Und die Wölfe. Ich wusste, dass er sie interviewen wollte, aber jetzt klingt er wie einer ihrer Fans.

„Oh, und sie sagen auch, dass sie sehr beeindruckt waren. Du hast schnell reagiert, als du in das Gebäude gerannt bist“, sagt Harry. „Aber sie werden Schritte unternehmen müssen, wenn du dich nicht ermorden lässt.“

„Eine Drohung. Wie ungewöhnlich“, murmle ich.

„Ich erfülle nur meinen Teil der Abmachung.“ Harry richtet sich auf und sieht mich ernst an. „Sie werden nicht aufgeben. Sie haben es nicht direkt erwähnt, aber ihr letzter Auftrag ging in die Hose. Sie haben sich zu sehr bemüht, und, na ja ...“, sagt Harry und zuckt mit den Schultern. „Sagen wir mal, sie müssen jetzt unbedingt einen Erfolg vorweisen.“

„Geht das nicht etwas zu weit?“, sage ich und klopfe auf den Tisch. Ich bin mir nicht sicher, wie er das mit seinem Status als Zivilist vereint, oder welchen Regeln er folgt, aber das klingt etwas zu direkt.

„Es ist etwas direkt“, gesteht Harry ein. „Aber mehr kann ich auch nicht helfen. Ich sage nur, dass du dir Teil 1 ansehen solltest, wenn ich mit dem Video fertig bin.“

„Nur Teil 1?“

„Na ja, Teil 2 hängt davon ab, was als Nächstes passiert. Was dich betrifft“, sagt Harry und steht vom Tisch auf.

Ich muss lachen, aber er hat ja recht. Ich bin mir sicher, dass etwas in seinem Bericht nützlich sein wird. Dennoch amüsiert es mich, wie eine Gruppe von Auftragsmördern nicht nur bereit dazu sondern sogar begeistert davon war, ein Interview zu geben. Diese ganzen Geheimaktionen werden sinnlos, wenn man zu viel darüber erzählt. Andererseits ist es für Auftragsmörder schwierig, eine neue Karriere einzuschlagen. Nicht ohne hohen Aufwand, den eigenen Ruf wiederherzustellen.

Ich sehe dem Reporter nach und seufze. Dann schließe ich meine Augen ein bisschen, da mich plötzlich eine Welle der Müdigkeit überflutet. Noch eine Drohung. Noch ein Kampf. Mehr Verluste. Mehr Tod. Mehr Blut. Und eigentlich wollte ich doch nur lesen. Nur eine Antwort finden ...

„John?“ Alis Stimme unterbricht mein zunehmendes Selbstmitleid. „Zeit zu gehen. Sonst kommst du zu spät.“

„Ja. Klar.“

Ich ignoriere die dunklen Gedanken, schiebe sie zur Seite und isoliere das Gefühl. Ganz leicht. So leicht nach so vielen Jahren. Selbst wenn dabei immer eine Spur, ein Fleck, zurückbleibt. Das ist nicht unbedingt gesund, aber manchmal muss man einfach weitergehen. Denn die andere Option wäre die Stasis. Und die Stasis ist nicht der Tod. Der Tod bedeutet Verwesung, Zerstörung, Auflösung. Nein, die Stasis ist schlimmer als der Tod. Sie ist das Ende von allem, was nützlich oder gut ist. Eine Pause ohne Hoffnung auf Wiedergeburt oder Erneuerung. Nicht ohne sie zu brechen, nicht ohne einen Impuls.

Eine Hand hebt sich.

Ein Portal öffnet sich.

Und der Tag beginnt.

***

Das Portal öffnet sich wieder in unserer Wohnung und Mikito geht zuerst hindurch. Ich folge ihr und nicke Hondo zum Abschied zu, nachdem Ali unsere Wohnung kurz überprüft hat. Da dort keine Feinde der Meisterklasse lauern, schließe ich das Portal, damit der Waffenmeister seinen Abend für sich hat.

Drei Schritte danach, als ich gerade etwas Essbares aus dem Kühlschrank holen will, erhalte ich eine Benachrichtigung. Ich muss überrascht blinzeln, als ich den Namen sehe und zögere etwas. Ein Videoanruf ist nicht ungewöhnlich, aber die Anruferin ... ich unterdrücke meine Zweifel und nehme das Gespräch an, wobei ich die rothaarige Schönheit am anderen Ende anlächle.

„Lana. Gutes Timing. Ich bin hier gerade aus einem Dungeon gekommen“, sage ich.

„Ich weiß. Ich habe es vorher versucht und keine Verbindung herstellen können“, meint Lana. „Du bist ziemlich beschäftigt.“

„Das stimmt. Ich muss eine Menge Anfänger im Level hochbringen. Rufst du aus einem bestimmten Grund an?“

„Das tut weh!“, sagt Lana und legt eine Hand auf die Brust. „Ich dachte, wir wollten Freunde bleiben ...“, sagt die Rothaarige und verzieht das Gesicht, während bei mir lange vergrabene Emotionen aufblitzen. Aber nur kurz, denn ich weiß, dass sie sich über mich lustig macht. „Ich muss mit dir über einige Dinge bezüglich der geschäftlichen Investitionen reden.“

„Schieß los.“ Ich weiß, dass ein Ferngespräch durch die Netzwerke des Systems sehr kostspielig ist. Sofortige Kommunikation sollte eigentlich möglich sein, aber das sollten auch zahllose andere Dinge. Allerdings ... das ist noch etwas, das ich in der Questoren-Bibliothek recherchieren sollte.

Lana beschreibt kurz die Probleme – meistens Dinge auf der Direktorenebene, bei denen ich brummend Entscheidungen bestätigen muss. Etwa dreißig Minuten später sind wir fertig.

„Siehst du. So schlimm war das nicht“, sagt Lana und schnippt mit den Fingern, um die Benachrichtigungen auszublenden. „Wie geht es dir sonst?“

„Nicht schlecht. Vor dieser idiotischen Quest ging es besser, aber ...“, seufze ich. „Aber nicht schlecht.“

„Nur, wenn man sagen kann, dass es nicht ‚schlecht‘ ist, wenn drei Kämpfer der Meisterklasse hinter einem her sind“, sagt Lana und rollt mit den Augen. „Wie geht es Mikito?“

„Gut. Willst du mit ihr reden?“, sage ich, da ich einen Ausweg erkenne.

„Nein. Wir unterhalten uns später. Also ...“, sagte Lana, die plötzlich verlegen wirkt. Seit unserer Trennung sind unsere Kontakte etwas angespannt. Es ist schwer, da ein Gleichgewicht zu finde, vor allem weil das professionelle Gespräch jetzt vorbei ist. „Roxley hat nach dir gefragt. Er hat erwähnt, dass er vor einigen Wochen mit dir gesprochen hat.“

„Ja. Wir haben uns im Shop getroffen. Ich hatte Beute zu verkaufen.“ Dann herrscht Schweigen und ich überlege, ob ich das Videogespräch beenden soll. Aber sie ist eine Freundin, die mir viel bedeutet hat. Immer noch. Und wenn ich mich nicht bemühe, werden wir vielleicht in Zukunft gar keine Beziehung mehr haben. „Wie geht es deinem jungen Mann?“

„Mein junger Mann?“ Lanas Augen funkeln, aber sie erwähnt keinen Namen. Sie kennt mich gut genug, um zu wissen, dass ich ihn sofort wieder vergessen würde. „Es geht ihm gut. Er ist sogar hierher gezogen. Ich habe ihm die Leitung unserer Neulandgewinnung übertragen.“

Auch wenn das sehr banal klingt, weiß ich, was hinter dieser prosaischen Bezeichnung steckt. Die zu gewinnenden Gebiete, wie die Infrastruktur und die umgebenden Bereiche zwischen unseren Siedlungen, sind oft von Monstern überlaufen. Dungeons haben wichtige Zonen in Beschlag genommen, wie die Staudämme im nördlichen British Columbia. Bei dieser Aufgabe geht es nicht nur um den Wiederaufbau von Infrastruktur, sondern auch ums Kämpfen.

„Gut für ihn. Und dich." Offensichtlich läuft alles glatt. Dann wird es wieder peinlich. „Also. Geht es den anderen auch gut? Jason und Rachel? Ihrem Kind?"

„Ihren Kindern", erinnert mich Lana. Stimmt. Und es gibt noch ein Ungeborenes. „Alles in Ordnung. Amelia und ihre Frau haben jetzt ihr drittes Kind adoptiert. Diesmal ein Baby. Es wurde ausgesetzt und man hat es gefunden."

Ich lächle und höre dem Klatsch zu. Ich bin dankbar, etwas über die banalen und gefährlichen Leben unserer Freunde zu erfahren. Eine seltsame Vorstellung – fünf Jahre nach der Apokalypse beginnt die Welt, sich zu stabilisieren. Eine seltsame, gewalttätige und andere Welt. Aber eine stabilere.

***

Die Zeit vergeht. Zwei Tage später wache ich auf, als ich eine Nachricht von Ali erhalte. Er schwebt neben mir, hält eine Schüssel mit Popcorn in einer Hand und sieht sich etwas an. Statt meine Frage zu beantworten, vergrößert er die Nachricht, bis sie mein Blickfeld ausfüllt.

Harrys Bericht. Er ist endlich veröffentlicht worden.

Der erste Teil enthält Hintergrundinformationen. Harry baut die Spannung auf und diskutiert ungelöste Fälle und Attentate. Gelegentlich gibt es Begleitkommentare und die Wölfe erwähnen einige Details über den Fall. Das entwickelt die Geschichte und informiert, ohne alles zu enthüllen. Es ist eine hervorragende Regiearbeit, und ich bin total fasziniert.

Dann folgt der Abschnitt über die erfolgreichen und gescheiterten Angriffe. Immer wieder erläutern Stimmen Videos von Kämpfen. Manchmal zeigt es die Szene nach einer Ermordung. In anderen Fällen sehen wir klare Aufnahmen des Angriffs selbst, die aus Überwachungskameras und anderen Aufnahmegeräten in der Nähe stammen. In einigen überraschenden Passagen stammt das Video direkt von den Wölfen, oft aus der Perspektive des Mechs. Oder durch das Zielfernrohr des Scharfschützen. Die Wölfe sprechen in einem neutralen Ton von den Angriffen, erwähnen geschäftliche Faktoren sowie ihre Erfolge und gelegentlichen Misserfolge. Ich absorbiere die Details und esse Schokolade, während ich zuschaue.

Ein Fortgeschrittenes Abenteurer-Team, dessen Mitglieder sich nach einem Streit über Beute von seiner Gilde getrennt haben. Sie wurden verfolgt, als sie zu einer besonders schwierigen Dungeonwelt reisten, wurden nach dem Verlassen eines sehr anspruchsvollen Schlupfwinkels angegriffen, und dann verschwanden die Leichen spurlos – bis jetzt. Ihr Verschwinden hatte keine Aufmerksamkeit erregt.

Auf Irvina, ein Wohngebäude im zweiten Ring bei Nacht. Hier wohnt der Vizepräsident von Jimee Artifacts. Die Sicherheitssysteme werden vom Maschinen-Lord umgangen. Der Raum wird von der Raum-Herrscherin gesperrt. Der Titanenabkömmling und ein anderer gehen hinein, und sie töten alle im Gebäude, so dass die Wände mit Blut bespritzt sind und der Boden mit Eingeweiden bedeckt ist. Lange bevor die Skills nachlassen, bevor die Sicherheitskräfte reagieren können, sind die Wölfe in ihrem

Kanonenboot verschwunden. Nur ein Sohn überlebt – der älteste, der einen Schulausflug zu einem Vergnügungsplaneten unternommen hat Dann folgt anderswo ein Interview mit einem Sicherheitsberater, der über die kommenden Sicherheitsupgrades im zweiten und dritten Ring spricht.

Die Weez-Gilde, eine florierende Handwerkergilde. Aufgebaut wie eine Genossenschaft, mit extrem geringen Betriebskosten. Befindet sich im siebten Ring. Diesmal ist keine Raumsperre erforderlich, um das Hauptquartier der Gilde zu versiegeln. Stattdessen wird das niedrige Gebäude von einem Feuersturm, einem räumlichen Gefängnis und Dimensionssplittern getroffen. Die Zerstörung ist total, und am darauffolgenden Tag löst sich die Gilde auf.

Erfolge. Mehr Erfolge als Misserfolge. Und dann, ihre letzte Mission vor meiner.

Ein Angriff auf Kalidia, die heroische Wendigo der Bestienebenen. Zu Beginn läuft der Angriff gut. Die Raumsperren blockieren andere, die Ärger machen könnten. Eine Dimensionssperre hindert Kalidia an der Flucht. Eine Plasmakanone feuert auf die heroische Wendigo und eliminiert einen Viertel ihrer Gesundheit. Ihre Gesundheit regeneriert sich sofort sichtlich, aber der Titanenabkömmling und zwei weitere Wölfe erscheinen und unterdrücken ihre Regeneration, während der Magier sie beschießt. Magische Fesseln, Netzgranaten und Abgrundketten sollen Kalidia verlangsamen. Es funktioniert. Bis es nicht mehr funktioniert.

Dann kommt es zu einem Kurzschluss und das Video wird unscharf. Nun zoomt die Ansicht weg und lässt einen Teil der Unschärfe verschwinden. Im Video strömen Dinge aus dem Boden und vom Himmel und brechen den Raum selbst. Tintenschwarze, zweidimensionale Gestalten kriechen, springen in die Luft und ziehen die Wölfe hinab. Der Feuermagier fällt zuerst, und sein Nacktschnecken ähnlicher Körper wird von einer der

Kreaturen zerrissen, die durch seinen Mund in seinen Körper kriecht. Die Wendigo zieht einen weiteren Kämpfer näher und beißt ein Loch in seinen Brustkorb, um ihn zu verschlingen. Die Wölfe weichen zurück und formieren sich um die Raum-Magierin herum. Sie deaktiviert ihre Raumsperre und bildet sie dann erneut, um eine schützende Barriere zu erzeugen. Lange genug, damit sie verschwinden können, wobei sie aber noch ein weiteres Mitglied ihrer Gruppe zurücklassen.

Dadurch sind nur noch die drei Kämpfer der Meisterklasse übrig. Ein totales Versagen.

Nun wechselt der Dokumentarfilm zu einer breiteren Perspektive. Es geht um die Auswirkungen solcher Teams in der Galaxis. Man sieht Interviews mit früheren Opfern und Individuen, die den Gefahren der galaktischen Gesellschaft und derartiger Gruppen entflohen sind. Ich absorbiere die Informationen und denke über das Video nach.

***

Tage später öffnet sich das Portal wieder in unserer Wohnung und Mikito kommt zuerst hindurch. Ich folge, und dann überraschenderweise Hondo. Es ist ungewöhnlich, dass der Mann uns nach einer Dungeonmission folgt. Ich neige den Kopf und lasse das Portal verschwinden, als ein Signalton von Katherine ankommt. Auf ihre Bitte hin öffne ich ein neues Portal, durch das ihre Leibwächter strömen, bevor dann die Botschafterin selbst erscheint.

Ich merke sofort, dass etwas nicht stimmt. Katherine wirkt abgehärmt, und ihr normalerweise perfekt frisiertes Haar ist durcheinander, so dass einzelne Locken aus der hochgesteckten Frisur entkommen. Sie wirkt missmutig, und ihre Augen sind rot unterlaufen und traurig.

„Bier. Jetzt."

Ali fliegt zum Kühlschrank und schnappt sich Kästen mit Apocalypse Ale, während Katherine sich setzt.

„Was ist los?", frage ich leise.

„Sie haben die Erde angegriffen."

Mein Brustkorb zieht sich zusammen und drückt die Luft aus meinen Lungen, während Mikito keucht. Ich bin zu schockiert für Worte und warte, bis Katherine mehr erklärt.

„Ein halbes Dutzend Großstädte. Zehn Städte. Und wir wissen noch nicht wie viele Dörfer. Alle angegriffen. Zivilisten. Abenteurer. Mitglieder der Kampfklassen. Alle waren Ziele. Sie hatten es auch auf unsere Leute abgesehen, mit zahlreichen Attentatsversuchen."

„Lana? Roxley?", frage ich. „Die anderen?"

„Roxley geht es gut. Sie haben weder ihn noch die Gebiete der Herzogin angegriffen", sagt Katherine. „Lana wurde verletzt, aber sie hat es überstanden. Shadow hat sie gerettet, während Roland und Howard ihre Angreifer erledigten. Rachel ...", sagt Katherine und hustet, wobei ihr Gesicht erstarrt. „Sie haben ihr schwere Verletzungen zugefügt. Und dem Kind. Sie hatte eine Fehlgeburt."

Ich erstarre, da der Schmerz über diesen Verlust meiner Freunde mich überwältigt. Das geht tief und öffnet alte Wunden. So viele Verluste. Und ich erkenne, dass es diesmal meine Schuld ist. Wenn ich nicht darauf gedrängt hätte, wenn ich die Aufgabe nur erfüllt hätte, ohne alberne Extras. Wenn ich die galaktische Gesellschaft und ihre dummen Ideen nicht provoziert hätte. Wenn ich doch nur aufgehört hätte, als sie mich dazu aufgefordert haben.

„Wer noch?", frage ich leise.

„Aiden kämpft um sein Leben. Er wurde von einem Parasiten getroffen, der versucht, seinen Körper zu übernehmen. Soweit wir gehört haben, befindet er sich immer noch im Koma. Der Parasit kann nicht so leicht entfernt werden. Man wollte ihn in den Shop bringen, aber es gab Komplikationen“, flüstert Katherine. „Sie haben Rae getötet. Rob ist fast gestorben. Die Hälfte seiner Leibwachen wurde eliminiert. Wenn die Champions sich nicht herbeiteleportiert hätten ...“, sagt Katherine, zittert und schüttelt den Kopf.

„Tut mir leid“, sage ich und kneife die Augen zusammen. Verdammt. Ich wusste, dass unsere Sicherheitsmaßnahmen unzureichend waren. Vor allem im Vergleich zu älteren, besser geschützten Staaten. Ich wusste, dass wir Zeit brauchen würden, um sie auszubauen. Aber ich hatte nicht erwartet, dass sie uns auf der Erde angreifen würden. Hier schon. Aber auf der Erde ... „Hat Rob es sich anders überlegt?“

„Ich weiß nicht“, antwortet Katherine und verschränkt die Arme. „Er kümmert sich um die Erde und die Repräsentanten. Und die Angriffe.“

Mikito nimmt sich ein Bier und öffnet es. Sie schiebt Katherine die Flasche zu und macht dann eine für sich selbst auf. Ali starrt die Flaschen an und öffnete dann eine für sich und eine für mich. Ich sehe, wie er die Flasche zu mir schweben lässt, schnappe sie aus der Luft und leere sie in einem Zug. Als ich die zwei Kästen auf dem Tisch sehe, verziehe ich leicht die Lippen. Ich blicke Ali an, der mir zunickt, in die Luft starrt und mehr Bier bestellt. Wir werden verdammt viel mehr Alkohol benötigen.

Das hier. Das könnte alles ändern. Aber ich bin zu müde, zu verletzt, um darüber nachzudenken. Daher sitze ich, und heute Abend zumindest trinke ich mit meinen Freunden zur Erinnerung an das, was wir verloren haben. Um uns herum sehen Hondo und die Leibwächter uns zu.

***

Die Nacht wird zum Tag. Katherine verlässt die Wohnung im Laufe des Tages nicht. Sie bleibt, weil ihr das Sicherheit, Trost und Behaglichkeit bietet. Wir erhalten stückweise Informationen, anfangs über die galaktischen Nachrichtenagenturen und später von Harry.

Der Angriff war schockierend und schmerzhaft, aber glücklicherweise dauerte er nur einen Tag. Es gibt keine weiteren Angriffe, keine zusätzlichen Verluste. Katherine glaubt, sie wollen uns dazu bringen, unsere Ansichten nochmals zu überdenken, und dass diejenigen, die beim Angriff jemanden verloren haben, Druck auf Rob und Katherine ausüben, endlich aufzuhören. Die Gesandte Oria meldet sich, spricht kurz mit Katherine und geht dann, nachdem sie Hilfe und Schutz versprochen hat. Zu einem Preis.

Als die Nachricht sich wie ein Lauffeuer durch die Stadt verbreitet, heizt sich die politische Lage auf. Schließlich öffne ich Katherine ein Portal zu ihrem Büro, wo ihr Personal bereits hektisch arbeitet. Gestresste Assistenten leiten Videoanrufe hin und her und bemühen sich, die Anrufer zu beruhigen. Die Anrufe unterscheiden sich in Ton und Nachricht. Peter beobachtet den ganzen Tanz und merkt sich jede Botschaft.

Manche davon sind übliche Beileidsbezeugungen. Diese kommen in die freundliche Kategorie.

Andere sind Beileidsbekundungen mit Drohungen. Peter leitet sie an einige robuste, kalte Mitarbeiter weiter, die sie mit simpler Effizienz behandeln.

Hilfeangebote (zu einem Preis) kommen wieder in eine andere Gruppe, und die gestressten Assistenten machen sich kurze Notizen und legen sie in der wachsenden Kategorie potenzieller Ressourcen ab, auf die wir zugreifen können.

Die Aufregung steigt, und ich beobachte schweigend in meiner Ecke, wie die Botschafterin von Fragen überschwemmt wird und sich dabei bemüht, sie zu beantworten. Sie kümmert sich zuerst um die wenigen Gruppen, die kostenlos helfen wollen, und danach um jene, die etwas dafür verlangen. Denn wir brauchen sie.

Ich sehe schweigend zu, und mein Schmerz und mein Verlust verwandeln sich langsam in Wut.

Wut auf mich, weil ich meine Freunde und andere in eine Lage gebracht habe, in der sie angreifbar wurden. Das ist ihnen und mir selbst gegenüber unfair. Aber Gefühle sind auch nicht fair.

Und mein Zorn ist nicht nur nach innen gerichtet. Er wendet sich bald gegen die Unternehmen und Sekten, die es für nötig gehalten haben, so weit zu gehen. Gegen unsere Verbündeten, die untätig dabeistanden, während wir Schläge einsteckten und sie profitierten. Und gegen die Geier, die zahllosen Geier, die nur ein Stück der Beute wollen.

Die Wut wickelt mich in eine wohlige Decke ein, erlaubt es mir, in ihrer tröstenden Hitze zu schmoren, statt die Trauer zu fühlen, die mich überwältigen könnte. Aber Wut ohne Taten ist die sinnlose Prahlerei eines gefallenen Affengottes. Schließlich schiebe ich mich von der Wand weg und drehe mich um, weil ich gehen will.

Katherine bemerkt es nicht, im Gegensatz zu Hondo, der aufgepasst hat. Er folgt mir aus dem Raum und durch das Portal nach Hause. Mikito sitzt auf einer Couch in unserem Wohnzimmer. Sie hat die Beine überschlagen und trägt ihre volle Kampfpanzerung. Sie blickt auf, als ich hereinkomme. Ihre Augen sind matt, und so kalt und tödlich wie die Winde der Arktis.

„Gehen wir?“, fragt Mikito.

„Du hast es gewusst?“ Gewusst, was ich tun würde. Sah meine Reaktion voraus.

„Selbstverständlich.“

„Was genau hast du vor?“, fragt Hondo.

„Ich nehme die Herausforderung der Wölfe an. Und danach werde ich die für sie gezahlten Kopfgelder dafür verwenden, um herauszufinden, wer genau die Angriffe angeordnet hat. Dann werden wir sehen, wie es ihnen gefällt, wenn ihnen Attentäter auflauern“, raunze ich.

„Diese Idee ist idiotisch.“

„Du musst nicht mitkommen“, sage ich zu Hondo und blicke dann Mikito an. „Vorschläge?“

Statt mir direkt zu antworten schickt Mikito eine Karte. Ein Ort weit außerhalb der Ringe von Irvina, irgendwo in der Wildnis. Ein Ort außerhalb der Gerichtsbarkeit jeder Autorität, die diesen Kampf aufhalten könnte. Oder es wollte. Rollende Hügel. Wälder.

Kurz gesagt, perfekt.

„Das passt.“

Mikito springt auf und schwingt ihre Naginata über ihre Schulter. Harry läuft aus dem Zimmer, gefolgt von drei schwebenden Kamera-Droiden. Ich hebe eine Augenbraue und er faltet in einer bittenden Geste seine Hände. Aber trotz seiner Aktion ist in seinen Augen kein Humor zu sehen.

„Ruf an.“

Harrys Gesicht zuckt zusammen, aber dann nickt er und starrt vor sich hin. Ali tut das ebenfalls und presst die Lippen zusammen, während er alles vorbereitet. Hondo brummt laut, widerspricht uns aber nicht. Vielleicht hat er das Abwarten auch satt.

Keine Voraussagen mehr. Keine Fragen. Es ist Zeit.

Ich öffne das Portal und wir gehen hindurch. Es ist an der Zeit, das zu beenden.

***

Rollende Hügel. Rechts von uns ein Wald. Ein See und der Fluss, der hineinströmt und links hinausfließt. Hinter und vor uns erstreckt sich eine sanfte, liebliche Landschaft. Die Stadt liegt vor uns in der Ferne – in großer Ferne.

Technisch gesehen ist es öffentliches Land. Land, das noch nicht vollständig beansprucht wurde, wo die Monster aber regelmäßig ausgedünnt werden. Es gibt hier nichts über Level 20. Und nichts nähert sich uns, da ich meine Aura ausgebreitet habe, deren Druck unsichtbare Flügel schlägt.

„Glaubst du, sie kommen?“, fragt Ali und dreht sich langsam.

„Ja“, meint Harry. „Vor allem, weil du keine Fallen ausgelegt hast.“

Ich zucke mit den Achseln. Ein neutrales Gefechtsfeld ist das Beste, was wir erhoffen können. Wenn wir warten, bis sie uns angreifen, werden sie einen Zeitpunkt und einen Ort finden, der für sie besser ist.

„Wir hätten die Behörden informieren können“, schlägt Harry vor.

„Dann würden sie nicht auftauchen“, sage ich kopfschüttelnd. „Nein. Lass das.“

„Beruhige dich“, sagt Mikito und nickt in Richtung Stadt. „Iss etwas. Was kommt, das kommt.“

„Que sera, sera?“ Harry schnaubt nur.

Hondo blickt uns ausdruckslos an und weigert sich, seine Verwirrung zu zeigen. Falls der Waffenmeister sich Sorgen macht, will er uns Normalsterblichen das nicht mitteilen.

„Ich wünschte aber, sie würden uns im Level aufsteigen lassen“, sagt Ali und blickt Mikito und Hondo an.

Beide sind so nahe dran, auf Level 49. Auf dieser Stufe verlangt ein einzelner Level viel, aber wir sind so verdammt nahe. Noch ein Grund dafür, jetzt handeln zu müssen. Ansonsten werden das unsere Feinde tun. Sie werden uns auf keinen Fall einen ungestörten Levelaufstieg gönnen.

„Keine unschuldigen Opfer mehr“, sage ich leise. „Das endet. Heute.“

Und danach gibt es nichts mehr zu sagen.

Kapitel 17

Die Zeit kriecht voran. Ich esse schon meinen vierten Schokoriegel, und selbst Hondo hat sich genug entspannt, um etwas Schokolade zu probieren, als Ali abrupt aufhört, sich im Kreis zu drehen. Der in Orange gekleidete Geist starrt eine neue Benachrichtigung an und hält seine unbeholfene, teils umgekehrte Position mit gespreizten Beinen, bevor er wild grinst.

„Ich hab‘ sie“, sagt Ali.

Ich schlucke den Rest der Schokolade und werde nervös. „Sie sind hier?“

„Die Raumsperre ist bereits aktiv. Ich habe gerade jede Verbindung mit der Außenwelt verloren“, bestätigt Ali. „Die Uttu ist wahrscheinlich zu einer guten Scharfschützenposition unterwegs oder bereits dort.“

„Titan“, sagt Mikito und zieht unsere Aufmerksamkeit auf das, was sich vor uns befindet.

Eine einzelne Gestalt schlendert vorwärts, und die metallischen Bänder, die als Schlagringe dienen, glänzen im Sonnenlicht. Ich drehe den Kopf herum und suche nach dem Maschinen-Lord, finde aber nichts. Es macht mich nervös, dass ich den Titan sehen kann, aber nichts auf meiner Minikarte erscheint. Aus seinem kleinen Bunker auf einem benachbarten Hügel winkt uns Harry zu, bevor er die Tür schließt und sich vor der kommenden Schlacht versteckt.

„Ziemlich tapfer, oder?“, sage ich.

„Er ist ein Schlägertyp“, sagt Hondo und verdreht seinen Nacken. „Meiner oder deiner.“

„Hey!“, protestiert Mikito.

„Du übernimmst die Rolle des Scharfschützen“, sage ich.

„Nicht ich?“, sagt Ali und tut, als ob er beleidigt wäre.

„Du springst ein, wenn du kannst, aber ich will dich in meiner Nähe haben. Wir müssen vielleicht unseren speziellen Fastball einsetzen, wenn der Maschinen-Lord einen Schwarm bildet.“

„Das ist nicht sein Stil“, widerspricht mir Hondo.

„Genau.“ Ich zucke mit den Achseln und lockere meine Schultern, bevor ich eine ruckartige Kopfbewegung zum Titanen hin mache. „Deiner.“

„Dann habe ich wohl die Raum-Herrscherin“, sagt Ali und verzieht das Gesicht.

Ich verstehe, weshalb er zögert. Es ist blanker Wahnsinn. Wir sind zahlenmäßig und von der Klasse her unterlegen, und ich bin mir sicher, dass unsere Feinde nur gekommen sind, weil sie von ihrem Sieg überzeugt sind. Die einzige Ungewissheit ist die, mit der es jeder Kämpfer im Gefecht zu tun hat – ein dummer Zufall, eine schlechte Entscheidung. Es gibt wenige garantierte Siege in einem Kampf, selbst in einer vom System angepassten Welt. Nur Chaos und Blut. Wir müssen die Dinge nehmen, wie sie sind.

Etwas erzeugt einen Signalton auf meiner Minikarte, als meine Größere Entdeckung neue Gestalten findet. Ich runzle die Stirn und frage mich, wieso sie erst jetzt erschienen sind. Als ich Ali das frage, erhalte ich schnell eine Antwort.

„Wer auch immer sie verborgen hat, hat es nun aufgegeben. Sieht aus, als ob sie etwas langsam waren. Oder es war mit einem Timer verbunden.

Ich brumme und sende eine Benachrichtigung an das Team. Vier weitere Gestalten, alle aus der Fortgeschrittenen Klasse. Zwei mit großen Manapools und Klassen, die nun durch Heiler, Heiler-Unterstützer, Waldläufer und Peitschenmeisterin ersetzt werden. Letztere Person ist eine üppige Dame mit flammenfarbigem Haar, die im für Abenteurer üblichen, einteiligen, gepanzerten Jumpsuit gekleidet ist. Mir bereitet es Sorgen, dass all die Neuankömmlinge in ihren hohen 30ern sind und zu den Fortgeschrittenen Klassen gehören. Allein wären sie kein großes Problem. Aber zusammen mit dem Rest der Wölfe könnten sie einen von uns blockieren.

„Uttu oder Neuankömmlinge?“, sagt Mikito mit eisigem Ton.

Ich schneide eine Grimasse und überlege mir unsere Optionen. Versetzungsschritt sollte mich, theoretisch, zuerst zur Uttu bringen. Aber das klappt nur, wenn sie keine Dimensionssperre aktivieren. Und aus meiner bisherigen Erfahrung weiß ich, dass sie es tun werden. Das bedeutet, wir müssen ihre Stellung manuell erreichen, sobald sie den ersten Schuss abgibt.

„Konzentriert euch zuerst auf die hier. Erst Heiler, dann Fernangreifer. Wir schinden Zeit", sagt Hondo und ballt seine Hand zur Faust.

Ich denke darüber nach und nicke dann. Wir müssen beim Kampf gegen die Uttu improvisieren.

Wir wirken unsere Stärkungszauber und geben einander alle Boni, die wir haben. Auge des Sturms ist bereits aktiv, so dass jeder eine etwas höhere Regenerationsrate besitzt. Dann wirke ich Seelenschild. Ich überlege, ob ich Abhärtung hinzufügen soll, aber das kostet zu viel. Ich wage es nicht, diesen Skill vor dem eigentlichen Beginn des Kampfs zu nutzen.

Inzwischen sind der Titan und seine Unterstützer noch einige hundert Meter weg. Entfernt, aber dank all unserer Attribute nahe genug.

„Ihr seid endlich gekommen." Überraschenderweise hat der Titan eine hohe, quietschende Stimme. Sein Akzent erinnert mich an eine blonde Cheerleaderin aus Kalifornien. Es passt überhaupt nicht zu so einem Muskelpaket. Allerdings umgibt langes, blondes Haar seine drei Augen. Jedes Auge hat eine andere Farbe. Lila, rot und grün, mit einer Andeutung von Gelb an den Rändern. Gutaussehend, wenn einem so etwas gefällt. „Habt ihr es satt, euch zu verstecken?"

„Wir haben uns gedacht, ihr würdet uns früher oder später zuhause angreifen. Sobald ihr herausfindet, wie ihr unsere neuen Verteidigungssysteme durchbrechen könnt." Ich spreche nicht lauter, aber dank erhöhter Wahrnehmung können wir einander deutlich hören.

Hurquji grinst. „Wir würden nie daran denken, die Gildenwohnungen von Tig anzugreifen.“

„Ach ja.“ Ich glaube ihm nicht, aber ich verstehe, warum er das sagt. „Wisst ihr, ihr könntet euch einfach zurückziehen. Die Erde wird das Programm vielleicht beenden, trotz meiner Entscheidung.“

„Der Vertrag ist noch nicht gekündigt worden.“

„Gut.“ Als ich das höre, schlägt mein Herz schneller und pumpt mehr Blut in meinen Körper. Ich lehne mich unwillkürlich auf den Fußballen vorwärts und neige mich etwas zur Seite, während ich mich vorbereite. Meine gezügelte Wut wallt nun auf und strömt durch meine Adern. Die bisherigen Verluste und der Schmerz über die Ungerechtigkeit der Welt umhüllen mich und der Hass panzert mich so wie mein Seelenschild.

Dimensionssperre!

Hinweis: Die Realität wurde in der unmittelbaren Umgebung stabilisiert. Du kannst keine andere Dimension betreten oder den Raum durchqueren, solange dieser Status wirksam ist.

Hinweis: Die Dimensionssperre kann durch einen Skill der Meisterklasse (4) durchbrochen werden.

Als ob das ein Signal wäre, startet die Schlacht. Ein extrem starker Strahlenangriff prallt gegen die abgestuften Abwehrschilde, die wir um uns herum aufgestellt haben. Er bricht den ersten, zweiten und dritten Schild, bevor er auf Mikitos Körper auftrifft. Mein Seelenschild absorbiert den Rest des Schadens, so dass die in Geisterrüstung gekleidete Samurai-Kriegerin unversehrt bleibt.

Mikito und Hondo starten, verschwimmen durch die Geschwindigkeit beim Rennen und lassen mich hinter sich. Ich habe Hast noch nicht aktiviert, da ich mein Mana noch aufsparen will. Hondo lässt Mikito hinter sich, als seine verdammte passive Tempofähigkeit voll aufdreht und er Hunderte von Metern in Sekunden zurücklegt. Stacheln aus Obsidian schießen aus dem Boden und zwingen die beiden, den neuen Hindernissen auszuweichen, während ich hinterhertrabe und meine eigenen Skills einsetze.

Eine Formation erscheint über der Gruppe – goldene und silberne Glyphen bilden sich, während eine Energiesäule herabfällt. Eine Heilerin/Unterstützerin hebt ihre Tentakel und bildet eine Energiekuppel, die mein Leuchtfeuer aufhält. Es ist eine starke Abwehr, aber ich sehe, wie dabei ihre Manaleiste schrumpft, während die Kuppel unter dem Angriff einbricht. Als ich eine Hand hebe, um ein weiteres Leuchtfeuer einzusetzen, taumelt die Welt und jegliche Geräusche verstummen.

Ich muss blinzeln und überlege, ob mich meine Augen täuschen, aber das ist nicht der Fall. Plötzlich befindet sich eine Glasscheibe zwischen der Welt und mir, die immer dichter wird, so dass ich die andere Seite nur noch unscharf sehen kann. Als ich eine Hand gegen das Glas drücke, gibt es nicht nach.

„*Was zum Teufel?*“

Nichts.

Ich schlage mit der Faust gegen das Glas, was aber nur zu schmerzenden Handknöcheln führt. Mein Schwert bringt auch nichts, da es nur von meinem Gefängnis abprallt. Die glasähnliche Substanz vor mir hat nicht einmal einen Kratzer. Ich dehne meine Fähigkeit Manasinn aus und erkenne, wie das Mana mit der Wand interagiert und sich in das verwandelt, aus dem diese „Wand“ besteht. Ohne dass ich es bemerkt hatte, befinde ich mich nun in der Dunkelheit und bin nicht einmal im Geringsten mit der Welt verbunden. Nur die automatisch eingeschalteten Lampen meines Helms bieten Licht.

„Aha. So sieht also das räumliche Gefängnis aus“, sage ich zu mir selbst.

Das erklärt, warum Schläge gegen die Wand nichts bringen. Was würden schon Schläge gegen den „Raum“ bewirken? Ich muss zugeben, mein zeigt Manasinn mir zwar, dass meine Manaklingen etwas Schaden verursachen, aber dieser ist so gering, dass ich ihn nur durch meine verbesserten Sinne wahrnehmen kann. Wenn ich mich auf meine Klinge oder die Manapfeile verlassen müsste, um hier herauszukommen, könnte das sehr lange dauern.

Zum Glück habe ich mich bei meinem Einkauf vor einigen Wochen darauf vorbereitet. Ich konzentriere mich und ziehe meinen Quanten-Status-Manipulator aus meiner Tasche. Ich grinse, schnalle mir den QSM ans Handgelenk und aktiviere ihn.

Es hat eine Stange Geld gekostet, die Details ihres Skills Räumliches Gefängnis zu erfahren. Eine Raum-Herrscherin fängt eine Person nicht in einer anderen Dimension, sondern versetzt einen bestimmten Raumbereich in diese Dimension. Ein Angriff auf das räumliche Gefängnis einer Raum-Herrscherin ist sogar gefährlich, da die Wände die einzige Barriere zwischen dir und der anderen Dimension darstellen. Wenn du das Gefängnis knackst, erleidest du die Folgen eines explosiven Übergangs in die Dimension, in der du gefangen bist. Wenn du Glück hast, wirst du abrupt und schmerzhaft wieder in deine eigene Dimension geschleudert. Aber wenn du Pech hast, steckst du fest. Es ist ein echt ekelhafter Skill. Seine größte Schwäche? Er ist ein kanalisierter Zauber, der eine Menge Mana kostet.

Da ich weiß, wozu mein Feind fähig ist, habe ich den QSM so anpassen lassen, dass er die dünne Linie findet, die den Raum, in dem ich bin, mit meiner ursprünglichen Dimension verbindet. Sobald der QSM unsere Heimatdimension erfasst hat, kann er meinen Körper mühelos verschieben. In der Theorie.

Der QSM piepst und gibt dadurch an, dass alles bereit ist. Ich atme tief ein und hoffe, bei der Modifizierung des Geräts hat alles geklappt. Ich habe es noch nicht testen können. Selbst wenn ich für die beste Arbeit gezahlt habe, dich ich mir leisten kann – wenn die Raum-Herrscherin meine Absicht gekannt hat und Schritte unternahm ...

Ich mache einen Schritt vorwärts, durchdringe die vorher undurchdringliche Barriere und befinde mich wieder auf Prax, fast genau an der Stelle, die ich verlassen habe. Während meiner kurzen Abwesenheit hat sich das Terrain deutlich geändert, ebenso wie der Schlachtverlauf. Um mich herum sind die einst unberührten Wiesen und rollenden Hügel total verwüstet, und der Geruch nach eben aufgewühlter Erde und verbranntem Gras durchdringt sogar die Filter meines Helms. Der Schlachtenlärm ertönt in der Dimension und ich sehe mir kurz an, was sich geändert hat.

In der Ferne kämpft Ali mit der Raum-Herrscherin. Der Geist wurde in diese Dimension gezogen, aber das scheint ihn nicht zu stören und er flitzt zwischen Bruchstücken räumlicher Verzerrungen hin und her. Seine Fäuste sind energiegeladen, und Blitze und Mana zucken um sie herum, wenn er gelegentlich eine Hand vorwärts stößt und einen Angriff einsetzt. Nur eine dünne Schicht räumlicher Störungen scheint die Angriffe zu hindern, die Frau zu treffen, aber ihr Mana sinkt mit jeder Sekunde. Ehrlich gesagt ist sie Ali weit überlegen, und wenn sie nicht das räumliche Gefängnis aufrechterhalten müsste, hätte sie den Geist wahrscheinlich schon erledigt.

Hondo hat mit dem Titanen und dem Maschinen-Lord alle Hände voll zu tun. Der Maschinen-Lord ist in etwas gekleidet, was ich als voll mechanisierten und gepanzerten Anzug bezeichnen würde. Es ist kein richtiger Mech, da das ganz Ding nicht einmal drei Meter groß ist, aber es ist auch nicht nur eine Körperpanzerung. Ich sehe Servomotoren hinter segmentierten Panzerplatten und geschnürte Stahlmuskeln, die den

Maschinen-Lord vorwärtsbewegen, als eine Plasma-Gleve auf Hondo einschlägt. Der Waffenmeister blockt sie mit einem Schwert und wirft dem angreifenden Titanen die bereits schmelzende Waffe ins Gesicht. Dann lässt er eine Kette erscheinen, fängt den Schlag des Titanen ab und wickelt die Kette um den ausgestreckten Arm. Hondo gleitet unter die Beine des Maschinen-Lords und zerrt den Titanen auf seinen Kameraden zu, worauf er die Kette um die Beine der Lords wickelt. Dann lässt er die Kette los, die den Lord und den Titanen zusammenbindet. Während die beiden verzweifelt versuchen, sich zu befreien, beschwört Hondo ein großes Messer und sticht damit auf den freien Arm des Titanen ein.

Bevor Hondo erneut angreifen kann, gelingt es dem Kanonenboot des Maschinen-Lords – das über ihnen schwebt – seine Position ausreichend zu verändern, damit es seine Strahlenkanonen einsetzen und Hondo wegschleudern kann. Während Hondo noch durch die Luft fliegt, aktiviert der Waffenmeister bereits seinen ultimativen Killer-Skill, und goldene und silberne Kreise bilden sich, als das Arsenal erscheint.

Ich drehe mich um und sehe, was Mikito tut. Die Samurai-Kriegerin leuchtet und ein goldener Schein bedeckt ihre geisterhaft blaue Rüstung. Ihre Gestalt verschwimmt, als sie das ganze Team der Fortgeschrittenen Klasse bekämpft. Während ich zusehe, trifft Mikito ein Schuss aus einer leistungsstarken Strahlenkanone, zerplatzt aber wirkungslos.

Verdammt. Mikito hat ihren vorletzten Defensiv- und Offensiv-Skill aktiviert – Chugi. Das ähnelt meinem Sanktum und blockiert alle Angriffe, hat aber extrem hohe laufende Kosten. Im Gegensatz zu meinem rein defensiven Skill deckt Chugi nur Mikito ab und ermöglicht es ihr, sich zu bewegen und zu kämpfen, während gleichzeitig ihre grundlegenden Attribute gesteigert werden. Doch dieser Skill hat seinen Preis, über den

Manaverbrauch hinaus. Mikito muss schwer unter Druck stehen, wenn sie ihren Skill so früh einsetzt.

Aber ...

Ich grinse und aktiviere Leuchtfeuer der Engel über Mikitos Standort. Noch bevor er vorbei ist, beginne ich eine zweite Aktivierung des Skills.

„*Mikito. Da kommt was*", sage ich über den Gruppenchat. Ich will ja nicht, dass sie ihren Skill im falschen Moment deaktiviert.

Licht, dann Feuer. Das Leuchtfeuer der Engel trifft die Gruppe um die Samurai-Kriegerin herum wie ein Hammer des Systems. Da sich die Gruppe aufgeteilt hat und sich bewegt, treffe ich natürlich nicht alle mit dem ersten Leuchtfeuer. Aber das ist egal, da ich mehrere Angriffe auf das ganze Gebiet durchführe.

Panzerungen schmelzen, Kraftfelder brechen, Haut und Muskeln brennen. Schreie ertönen auf den Hügeln und informieren alle, dass ich zurückgekehrt bin. Ich grinse noch mehr und laufe los. Durch Alis Augen beobachte ich, wie die Raum-Herrscherin den Kopf abrupt dreht und überrascht in meine Richtung blickt. Sie bezahlt für diese Ablenkung, da Ali ihr einen seiner Blitze direkt ins Gesicht schleudert. Als sie getroffen worden ist, windet sich ihr Körper vor Schmerz und ihre Muskeln ziehen sich zusammen. Ich lasse den Geist hier, damit er die Raum-Herrscherin verlangsamt, während ich mich mit Hast und Tausend Schritte näher an das Gefecht bewege. Die plötzliche Beschleunigung führt dazu, dass der nächste Schuss der Uttu mich verfehlt.

Als ich Mikito erreiche, hat sie einen Heiler eliminiert, während die Heiler-Unterstützerin sich mit erhobenen Händen zurückzieht und versucht, sich aus dem Kampf abzusetzen. Ein Blick zeigt, dass sie kein Mana mehr hat, und das ist wohl der einzige Grund, weshalb wir sie abziehen lassen. Selbst wenn sie es schafft, einen Manatrank zu schlucken, kriegt man durch den Fall seines Manas auf Null einen schlimmen Mana-Entzug und kann keine Zauber mehr wirken. Andererseits hat sie sich ganz gut geschlagen, wenn man bedenkt, dass sie zwei meiner Leuchtfeuer der Engel absorbiert hat.

Dadurch verbleiben noch Uttu, die Peitschenmeisterin und der Waldläufer . Der Waldläufer mit seiner Schirmmütze sieht am wenigsten verbrannt aus, da er sich am Rande meines Angriffsgebiets befunden hat. Ich sehe, wie sich die Gesundheit des schakalköpfigen Waldläufers mit der Repetier-Armbrust sichtbar verbessert.

Und die Peitschenmeisterin schlägt mit der Peitsche nach mir. Mein Ausweichversuch scheitert, da die halbintelligente Waffe in der Luft die Flugbahn ändert und sich um mein Bein wickelt. Mir werden die Füße weggerissen, und ich knalle laut stöhnend auf den Boden. Lianen, von denen Gift und Säure tropft, kriechen über die Peitsche, legen sich über meinen Seelenschild und beißen sich durch meine Abwehr.

Finger tanzen über meinen Oberkörper, als ich meine Messer ziehe und werfe. Die Waffen fliegen durch die Luft, aber die ersten beiden werden durch ein sechseckiges Kraftfeld aufgehalten. Doch die ersten beiden Messer sind nur eine Ablenkung für das dritte, das die Peitsche zerschneidet, so dass die um mein Bein gewickelte Liane zuckt. Ich reiße die lose Peitschenliane von meinem Körper und rolle mich dann ab. Ich sehe mit Schrecken, wie das Ende der Liane und die Überreste der Peitsche zucken und kriechen, um sich wieder zu vereinen.

„Igitt“, rufe ich.

„*Über uns!*“, sendet Ali telepathisch.

Die Warnung kommt etwas zu spät. Raketen schleudern mich zur Seite und zerreißen die Lianen und meinen Schild mit Flammen und Schockwellen. Strahlenwaffen treffen mich, erhitzen die Rüstung und verbrennen mein Fleisch. Ich fauche, rolle mich zur Seite und hebe eine Hand, um einen Schlammwall zu beschwören. Das hält den Angriff auf, während ich renne, aber nicht sehr lange. Noch wird das Kanonenboot seine Position halten. Mikito, die jetzt den Waldläufer eliminiert hat, stürzt sich auf die Peitschenmeisterin, was mir Zeit gibt, das Kanonenboot anzugreifen.

Ich drehe mich, lasse eine Klinge in meiner Hand erscheinen und schleudere einen Klingenhieb auf das schwebende Kanonenboot. Währenddessen springe ich mit meinen Schwebestiefeln über den Boden und in die Luft, was den Zielalgorithmus der KI durcheinander bringt. Energieklingen zerbrechen am Kraftfeld des Schiffs und bohren sich durch die sich schnell regenerierende Abwehr. Ich merke, wie das Feld schwächer wird und bald nachgeben wird. Wenn ich genug Zeit habe.

„*GOBLINARRRRRRRSCH!*"

Ein Schrei. Ein brennender Schmerz über unsere geistige Verbindung. Dann ist Ali verschwunden. Verbannt. Das ist eine der echten Gefahren beim Kampf gegen eine Raum-Herrscherin. Sie kann Dimensionen manipulieren, und Wesen, die nicht in dieser Realität angesiedelt sind, können leicht verbannt werden.

„Verdammte Scheiße", raunze ich. Aber ich darf keine Zeit verlieren.

Ich sehe meine Manaleiste an und bemerke, dass ich inzwischen fast die Hälfte aufgebraucht habe. Ich beiße die Zähne zusammen, spritze mir einen Mana-Regenerationstrank und lege los. Die Steigerung hält nur kurz an, aber ich habe das Gefühl, der Kampf wird nicht mehr lange dauern. Ein geistiger Befehl deaktiviert meine Schwebestiefel, so dass die Schwerkraft mich schneller hinunterzieht als ein Ducken es getan hätte. Strahlen glühen über meinem Kopf. Ich schleudere die Messer zum Schiff hoch und hoffe, so die Wände des Kanonenboots zu durchbohren.

Der Raum verzerrt sich und wabert wie eine Fata Morgana. Meine Messer fliegen in die Fata Morgana und kommen nicht mehr heraus. Ich kann nur hoffen, dass der Rückrufzauber sie wieder beschafft. Ein darauffolgender Klingenhieb verschwindet ebenfalls und verlässt unsere Realität spurlos. Meine Füße prallen auf dem Boden auf und ich federe die Wucht ab, bevor ich mich abstoße und den Raketen ausweiche. Ich kanalisiere erneut mein Mana, löse meinen Versetzungsschritt aus und beobachte, wie das Mana und meine Willenskraft gegen Evanlines Dimensionssperre ankämpfen. Der Skill gibt nach, aber nicht ohne Ergebnis – die Dimensionssperre der Raum-Herrscherin verschwindet ebenfalls. Auch wenn sie eine spezialisierte Meister-Magierin ist, sind ihre Manareserven nicht unbegrenzt. Ich fühle mich erneut durch die Dimensionen und finde den Rand ihres Skills, dort wo er mit meinem Mana und meiner Seele interagiert, wo er mit und gegen das System arbeitet. Ich drücke und spüre, wie Mana meinen Körper verlässt.

Ein ohrenbetäubender Knall ertönt und erinnert mich an einen anderen Kampf. Hondo hat einen enormen Schlag eingesteckt, der seine Rüstung und seinen Brustkorb zerschlägt, und er fliegt rückwärts durch die Kurve eines Hügels. Hondo fliegt weiter, bis er gegen den nächsten Hügel prallt und Blut spuckt. Noch während Hondo aus dem Loch kriecht, treffen Railgunprojektile seinen Körper und reißen ihm ein Bein ab. Der Waffenmeister hebt eine Hand und wirkt Manaschild, um einen zeitweiligen Schutzwall zu bilden. Der Skill ist ein Lebensretter, gibt aber Mana für die Schildintegrität aus, und Hondo hat von dieser kostbaren Ressource nicht mehr viel.

„Bei allen tausend Teufeln!"

Ich nutze die aktuelle Lücke, in der die Dimensionssperre nicht aktiv ist, um Versetzungsschritt zu aktivieren. Ich kann Hondo selbst nicht erreichen, aber ich kann mich ja in den Weg der Projektile stellen. Ich erscheine zwischen Hondo und den Wölfen, strecke eine Hand aus und werfe einen tragbaren Schildgenerator, der in der Luft erscheint und ein Kraftfeld bildet. Die Projektile werden für den Moment gestoppt, aber die an der Schulter des Maschinen-Lords gehaltene Railgun feuert weiter und zermürbt das Kraftfeld. Während ich mich vorbereite, wirkt die Raum-Herrscherin erneut die Dimensionssperre und zwingt mich, hier zu bleiben. Als der Titan springt und in meiner Nähe landet, erkenne ich, dass ich nun alle drei Kämpfer der Meisterklasse vor mir habe.

Aber nicht alles läuft nach ihren Plänen. Als ich einen weiteren Seelenschild wirke, endet das heulende Feuer aus dem Kanonenboot. Da man sie vorübergehend ignoriert hat, gelangt es Mikito, auf das Kanonenboot zu klettern. Die Samurai-Kriegerin leuchtet nicht mehr und hat kaum Mana, aber sie spielt immer noch mit. Mit Hitoshi in der Hand braucht Mikito nicht viel Mana, um Schaden auszuteilen. Ihre Stangenwaffe schneidet direkt durch die Panzerung, trifft eine Höhenflosse und lässt das Kanonenboot durch die Luft wirbeln. Aller Logik trotzend, schafft es Mikito, sich auf das spiralförmig fallende Kanonenboot zu setzen und ihren Angriff fortzusetzen.

Ich wende mich wieder meinen Gegnern zu und meine Lippen ziehen nach oben, als Klingen um mich erscheinen, zur Einleitung meines letzten Angriffs. Das Schwert in meiner Hand schlägt nach unten, gefolgt von Dutzenden beschworener Klingen. Einzelkämpfer-Armee schneidet durch die Luft und blendet meine Augen, als der Skill auf den Maschinen-Lord zurast. Auch wenn seine Maschinen mächtig sind, können sie einem direkten Angriff meines Skills nicht widerstehen. Ich grinse wild, aber es endet, als der Titan sich zwischen den Skill und den Maschinen-Lord postiert.

Blut spritzt, Schmutz wird aufgewirbelt und die Welt bebt. Nach dem Einsatz meines Skills renne ich weiter und weiche knapp der ersten

Raumscherbe aus, die Evanline auf mich schleudert. Aber ich kann nicht allen ausweichen. Eine besonders schwer sichtbare Scherbe trifft mich am Oberkörper und reißt meinen Seelenschild weg. Ich schreie, als der Skill Muskeln, Sehnen und Moleküle verschiebt. Nur ein bisschen, aber genug, damit der Schmerz der Wunde mich stolpern und fallen lässt.

Als ich mich aufrapple und der Staub des Angriffs sich legt, spüre ich eine eisige Furcht. Der Titan schlendert aus der aufgerissenen Erde, und seine Wunden schließen sich vor meinen Augen. Auf Hurqujis Gesicht erscheint ein Grinsen, als seine Augen erst Hondo und dann mich ansehen. Hinter dem Titanen marschiert der Maschinen-Lord, und die zahlreichen Waffen an seiner Rüstung sind auf mich gerichtet.

Ich habe nur noch einen Viertel meines Manas, und mein Seelenschild ist verschwunden. Ich habe den Notfallschild aus meinem Ring und etwas Mana übrig, aber das ist alles. Selbst als ich verzweifelt meine Manabatterie fülle, weiß ich, dass das nicht reicht. Bei weitem nicht. Nicht gegen drei Mitglieder der Meisterklasse.

„Erbärmlich", sagt Hurquji. „Hast du wirklich gedacht, dass du, ein einzelner Meisterkämpfer, uns schlagen könntest? Du hättest in deinem Versteck bleiben sollen. Fliehen sollen. Deine letzten Level erreichen sollen."

„Ihr hättet das nicht zugelassen", sage ich und zwinge mich, aufzustehen. Noch zwei Drittel meiner Hitpoints. Weniger als ein Viertel meines Manas. Ich könnte einen Manatrank schlucken, aber ich bezweifle, dass sie das erlauben würden. Drei Meister, hauptsächlich mit voller Gesundheit, mit Mana von fast leer bis zu zwei Dritteln. Und die Uttu irgendwo in der Nähe, die wieder feuerbereit ist.

„Gibst du auf, oder willst du diesen sinnlosen Kampf fortsetzen?" Die Stimme von S'Baxu ist laut, aber seine Worte werden von den Sekundärexplosionen seines Kanonenboots in der Ferne unterbrochen.

Ich zucke zusammen, als ich sehe, wie Mikitos Gesundheit weiter sinkt. S'Baxu blickt in ihre Richtung und ein Teil seiner Rüstung löst sich, so dass eine mit einem Raketenwerfer und einer Strahlenpistole bewaffnete Drohne zu ihr fliegt.

„Sinnlos“, sage ich und kneife die Augen zusammen. Mich überkommt die Erschöpfung, als ich mir das Wort auf der Zunge zergehen lasse. „Vielleicht ist es sinnlos. Hondo?“

„Ich gebe nicht auf“, knurrt Hondo.

Ich spüre seine Präsenz und drehe mich um. Der Waffenmeister kommt langsam zu mir und benutzt eine neue Hellebarde als Unterstützung für sein fehlendes Bein. Ich erkenne schnell, wie die hastig angebrachte Synthohaut-Bandage sich um den Beinstumpf gelegt und die Blutung gestillt hat.

„Es ist besser zu sterben, als erneut zu versagen“, sagt er.

„Ja, das ist wohl seine Antwort.“ Ich wehre mich wieder gegen die Müdigkeit, die meinen Körper und meine Seele ergreift. Sie gibt nicht nach, daher lasse ich sie von meiner Wut wegbrennen. Meine Lippen verziehen sich zu einem schiefen Lächeln, das die anderen aber hinter meinem Helm nicht sehen können. „Und ihr wollt euch nicht zurückziehen, oder?“

Gelächter von S'Baxu. Evanline und Hurquji lachen nicht und kneifen die Augen zusammen, als sie erkennen, dass ich weniger Angst habe, als ich sollte. Ich bin vielleicht müde, aber ich habe keine Angst.

„Du hast einen Trick.“ Evanlines Stimme erschallt und erreicht uns alle, als ob sie direkt neben uns stünde. Toller Trick.

„Immer“, sage ich. „Das ist deine letzte Chance.“

„Er blufft“, sagt S'Baxu.

„Dann mach mal“, antwortet Hurquji grinsend.

Der Titan sprintet auf uns zu, während S'Baxu das Feuer eröffnet. Strahlen und Railgun-Projektile wühlen die Erde auf und lassen weiße und lila Blitze durch den Himmel zucken. Ich wirble herum und springe auf, wobei meine Elementar-Affinität prickelt, als der Raum sich verdreht und verbiegt. Der Überraschungsangriff der Raum-Herrscherin verfehlt mich nur um Millimeter.

Wir können den Kampf nicht gewinnen. Nicht, wenn Hondo kein Mana mehr hat. Nicht wenn Mikito verwundet ist.

Kein Weg zum Sieg.

Nicht allein.

Kapitel 18

Chaos. Alle Kämpfe sind reines Chaos. Vor allem, wenn eine Seite versucht, alles noch chaotischer zu machen. Ich drehe meine Hand und öffne meinen Veränderten Raum. Hunderte winziger Drohnen kommen heraus. Sie wirbeln durch die Luft und rasen direkt auf die Raum-Herrscherin zu. Im Flug explodieren sie mit einer Million Watt in allen Farben des Regenbogens – Minisonnen im Tageslicht.

Hondo bewegt sich seitwärts, um Abstand von mir zu gewinnen, so gut er das mit einem Fuß kann. Dabei feuert er aus der Hüfte eine Strahlenpistole auf den Maschinen-Lord. Huquji stürmt auf uns zu, während S'Baxu seine Angriffe fortsetzt. Die Strahlenpistole beschädigt seine Rüstung kaum, während seine eigenen Strahler und Railguns die Erde aufwühlen und die Luft verbrennen. S'Baxu zielt auf uns beide gleichzeitig und setzt seine Feuerkraft wahllos ein, wie ein Karnevalswagen, der Kamellen in die Menge wirft. Ich wirble herum und springe, wobei meine Elementar-Affinität prickelt, als ein neues räumliches Gefängnis mich beinahe erwischt. Vielleicht haben die blendenden Lichter meine Gegnerin verlangsamt, oder vielleicht war es reines Glück. Ich löse meine Zauber Hast und Tausend Schritte aus und beschleunige, damit die Feinde mich nicht wieder anvisieren können.

Hondo bleibt stehen und wirft die Strahlenpistole weg. In seiner Hand hält er nun einen Granatwerfer mit Gurtmagazin. Das Wummern der durch die Luft fliegenden Granaten ertönt, unterbrochen vom Knall der Railgun-Projektile, die die Schallmauer durchbrechen. Viele der Granaten werden abgefangen und ihre Sprengköpfe explodieren zu früh.

Chaotische Energien wirbeln, und manche erzeugen betörende, mit Rauschmitteln durchsetzte Gerüche. Andere Energien verdrehen Raum und Zeit auf eine Weise, dass es bereits beim Hinsehen weh tut. Ein Riss in der Realität öffnet sich und saugt Luft und Rauchgranaten ein, bevor er eine

Sekunde später wieder zuschnappt. Aus der Luft fällt eine zuckende walähnliche Kreatur zu Boden, deren Körper noch mit der chaotischen Energie knistert, die sie in unsere Dimension brachte. Die blaue, fast zwanzig Meter lange Kreatur öffnet und schließt das Maul in einem tonlosen Schrei. Kugeln und Strahlen treffen das Wesen, dessen plötzliches Erscheinen das Blickfeld des Maschinen-Lords kurz blockiert. Im nächsten Moment verdreht sich die Blauwal-Kreatur und schrumpft, als sie im Wirbel der Wahrscheinlichkeit gefangen wird.

Inzwischen schleudere ich so schnell ich kann Klingenhiebe auf die Raum-Herrscherin und greife mit den zurückgekehrten Wurfmessern den Titanen an. Die verbesserte Durchdringung sowie mein Skill machen dem Titanen Probleme, ebenso wie die schnell gewirkte Verzauberung Frostklinge. Das verlangsamt den wilden Ansturm des Titanen in meine Richtung. Auch wenn der Titan stark ist und dem Schaden standhält, ist er nicht sonderlich schnell. Aber ich kann es mir nicht leisten, lange vor ihm wegzulaufen, da mein Mana fast aufgebraucht ist.

Ich sehe nicht einmal, wie die nächste Falle auftaucht. Die Mauer springt vor mir hoch, so dass ich dagegen pralle. Der mit Mana verstärkte herbeigezauberte Erdwall schleudert mich rückwärts. Bevor ich mich konzentrieren und den Wall zerbrechen kann, zerstört Hurquji meinen Frostzauber und aktiviert einen Angriff, so dass er im Nu neben mir erscheint. Ich kann gerade noch mein Schwert vor mich halten, als eine mit Feenmetall umwickelte Faust auf mich einschlägt und mich durch die Erdmauer schleudert. Gleich danach knalle ich gegen eine noch härtere Raummauer.

Mein Schwert wird dadurch gegen meinen Körper gedrückt und schneidet in mein eigenes Fleisch. Mein Helm ist zerschmettert, meine Rüstung zerbrochen. Blut läuft über meine Brust und an den Rändern verschwimmt mein Sichtfeld. Eine Warnmeldung erscheint vor mir, eine einfache Nachricht.

Kritischen Schaden erlitten! Status deaktiviert

Du bist betäubt! Während du betäubt bist, kannst du dich nicht bewegen, Mana verwenden oder auf irgendeine Weise reagieren.

Ich versuche, meinen Körper zu bewegen, aber vergebens. Ich ziehe an meinem Mana. Ich kann es spüren, fühlen, aber eine Mauer blockiert mich. Ich weiß instinktiv, dass diese Mauer vom System erzeugt wird, das mir die Kontrolle über meinen Körper und meine Fähigkeit zur Nutzung von Mana entzieht. Ich stöhne vor Schmerz, als der Titan springt, neben mir landet und die Erde unter seinen Füßen zerbricht. Ich werde aus meinem Loch gezogen und falle mit dem Gesicht nach unten auf den Boden. Der erste Schlag trifft mich von hinten, so dass meine Nase zerquetscht wird und meine Zähne brechen. Der nächste Hieb bricht meinen Schädel, gibt mir einen weiteren Schwächungszauber und bricht meine Backenknochen. Schmerz umhüllt meine Existenz, als der Schwächungszauber sich erneuert und Hurquijis Angriffe meine Widerstände überwältigen.

Eine massive Hand hebt mich hoch und dreht mich um. Blut tropft über mein Gesicht und verschmiert meinen Jumpsuit. Der zerbrochene Helm kann den Blutstrom nicht aufhalten. Hurquji starrt mich an, und seine Augen zeigen weder Mitleid, Gnade noch Bedauern, als er mit der Hand ausholt.

Ich habe keinen Zugriff auf mein Mana. Kann meinen Körper nicht bewegen. Nur den Verstand benutzen. Und noch etwas. Etwas, das ich nicht vom System erhalten habe. Ich spüre es, am Rande meines schmerzerfüllten und geschockten Bewusstseins. Die Verbindung zwischen Hurquji und mir.

Zwischen jedem einzelnen Wesen, jedem Atom in der Welt. Die Kräfte, die alles verbinden. Und lockern.

Nur ein kleiner Impuls unter Verwendung von etwas, das vom System gegeben wurde, aber kein Teil davon ist. Nicht von ihm durchgesetzt wird. Das ist eine Macht, die mir gehört, und Ali. Ich spüre, wie das System mich aufhalten und blockieren will, aber diese Kraft gehört nicht direkt zum System. Sie wird nur kategorisiert und verzeichnet.

Ich drücke und die große, muskulöse Pfote, die auf mich zufliegt, verfehlt meinen Körper um Zentimeter. Ich habe die Reibung zwischen mir und der Hand des Titanen eliminiert, wodurch ich so glatt werde, dass ich wie eine Ölsardine aus seinem Griff flutsche. Als ich nach unten schieße, schließen sich die Finger des überraschten Titanen. Ich hüpfe am Boden entlang, und meine Elementar-Affinität passt nach der Landung die Bodenreibung so an, dass ich wie ein Puck auf frischem Eis gleite. Aber bald halte ich an, da die Reibung zwar reduziert, aber nicht aufgehoben ist.

Der überraschte Titan stapft zu meinem immer noch vom System gelähmten Körper. „Interessanter Trick. Aber nicht gut genug. Du verzögerst nur das unvermeidliche Ende."

Ich stöhne, da ich wieder etwas Kontrolle über meinen Körper gewinne. Eine Hand, ein Knie. Ich drücke mich hoch, zwinge meinen Körper zur Bewegung, stelle meinen Willen gegen das System und gewinne. Es ist ein kümmerlicher Sieg, denn meine Gesundheitsanzeige blinkt mit knapp über hundert Punkten, und zerbrochene Knochen, Blut in den Augen und zerquetschte Organe melden sich.

„Verzögern." Ich huste und sehe, wie der Titan stehenbleibt und mich anstarrt. „Das. Stimmt."

„Glaubst du, jemand wird dich retten?"

„Hinter. Dir."

Hurquji hält inne und seine Augen bewegen sich nach oben und zur Seite, um seine Minikarte anzusehen. Er reißt die Augen auf und wirbelt herum, weil er das bemerkt, was auch ich gesehen habe. Evanline ist verschwunden, und dort, wo sie war, befindet sich nur noch eine Blase in Rosa und Orange. Kein Geräusch, kein Licht entkommt dieser Blase. Sie ist weg, und mit ihr die Dimensionssperre. Andererseits ist das, was dem Maschinen-Lord zustößt, sehr gut sichtbar, wenn auch nicht hörbar. S'Baqu kämpft nicht mehr gegen Hondo allein, sondern auch gegen weitere fünf Individuen. Eines davon erzeugt einen gelben Energiestrahl, der sich mit S'Baqus Panzeranzug verbindet. Selbst von hier aus spüre ich, wie die Energie aus dem Anzug abgesaugt wird.

„Bei Heras Hohn!", ruft Hurquji und macht große Augen. Der Titan zögert und hebt dann eine Hand, um seinen Skill zu aktivieren. Aber dann hält er inne und blickt mich überrascht an. „Du blockierst mich?"

„Ja." Ich würde ja gern lächeln, aber selbst der Versuch tut weh. Die verdammte Raum-Herrscherin ist nicht die einzige Person, die ein Gebiet sperren kann.

Sobald ich antworte, schießt der Titan, ohne zu zögern, mit seiner Faust heraus. Schließlich aktiviere ich den Notfallring der Abschirmung, was den Angriff blockt, aber mich nach hinten fliegen lässt. Der Titan hat nicht erwartet, dass ich das überlebe und er zögert einen Sekundenbruchteil. Und dieser ist zu lang. Zu spät.

Als Hurquji meinen liegenden Körper erreicht, findet er eine andere Gestalt vor sich. Der letzte Gast dieser Party. Der Star der Show.

Die Wendigo packt die Faust des Titanen in ihre eigene. Schon das genügt, um die Schlagringe aus Feenstahl zu verbiegen und zu verdrehen.

„Ich habe dich gesucht“, knurrt die Wendigo in einer tiefen, animalischen Stimme. In dieser Stimme schwingt Hunger mit, eine Blutgier, die ich nur allzu gut kenne.

„Wird auch Zeit“, murmle ich. Allerdings schenkt mir niemand die geringste Aufmerksamkeit.

Die Wendigo und der Titan stürzen sich aufeinander. Die Schockwellen ihres Kampfes zerstören meine Notfallabschirmung und dann noch mehr meiner kostbaren Gesundheit. Ich rolle über den Boden, da die Wucht ihres Gefechts meinen Körper herumkickt. Dabei rettet mich nur die Tatsache, dass die beiden sich im Kampf von mir entfernen, was wahrscheinlich reiner Zufall ist. Als ich in einer Grube aus aufgewühlter Erde liege und mein geschundener Körper sich nicht bewegen kann, erscheint eine Gestalt.

„Hier. Trink ... schon gut. Ich nehme die Spritze“, sagt Harry.

Der Reporter kniet sich hin und injiziert mir einen Heiltrank. Es ist ein geringer Heiltrank, der nur einige Dutzend Hitpoints bietet, aber es ist das Beste, was wir tun können. Etwas mehr und ich würde an einer Überdosis leiden. Stattdessen kanalisiert Harry einen Heilzauber in meinen Körper.

Ich starre den Mann eine Sekunde lang an und sehe ihn dabei zwischendurch doppelt und dreifach. Ich will über die Kämpfe wissen, wie viele weitere wir zu erwarten haben. Über die Uttu. Und Mikito. Aber der Teil von mir, der weiß, dass dieser Kampf vorüber ist, dass mein Teil abgeschlossen ist, zieht die Dunkelheit näher, die am Rande meines Sichtfelds lauert. Er wickelt mich in eine tröstende Benommenheit und schickt das strenge Bewusstsein weg.

***

Das System ist so bizarr. Zwanzig Minuten später wache ich auf. Mein Körper ist verheilt, meine Zähne nachgewachsen, meine Knochen wurden ersetzt. Ich spüre noch einen Nachhall der Schmerzen, aber das ist nur in meinem Kopf. Ich weiß, dass selbst das bald verschwinden wird. Die Widerstände, die vom System verliehenen Fähigkeiten, werden es auslöschen. Und dann bin ich wieder ... funktionsfähig. Am Rande meines Blickfelds warten einige Benachrichtigungen über den Kampf. Mein Teil der Erfahrung für den von mir verursachten Schaden, die Tode hier. Aber ich kann mich nicht aufraffen, sie durchzulesen. Zumindest noch nicht.

„Der Kampf?", frage ich, als ich meine zerrissene und verbrannte Kleidung wechsle.

„Vorüber", sagt Ali, der neben mir schwebt.

Ich lächle, weil ich froh bin, den kleinen Bastard zu sehen. Da ich ihn vorher außerhalb der Grenzen der Dimensionssperre gelassen hatte, konnte er anderen helfen, den Skill der Raum-Magierin zu umgehen. „Harry?"

„Führt noch einige Interviews in letzter Minute durch."

„Ihr seid aber gerade noch rechtzeitig gekommen, was?", sage ich und ziehe meinen neuen Skinsuit an, und hoffe dabei, dass mein teures Modell sich wie versprochen selbst repariert. Aber angesichts all der Schäden weiß ich nicht, ob das überhaupt möglich ist. Aber man muss nur mich ansehen. Kerngesund.

„Es hat etwas gedauert, bis die Wendigo erschienen ist. Anscheinend hat sie nicht aufgepasst", sagt Ali. „Aber ihr habt zu lange gebraucht, ihr Mana zu eliminieren."

„Ja", sage ich kopfschüttelnd. Einer der wichtigen Aufgaben in diesem Kampf bestand darin, den Skill „An der Seite" der Raum-Herrscherin zu neutralisieren, ohne dass sie es bemerkt. Oder sie dazu zu zwingen, ihn freiwillig zu deaktivieren. Dazu mussten wir ihr Mana so reduzieren, dass sie kein Mana dafür mehr übrig hatte. Auf diese Weise konnte Ali es brechen, sobald ich ihn in diese Welt zurückzog. „Das lief nicht gerade nach Plan."

„Wann ist es je nach Plan gelaufen?", sagt Mikito, die mit ihrer Naginata über der Schulter herankommt. Sie blickt sich ruhig in der verbrannten und zerwühlten Wüste um, die unser Schlachtfeld war, bevor sie eine bestimmte Stelle anstarrt. „Dort bist du beinahe gestorben."

„Du auch."

Mikito zuckt mit den Achseln. „Hast du es gewusst? Dass sie alle Harrys nächste Episode ansehen würden?"

„Gewusst? Nein. Wir haben versucht, sie zu kontaktieren und ihnen Hinweise zu geben. Aber wir konnten es nicht mit Sicherheit wissen", sage ich. „Ob sie zusehen würden. Ob sie kommen würden."

„Du hast es riskiert."

Meine Lippen zucken. „Die Rache ist ein universeller Wunsch."

Mikito steht eine Weile schweigend da, bevor sie mich mit ihren braunen Augen anblickt. Sie starrt mich an und sucht ein paar Sekunden lang nach etwas. Schließlich dreht sie sich um und geht weg.

„Mikito?", rufe ich zögernd.

„Du gehst voran. Ich gehe mit." Als sie sich umdreht, wirft sie mir einen Blick zu, dessen Schwere mir den Atem verschlägt. „Das ist unsere Abmachung. Bei Sieg oder Niederlage."

Ich will protestieren, dass wir das nie besprochen oder uns darauf geeinigt haben. Ich habe sie nicht gebeten, mit mir zu kommen. Ich habe sie nicht gebeten, sich mir anzuschließen. Aber das ist gelogen. Ich ging davon aus, dass sie hier sein würde. Ich akzeptierte natürlich ihre Hilfe. Ich hätte sie heraushalten oder ihr mehr Details anvertrauen können. Aber das habe ich nicht getan. Nicht weil ich ihr nicht vertraute, sondern weil im System alles laut Ausgesprochene, alle an andere übermittelten Informationen käuflich sind. Ich habe bereits viel riskiert, indem ich nachgesehen habe, ob Harry unser Gefecht live übertragen würde. Und noch mehr, als ich Ali befahl, über einen Mittelsmann den früheren Opfern der Wölfe zu sagen, dass sie es sich ansehen sollten.

Wenn die Wölfe im Voraus von der Falle erfahren hätten, wäre alles umsonst gewesen. Wenn ich direkten Kontakt mit den Opfern aufgenommen hätte, wäre das wahrscheinlich gescheitert. Ehrlich gesagt, hätte ich das nicht riskiert, wenn Hondo die Wölfe nicht so gehasst hätte. Mir fiel kein anderer Weg zum Sieg ein. Und wir mussten gewinnen.

Denn das war erst der Anfang.

***

Stunden später sind wir wieder bei Katherine. Die Botschafterin wirkt erleichtert, uns zu sehen, und ihre angespannte Körperhaltung ist verschwunden. Ich lächle ihr leicht zu und lasse mich in einen der angebotenen Sessel fallen, während Hondo Mikito und mich anblickt.

„Danke“, sagt Hondo.

„Wie bitte?“, sage ich und richte mich auf.

Statt zu antworten, geht Hondo zur Tür hinaus – zu Oria, nehme ich an. Ich starre dem Waffenmeister hinterher und kratze unwillkürlich meinen Kopf. Dabei bemerke ich amüsiert, dass er sein Bein schon zurückbekommen hat. Mikito lächelt ironisch, als sie Hondo nachblickt, bevor sie sich Katherine und Peter zuwendet.

„Wie läuft es denn?“, sage ich, und das überschwängliche Glücksgefühl nach dem Sieg über die Wölfe weicht nun der Trauer angesichts der Ereignisse auf der Erde.

„Die Lage stabilisiert sich“, meint Katherine. „Rob hat beschlossen, das Programm fortzusetzen. Wir haben zahlreiche Polizisten weltweit, die nach den Angreifern suchen. Außerdem wird auf der Erde eine Kopfgeldsteuer erhoben, die Quests finanziert, um mit den Angreifern fertig zu werden. Diese Quests wurden auch allen Gilden angeboten, die sie annehmen wollen. Rob erwägt Strafzölle und Ähnliches für alle, die mit den Angriffen verbunden waren. In der Zwischenzeit werden die galaktischen Einwanderer in einigen Gebieten konzentriert, die sie freiwillig aufnehmen. Dazu gehören auch die Ländereien der Herzogin.“

Ich nicke und akzeptiere, was Katherine sagt. Wir haben die Lage vorläufig zwar stabilisiert, aber wenn die Angriffe weitergehen, ist nicht garantiert, dass Rob den Planeten zusammenhalten kann. Auch wenn seine Wiederwahl erst in einigen Jahren ansteht, wäre es eine sehr schlechte Idee, die Bedürfnisse und Wünsche der Siedlungsbesitzer zu ignorieren.

„Sicherheit?“, sagt Mikito, die die unausgesprochene Frage bemerkt hat.

Peter verzieht das Gesicht, spricht dann aber. „Wir erwägen ein planetares Sicherheitsnetz und mehrdimensionale Blockiersysteme. Und zeitweilig eine Söldnertruppe. Die Erethraner haben angeboten, uns eine Flotte zur Hilfe zu schicken. Gegen gewisse Zugeständnisse.“

„Was für Zugeständnisse?“, frage ich.

„Sie wollen Neuseeland“, sagt Peter.

„Wie bitte?“

„Das Land. Sie wollen es ganz haben.“

Es herrscht Schweigen, als ich mich mit der Idee herumschlage. Ich öffne den Mund, schließe ihn aber wieder und gebe es dann auf.

Ali prustet vor Lachen und beendet das Schweigen. „Das ist ein guter Handel für euch. Dort haben nur wenige Einwohner überlebt.“

„Wirklich?“, sage ich. Dabei fällt mir ein, dass ich Neuseeland nie besucht habe.

„Ferne Insel. Sehr viele Monster. Darunter ein Drache, den ihr Menschen aus irgendeinem Grund Smaug nennt. Als er das herausfand, hat er eine ganze Stadt zerstört“, sagt Ali schniefend. „Wirklich.“

„Ja und? Wir nehmen einfach das ganze Land und geben es den Erethranern?“ Ich runzle die Stirn. Das hört sich einfach falsch an.

Erstens bin ich mir nicht sicher, ob wir das Recht haben, das Land zu vergeben. Zweitens gibt es dort Monster, und ohne eine ausreichend große Bevölkerung, die diese im Zaum hält, werden die Monster immer stärker werden. Schon jetzt ist die Karibik ein Sperrgebiet. Aufgrund der enormen Zahl der Monster, deren Stärke und der Elementarwesen, die sich zwischen den Hurricanes angesiedelt haben, ist es ein hochgefährliches Gebiet. Wenn wir Neuseeland zu lange alleinlassen, wird es ebenfalls eine verlorene Insel werden.

Das geht mir einfach gegen den Strich.

„Eigentlich ja. Rob spricht gerade mit ihren Abgesandten. Die Erethraner haben versprochen, sie würden sofort nach Unterzeichnung des Abkommens erscheinen“, sagt Katherine mit zusammengekniffenen Augen. Sie blickt mich an und ich erkenne, dass wir in dieser Hinsicht ähnlich denken. Andererseits müssen wir unsere Sicherheitsmaßnahmen einfach verbessern.

Ein Kompromiss. Politik ist die Kunst des Möglichen. Ich bin erneut dankbar, dass ich nicht daran teilnehmen muss. Vielleicht ist das Feigheit auf meiner Seite, aber Kompromisse zu finden, das kleinere Übel zu wählen ...

„John?“, sagt Peter und ich blinzle den Mann an. „Wir brauchen noch etwas von dir.“

„Oh?“

„Ja. Wie du ja weißt, ist es noch nicht vorbei. Noch lange nicht. Viele der Individuen, die uns auf der Erde angegriffen haben, haben den Planeten bereits verlassen“, fährt Peter fort. „Auch wenn die Gilden einige von ihnen erwischen, sind die Angreifer von Rob, von Lana, mindestens in der Fortgeschrittenen Klasse.“

„Ich verstehe ...“, sage ich und lehne mich zurück. „Ihr wollt, dass ich sie verfolge.“

„Ja. Du bist bereits hier draußen in der Galaxis. Du bist auch...“, sagt Peter und deutet auf den Statusmonitor über meinem Kopf.

Ich verstehe das. Als einer der wenigen Kämpfer der Meisterklasse auf der Erde befinde ich mich in einer beneidenswerten Position – ich kann ihnen die Hölle heiß machen. Nur Levelfanatiker wie Mikito sind der letzten Levelbarriere nahe, und selbst sie hätte das ohne die Arena kaum geschafft. Hier draußen auf Irvina, wo Kämpfe über ein großes Gebiet übertragen werden, erhält man durch den Wächter-Zehnt eine Menge Erfahrung.

Obwohl er um den heißen Brei herumredet, will Peter, dass ich der Berufskiller für die Erde werde. Ihr galaktischer Kopfgeldjäger. Dadurch kann ich zwar meine eigenen Arbeitsstunden festlegen, aber mindestens Katherine weiß, dass ich keine halben Sachen mache. Falls ich zustimme, ist meine Zeit der stillen Bibliotheksrecherche vorbei.

Falls nicht ...

Eine Erinnerung an Freunde in einer Stadt am Wasser. An einen einsamen Berg, wo ich vor über fünf Jahren aufgewacht bin. Ein See und blaue Nachrichtenfelder, die meine Welt verändert haben. Leichen auf dem Boden. Lachende Gesichter. Und ich weiß bestimmt, dass es mehr Opfer geben wird. Wenn ich mich weigere, wird die Erde Vergeltungsangriffe erleben. Selbst wenn ich zustimme, wird das passieren. Aber zumindest werden sie wissen, dass jemand oder etwas, das die Erde angreift, es früher oder später mit mir zu tun bekommt.

„Mikito?“, sage ich leise und blicke die Japanerin an.

„Du gehst voran. Ich gehe mit“, sagt Mikito einfach.

Ich spüre, wie sich bei ihren Worten eine Last auf meine Schultern legt, und mein Brustkorb zieht sich zusammen. Sie sitzt da, wägt mich ab, und urteilt schon durch ihre bloße Präsenz. Sie bittet mich, dem Vertrauen gerecht zu werden, das sie in mich hat.

Ich schließe die Augen und das Gewicht der Verantwortung, welche ich ablegen wollte, drückt mich wieder hinunter. Drückt gegen meine erzwungene Faulheit, meine Zurückhaltung. Das trifft den Kern dessen, wer ich bin und was ich werden musste, um zu überleben. Ich stehe wieder vor einem Massengrab, einem Kochtopf. Ich liege am Boden, während der Regen mich wäscht. Während ich vor einem Wald aus Kreuzen stehe.

„Verdammt.“

Ich öffne meine Augen und sehe das Mitleid in Peters und Katherines Augen. Mitleid, aber keine Gnade. Katherine weiß genau, was sie von mir verlangt, aber sie tut es trotzdem.

„Na schön.“

Ich stehe auf und gehe weg, ohne mich zu verabschieden. Ich bin mir sicher, sie werden mir die Informationen schicken. Die Details über die Individuen, die getötet werden müssen. Und dann. Dann tue ich eben, was ich tun muss.

Kapitel 19

Eine Woche später fahren wir wieder zum Weltraumaufzug und verlassen die Stadt. Eine Woche. Für das Training. Für die Erholung. Zum Lernen. Um Dungeons abzuschließen, bis Mikito genug Erfahrung hat, um im Level aufzusteigen. Als ich daran denke, drehe ich den Kopf und sehe mir ihre neue Klasse an.

Mikito Sato, Speer der Menschheit, Blutwächterin, Junior-Arena-Champion von Irvina (Ober-Samurai Level 1) (M)

*HP: 2311/2311**

*MP: 1681/1681**

Zustand: Isoide, Jin, Rei, Meiyo, Ishiki, Ryoyo, Feudale Verbindung

Galaktischer Ruf: 16

Galaktischer Ruhm: 6998

Ich presse die Lippen zusammen, als ich erneut das Gewicht der Erwartung und der Verantwortung spüre, das sie mir auferlegt hat. Ich schüttle den Kopf und untersuche den Skill.

Feudale Verbindung (Level 1)

Eine Samurai-Kriegerin ist nichts ohne ihren Meister. Der Meister ist nichts ohne treue Gefolgsleute. Die Feudale Verbindung ist eine metaphysische Repräsentation dieser Beziehung. Der Skill bietet der Samurai-Kriegerin Stärke, die von ihrem Meister stammt. Allerdings wirkt dieser Skill nur so lange, wie der feudale Status zwischen den jeweiligen Parteien gültig ist. Die Manaregeneration wird permanent um 5 reduziert.

Wirkung: Benutzer erhält 5 % der Attribute des jeweiligen Meisters.

Ich seufze und schüttle den Kopf. Ich bin etwas nervös beim Gedanken, was dieser neue Skill bedeutet und welche bizarre Vorstellung von Samurai das System wohl hat. Ein fremdes Wesen, das etwas aus dem kollektiven Bewusstsein und Ideen borgt und daraus eine exklusive Prestigeklasse erzeugt. Was kann da schon schiefgehen?

„John?", sagt Mikito, was mir zeigt, dass ich sie angestarrt habe.

Ich werde rot, schüttle den Kopf und drehe mich weg. Das ist ein Problem, mit dem ich mich ein anderes Mal beschäftigen werde. Vorläufig reicht es mir, dass Mikito eine viel mächtigere Verbündete sein wird.

Wir werden das brauchen.

Einen Moment lang sehe ich mir meinen eigenen Status an. Der Kampf hat nicht viel Beute gebracht, da die anderen Angreifer alles genommen haben. Aber die Erfahrung aus dem Kampf und der Eliminierung von drei Kämpfern der Meisterklasse war beträchtlich, selbst wenn sie geteilt wurde. Daher bin ich einen weiteren Level aufgestiegen, auf Level 28, und ich habe einen zusätzlichen Skillpunkt. Ich werde ihn aber noch nicht nutzen, da ich meine Optionen abwäge. Mit einigen Aspekte der Schlacht war ich sehr unzufrieden. Daher will ich meine Optionen noch einige Male durchgehen, bevor ich mich entscheide.

Wir haben eine Woche damit verbracht zu trainieren, zu heilen und zu warten. Darauf zu warten, dass Harry zurückkehrt. Dass wir das richtige Schiff bekommen. Eine Woche, und jetzt ist es soweit. Als wir auf der Plattform stehen und den Aufzug hochfahren, starren wir drei die verschwindende Stadt an, deren massive Größe bald durch Wolken verdeckt wird. Keine galaktische Zentrale mehr, keine ruhige Lektüre. Ich habe mir Bücher heruntergeladen und besitze jetzt eine bessere Vorstellung von meinem Selbststudium. Informationen wurden gespeichert und einige

Fragen beantwortet. Neue Fragen sind aufgetaucht. Aber in der Welt gibt es wenig Zeit oder Raum für einen gelehrten Paladin. Noch nicht.

Ich werde zurückkommen. Es gibt mehr zu lernen, mehr zu verstehen.

Momentan gilt es, Vergeltung zu üben. Killer auf der Flucht. Mächtige Personen, die sich für unantastbar halten. Gruppen, die glauben, dass sie zu groß sind, um zu fallen.

Jetzt ist es an der Zeit, uns wieder an die Arbeit zu machen. Ich blicke hoch, als wir durch die Wolkendecke kommen und entdecke die Station über uns und die Sterne dahinter. Die zahlreichen wartenden Schiffe, von denen uns eines von hier wegbringen wird.

Zu den Leuten, die darauf warten, getötet zu werden.

Jetzt ist es Zeit zu Gehen.

###

Ende

John und seine Freunde kehren in

Stern der Rebellen (Buch 8 der System-Apokalypse) zurück

Hinweis des Autors

Die Sterne erwachen ist das erste Buch im neuen galaktischen Handlungsbogen. Wie meine treuen Fans wissen, war es nicht leicht, dieses Buch zu schreiben, da ich mehrmals hin und her überlegen musste. Am Ende löschte ich über 45.000 Wörter und schrieb ganze Handlungsbögen um, bis ich mit dem Buch zufrieden war. Ein Teil des Materials wird in Buch 8 erscheinen, *Stern der Rebellen*, wodurch der dritte Handlungsbogen auch vier Bücher umfassen könnte, statt drei. Das ist auch der vorletzte Handlungsbogen, der den galaktischen Raum kontextualisieren und erkunden wird, bevor wie uns dem Endspiel nähern.

Wie immer, bin ich allen dankbar, die mir auf dieser langen, langen Reise gefolgt sind. Ich hoffe, dass Ihnen Johns Reise und die sich ständig erweiternde Welt gefallen haben. Wenn Ihnen dieses Buch gefallen hat, dann bewerten Sie es bitte und schreiben Sie eine Rezension.

Über den Autor

Tao Wong ist ein begeisterter Leser von Fantasy und Science-Fiction, der im Norden Kanadas wohnt und dort schreibt. Er hat viel zu viele Jahre damit verbracht, alle möglichen Kampfsportarten zu trainieren. Da er sich dabei zu oft verletzt hat, verbringt er nun seine Zeit mit der Erschaffung von Fantasy-Welten.

Informationen über diese Serie und andere Bücher von Tao Wong (sowie besondere Kurzgeschichten) finden Sie auf der Website des Autors: www.mylifemytao.com

Oder melden Sie sich bei seiner Mailingliste an:

www.mylifemytao.com/german/

Interessante Informationen über LitRPG-Serien finden Sie in diesen Facebook-Gruppen:

- Deutschsprachige LitRPG
  www.facebook.com/groups/deutsche.litrpg/
- LitRPG Society
  www.facebook.com/groups/LitRPGsociety/
- LitRPG Books
  www.facebook.com/groups/LitRPG.books/

Über den Verlag

Tao Wong ist der alleinige Eigentümer und Betreiber von Starlit Publishing. Dieser Verlag für Science Fiction und Fantasy konzentriert sich auf die Genres LitRPG & „Cultivation“. Er will neue, vielversprechende Autoren in diesen Genres fördern, deren Texte die existierenden Stereotypen herausfordern, dabei aber dennoch ein fantastisches Lesevergnügen bieten.

Weitere Informationen über Starlit Publishing finden Sie auf unserer Website!
www.starlitpublishing.com/

Sie können sich auch bei der Mailingliste von Starlit Publishing anmelden, um über neue, aufregende Autoren und Bücher informiert zu werden.

www.starlitpublishing.com/newsletter-signup/

Die System-Apokalypse: Australien

Das System am Ende der Welt (Buch 1)

Was ist schlimmer als die australische Wildnis? Die mutierte australische Wildnis.

Die System-Apokalypse kommt nach Australien, wo sie die ansässigen Organismen verwandelt und dem ohnehin schon gefährlichsten Kontinenten der Welt immer noch gefährlichere Kreaturen bringt. Kira Kent, ihres Zeichens Pflanzenbiologin, überrascht das System, als sie gerade mit ihren beiden Kindern im Schlepptau eine Nachtschicht auf der Arbeit einlegt.

Statt der üblichen elterlichen Sorgen, wie etwa Erziehungsarbeit und Rechnung, muss sie sich überlegen, wie sie in einer Welt überleben sollen, deren ohnehin schon tödliche Flora und Fauna ständig schlimmer wird – während sie sich nebenbei mit den nervtötenden blauen

Benachrichtigungsfeldern des Systems und seinen Levels herumschlagen muss und irgendwie versucht, eine Gemeinschaft von überlebenden zusammenzurotten und eine sichere Zone zu schaffen, wo sie ihre Tochter und ihren Sohn schützen kann.

Da sehnt sie sich ja fast wieder in die Budgetsitzungen im Forschungsbeirat zurück. Fast.

Das System am Ende der Welt ist das erste Buch einer neuen Serie, *Die System-Apokalypse: Australien.* Sie spielt im selben Universum wie Tao Wongs *Die System-Apokalypse* und setzt zum selben Zeitpunkt an wie *Das Leben im Norden*, konzentriert sich dabei aber auf die Veränderungen auf dem tödlichsten aller Kontinente, Australien. Fans der ursprünglichen Reihe sowie von LitRPG, Fantasy, Science-Fiction und postapokalyptischen Romanen könnten hier fündig werden.

Lest mehr über Das System am Ende der Welt
www.books2read.com/Das-System-am-Ende-der-Welt

System-Apokalypse – Gnadenlos

Eine Faust voller Credits (Buch 1)

Kautionseintreiber. Veteran. Überlebenskünstler.

Dennoch wird es für Hal Mason kein Kinderspiel sein, die System-Apokalypse zu überleben.

Während er einen Kautionsflüchtling dingfest macht, unterbrechen ihn durchsichtige, blaue Fenster. Sie kündigen es an: Das System – eine Welle strukturierter mystischer Energie, die Galaxien umspannt, alle Elektronik zerstört und der Menschheit Fähigkeiten aus Videospielen verleiht.

Während in Pittsburgh die Gesellschaft zusammenbricht und die mutierte Tierwelt durch die Stadt wütet, sind die Überlebenden bereit, jede Opfergabe darzubieten, um sich den nächsten Level zu verdienen. Im Angesicht der fallenden Toten und der zerbrechenden Zivilisation fragt sich Hal, welchen

Preis seine Menschlichkeit hat. Sind die Credits das Blut wert, welches seine Hände immer mehr befleckt?

Oder macht er weiter – gnadenlos?

Eine Faust voller Credits ist das erste Buch in einer neuen Serie im *System-Apokalypse-Universum.* Geschrieben von Craig Hamilton als Debüt in Tao Wongs postapokalyptischem LitRPG Bestseller-Universum, ist *System-Apokalypse – Gnadenlos* ein weiterer Einblick in die Menschheit und ihre Entscheidungen, wenn es hart auf hart kommt und Monster aus den Schatten kriechen.

Lest mehr über Eine Faust voller Credits

www.books2read.com/Eine-Faust-voller-Credits

Glossar

Fähigkeitenbaum Erethra-Ehrengarde

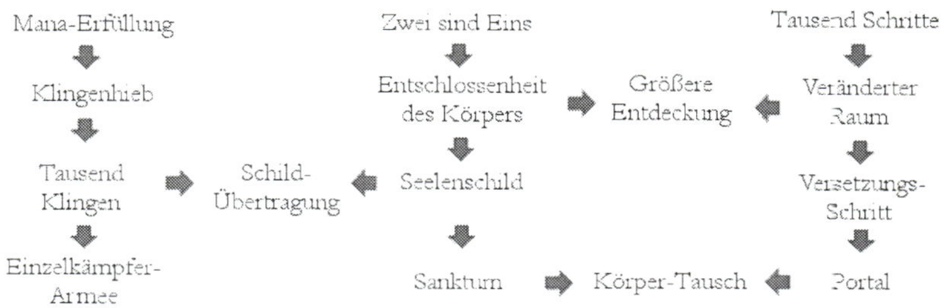

Johns Fähigkeiten der Erethra-Ehrengarde

Mana-Erfüllung (Level 3)

Die seelengebundene Waffe ist nun dauerhaft mit Mana erfüllt und wirkt bei jedem Schlag mehr Schaden: +20 Grundschaden (Mana). Ignoriert Rüstung und Widerstände. Manaregeneration permanent um 15 Mana pro Minute reduziert.

Klingenhieb (Level 3)

Indem sie zusätzlich Mana und Ausdauer in einen Schlag leitet, kann die seelengebundene Waffe des Erethra-Ehrengardisten bis zu 9 Meter entfernt treffen.

Preis: 30 Ausdauer + 30 Mana

Tausend Schritte (Level 1)

Solange dies aktiviert ist, erhöht sich das Bewegungstempo des Ehrengardisten und der Verbündeten um 5 %. Diese Fähigkeit kann mit anderen Bewegungs-Skills kombiniert werden.

Preis: 20 Ausdauer + 20 Mana pro Minute

Veränderter Raum (Level 2)

Der Ehrengardist hat nun Zugang zu einem außerdimensionalen Speicherort mit 30 Kubikfuß. Man muss dort gelagerte Objekte berühren, um sie herbeizuwünschen, und das darf keine Lebewesen oder Objekte umfassen, auf die momentan nicht dem Ehrengardisten gehörende Auren einwirken. Manaregeneration permanent um 10 Mana pro Minute reduziert.

Zwei sind Eins (Level 1)

Wirkung: 10 % des sämtlichen Schadens vom Ziel auf sich selbst übertragen

Preis: 5 Mana pro Sekunde

Entschlossenheit des Körpers (Level 3)

Wirkung: Steigert natürliche Gesundheitsregeneration um 35 %. Laufender Gesundheitsstatuseffekt um 33 % reduziert. Ehrengarde kann nun verlorene Gliedmaßen regenerieren. Manaregeneration permanent um 15 Mana pro Minute reduziert.

Größere Entdeckung (Level 1)

Wirkung: Benutzer kann jetzt System-Kreaturen aus bis zu 1 Kilometer Entfernung entdecken. Allgemeine Informationen über die Stärke werden nach der Entdeckung geliefert. Verstohlenheit, Klassen-Fertigkeiten und die

Dichte des Mana in der Umgebung beeinflussen die Wirkung dieser Fertigkeit. Manaregeneration permanent um 5 Mana pro Minute reduziert.

Tausend Klingen (Level 3)

Erzeugt zwei Duplikate der gewählten Waffe des Benutzers. Die Duplikate wirken den Grundschaden des kopierten Objekts. Kann mit Mana-Erfüllung und Schild-Übertragung kombiniert werden. Manakosten: 3 Mana pro Sekunde

Seelenschild (Level 2)

Wirkung: Erzeugt veränderbaren Schutzschild, der den Körper des Zauberwirkenden oder des Ziels abdeckt. Schild besitzt 1.000 Trefferpunkte.
Preis: 250 Mana

Versetzungsschritt (Level 2)

Wirkung: Sofortige Teleportation über die Sichtlinie hinweg. Kann Sichtlinie des Geists einschließen. Maximalreichweite – 500 Meter.
Preis: 100 Mana

Portal (Level 5)

Wirkung: Erzeugt ein 5 mal 5 Meter großes Portal, das mit einem Ort verbindet, an dem der Benutzer früher war. Kann auch von anderen verwendet werden. Die Maximalreichweite von Portalen beträgt 10.000 Kilometer.
Preis: 250 Mana + 100 Mana pro Minute (Mindestpreis 350 Mana:)

Einzelkämpfer-Armee (Level 2)

Die gefürchtete vorletzte Kampf-Fertigkeit der Ehrengarde, Einzelkämpfer-Armee, baut auf vorherigen Skills auf und ermöglicht es dem Benutzer, einen beeindruckenden Angriff auf seine Feinde durchzuführen. Jetzt kann der Angriff um kleinere Hindernisse herumgelenkt werden.

Wirkung: Einzelkämpfer-Armee ermöglicht das Projizieren von (Anzahl der mit Tausend Klingen beschworenen Waffen * 3) Klingenhieb-Angriffen bis zu 300 Meter vom Anwender entfernt. Jeder Angriff wirkt 3 * Klingenhieb-Levelschaden (inklusive Mana-Erfüllung und Bonus für seelengebundene Waffe).

Preis: 750 Mana

Sanktum (Level 2)

Als ultimative Trumpfkarte eines Erethra-Ehrengardisten zur Sicherung des Ziels erzeugt Sanktum einen flexiblen Schild, der alle auf ihn gerichteten Angriffe, feindliche Teleportierungen und Skills blockiert. Auf diesem Skill-Level muss der Anwender die Abmessungen von Sanktum beim Einsatz des Skills festlegen. Wenn der Skill aktiviert ist, kann das Sanktum nicht bewegt werden.

Abmessungen: Maximal 15 Kubikmeter.

Preis: 1.000 Mana

Dauer: 2 Minuten und 7 Sekunden

Fähigkeitenbaum Erethra-Paladin

Johns Fähigkeitenbaum als Erethra-Paladin

Klassen-Fertigkeit: Durchdringung (Level 3)

Nur wenige können den Richtspruch eines Paladins im offenen Kampf aushalten, da deren Fähigkeit, selbst die stärkste Abwehr zu durchdringen, angsterregend ist. Reduziert Mana-Regeneration um 10.

Wirkung: Ignoriert 60 % aller Rüstungs- und Abwehrzauber. Erhöht Schaden an Schilden um 120 %.

Klassen-Fertigkeit: Aura der Ritterlichkeit (Level 1)

Allein die Anwesenheit eines Paladins kann ängstliche Feinde erschüttern und die Zuversicht von Verbündeten stärken, ob auf dem Gefechtsfeld oder im Gericht. Allerdings ist die Aura der Ritterlichkeit ein zweischneidiges Schwert, da sie die Aufmerksamkeit auf den Paladin richtet – möglicherweise zu dessen Nachteil. Erhöht die Erfolgsrate von Wahrnehmungsprüfungen gegen den Paladin und reduziert während der Aktivierung Tarnung und ähnliche Fertigkeiten. Reduziert Mana-Regeneration permanent um 5.

Wirkung: Alle Feinde müssen ihre Willenskraft gegen Einschüchterung durch das Charisma des Benutzers überprüfen. Wird dies nicht bestanden, werden Feinde eingeschüchtert. Alle Verbündeten erhalten 50 % mehr

Moral für Prüfungen der Willenskraft und 10 % mehr Zuversicht und Erfolgschance bei relevanten Aktionen.
Hinweis: Die Aura kann nach Belieben aktiviert oder ausgeschaltet werden.

Leuchtfeuer derEngel (Level 2)

Der Benutzer zieht einen Atmosphärenangriff aus dem Himmel und fügt über einen großen Bereich hinweg allen Feinden im Leuchtfeuer Schaden zu. Es dauert eine Weile, bis sich der Angriff formt, aber nach der Aktivierung muss man sich nicht mehr darauf konzentrieren.
Wirkung: 1000 Manaschaden an allen Feinden, Strukturen und Fahrzeugen innerhalb der maximalen 25-Meter-Angriffssäule
Manakosten: 500 Mana

Augen der Einsicht (Level 1)

Vor den Augen des Paladins verschwinden alle Unwahrheiten und Täuschungen. Nur wenn der Paladin klar sehen kann, ist er in der Lage, effektiv zu richten. Reduziert Mana-Regeneration um 5.
Wirkung: Alle niedrigstufigeren Skills, Zauber und Fähigkeiten, die den Paladin verwirren, behindern oder täuschen werden in ihrer Wirksamkeit reduziert. Die Reduzierung ist dem Unterschied in Stufe und Skill-Level proportional.

Auge des Sturms (Level 1)

Der Paladin steht mitten auf dem Schlachtfeld, sucht nach Gerechtigkeit und straft alle Feinde. Die Winde des Krieges werden versuchen, sowohl Feinde als auch Verbündete zu dir zu ziehen, und ihre grausamen Böen werden Feinde der Lebenskraft berauben und die Gesundheit und das Mana von Alliierten stärken.

Wirkung: Auge des Sturms ist ein auf der Fläche wirkender Stärkungs- und Spottzauber. Geistige Winde fordern Feinde heraus und erzwingen eine Prüfung des geistigen Widerstands, um Angriffe auf den Benutzer zu vermeiden. Feinde erleiden auch unter dem Einfluss dieses Skills 5 Punkte Schaden pro Sekunde, wobei die Schadenswirkung vom Epizentrum des Skills aus abnimmt. Verbündete erhalten eine um 5 % gesteigerte Mana- und Gesundheitsregeneration, was weiter vom Skill-Zentrum entfernt abnimmt. Das Auge des Sturms wirkt in 50 Metern Umkreis um den Benutzer.
Preis: 500 Mana + 20 Mana pro Sekunde

Vorhut der Apokalypse (Level 2)

Wo andere fliehen, marschiert der Paladin vorwärts. Wo die Tapferen sich nicht weiter wagen, greift der Paladin an. Während die Welt brennt, kämpft der Paladin weiter. Mit diesem Skill bildet der Paladin in jedem Kampf die Vorhut und führt den Angriff gegen alle Feinde von Erethra.
Wirkung: +45 für alle körperlichen Attribute, erhöhte Geschwindigkeit um 55 % und Erholungsraten um 35 %. Dieser Skill ist auf andere Attribute und tempoerhöhende Skills oder Zauber stapelbar.
Preis: 500 Mana + 10 Ausdauer pro Sekunde

Netz der Gesellschaft (Level 1)

Während die Augen der Einsicht dem Paladin die ausgesprochenen Lügen und Unwahrheiten zeigen, visualisiert das Netz der Gesellschaft die komplexen Verbindungen zwischen Individuen. Keine Allianz, kein Verrat, kein Lügengespinst bleibt verborgen, während jede Interaktion einen näher verbindet. Auch wenn dieser Skill keine detaillierten Informationen liefert, kann ein fähiger Paladin aus dem Netz wichtige Schlussfolgerungen ziehen.

Wirkung: Nach Aktivierung sieht der Paladin alle Fäden, die Personen miteinander verbinden und versteht die spezifische Verbindung genauer, wenn er sich darauf konzentriert.
Preis: 400 Mana + 200 Mana pro Minute

Sonstige Klassen-Fertigkeiten

Raserei (Level 1)
Wirkung: Durch Aktivierung wird der Schmerz um 80 % reduziert, Schaden um 30 % gesteigert und die Ausdauer-Regenerationsrate um 20 % erhöht. Die Mana-Regeneration sinkt um 10 %
Die Raserei endet erst, wenn alle Feinde getötet wurden. Bei aktivierter Raserei können Benutzer nicht fliehen.

Spalten (Level 2)
Wirkung: Physische Angriffe wirken 60 % mehr Grundschaden. Effekt kann mit anderen Klassen-Fertigkeiten kombiniert werden.
Preis: 25 Mana

Elementarhieb* (Level 1 - Eis)
Wirkung: Erfüllt eine Waffe mit Frostschaden. Steigert den Grundschaden von Angreifen um +5 und bietet eine Chance von 10 %, die Geschwindigkeit nach Kontakt um 5 % zu senken. Hält 30 Sekunden an.
Preis: 50 Mana

Sofort-Inventar (Maximiert)
Ermöglicht es dem Benutzer, jedes vom System anerkannte Objekt ins Inventar zu legen oder herauszunehmen, falls genug Platz vorhanden ist.

Inklusive automatischer Verschiebung des Inventarplatzes. Benutzer muss Objekt berühren.

Preis: 5 Mana pro Sekunde

Level 1:

Reduziert die Systempräsenz des Benutzers und erhöht dadurch die Chance, der Entdeckung durch die vom System unterstützten Skills und Geräten zu entgehen. Erhöht auch den Preis von Informationen über den Benutzer. Reduziert Mana-Regeneration permanent um 5.

Tech-Verbindung (Level 2)

Wirkung: Die Tech-Verbindung ermöglicht es dem Benutzer, seine Fähigkeit bei der Verwendung eines technologischen Geräts zu steigern und den Nutzen und die Vielfältigkeit dieser Geräte zu verbessern. Die Effekte unterschieden sich je nach Gerät. Generell liegt die Effizienzsteigerung bei 10 %. Die Mana-Regeneration sinkt um 10 %

Vorgesehene technologische Geräte: Neuralverbindung, Sabre

Analysieren (Level 2)

Ermöglich es dem Benutzer, Individuen, Monster und im System registrierte Objekte zu scannen, um Systeminformationen zu sammeln. Die Details und die Präzision der Informationen hängen vom Level und allen Fertigkeiten oder Zaubersprüchen ab, die mit der Fähigkeit in Konflikt stehen. Reduziert Mana-Regeneration um 10.

Abhärten (Level 2)

Dieser Skill verstärkt die jeweiligen Verteidigungssysteme und schwächt Angriffe darauf, um deren Durchschlagskraft zu reduzieren. Diese

Standardfähigkeit der Schildkröten-Ritter von Kiumma hat Gegner seit Jahrtausenden frustriert.
Wirkung: Reduziert Durchschlagskraft von Angriffen auf die jeweilige Verteidigung um 30 %.
Preis: 3 Mana pro Sekunde

Quanten-Sperre (Level 3)
Diese Standardfähigkeit der M453-X Mechani-Assistenten blockiert Überraschungsangriffe und reduziert die taktischen Optionen der Feinde. Im aktivierten Zustand erregt die Quanten-Sperre der Mechani-Assistenten für alle Individuen und Skills im jeweiligen Gebiet Quanten-Strings.
Wirkung: Alle Teleportations-, Portal- und Dimensions-Fertigkeiten und -Zauber werden gestört, solange die Quanten-Sperre aktiv ist. Der erzwungene Einsatz von Skills und Zaubern während diese Fertigkeit aktiv ist, führt zu (verwendete Skill-Manakosten mal 4) Gesundheitsschaden. Benutzer zahlen eine unterschiedliche Menge an zusätzlichem Mana, wenn sie den Skill aktivieren, um die Wirkung der Quanten-Sperre und den erlittenen Schaden zu senken.
Anforderungen: 200 Willenskraft, 200 Intelligenz
Wirkungsbereich: 100 Meter Umkreis um Benutzer
Preis: 250 + 50 Mana pro Minute

Elastische Haut (Level 3)
Elastische Haut ist eine permanente Änderung, die es dem Benutzer ermöglicht, eine kleine erlittene Schadensmenge zu absorbieren. Erlittener Schaden um 7 % reduziert, und 7 % des absorbierten Schadens wird in Mana umgewandelt. Manaregeneration permanent um 15 Mana pro Minute reduziert.

Zaubersprüche

Verbesserter schwacher Heilzauber (IV)

Wirkung: Verleiht 40 Gesundheit pro Einsatz. Ziel muss während der Heilung in Kontakt bleiben. Abklingzeit 60 Sekunden.

Preis: 20 Mana

Verbesserte Manarakete (IV)

Wirkung: Erzeugt vier Projektile aus reinem Mana, die auf ein Ziel gerichtet werden können und dieses beschädigen. Jeder Pfeil wirkt 30 Schaden. Abklingzeit 10 Sekunden

Preis: 35 Mana

Verbesserter Blitzschlag

Wirkung: Ruft die Macht der Götter herbei, den Blitzschlag. Der Blitz kann je nach Nähe, Ladung und anderen vorhandenen leitenden Materialien weitere Ziele treffen. Wirkt 100 Punkte elektrischen Schaden.

Der Blitzschlag kann kontinuierlich kanalisiert werden, um den Schaden um 10 weitere Schadenspunkte pro Sekunde zu steigern.

Preis: 75 Mana.

Preis für kontinuierliche Wirkung: 5 Mana pro Sekunde

Blitzschlag kann durch die Elementar-Affinität der elektromagnetischen Kraft verstärkt werden. Pro Affinitäts-Level wird der Schaden um 20 % erhöht.

Größere Regeneration (II)

Wirkung: Steigert natürliche Gesundheitsregeneration des Ziels um 6 %. Auf ein Ziel kann jeweils nur einer dieser Zauber wirken.

Dauer: 10 Minuten

Preis: 100 Mana

Feuersturm

Wirkung: Erzeugt einen Feuersturm im Umkreis von 5 Metern. Alle innerhalb des Bereichs erleiden 250 Punkte Feuerschaden. Abklingzeit 60 Sekunden.

Preis: 200 Mana

Polarzone

Wirkung: Erzeugt einen Blizzard mit einem 30 Meter Durchmesser, in dem alle Ziele einfrieren. Wirkt 10 Punkte Frostschaden pro Minute und reduziert das Tempo der betroffenen Personen um 5 %. Abklingzeit 60 Sekunden.

Preis: 200 Mana

Größere Heilung (II)

Wirkung: Verleiht 100 Gesundheit pro Einsatz. Während der Heilung muss das Ziel nicht berührt werden. Abklingzeit 60 Sekunden pro Ziel.

Preis: 75 Mana

Manatropfen (II)

Wirkung: Steigert natürliche Gesundheitsregeneration des Ziels um 6 %. Auf ein Ziel kann jeweils nur einer dieser Zauber wirken.

Dauer: 10 Minuten

Preis: 100 Mana

Frostklinge

Wirkung: Verzaubert Waffe mit Verlangsamungseffekt. Ein erfolgreicher Treffer bewirkt 5 % Verlangsamung. Dieser Effekt ist kumulativ und hält 1 Minute an. Abklingzeit 3 Minuten

Dauer des Zaubers: 1 Minute

Preis: 150 Mana

Verbesserter Infernostrahl (II)

Ein infernalisch heißer Strahl, der bei Berührung Stahl und Erde schmelzen lassen kann! Der perfekte Zauber für alle, die in kurzer Zeit viel Schaden anrichten wollen.

Wirkung: 200 Punkte Hitzeschaden.

Preis: 150 Mana

Schlammwall

Im Gegensatz zum häufiger eingesetzten Erdwall, konzentriert sich Schlammwall darauf, langsamen, erstickenden Schaden zu wirken und die Bewegung auf dem Gefechtsfeld zu reduzieren.

Wirkung: 20 Punkte Erstickungsschaden. -30 % Bewegungstempo

Dauer: 2 Minuten

Preis: 75 Mana

Wasser-Erzeugung

Zieht Wasser aus der elementaren Wasserebene. Das Wasser ist rein und stellt die höchste verfügbare Form dar. Beschwört einen Liter Wasser. Abklingzeit: 1 Minute

Preis: 50 Mana

Sehen

Erlaubt es dem Wirkenden, einen Ort in bis zu 1,7 km Entfernung zu sehen. Die Reichweite kann durch den Einsatz von mehr Mana erhöht werden. Während dieser Zeit kann sich der Wirkende nicht bewegen. Es wird empfohlen, dass sich der Seher auf den Zauber konzentriert, um Unfälle zu vermeiden, es sei denn, er besitzt viel Intelligenz und Wahrnehmung. Das Sehen kann durch gleichwertige und höherstufige Zaubersprüche und Fertigkeiten blockiert werden. Individuen im Sehbereich, die eine hohe Wahrnehmung besitzen, können gewarnt werden, dass dieser Skill eingesetzt wird. Abklingzeit: 1 Stunde

Preis: 25 Mana pro Minute

Seherschutz

Blockiert Seherzauber und Ähnliches in 5 Metern Umkreis um den Wirkenden. Höherstufige Zauber werden eventuell nicht blockiert, aber der Wirkende wird über versuchte Seherzauber informiert. Abklingzeit: 10 Minuten

Preis: 50 Mana pro Minute

Verbesserte Unsichtbarkeit

Verbirgt Systemdaten, Aura, Geruch und visuelle Erscheinung des Ziels. Die Wirksamkeit des Zaubers hängt von der Intelligenz des Wirkenden und allen Fertigkeiten oder Zaubersprüchen ab, die mit dem Ziel in Konflikt stehen.

Preis: 100 + 50 Mana pro Minute

Verbesserter Manakäfig

Auch wenn der Manakäfig physisch schwächer ist als andere elementarbasierte Fangzauber, hat er den Vorteil, dass er alle Kreaturen einsperren kann, darunter halbfeste Geister, beschworene Elementarwesen, Schattenbestien und Skill-Anwender. Abklingzeit: 1 Minute

Preis: 200 Mana + 75 Mana pro Minute

Verbesserter Flug

(Flieg, Vogel, flieg – Ali) Dieser Zauber ermöglicht es dem Anwender, die Schwerkraft zu überwinden. Kontrollierte Manaschübe lassen den Anwender selbst in schwierigsten Situationen fliegen. Die verbesserte Version dieses Zaubers erlaubt auch den Flug in der Schwerelosigkeit und bietet bessere Manövrierfähigkeit. Abklingzeit: 1 Minute

Preis: 250 Mana + 100 Mana pro Minute

Ausrüstung

Silversmith Jeupa VII Schützenkanone (Modifiziert und verbessert)

Diese Vierlingskanone wurde von Waffenschmieden der Fortgeschrittenen Klasse von Hand gefertigt, um die höchste für eine Energiewaffe mögliche Integration zu bieten. Diese spezifische Waffe wurde modifiziert und besitzt weitere Optionen zur Entfernungsmessung und Zielerfassung und mehr kurzfristige Schadenswirkung, auch wenn dadurch die Lebensdauer der Kanone leidet. Die Läufe können einzeln oder gemeinsam angefeuert werden.

Grundschaden: 787 pro Lauf

Akkukapazität: 4 pro Lauf (16 insgesamt)

Nachladerate: 0,25 pro Stunde pro GME

Ares Gepanzerter Jumpsuit der Platin-Klasse (Stufe II)

Die berühmten gepanzerten Kleidungsstücke von Ares der Platin-Klasse kombinieren hochmoderne Nanotechnologie-Fasern mit den Spitzenleistungen eines Fortgeschrittenen Handwerkers und bieten anspruchsvollen Abenteurern unübertroffenen Schutz.

Wirkung: +218 Verteidigung, +14 % Widerstand gegen kinetische und Energie-Angriffe, +19% Widerstand gegen Temperaturschwankungen. Selbstreinigungs-, Selbstreparatur- und Auto-Anpassungszauber ebenfalls verfügbar.

Silversmith Mark II Strahlenpistole (upgradefähig)

Grundschaden: 18

Akkukapazität: 24/24

Nachladerate: 2 pro Stunde pro GME

Neuralverbindung Stufe IV

Die Neuralverbindung kann bis zu 5 Anschlüsse unterstützen.

Momentane Anschlüsse: Omnitron III Persönliches Kampffahrzeug der Klasse II

Installierte Software: Rich'lki Firewall Klasse IV, Omnitron III Klasse IV Controller

Ferlix-Doppelstrahlengewehr Typ II (modifiziert)

Grundschaden: 57

Akkukapazität: 17/17

Nachladerate: 1 pro Stunde pro GME (momentan 12)

Schwert Stufe II (Seelengebundene persönliche Waffe eines Erethra-Ehrengardisten)

Grundschaden: 307

Haltbarkeit: -- (persönliche Waffe)

Sonderfähigkeiten: +20 Manaschaden, Klingenhieb

Kryl-Ring der Regeneration

Die oft als Verlobungsringe benutzten Kryl-Ringe sind sehr populär und müssen Monate im Voraus bestellt werden.

Gesundheits-Regeneration: +30

Ausdauer-Regeneration: +15

Mana-Regeneration: +5

Manaspeicher-Armschiene, Stufe III

Diese von einem unbekannten Handwerker geschaffene Armschiene dient als Akku für das persönliche Mana. Für Magier und andere von Mana abhängige Klassen nützlich. Mana-Speicherverhältnis ist 50 zu 1.

Manakapazität: 350/350

Feenstahl-Dolch

Feenstahl ist eigentlich kein Stahl, sondern eine unbekannte Legierung. Dies ist normalerweise für den Sidhe-Adel reserviert, und jährlich wird nur eine – nach galaktischen Maßstäben – geringe Menge an Feenstahl zum Kauf angeboten. Feenstahl lässt sich ausgezeichnet verzaubern.

Grundschaden: 28

Haltbarkeit: 110/110

Sonderfähigkeiten: Keine

Verzauberte und verstärkte Zahn-Wurfmesser (5)

Diese zuerst aus der seltenen Beute einer Erwachten Bestie mit Level 140 vom Erlöser der Toten, John Lee, hergestellten Messer, wurden vom Meister-Handwerker I-24-988L verfeinert und mit Oreichalkos und Feenstahl verstärkt. Danach wurden die Klingen weiter mit Mana- und Stichschaden verzaubert und erhielten einen Rückkehrzauber.

Grundschaden: 238

Verzauberungen: Rückkehr, Manaklinge (+28 Schaden), Durchstechen (-7 % Verteidigung)

Brumwell Halsband der Schattenabsicht

Das Brumwell Halsband der Schattenabsicht ist das klassische Produkt des Brumwell-Clans. Das von einem Handwerksmeister verzauberte Halsband legt Schattenstufen über Ihre Absichten, so dass es schwieriger wird, Informationen darüber herauszufinden. Der Besitz eines derartigen Gegenstands ist für Eigentümer von Siedlungen und andere mächtige Individuen sowohl eine Notwendigkeit als auch ein prestigeträchtiges Symbol.

Wirkung: Dauernder Effekt der Schattenabsicht (Level 4) macht es deutlich teurer, im System Informationen über den Träger zu kaufen. Der Effekt betrifft alle Aktionen, die durchgeführt werden, während man das Halsband trägt.

Ring der Größeren Abschirmung

Erzeugt einen größeren Schild, der ungefähr 1000 Schadenspunkte absorbiert. Dieser Schild ignoriert Schäden unterhalb des Schwellenwerts von 50 Punkten, während er noch funktioniert.

Max. Dauer: 7 Minuten

Aufladungen: 1

Simalax-Schwebestiefel (Stufe II)

Mit ihrer Kombination aus handgefertigtem Material und massengefertigten Komponenten, stellen die Simalax-Schwebestiefel das Gesellenstück des Magi-Technikers Lok von Irvina dar. In den Simalax-Schwebestiefeln vereinen sich Verzauberungen und Technologie, so dass ihr Träger kurz auf der Luft gehen und somit gegen die Schwerkraft und den gesunden Menschenverstand verstoßen kann.

Wirkung: Benutzer reduziert Schwerkrafteffekte um 0,218 SIG Nach der Aktivierung können Anwender während normaler und leicht turbulenter atmosphärischer Bedingungen schweben und gleiten. Benutzer können mit den Simalax-Schwebestiefeln auch einen Dreifachsprung in die Luft durchführen, indem sie den Antigrav- und Schwebeaspekt gleichzeitig nutzen.

Dauer: 1,98 SI-Stunden.

F'Merc Nanoschwarm-Managranaten (Stufe II)

Die F'Merc Nanoschwarm-Granaten werden die Sammlung von Mana auf dem Gefechtsfeld garantiert stören, so dass die Mana-Regeneration für alle innerhalb des Schwarms reduziert wird. Empfohlen vom Militär der I'um, den Sondereinsatzkräften der Torra und populärste Mana-Granate in der Abstimmung von *Boom, Boom, Boom! Magazine.*

Wirkung: Reduziert Mana-Regenerationsraten und Zauberformation im betroffenen Bereich um 37 % (mehr in geschlossenen Bereichen)

Radius: 10 m x 10 m

Printed in Poland
by Amazon Fulfillment
Poland Sp. z o.o., Wrocław

37112478R00215